Stuart Woods wuchs in Georgia auf und lebt heute abwechselnd in Florida, auf der Isle of Wight vor der englischen Südküste und in Santa Fe (New Mexico). Zahlreiche seiner Thriller sind verfilmt worden.

Außer dem vorliegenden Band sind von Stuart Woods
als Goldmann-Taschenbücher erschienen:

Auf Grund. Roman (8839)
Höllensturz. Roman (41287)
Insel der Angst. Roman (42800)
Der irische Schatten/Auf Grund. Zwei Romane (11580)
Mann unter Einfluß. Roman (42610)
Die Nachfolger. Roman (8379)
Der Produzent. Roman (42475)
Schwarzer Süden. Roman (9719)
Still ruht der See. Roman (9250)

STUART WOODS
Blindes Verlangen

Roman

Aus dem Amerikanischen
von Heinz und Christa Zwack

GOLDMANN VERLAG

Titel der Originalausgabe: Dead Eyes
Originalverlag: Harper Collins Publishers, New York

Umwelthinweis:
Alle bedruckten Materialien dieses Taschenbuches
sind chlorfrei und umweltschonend.
Das Papier enthält Recycling-Anteile.

Der Goldmann Verlag
ist ein Unternehmen der Verlagsgruppe Bertelsmann

Deutsche Erstausgabe 4/96
Copyright © 1994 der Originalausgabe
bei Stuart Woods
Copyright © 1996 der deutschsprachigen Ausgabe
beim Wilhelm Goldmann Verlag, München
Umschlagentwurf: Design Team, München
Umschlagfoto: Elke Hesser, Paris
Satz: Uhl + Massopust, Aalen
Druck: Elsnerdruck, Berlin
Verlagsnummer: 42927
Redaktion: Tina Schreck, München
MV · Herstellung: Sebastian Strohmaier
Made in Germany
ISBN 3-442-42927-7

1 3 5 7 9 10 8 6 4 2

Für Pegram und Ann Harrison

I

Der erste Brief traf an einem Montag ein. Chris Callaway war verärgert, als ihre Sekretärin ihr sagte, daß er im Briefkasten gelegen habe. Er trug keine Briefmarke.

Der Ton war freundlich, nicht zu unterwürfig und nicht zu vertraulich.

»Liebe Miss Callaway,
Ihre Arbeit hat mir so viel Freude gemacht, daß ich einfach das Gefühl hatte, Ihnen schreiben zu müssen. Irgendwie habe ich Ihre Filme bisher verpaßt, bis letzte Woche, als ich spätnachts im Fernsehen ›Ein Herz aus Stein‹ gesehen habe. Der Film hat mich so beeindruckt, daß ich mir am Abend darauf in Westwood ›Tage des Mutes‹ angesehen habe. Inzwischen habe ich mir die Videokassetten von ›Eine Frau geht ihren Weg‹ und ›Zerstört‹ besorgt und war von allen genauso beeindruckt.
Ist es Ihnen schon mal passiert, daß Sie jemand kennengelernt haben und das Gefühl hatten, den Betreffenden schon seit langer Zeit zu kennen? Mit Ihnen ergeht es mir so.
Nochmals vielen Dank für das, was Sie mir gegeben haben. Sie werden wieder von mir hören.
Bewunderer.«

Als Chris das Haus gekauft hatte, hatte sie sich sehr darum bemüht, die Adresse streng geheimzuhalten. Alle Rechnungen kamen in das Büro ihres Managers, und wenn es doch einmal notwendig war, eine Adresse anzugeben, benutzte sie eine Schließfachnummer. Verdammt, dachte sie, alle meine Freunde und Bekannten schicken ihre Weihnachtskarten über das Schließfach, und jetzt hatte sie irgendein Fan ausfindig gemacht. Sie gab Melanie, ihrer Sekretärin, den Brief zurück. »Antworten Sie freundlich und schreiben Sie ihm, er soll künftig das Schließfach benutzen.«

»Es ist kein Absender angegeben«, sagte Melanie und drehte den Umschlag um.

Chris verspürte ein seltsames Gefühl der Enttäuschung darüber, daß sie dem Schreiber nicht antworten konnte. Viele Schauspieler, die sie kannte, beantworteten ihre Fanpost überhaupt nicht oder gaben sie an eine Agentur weiter, die sich darum kümmerte. Aber sie hatte immer geantwortet, und es waren immerhin zwanzig oder dreißig Briefe im Monat, und jedesmal, wenn ein neuer Film herauskam, stieg die Zahl auf hundert.

Melanie schrieb die Antworten, und Chris unterzeichnete sie. »Dann rufen Sie den Bewachungsdienst an und sagen denen, die sollen mein Schließfach überwachen.«

Melanie sah sie mit ihrem Das-kann-nicht-Ihr-Ernst-sein-Blick an. »Chris, finden Sie nicht, daß das eine Überreaktion ist? Schließlich ist es ein Brief und keine Bombe.«

Chris lachte. »Sie haben recht.« Herrgott, dachte sie, warum rege ich mich wegen einer solchen Kleinigkeit so auf?

Melanie sah auf die Uhr. »Sie müssen in zwanzig Minuten bei Graham Hong zum Unterricht sein, und Danny kommt um eins hierher, um Ihnen das Haar zu richten.«

»Richtig. Da sollte ich jetzt wohl fahren.« Chris schnappte sich ihre Tasche und ging durch die Innentür in die Garage. Ein paar Augenblicke später fuhr sie in ihrem Mercedes 500 SL Cabrio den Stone Canyon hinunter, vorbei am Hotel Bel-Air in Richtung Sunset Boulevard. Es amüsierte sie, daß es in Bel-Air und Beverly Hills so viele von den auffälligen kleinen Autos gab, daß sie das ihre als anonym empfinden konnte.

Graham Hong war für seine asiatische Herkunft groß – über einen Meter achtzig – und muskulös, aber sehr gelenkig. Er unterrichtete in seinem Haus, das keinerlei Ähnlichkeit mit einer Turnhalle hatte, eher mit einem Teehaus.

Hong begrüßte Chris mit einer Tasse Tee und bat sie, Platz zu nehmen. »Hatten Sie schon einmal Unterricht in asiatischem Kampfsport?« fragte er. Er sprach akzentfrei, wie ein Kalifornier – ohne die geringste Spur seiner asiatischen Herkunft.

»Nein«, antwortete sie.

Er strahlte sie an. »Das freut mich.«

»Warum?« fragte sie.

»Tanzerfahrung?«

»Ich habe als Tänzerin angefangen, in New York.«

»Sehr gut. Haben Sie einen Trainer, mit dem Sie regelmäßig Fitneßübungen machen?«

»Nein, ich habe zu Hause einen kleinen Fitneßraum. Ich bin gut in Form.«

»Gut, dann werden Sie nicht so schnell müde werden.«

»Graham«, sagte sie, »wenn ich schnell müde würde, wäre ich keine Schauspielerin.«

Er lachte.

»Warum ist Tanzausbildung besser als Kampfsport?«

»Ich habe das Drehbuch gelesen«, sagte er. »Was wir für diesen Film wollen, ist nichts Rituelles, sondern einfach schmutziger Nahkampf. Ihre Erfahrung als Tänzerin wird Ihnen sehr zustatten kommen und am Ende Ihre Bewegungen eleganter machen.« Er stand auf. »Wenn Sie Ihren Tee ausgetrunken haben, sollten wir anfangen.« Er schob einen Wandschirm zur Seite und gab damit den Blick auf ein geräumiges Zimmer frei, dessen einziges Mobiliar aus einer Matte bestand, die fast den ganzen Raum bedeckte, sowie einer Segeltuchpuppe. Eine Wand war verspiegelt, davor war eine Ballettstange angebracht.

»Zuerst ein paar grundlegende Dinge«, sagte er. »Sagen wir, Sie geraten in einen Kampf – einen Kampf mit einem Mann, der größer und schwerer ist als Sie. Wie würden Sie diesen Kampf angehen?«

»Ich würde ihm einen Tritt zwischen die Beine verpassen«, erwiderte Chris.

»Warum?«

»Weil alle sagen, daß ihn das sofort außer Gefecht setzt.«

»Das könnte sein, wenn Sie ihn unvorbereitet erwischen. Mehr Erfolg könnten Sie haben, wenn Sie ihm einen Tritt ans Schienbein versetzen, oder noch besser ans Knie.«

»Warum dort und nicht zwischen die Beine?«

»Der Witz liegt darin, beim ersten Schlag so viel Schmerz wie möglich zuzufügen. Der Schmerz ist es, der ihn kampfunfähig macht. An den Hoden ist nichts, das einen grundsätzlich gefechtsunfähig macht, mit Ausnahme des Schmerzes. Wenn Sie harte Schuhe tragen, können Sie am Schienbein Schmerz zufügen, der gefechtsunfähig macht oder Ihren Gegner zumindest in hohem Maße ablenkt. Aber wenn Sie ihn gegen das Knie treten, können Sie ihn tatsächlich gefechtsunfähig machen, selbst wenn Sie barfuß sind oder nur weiches Schuhwerk tragen. Das Knie hat eine komplexe und sehr verletzbare Struktur.«

»Sehr interessant«, sagte Chris.

»Ich würde Ihnen nicht empfehlen, jemand während einer Balgerei auf der Straße ans Knie zu treten, weil Sie damit wahrscheinlich so viel Schaden anrichten, daß das zu einem Zivilprozeß und erheblichen Arztkosten führen könnte. Aber wenn jemand Sie mit einer Waffe angreift oder es sonstwie auf Ihr Leben abgesehen hat, wäre das Knie eine ausgezeichnete Wahl.« Hong nahm sie an den Schultern und führte sie mitten in den Saal. »Entspannen, Gewicht auf beiden Füßen etwas nach vorn verlagern, Arme seitlich hängen lassen. Das ist die Position, aus der man angreift oder sich verteidigt.«

Chris hob die Hand in Boxerhaltung. »Nicht so?«

»Das ist eine Verteidigungshaltung«, sagte Hong, »es sei denn, Sie befinden sich in einem formellen Boxkampf. Bei einer Auseinandersetzung auf der Straße würden Sie Ihrem Widersacher damit nur sagen, daß Sie vorhaben, ihn zu schlagen. Wenn Sie als Frau einem Mann gegenüberstehen, muß Ihre erste Waffe die Überraschung sein. Passen Sie auf; das ist jetzt Zeitlupe.« Er trat vor sie, hob den linken Fuß und schob ihn behutsam in ihre rechte Kniekehle.

Das Knie knickte ab, und sie fiel darauf.

Hong war ihr beim Aufstehen behilflich. »Jetzt probieren Sie's, auch in Zeitlupe. Schieben Sie einfach die linke Fußspitze in meine rechte Kniekehle.«

Chris tat es, und Hong fiel aufs Knie.

»So«, sagte er noch am Boden, »jetzt sage ich Ihnen, was Sie getan haben. Erstens, wenn Sie wirklich hart getreten hätten, hätten Sie mein Knie verletzt, wahrscheinlich sogar so stark, daß ich ohne Operation nicht mehr gehen könnte. Zum zweiten bin ich, weil Sie mich zu Fall gebracht haben, einem weiteren Angriff ausgesetzt. Drittens habe ich mein Knie möglicherweise auch verletzt, weil mein ganzes Gewicht daraufgefallen ist. Jemand mit Erfahrung würde, wenn man ihn so tritt, es vermeiden, auf sein Knie zu fallen; er würde sich abrollen und das Gewicht beim Aufstehen auf das andere Bein verlagern. Wenn Sie es gut gemacht haben, würde er freilich nur auf einem Bein stehen können und wäre damit gut angreifbar.«

»Kapiert«, sagte Chris.

»So, können Sie höher treten, als Ihr Kopf ist?« fragte Hong.

Chris drehte sich und trat hoch.

»Sehr gut. Was in Ihrer ersten Kampfszene sicher sehr gut funktionieren würde, wäre, ihm einfach einen Tritt ins Gesicht zu versetzen.« Er stand vor ihr und demonstrierte wieder in Zeitlupe.

»Das kann ich«, sagte Chris.

»Dann tun Sie es«, erwiderte Hong. »Ich möchte, daß Sie mir einen Tritt ins Gesicht versetzen, und zwar so schnell und so heftig Sie können. Überlassen Sie es mir, mich zu schützen.«

Chris' Bein zuckte vor, und ihr Rist traf Hongs Kinn. Hong flog nach hinten.

Sie beugte sich über ihn. »Du liebe Güte, Graham, habe ich Ihnen weh getan?«

Hong hob den Kopf und schüttelte ihn. »Ich habe nicht geglaubt, daß Sie so schnell sind«, lachte er und spuckte Blut. »Sie sind eine gefährliche Frau; ich werde Sie nicht noch einmal unterschätzen.«

Als Chris nach Hause kam, lag wieder ein unfrankierter Brief im Briefkasten.

2

»Schau dir das an«, sagte Chris und reichte Danny Devere die beiden Briefe. »Hättest du das geglaubt?«

Danny bürstete Chris' dickes brünettes Haar und formte es über ihren Schultern. Er legte den Fön weg und nahm einen der beiden Briefe. »Nun, Süße«, lispelte er gespielt, »mir scheint, du hast einen Verehrer.«

»Der ganz bestimmt nicht«, sagte Chris. »Lies den zweiten.«

Danny las den zweiten Brief und zitierte daraus: »›Sie sind ja eine richtige Athletin. Ihnen möchte ich nicht in einer dunklen Gasse begegnen.‹ Was soll das denn bedeuten?«

»Ich kam gerade von Graham Hong zurück; er trainiert mich für den neuen Film. Wir haben ein wenig miteinander gearbeitet, und ich habe ihn versehentlich – nun, versehentlich ist vielleicht nicht das richtige Wort –, aber jedenfalls, ohne es zu wollen, dabei niedergeschlagen.«

»*Du* hast *Graham Hong* niedergeschlagen?«

»Er hat gesagt, ich soll ihm einen Tritt ins Gesicht versetzen, und das habe ich getan. Er konnte einfach nicht mehr ausweichen.«

Danny lachte schallend. »Herrgott, das hätt' ich sehen wollen!«

»Worauf es ankommt, Danny, ist, daß, wer auch diesen Brief geschrieben hat, es gesehen hat. Der Mistkerl ist mir heute morgen gefolgt.«

Danny las den Brief ein zweites Mal. »Ich glaube, du ziehst da einen vorschnellen Schluß. Der Kerl hat dich bloß im Film gesehen. Erinnerst du dich, wie du diesem Burschen die Flasche über den Schädel gezogen hast? Das war in... wie hieß der Film doch gleich?«

Chris schüttelte den Kopf. »Nein, der Kerl hat uns beobachtet.«

Danny fing an, Chris die Schultern zu massieren. »Ruhig, Süße, du nimmst das zu ernst.«

»Das hat Melanie heute morgen auch gesagt, als der erste Brief kam. Auf keinem von beiden klebte eine Marke; er hat sie in meinen Briefkasten gesteckt. Wie zum Teufel hat der rausgefunden, wo ich wohne?«

»Aber, Süße, jeder kann herausfinden, wo jeder wohnt; wußtest du das nicht?«

»Danny, ich habe diese Adresse noch nie jemand gegeben. Ich kriege selbst meine Weihnachtskarten ins Schließfach. Die einzige Post, die ich hier bekomme, sind Kataloge, aber die sind nicht persönlich adressiert.«

»Schau mal, ich wette, wenn du bei Saks oder Neiman's etwas kaufst, läßt du es dir hierherschicken, oder?«

»Nein. Ich nehme es selbst mit, oder, wenn etwas geändert

werden muß, dann holt Melanie es ab. Ich gebe diese Adresse nie jemand, es sei denn, sie kommen zum Abendessen oder Tennisspielen. Und das...«, sie hob den Brief auf, »ist nicht von jemand, den ich zum Abendessen einladen würde. Ich kriege eine richtige Gänsehaut. Ich sage dir, wie der Kerl rausgefunden hat, wo ich wohne: Er ist mir nach Hause gefolgt, ganz einfach.«

Danny nahm ihren Kopf in beide Hände und drehte ihn zum Spiegel herum. »Schau mich an«, sagte er. »Du solltest dir das nicht antun. Du fängst nächsten Montag mit einem neuen Film an und darfst dich jetzt nicht mit etwas verrückt machen, was du dir wahrscheinlich nur einbildest.«

Chris sank in sich zusammen. »Ich glaube, du hast recht. Das hast du ja immer.«

»Wenn du die Bullen rufst, halten die dich für verrückt.«

»Ich weiß, ich weiß.« Sie seufzte. »Mit dem ganzen Starrummel bin ich noch nie zurechtgekommen. Ich hasse es, erkannt zu werden! Ich hasse es, wenn Fremde einfach auf mich zukommen und Autogramme haben oder sich mit mir fotografieren lassen wollen.«

»Das ist der Preis, den man dafür bezahlt, Süße.«

»Der Preis ist zu hoch. Wenn das neue Haus gebaut und etwas Geld auf der Bank ist, steige ich aus.«

»Hör mal, du hast einen Riesenspaß an dem, was du tust. Du mußt einfach mit dieser Bekanntheit klarkommen. Ich kenne einen guten Seelendoktor.«

Sie fuhr in ihrem Stuhl herum und sah ihn voll an. »Du glaubst wohl, daß das nur mein Problem ist? Du glaubst, ich hätte es irgendwie verdient, daß dieser Widerling mich verfolgt und mir Briefe in den Briefkasten steckt? Das ist nicht irgendeine Phantasievorstellung, Danny, das passiert wirklich. Und was könnte ein Seelendoktor dagegen machen?«

»Er könnte dir helfen, damit klarzukommen, das könnte er.«

Chris stand auf und begutachtete ihre Frisur im Spiegel.
»Wir müssen jetzt Schluß machen. Ich treffe mich in einer halben Stunde in dem neuen Haus mit dem Mann von der Alarmanlagenfirma. Bei dem Verkehr, den wir zur Zeit haben, kann ich von Glück reden, wenn ich es noch rechtzeitig schaffe.«

»Junge, der Typ wird dich heute richtig ausnehmen«, sagte Danny. »Du wirst die größte Alarmanlage der Welt kaufen. Am Ende kommst du selbst nicht mehr in dein Haus.«

»Ach, hör auf«, sagte sie und griff nach seiner Hand. Sie begleitete ihn zu dem kleinen roten Miata, der in der Auffahrt parkte, und gab ihm einen Kuß auf die Wange. »Essen wir am Wochenende miteinander zu Abend?«

»Am Samstag treffe ich mich mit einem heißen neuen Typen«, sagte er. »Wie wär's mit Sonntag?«

»Geht klar. Wir fahren nach Malibu hinaus, und ich zeig' dir, wie's mit dem Haus vorangeht, und dann essen wir im La Scala. Treffen wir uns um sieben hier?«

»Klingt nicht übel. Meinst du, du wirst dich sicherer fühlen, wenn du in Malibu lebst?«

»Bis Sonntag!« rief sie ihm über die Schulter nach. Sie stieg in ihren Mercedes und nahm Kurs auf den Freeway.

Sie fuhr schnell, und der Wind zerzauste ihr die neue Frisur. Das machte ihr nichts aus; sie hatte wundervolles Haar, und man konnte es ja schließlich wieder ausbürsten. Was brachte es einem schon, wenn man ein Cabrio hatte und sich nicht den Wind durchs Haar wehen lassen konnte?

Mit zweiundzwanzig, gleich nach ihrem Abschluß an der University of Georgia, war Chris nach New York gegangen, mit einem Tanzdiplom und einem zweiten in Theaterwissenschaften. Ihre erste Rolle hatte sie eine Woche später bekommen, in einem Off-Broadway-Musical, und seitdem war sie selten ohne Engagement gewesen. Manchmal hatte sie wenig oder gar nichts verdient, aber sie hatte nie in einem Restaurant bedienen oder in Werbespots auftreten müssen, um sich über Wasser zu halten. Sie belegte Kurse im Actors Studio, nahm jede Rolle, die sie in einem guten Stück bekommen konnte, an und lehnte alles ab, dessen sie sich später hätte schämen müssen. In jenen Jahren lehnte sie viele Rollen ab, um die sich andere Schauspielerinnen gerissen hätten – Horrorfilme, Fernsehfilme, einmal sogar eine größere Rolle in einer Serie. Sie hatte zwei Rollen in Features gespielt, ehe sie auch nur auf den Gedanken gekommen war, New York zu verlassen. Und als sie schließlich nach L. A. gezogen war, hatte sie zwei Angebote in der Tasche, einen Spitzenagenten und einen Manager gehabt, und Centurion Pictures zahlte den Umzug.

Zwei Jahre war sie mit einem Schauspieler, Brad Donner, verheiratet gewesen, und sie hatten gemeinsam die Anzahlung für das Haus in Bel-Air zusammengekratzt. Als die Ehe scheiterte, verhielt er sich nobel und zog aus, aber sie fühlte sich nicht wohl in dem Haus und freute sich darauf, es zu verkaufen, sobald ihr eigenes Haus fertiggestellt war. Sie würde dann den nicht unbeträchtlichen Gewinn mit Brad teilen.

Chris war noch nicht das, was man einen Filmstar nennen würde – bis jetzt jedenfalls noch nicht; aber sie hatte schon wichtige Nebenrollen in Filmen mit Gene Hackman, Dustin Hoffman und Alec Baldwin gespielt und zwei Hauptrollen mit weniger bekannten Schauspielern. Was sie jetzt ihrer eigenen Meinung nach und nach der ihres Managers brauchte, war die Hauptrolle in einem Film für sich allein – etwas, wie Sally Field es in »Norma Rae« gefunden hatte. Und diese eine wichtige Rolle war ihr Ziel.

Nicht, daß sie nicht gut lebte. Ihre Gage lag jetzt bei einer halben Million je Film, und eine Starrolle würde sie über die Millionengrenze bringen. Sie war einunddreißig – zu alt, um noch das Phänomen werden zu können, das Julia Roberts gewesen war, aber ihre Entwicklung war solide gewesen, und die Branche traute ihr einwandfreie Arbeit zu.

Als sie den Santa Monica Freeway verließ und in den Pacific Coast Highway einbog, dachte sie darüber nach, welches Glück sie doch mit diesem neuen Haus gehabt hatte. Es war in Big Rock, nicht gerade dem prominentesten Teil von Malibu, aber der Strand war großartig und das Grundstück gut. Früher war auf dem Grundstück ein Haus gestanden, das von einem Erdrutsch und den Wellen beschädigt worden war, und schließlich war es abgebrannt, so daß der verärgerte Besitzer ihr das Grundstück günstig überlassen hatte. Sie hatte einen guten Architekten engagiert und ein Fundament bauen lassen, das alles überstehen würde, auch die gewalttätigen Widrigkeiten des südkalifornischen Klimas. Selbst wenn das große Erdbeben kam, würde das neue Haus stehen bleiben.

Als sie sich Big Rock näherte, konnte sie über den Bauzaun hinweg die Dachsparren sehen. Wenn das Haus sich seiner Fertigstellung näherte, würde sie eine Mauer bauen lassen, die sie vor dem Verkehr auf dem Pacific Coast Highway und vor verrückten Bewunderern wie diesem neuen Briefschreiber schützen würde.

Als sie den Wagen abstellte, hielt hinter ihr ein Kombi, und ein junger Mann stieg aus. »Miss Callaway«, sagte er, »ich bin Mel Parker – Keyhole-Sicherheitsanlagen.«

»Wie geht's, Mel?« Sie schüttelte ihm die Hand. Ein gutaussehender Junge, dachte sie – blond, drahtig und athletisch gebaut. Er hatte eine Narbe an der Oberlippe und leicht hängende Augenlider, aber insgesamt wirkte er nicht unattraktiv.

»Ich bin ein richtiger Fan von Ihnen«, sagte Mel. »Ich hab' Sie in jeder Rolle gesehen, die Sie gespielt haben, und kann Ihren nächsten Film gar nicht erwarten.«

»Danke, Mel, das ist sehr nett von Ihnen.«

Er wurde rot. »Wollen wir uns das Grundstück ansehen und überlegen, was für eine Alarmanlage Sie brauchen?«

»Na klar.«

Er öffnete ihr die provisorische Sperrholztür, und dann sahen sie das Haus. Sie empfand es jetzt als Haus. Zuerst war es nur ein ausgebranntes Wrack gewesen, dann ein Loch in der Erde und schließlich ein Grundstück mit Stahl und Beton. Aber jetzt stand das Balkengerüst, und sie konnte bereits die Umrisse erkennen, die sie sich erträumt hatte, konnte durch die Räume gehen und sich ihre Größe vorstellen, sich ihren Weg zwischen den Gerüstbalken zu dem Bereich bahnen, wo einmal die Terrasse sein würde, und auf den blauen Pazifik hinausblicken. Allein schon durch die Lücke zu treten, wo später einmal die Eingangstür sein würde, war für sie ein erhebender Moment.

Als sie und Mel eintraten, kam noch ein junger Mann, den sie nicht kannte, auf sie zu. Er trug Arbeitskleidung und hatte ein Klemmbrett in der Hand. Er streckte ihr die Hand hin. »Chris, ich bin Bud Carson, ich bin für den Innenausbau zuständig.«

»Guten Tag«, sagte sie und störte sich nicht daran, daß er sie mit ihrem Vornamen ansprach. Die ganze Welt schien sich heutzutage in dieses Privileg zu teilen. Ihr Generalunternehmer, Mike Moscowitz, hatte ihr die meisten Subunternehmer vorgestellt, aber nicht diesen hier, der ihr zu jung vorkam, um seine eigene Innenausbaufirma zu haben. Er hatte einen merkwürdigen Blick; wenn er sprach, konnte man nur schwer sagen, wo er hinsah.

»Was sagen Sie denn zu den Baufortschritten?« fragte er.

»Es ist richtig aufregend. Langsam sieht es so aus, wie ich es mir vorgestellt habe.«

»Das Gerüst ist das Beste«, sagte Bud. »Sobald es steht, fängt eine Baustelle an, ein Haus zu sein, und dann geht's ziemlich schnell. Noch zehn Tage, und das ganze Haus ist eingeschalt, und eine Woche später kommt das Dach.«

»Prima. Machen Sie weiter so, ja? Wenn Sie mich jetzt entschuldigen wollen – ich muß mich mit diesem Herrn über die Alarmanlage unterhalten.«

»Übrigens«, sagte Carson, »ich hab' im Augenblick kein Papier bei mir, aber wenn Sie wieder mal herkommen, könnten Sie mir dann ein Autogramm geben?«

»Na klar, Bud, gern.« Sie wandte sich zum Gehen.

»Und darf ich jemand mitbringen, der ein Foto von Ihnen und mir macht?«

Das war der Teil ihres Lebens, der sie verrückt machte; die Leute schienen alle zu denken, irgendwie Anspruch auf sie zu haben, bloß weil sie sie im Kino gesehen hatten. Sie gab sich Mühe, nicht unfreundlich zu klingen. »Wenn ich Zeit habe. Aber jetzt müssen Sie mich wirklich entschuldigen.« Sie drehte sich um und ging weg.

»Chris«, rief er hinter ihr her.

Sie ignorierte ihn und ging weiter. Sie verbrachte eine ganze Stunde damit, mit Mel um das Haus herumzugehen, ihm zu zeigen, wo die Fenster sein würden, darüber zu entscheiden, ob die Sensoren der Alarmanlage am Fenster oder an den Läden angebracht werden sollten, und festzulegen, wo die Schlösser angebracht werden sollten, über die sie einen Zugangscode eingeben oder den Alarmknopf drücken konnte.

»Was ist mit Video?« fragte Mel, als sie wieder an der Eingangstür standen.

»Video?«

»Ich kann dort drüben eine Kamera anbringen, die Ihnen die Möglichkeit gibt, von jedem Fernseher im Haus jeden zu sehen, der klingelt. Dann können Sie entscheiden, ob Sie die Tür öffnen oder über Sprechanlage mit dem Betreffenden reden wollen.«

»Das klingt gut«, sagte sie und mußte unwillkürlich an die zwei Briefe denken, die sie heute schon bekommen hatte.

»Ich glaube, für jemand in Ihrer Position ist das unerläßlich«, sagte Mel. »Ich wette, Sie haben immer wieder unwillkommene Besucher.«

»Da haben Sie recht«, sagte sie. »Installieren Sie die Kamera. Wie wär's mit noch einer auf der Terrasse zum Meer?«

»Gute Idee.« Er machte sich ein paar Notizen auf dem Bauplan. »Wissen Sie«, sagte er dann, »ich werde mir mit Ihrem Auftrag wirklich Mühe geben. Ich bin erst seit einem Jahr selbständig, aber das Geschäft läuft sehr gut.«

»Man hat Sie mir wärmstens empfohlen«, sagte Chris.

»Ich weiß, es ist ein wenig seltsam, jemand, den man eigentlich gar nicht kennt, seine geheime Telefonnummer und die Schlüssel zu seinem Haus zu geben, aber bedenken Sie bitte, daß Ihre Sicherheit mein Betriebskapital ist. Sie können mir und meinen Leuten absolut vertrauen.«

»Danke, Mel, das klingt sehr beruhigend.«

»Wenn irgend etwas passiert, brauchen Sie nur zwei Knöpfe auf der Tastatur zu drücken, und wir sind binnen zehn Sekunden mit der Polizei verbunden. Die Reaktionszeit hier draußen beträgt gewöhnlich zwei Minuten oder weniger. Je nachdem, was in Malibu passiert, könnte es natürlich auch länger dauern.«

»Mel, für mich ist es sehr wichtig, völlig ungestört zu sein, und deshalb möchte ich nicht, daß irgend jemand in Ihrer Firma meine Adresse oder meine Telefonnummer bekommt, wenn es nicht absolut notwendig ist.«

»Ich kann Ihre Besorgnis verstehen«, erwiderte er, »aber ich habe die ganze Zeit drei Leute in meinem Büro in Santa Monica vor den Bildschirmen sitzen. Wenn ein Alarm ausgelöst wird, ruft einer dieser drei Leute unverzüglich Ihre Telefonnummer an. Wenn sich niemand meldet, informiert er die Polizei, wenn Sie sich melden, müssen Sie ihm ein Codewort nennen, das Sie vorher mit uns vereinbart haben. Wenn Sie das Codewort nicht nennen oder ein falsches, geht er davon aus, daß man Sie unter Druck setzt, und wird die Polizei anrufen.«

»Das klingt gut.«

»Worauf ich hinaus will, ist, daß die Leute an den Bildschirmen deshalb Ihre Adresse und Telefonnummer im Computer haben. Aber ich stelle gründliche Erkundigungen über jede Person an, ehe ich sie einstelle, und ich nehme niemand, der vorbestraft ist oder eine irgendwie zweifelhafte Vergangenheit hat. Einige meiner Angestellten sind ehemalige Polizeibeamte und wissen, was in einem Notfall zu tun ist.«

»Nun«, seufzte sie, »wahrscheinlich kann ich einfach nicht durchs Leben gehen, ohne daß jemand weiß, wo man mich finden kann.«

»Das stimmt. Aber Sie haben zumindest eine gewisse Kontrolle darüber, wer es erfährt.«

Ich wünschte, das wäre wahr, dachte sie.

Zu Hause lag wieder ein Brief im Briefkasten. Das war an diesem Tag der dritte.

»Ich kann einfach nicht aufhören, an Sie zu denken«, lautete die letzte Zeile.

3

Am Freitagmorgen nahm Chris an der ersten Lesung des endgültigen Drehbuchs des neuen Films »Verlassen«, ihres ersten Western, teil. Es war zwar nicht die heiße Rolle, die sie suchte, aber sie spielte mit Jason Quinn zusammen, einem aufsteigenden jungen Schauspieler, und es war die Rede davon, daß dieser Film ihn zum Star machen würde. Damit hing sie zwar wieder an den Rockzipfeln eines anderen, aber sie hatte vier sehr gute Szenen, darunter auch ihren Kampf.

Die Mitwirkenden hatten bereits einen Entwurf des Drehbuchs studiert und würden jetzt zum erstenmal die endgültige Fassung zu Gesicht bekommen. Alle waren höchst gespannt, aber als sie sich dann um einen langen Tisch setzten, den man auf einer leeren Tonbühne aufgestellt hatte, und anfingen, ihre Rollen zu lesen, wurde allen schnell klar, daß die neue Fassung eine wesentliche Verbesserung gegenüber der bisherigen darstellte. Chris war entzückt darüber, daß man ihre Rolle erweitert und sie eine neue Szene mit Quinn hatte, die bei weitem besser war, als sie erwartet hatte.

Als sie mittags die Lesung abgeschlossen hatten, nahmen Jason Quinn und der Regisseur Brent Williams sie beiseite, was sie nervös machte. Wie jede Schauspielerin ließ Chris sich durch Kritik leicht aus dem Konzept bringen, und sie wußte, daß man sie jederzeit austauschen konnte, wenn diese beiden Männer mit ihrer Arbeit nicht einverstanden waren.

»Chris«, begann Brent, »ich wollte dir nur sagen, daß das die beste erste Drehbuchlesung war, an der ich je teilgenommen habe. Jason und ich sind der Meinung, daß du in diesem Film brillant rauskommen wirst.«

Quinn mischte sich ein. »Ich kann mir keine andere Schauspielerin vorstellen, die diese Rolle so gut spielt wie du«, sagte er. »Und Graham Hong hat mir erzählt, daß du eine klasse Figur machen wirst, wenn du den Schurken zur Strecke bringst.«

»Vielen Dank, Jason, Brent«, sagte Chris, bemüht, sich ob des unerwarteten Lobes keine Verlegenheit anmerken zu lassen. »Ich freue mich wirklich auf die Aufnahmen.«

»Ich weiß, daß das das endgültige Drehbuch sein soll«, sagte Brent, »aber da war eine Szene, die wir ziemlich früh rausgeschnitten haben, weil wir uns nicht vorstellen konnten, daß irgendeine Schauspielerin sie hinkriegen würde. Aber jetzt wollen Jason und ich sie wieder einfügen. Chris, ich übertreibe wirklich nicht, wenn ich dir sage, daß dieser Film Oscar-Chancen hat. Das Studio ist begeistert; die waren von deinen Probeaufnahmen hingerissen und wollen die Auflage von achthundert auf zwölfhundert steigern – vorausgesetzt, sie sind mit dem fertigen Produkt zufrieden.«

»Und das werden sie sein«, sagte Jason und ließ einen

Mundvoll der besten Arbeit eines Zahnarztes aus Beverly Hills sehen. »Ich glaube, wir werden prima miteinander klarkommen.«

Chris dankte ihnen noch einmal, und Jason ging zu seiner Garderobe zurück und ließ sie mit dem Regisseur allein.

»Ich habe mit Jason darüber gesprochen«, sagte Brent, »ich werde deine Plazierung verbessern. Du kommst über den Titel, Einzelnennung, gleich nach Jason.«

»Das ist großartig, Brent«, sagte Chris aufrichtig. Sie hatte die Erfahrung gemacht, daß man Versprechungen in Hollywood nicht so ernst nehmen durfte, aber diesmal konnte sie einfach nicht anders; ihr Herz schlug vor Freude schneller.

»Die Änderungen im Drehbuch haben deine Rolle aufgewertet. Jason und ich waren der Ansicht, daß das das mindeste war, was wir tun konnten.« Er umarmte sie und ging dann zur Kantine.

»Nun«, sagte Chris halblaut im Selbstgespräch, »ihr hättet natürlich auch meine Gage anheben können.« Sie war bereits zu ihrer Garderobe unterwegs, als ihr plötzlich bewußt wurde, daß heute keine Briefe von »Bewunderer« eingetroffen waren. Sie machte sich vergnügt auf den Weg zu ihrer Verabredung zum Mittagessen.

Es war einer jener strahlend schönen L.A.-Tage nach einem Regen, wenn eine Kältefront den Smog weggefegt hat und die Sonne all das erfüllte, was sie in Kalifornien verspricht. Sie traf sich mit ihrem Agenten Ron Morrow und ihrem Manager Jack Berman im Bistro Garden in Beverly Hills, wo sie im Freien zu Mittag aßen.

»Brent hat angerufen«, sagte Ron. »Er hat mir die letzte Neuigkeit durchgegeben; ich glaube, das ist sehr gut für dich, Chris.« Ron war noch keine fünfunddreißig, aber er war der Spitzenagent unter den jungen Agenten bei CAA, Creative Artists Agency, der Topagentur der Stadt.

«Glaubst du, du könntest mehr Geld rausholen, Ron?«

Ron schüttelte den Kopf. »Es wäre ein Fehler, sie darum zu bitten«, sagte er. »Wenn dieser Film das bringt, was ich glaube, werden wir das beim nächsten mehr als wettmachen. Du wirst dir dann deine Drehbücher aussuchen können, wart's ab.«

»Ron hat recht«, sagte Jack. »Wir werden das Studio nicht unter Druck setzen. Sie sind happy, und wir wollen, daß sie das auch bleiben.« Jack war Mitte Fünfzig, ein echter Hollywoodveteran und Manager von einem Dutzend großer Stars.

»Ganz wie ihr wollt. Was kommen denn für Angebote rein?«

»Nichts, was gut genug wäre«, sagte Ron. »Aber wenn dieser Film auf die Leinwand kommt, werden wir uns vor Angeboten nicht retten können. Mach dir da keine Sorgen.«

»Ich mach mir auch keine Sorgen«, sagte Chris und lächelte.

»Was macht das Haus?« fragte Jack.

»Da geht alles prächtig voran. Das Balkengerüst ist fast fertig, man kann sich jetzt schon vorstellen, wie es wird. Ihr müßt mal rauskommen und es euch ansehen.«

»Ich fahr' jeden Abend auf dem Nachhauseweg dran vorbei«, sagte Ron. »Ich habe das Dach bereits gesehen.«

Jack räusperte sich. »Chris, du solltest das Haus in Bel-Air jetzt schon anbieten.«

»Noch nicht, Jack; bis das Haus in Malibu vollständig fertig ist, sind es noch fünf Monate – *falls* der Zeitplan eingehalten wird –, und ich will nicht, daß unentwegt Schaulustige durch das Haus trampeln, solange ich dort wohne.«

»Fünf Monate ist nicht viel, glaub mir.«

»Ich will dir was sagen: Wir haben sechs Wochen Innenaufnahmen, ehe wir ins Monument Valley gehen, um dort die Außenaufnahmen zu machen. Wenn wir die Stadt verlassen, kannst du es anbieten – einverstanden?«

»Okay«, sagte Jack resigniert, »aber ich mach' mir ein wenig Sorgen. Du wolltest unbedingt das neue Haus bar bezahlen und willst nicht, daß ich dir eine Hypothek besorge. Das Geld wird knapp werden.«

»Jack, wenn ich filme, gebe ich nicht viel Geld aus. Ich brauche also bloß die Hypothekenraten für das Haus in Bel-Air und mein monatliches Taschengeld ...«

»Was ja nicht gerade knapp ist.«

»Jack«, warf Ron ein, »mach dir darüber keine Sorgen. Sobald ›Verlassen‹ in der Kiste ist, wird Chris' Gage in astronomische Höhen schießen. Sie schafft das schon.«

»Mir gefällt einfach nicht, daß sie ihre ganzen Ersparnisse für dieses Haus ausgibt, wo ich ihr doch im Augenblick eine Hypothek mit variablem Zins zu Wahnsinnskonditionen beschaffen könnte.«

»Ihr könnt ja sagen, daß ich verrückt bin«, meinte Chris, »aber ich bin es leid, Schulden zu haben.«

Jack hob die Hand. »Wir wollen nicht mehr darüber reden.«

Sie beendeten ihr Mittagessen in schönster Eintracht bei Wein und lockerem Geplauder.

Als Chris nach Hause kam, lagen sechs rote Rosen auf der Türschwelle. Die sind von Jason und Brent, sagte sie sich, und ging in die Küche. Als sie sie in den Ausguß legte und das Wasser aufdrehte, bemerkte sie die Karte.

»Sie sind wunderbar«, stand darauf. Die Unterschrift lautete: »Bewunderer.« Sie zerknüllte die Karte und warf sie in den Abfalleimer.

4

Am Sonntagabend erschien Danny Devere pünktlich. Danny war immer pünktlich, dachte Chris. Es tat wirklich gut, jemand im Leben zu haben, der völlig berechenbar war.

Als Chris mit Brad Donner verheiratet gewesen war, waren die meisten ihrer Freunde eigentlich seine Freunde gewesen, und seit der Scheidung hatte sie die ganze Zeit gearbeitet oder war mit dem Haus beschäftigt gewesen, also kaum unter Leute gekommen. Aber Danny machte ihr jeden Tag, wenn sie arbeitete, das Haar und zweimal die Woche, wenn sie nicht arbeitete, also war er neben Melanie, ihrer Sekretärin, so etwas wie eine Konstante in ihrem Leben, ein Quell gesunden Menschenverstands und guten Urteilsvermögens. Im Falle eines Kampfes wäre es gut, ihn hinter sich zu wissen, dachte sie.

Chris fuhr leidenschaftlich gern Auto, und sie nahmen ihren Wagen. »Was für eine Woche!« sagte sie zu Danny. »Das Balkengerüst wird aufgebaut, und das neue Drehbuch erweist sich als wesentlich besser, als ich gehofft hatte.« Sie erzählte ihm von der ersten Lesung und dem, was danach geschehen war.

»Süße«, sagte Danny, »ich bin vierzig und lebe seit meinem einundzwanzigsten Lebensjahr in dieser Stadt, deshalb weiß ich, wovon ich rede: Du stehst am Anfang einer großen Karriere, und keiner kann dich mehr aufhalten.«

»Daran will ich gar nicht denken«, sagte Chris so laut, daß sie das Windgeräusch übertönte, als der Sunset Boulevard endete und sie in den Pacific Coast Highway einbogen. »Ich meine, ich habe davon geträumt, als ich in New York war und an den Off-Broadway-Theatern arbeitete. Aber jetzt, wo das alles zum Greifen nahe scheint, macht es mir ein wenig angst. Ich weiß, ich wirke hart und selbstbewußt, aber tief in meinem Inneren bin ich genauso unsicher wie jede andere Schauspielerin hier, glaube mir.«

»Hör mal, darüber solltest du dir keine grauen Haare wachsen lassen. Du hast dich im großen und ganzen gut gehalten – du bist nach L.A. gezogen, du kriegst gute Rollen, du verdienst Geld, du baust ein Haus. Das ist dein Leben.«

»Danny, wird die Sache mit dem Starrummel noch schlimmer werden?«

»Nicht sehr; du wirst dich daran gewöhnen.« Danny sah sich um. »He, war das dort hinten nicht dein Haus?«

»Heute ist Vollmond, also habe ich mir gedacht, wir gehen abendessen und fahren dann hin; wir werden im Mondlicht ein wenig um das Haus herumgehen.«

»Hört sich gut an.«

Sie aßen im La Scala zu Abend und unterhielten sich wie alte Freunde. Chris hatte seit ihrer Scheidung keine ernsthaften Männerbekanntschaften gemacht, und das Unkomplizierte an ihrer Freundschaft mit Danny gefiel ihr; sie hatte volles Vertrauen zu ihm. Sie wußte, daß Danny es als junger Mann schwer gehabt hatte, aber jetzt war er einer der führenden Figaros der Hollywood-Prominenz. Er hatte zwei Dutzend Filme hinter sich und hatte für sämtliche Hauptdarstellerinnen von Hollywood gearbeitet; Chris war glücklich darüber, daß er sich immer Zeit für sie nahm, ob sie nun arbeitete oder nicht.

»Hör mal, Chris«, sagte Danny, »findest du nicht, daß es langsam Zeit wird, daß du wieder mit Männern ausgehst?«

»Danny, mir ist einfach nicht danach.«

»Blödsinn. Du bist ein ganz normales amerikanisches Mädchen; du hast Hormone wie jeder andere Mensch. Du kannst nicht die ganze Zeit mit einer Schwuchtel wie mir rumhängen.«

»Von allen, die ich kenne, bin ich mit dir am liebsten zusammen«, sagte sie.

»Das ist sehr nett, aber ich bin bloß eines von den Mädels. Ich kenne dich, und du brauchst ein wenig mehr als mich.«

»Irgendwann mal vielleicht, aber nicht jetzt.« Sie trank ihren Kaffee aus. »Komm, sehen wir uns das Haus an.«

Sie fuhren durch Malibu zurück nach Big Rock, das seinen Namen der geologischen Formation verdankte, die über dem Highway aufragte. Chris parkte den Wagen am Tor und betätigte das Kombinationsschloß, das den Wagen sichern sollte, und dann gingen sie um den Zaun herum zur Eingangstür. Die Vollmondscheibe stand jetzt hoch am Himmel, und alles zeichnete sich in klaren Konturen ab.

»Toll!« sagte Danny überwältigt. »Das ist doch echt, oder?«

»Das wird es mit der Zeit.« Chris führte ihn durch den Flur, der gerade durch das ganze Haus verlief, und dann nach rechts ins Wohnzimmer, wobei sie darauf achtete, nicht über irgendwelches Baumaterial zu stolpern.

»Ein schöner großer Raum«, sagte Danny. »Wirst du viele neue Möbel kaufen?«

»Ein paar Stücke. Brad hat gesagt, ich könnte aus dem Haus in Bel-Air mitnehmen, was ich will, und ich mag eine ganze Menge von den Möbeln. Aber ein neues Schlafzimmer werde ich brauchen.« Sie führte ihn durch das Wohnzimmer in die Küche. »Sie hat eine eigene kleine Terrasse, damit man draußen essen kann«, sagte sie, »und es ist auch genug Platz für Freunde, damit die bei mir sitzen und mit mir reden können, während ich koche.«

»Ich werde zusehen«, sagte Danny, der ein miserabler Koch war.

»Die Küche wird klasse werden«, sagte Chris. »So, wie ich es mir immer gewünscht habe.«

»Es ist schön, wenn man das kriegt, was man sich schon immer gewünscht hat«, lachte Danny. »Das hat 'ne Menge für sich.«

»Komm, ich zeig' dir die Schlafzimmer.« Sie gingen durch die Eingangshalle in einen breiten Flur, und Chris führte ihn zum Gästezimmer. »Da kannst du schlafen, wenn du Streit mit deinen Boyfriends hast.«

»Schön, eine Zuflucht zu haben«, sagte Danny. »Ein schönes Zimmer, es gefällt mir.«

»Es wird immer für dich bereit sein. Und jetzt schau dir meine Suite an.« Sie führte ihn zu dem breiten Flur zurück. »Hier kommen Doppeltüren hin, und das ist mein Schlafzimmer. Die große Öffnung dort wird eine Glastür zur Terrasse.« Sie führte ihn in ein anderes Zimmer. »Das hier ist mein Arbeitszimmer; es bekommt eine kleine Kochnische in einem Schrank, damit ich tagelang in diesem Teil des Hauses bleiben kann, wenn mir danach ist.«

»Das ist herrlich, Chris«, begeisterte sich Danny. »Es hat Charme und die richtigen Proportionen, und es ist elegant. Das Haus hat wirklich alles, was zu einem guten Haus gehört.«

»Jedenfalls alles, was ich brauche. Komm jetzt, du mußt den Ausblick von der Terrasse bewundern.«

Chris ging über einen Brettersteg voraus.

»Vorsichtig!« schrie Danny. »Nach unten ist's ziemlich weit, und felsig ist's da auch.«

»Keine Sorge, ich bin Hochseilartistin«, rief Chris zurück. Sie deutete auf die Mondscheibe über dem Ozean. »Ist das nicht ein grandioser Anblick? Ich wollte schon immer am Strand leben, aber Brad hat es hier draußen nicht gefallen. Und jetzt ist alles genauso, wie ich es will.« Sie hüpfte auf den Bohlen auf und ab und hielt sich an einem Balken fest.

»Hör auf damit, du machst mir angst!« rief Danny.

Chris hüpfte ein letztes Mal in die Höhe, und als sie landete, hörte sie ein scharfes Knacken und spürte, wie die Bohle unter ihr nachgab. Sie klammerte sich an dem Balken fest und versuchte sich umzudrehen, um sich auch mit der anderen

Hand festzuhalten, aber das Brett war abgebrochen – sie stürzte.

Bis nach unten waren es gute sechs Meter, und der Sturz schien im Zeitlupentempo abzulaufen. Ihre Füße trafen auf einen Stützbalken, und sie kippte zur Seite. Bitte, lieber Gott, dachte sie, laß unter mir Sand sein.

Sie fiel und fiel, und dann prallte sie auf den von Felsen durchsetzten Sandstrand auf. Sie lag auf dem Rücken, und unter ihrem Kopf spürte sie Steine. Der Schmerz war so intensiv, daß nur die Bewußtlosigkeit ihn beenden konnte.

Als sie die Besinnung verlor, hörte sie irgendwo über sich Dannys Stimme, der verzweifelt ihren Namen rief.

5

Der Schmerz hatte aufgehört, aber jetzt fing er von neuem an. Chris atmete tief ein, und als die Luft wieder aus ihren Lungen wich, entrang sich ihr unwillkürlich ein Stöhnen.

Von irgendwo in der Nähe war ein Rascheln zu hören, dann Schritte auf einer harten Oberfläche. Danach war es wieder still. Chris hatte Angst, die Augen aufzuschlagen, sie fürchtete, der Schmerz könnte noch schlimmer werden. Ihr ganzer Körper tat weh, aber am meisten ihr Kopf.

Einen Augenblick später waren wieder Schritte zu hören, diesmal waren es zwei Leute.

»Sind Sie wach?« fragte eine weiche Männerstimme.

»Ich habe Angst, die Augen aufzumachen«, sagte sie. »Es tut so weh.«

»Ihr Kopf?«

»Ja.«

»Machen Sie sich deshalb keine Sorgen. Würden Sie etwas probieren? Sie brauchen die Augen nicht aufzumachen.«

»Wenn es nicht zu weh tut.«

Eine große Hand nahm die ihre. »Würden Sie mit den Fingern wackeln?«

Sie wackelte.

»Gut.« Die Hand nahm ihre andere Hand. »Und jetzt die.«

Sie bewegte die Finger der anderen Hand.

Die Hand ließ die ihre los, dann spürte sie zwei Hände an ihren Füßen. »Und jetzt die Zehen bitte.«

Sie bewegte sie und hörte dann ein Aufseufzen.

»So ist's gut«, sagte der Mann. »Wunderbar. Eine Weile habe ich mir Sorgen gemacht.«

»Sorgen worüber?«

»Ich dachte, Sie könnten von dem Sturz gelähmt sein.«

»Sturz?«

»Sie erinnern sich nicht?«

»Nein.«

»Was ist das letzte, woran Sie sich erinnern?«

»Daß ich mit Danny zu Abend gegessen habe.«

»Gut. Also keine große Gedächtnislücke. Das kommt wieder in Ordnung.«

»Wo ist Danny?«

»Er war seit vorgestern oft hier.«

»Was für einen Tag haben wir heute?«

»Dienstag.«

»Ich erinnere mich an Sonntag; wir waren am Sonntag abendessen.«

»Ja, und dann sind Sie zu Ihrem Haus gefahren und von einer Terrasse auf den Strand gestürzt.«

Chris dachte daran, wie hoch die Terrasse über dem Strand war, und schauderte, was den Schmerz verschlimmerte.

»Nicht bewegen«, sagte der Mann. »Ich gebe Ihnen etwas gegen die Schmerzen.«

Christ hörte, wie ein Stift sich über einen Block bewegte, und dann verließ die andere Person – eine Schwester, nahm sie an – das Zimmer und kam kurz darauf zurück. Eine Hand führte eine Pille an ihre Lippen, dann ein Glas Wasser.

»Gut. In ein paar Minuten werden Sie sich wohler fühlen. Ruhen Sie sich einfach aus und bewegen Sie sich nicht. Ich komme gleich wieder.« Seine Schritte verließen den Raum.

Chris versuchte sich zu entspannen, versuchte sich über das Abendessen am Sonntag hinaus zu erinnern, schaffte es aber nicht. Eigentlich gut so, dachte sie. Wenn sie gestürzt war, wollte sie sich nicht daran erinnern. Sie verspürte eine kleine Welle von irgend etwas, aber es war nicht unangenehm. Der Schmerz verebbte ein wenig.

Die Schritte kehrten zurück. »Ich habe jemand mitgebracht«, sagte der Mann. »Wollen Sie nicht die Augen aufmachen?«

Chris fühlte sich schläfrig, aber sie schlug die Augen auf. Der Raum war nur schwach beleuchtet; irgendwo links von ihr war eine schwache Lichtquelle, aber sie konnte nur Umrisse erkennen. »Wer ist es?« fragte sie.

»Ich bin's, Süße«, hörte sie Dannys Stimme. Er nahm ihre Hand. »Ich hab' mir Sorgen um dich gemacht; schön, daß du wieder bei uns bist.«

»Ich bin Paul Villiers«, sagte der andere Mann. »Ich bin Neurologe im Cedars-Sinai-Krankenhaus. Da sind Sie jetzt.«

»Sie klingen wie ein netter Mann«, sagte Chris. »Wenn Sie vielleicht die Jalousie öffnen würden, könnte ich Sie mir ansehen.«

Ein langes Schweigen folgte; alle schienen wie erstarrt.

»Bleiben Sie ganz ruhig«, sagte der Arzt. »Ich möchte mir nur Ihre Augen ansehen.«

Chris spürte Finger an ihren Lidern, und dann sah sie in weiter Ferne einen winzigen Lichtpunkt. Wieder hörte sie den Arzt seufzen. »Was ist?« fragte sie.

»Die Jalousien sind offen, Chris«, sagte Villiers. »Die Sonne scheint hell ins Zimmer.«

Chris saß aufrecht im Bett und versuchte sich selbst zu füttern. Warum gaben die jemand Erbsen zu essen, der sie nicht sehen konnte? Sie gab sich einen Ruck, hielt die Erbsen mit den Fingern fest und stach mit der Gabel zu.

»Warum läßt du mich das nicht machen?« fragte Danny. Inzwischen war ein Tag vergangen, aber es schien, als wäre er die ganze Zeit nicht von ihrer Seite gewichen.

»Weil ich es selber machen möchte«, sagte Chris. Ihr Kopf schmerzte immer noch, aber nicht mehr sehr. Man hatte ihr am Morgen erlaubt, sich aufzusetzen.

Gestern waren Ärzte und Schwestern ununterbrochen durch ihr Zimmer gegangen, aber heute war niemand gekommen; bis jetzt jedenfalls nicht.

»Wo sind denn alle?« fragte sie. »Haben die mich aufgegeben?«

»Ich habe Dr. Villiers vor ein paar Minuten in der Eingangshalle gesehen. Er hat gesagt, er werde bald zu dir kommen.«

Wie auf Stichwort trat Dr. Villiers ein. »Guten Morgen«, sagte er. »Wie fühlen Sie sich heute?«

»Besser. Aber ich kann immer noch nichts sehen«, erwiderte Chris.

Er zog sich einen Stuhl an ihr Bett. »Ich werde Ihnen alles sagen, was ich weiß«, sagte er. »Das bin ich Ihnen schuldig.«

»Ich bin blind? Ist es das?« Sie hielt den Atem an und wartete auf seine Antwort.

»Machen Sie es nicht schlimmer, als es ist. Die gute Nachricht ist, daß Sie etwas Licht sehen und Umrisse unterscheiden können.«

»Und die schlechte Nachricht?«

»Das ist zugleich auch die schlechte Nachricht.«

»Wird es besser werden?« Sie nahm ihre ganze Kraft zusammen, um seine Antwort ertragen zu können, und hielt den Atem an.

»Ich wünschte, ich könnte Ihnen eine definitive Antwort geben«, sagte er, »aber alles, was ich Ihnen sagen kann, ist, daß Sie eine sehr gute Heilungschance haben.«

Chris atmete aus. »Erklären Sie mir das.«

»Bei Ihrem Sturz sind Sie mit dem Hinterkopf auf Stein aufgeschlagen, und dabei wurden die Okzipitallappen Ihres Gehirns beschädigt. Die befinden sich hinten im Schädel. Eine Schädelfraktur hat es nicht gegeben, und das ist gut; das liefert uns einen Hinweis auf das Ausmaß der Verletzung.«

»Und wie ist das Ausmaß der Verletzung?«

»Ich wollte, ich könnte Ihnen das genau sagen, aber das kann ich nicht. Sie müssen sich das so vorstellen: Sie haben sich einen Teil Ihres Gehirns geprellt, daher kommt der Schmerz, den Sie gespürt haben. Sie hatten Glück, daß Sie routinemäßig eine massive Dosis Steroide erhalten haben, als Sie in die Notaufnahme eingeliefert wurden. Das ist die hier übliche Behandlung, seit bekannt geworden ist, daß bei Verletzungen im Wirbelsäulenbereich Steroide, wenn sie sofort verabreicht werden, die Regeneration des Gewebes fördern. Demzufolge hat sich die Schwellung an ihrem Hinterkopf wesentlich zurückgebildet, und das ist gut.«

»Und Ihre Prognose?« Sie hatte Angst vor seiner Antwort.

»Vieles ist möglich. Im schlimmsten Fall wird sich nichts ändern.«

Chris schauderte unwillkürlich. Ein Todesurteil hätte sie kaum mehr treffen können. Was sollte sie tun? Würde sie wieder arbeiten können?

»Aber«, fügte er schnell hinzu, »im günstigsten Fall könnte sich der geschädigte Bereich Ihres Gehirns völlig regenerieren und Ihre Sehkraft wiederhergestellt werden.«

»Und was vermuten Sie?« fragte sie und wagte nicht zu hoffen.

»Irgend etwas zwischen den zwei Extremen«, erwiderte er. »Aufgrund der bisher durchgeführten Behandlung riskiere ich die Behauptung, daß Sie am Ende näher beim guten als beim schlechten Extrem liegen.«

»Wie lange wird das dauern?«

»Es könnte bis zu achtzehn Monaten dauern.«

»Sie meinen, daß das Sehvermögen, das ich nach achtzehn Monaten habe, das sein wird, das ich dann endgültig haben werde?«

»Wahrscheinlich. Aber ich glaube, daß sich schon lange vor dieser Zeit eine Besserung einstellen wird. Wenn die Schwellung verschwunden ist und Sie schmerzfrei sind, können Sie nach Hause gehen. Wir werden Sie hier nicht länger festhalten als nötig.«

»Dr. Villiers, vielen Dank, daß Sie offen zu mir waren.«

»Das versuche ich immer zu sein. Aber ich muß jetzt meine Runde machen, und außerdem sind hier ein paar Leute, die Sie besuchen wollen.«

Danny meldete sich zu Wort. »Ron Morrow und Jack Berman sind hier«, sagte Danny. »Ich hole sie.«

Die aufmunternden Worte und die Artigkeiten waren vorüber. Keiner schien mehr zu wissen, was er sagen sollte.

»Laßt uns über die Arbeit reden«, sagte Chris.

»Chris«, erwiderte Jack, »erst mal mußt du wieder gesund werden; Ron und ich werden uns um die Arbeit kümmern.«

»Ron, was hast du dem Studio gesagt?«

»Daß du ein paar Tage im Krankenhaus sein wirst. Und dann noch eine Weile bettlägerig.«

»Wissen die, daß ich blind bin?«

»Du bist *nicht* blind«, sagte Danny.

»Nennen wir die Dinge doch beim Namen. Ich kann nicht viel sehen; ich kann kein Drehbuch lesen; ich kann nicht arbeiten.«

»Nein, das wissen sie nicht«, sagte Ron. »Das weiß niemand. Aber deine Rolle ist bereits neu besetzt.«

»Seit wann?«

»Seit Montag, gleich nachdem sie es gehört hatten«, sagte der Agent. »Das war zu erwarten. Niemand wußte, ob du je wieder das Bewußtsein erlangen würdest, geschweige denn, ob du in nächster Zeit würdest arbeiten können. Du mußt das verstehen, das Risiko wäre einfach zu groß gewesen.«

»Ja, das kann ich mir vorstellen«, sagte sie und lachte dann. »Und Jason hat erst neulich gesagt, er könnte sich in der Rolle niemand anderen vorstellen.«

»Liebe Chris«, erwiderte Jack, »tu dir das nicht an. Das ist bloß ein kleiner Rückschlag. Du wirst schneller wieder arbeiten, als du glaubst.«

»Was habt ihr der Presse gesagt?«

»Nur, daß du dich von einigen Verletzungen erholst, die du dir bei einem Sturz zugezogen hast, und daß mit völliger Wiederherstellung zu rechnen ist. Du warst gestern nacht in ›Entertainment Tonight‹, und heute stand es in den Fachblättern.«

»Ich habe eine Menge Anrufe bekommen«, sagte Ron. »Alle lassen dich grüßen und wünschen dir gute Besserung.«

»Ich habe auch 'ne Menge bekommen«, sagte Jack. »Schau dir doch an, wieviele Blumen du bekommen hast. Tut mir leid, ich meine ...«

»Vielen Dank, Jack. Ich weiß schon, was du gemeint hast. Ich möchte nicht, daß etwas über mein Sehvermögen in die Zeitungen kommt.«

»Selbstverständlich.«

»Hört zu, Leute, ich bin müde. Warum geht ihr nicht wieder an eure Arbeit, und ich rufe euch in ein paar Tagen an. Danny, bleibst du noch eine Minute, ja?«

»Na klar«, sagte Jack. »Wenn du irgend etwas brauchst – Schokoladeneiskrem, Käsekuchen aus New York –, du brauchst nur anzurufen.«

»Klar«, sagte Ron. »Wir werden an dich denken. Laß uns zusammen zu Abend essen, sobald du dich besser fühlst.«

Die zwei Männer gingen, und Danny zog sich einen Stuhl an ihr Bett.

»Sag mir alles über die Blumen«, bat sie.

»Die sind von überall«, erwiderte Danny. »Vom Studio, von Brent Williams und Jason Quinn; von Brad auch. Er hat zweimal angerufen; er filmt gerade in Spanien. Ich habe alle Anrufe entgegengenommen.«

»Du bist ein Schatz, Danny. Wer sonst noch?«

»Na ja, da sind noch eine Menge Rosen von jemand – sechs Dutzend. Keine Karte.«

Chris fing zu lachen an.

»Was?« sagte Danny und fiel in ihr Gelächter ein. »Doch nicht etwa er, oder?«

»Doch, er«, sagte Chris.

Später, als Danny gegangen und Chris allein war, fing sie zu weinen an. Sie hatte in ihrem ganzen Leben noch nie solche Angst gehabt.

6

Kaum daß Chris und Danny in ihrer Einfahrt zum Halten gekommen waren, sprang Chris aus dem Wagen und eilte auf die Tür zu, entschlossen, sich an diesem Ort, den sie so gut kannte, nicht blind zu fühlen. Sie rannte die Treppe hinauf, schob den Schlüssel ins Schloß, öffnete die Tür und fiel in der Eingangshalle der Länge nach hin.

Danny war dicht hinter ihr. »Verdammt!« stöhnte er. »Das Mädchen hat den Staubsauger gleich hinter der Tür stehen lassen. Und ich hab' sie doch gebeten, alles perfekt zu machen.«

Chris entwirrte ihre Füße aus dem Staubsaugerkabel und

stand auf. Plötzlich war ihr schwindlig, und sie streckte die Hand nach Danny aus. Sie fing zu weinen an.

»Halte dich an mir fest, Liebes«, sagte er und griff nach ihrer Hand. »Komm, wir wollen sehen, ob wir dein Schlafzimmer finden.«

»Warte«, sagte sie und wischte sich die Augen mit dem Handrücken wie ein kleines Mädchen. »Gibt es sonst noch irgendwelche ungewöhnlichen Hindernisse?«

Danny sah sich um. »Nein.«

»Irgendwelche Möbel umgestellt?«

»Nein.«

»Dann sollte ich besser anfangen, mich gleich daran zu gewöhnen, alles selbst zu tun«, sagte sie und nahm Kurs auf ihr Schlafzimmer, dicht gefolgt von Danny, der ihren Koffer mit den Krankenhaussachen trug. Sie durchquerte das Wohnzimmer und bog in den Flur, tastete gelegentlich mit dem Handrücken an der Wand entlang und fand ihr Schlafzimmer. Das wenige Licht, das sie wahrnehmen konnte, erhellte die Gegenstände im Raum kaum, alles wirkte verwischt, und sie konnte keine bestimmte Ordnung erkennen.

Chris setzte sich auf ihr Bett und schnüffelte. »Sind das Rosen, was ich da rieche?«

»Ich fürchte, ja«, sagte Danny. »Die üblichen sechs Dutzend; das Mädchen muß sie in eine Vase gestellt haben.«

»Würdest du sie bitte rausschaffen, Danny?« bat sie. »Ich glaube, ich kann Rosen nicht mehr ertragen.«

»Na klar«, sagte er. Und dann hörte sie, wie er die Blumen in Papier einwickelte.

»War eine Karte dabei?« wollte sie wissen.

»So ungefähr dasselbe«, erwiderte Danny. »›Werden Sie bald gesund. Bewunderer.‹«

»Wirf sie weg«, sagte sie und ließ sich auf das Bett zurückfallen. Sie war bereits müde und fühlte sich krank vor Angst; wie sollte es nun weitergehen?

Eine Minute darauf war Danny wieder zurück. »Hör zu, Kleines, und ich will keinen Widerspruch hören. Ich ziehe ins Gästezimmer.«

Sie regte sich nicht von der Stelle. »Ich komm' schon klar, Danny«, sagte sie. »Ich werde einfach...«

»Den Teufel wirst du«, erwiderte Danny mit einer Stimme, die keinen Widerspruch duldete. »Das Haus wird dir ganz anders vorkommen, bis du dich wieder daran gewöhnt hast, und ich lass' dich hier nicht einfach nachts allein, solange der ›Bewunderer‹ irgendwo in der Nähe herumlungert. Tagsüber, wenn Melanie hier ist, ist alles in Ordnung, aber nicht nachts.«

»Na gut«, seufzte Chris. »Ich bin zu müde, um mit dir zu streiten. Das Gästezimmer gehört dir; fahr nach Hause und hol deine Sachen.«

»Meine Sachen sind bereits hier und ausgepackt«, sagte Danny.

Am ersten Morgen, den sie wieder zu Hause war, wollte Danny ihr das Frühstück ans Bett bringen, aber sie bestand darauf, es selbst zu machen, und fummelte unter Dannys wachsamen Blicken in der Küche herum, verbrannte sich am Toaster und verschüttete Orangensaft, bis sie schließlich das Frühstück für sie beide auf dem Tisch hatte.

»Liebes«, sagte Danny ruhig, nachdem sie gegessen hatten, »ich glaube, du solltest dir für eine Weile professionelle Hilfe holen.«

»Danny, ich hab' dir schon tausendmal gesagt, daß ich keinen Seelendoktor brauche. Mein Kopf sitzt völlig gerade.«

»Die Sparte habe ich auch nicht gemeint«, antwortete er. »Ich meine jemand... der mit Leuten gearbeitet hat... die Probleme mit ihren Augen haben.«

»Was?«

»Lerne blind sein.«

»Du meinst, ich soll mir so einen weißen Stock besorgen und damit in der Gegend herumtappen? Bist du verrückt geworden?«

»Nein, nein, ich meine... es muß doch Methoden geben, wie man lernt, damit klarzukommen, und irgendwo gibt es Leute, die dir das beibringen können.«

»Danny, ich weiß, daß du es gut meinst, aber ich denke, daß ich am besten damit zurechtkomme, wenn ich fest daran *glaube*, daß ich so zurechtkomme. Ich glaube, wenn man krank ist, ist es wichtig, was man *denkt*. Wenn ich anfange zu lernen, blind zu sein, bedeutet das, daß ich mich mit meiner Blindheit abgefunden habe, und ich will verdammt sein, wenn ich mich damit abfinde. Ich werde mir von niemand beibringen lassen, wie man blind ist; ich werde mir selbst beibringen, wieder zu sehen.« Sie machte eine kurze Pause. Dann fragte sie: »Klingt das verrückt?«

Danny lachte. »Nein, es klingt nach *dir*. Wenn Sturheit dich gesund machen kann, wirst du in Null Komma nichts wieder sehen.«

»Als erstes werde ich wieder lernen, mich in diesem Haus zu bewegen, und ich möchte nicht, daß du hinter mir herläufst und alles aufhebst, was ich herunterwerfe, hast du gehört?«

»Ich höre Melanies Wagen in der Einfahrt«, sagte Danny, »und das bedeutet, daß ich jetzt verschwinde. Bis heute abend.« Er hauchte ihr einen Kuß auf die Wange und eilte hinaus.

Chris verbrachte ein paar Minuten damit, Melanie klarzumachen, daß sie nicht wie eine Blinde behandelt werden wollte; dann kleidete sie sich an, wählte ihre Kleidung nach Gefühl, bürstete sich das Haar und begann von Zimmer zu Zimmer zu stolpern, Dinge umzustoßen, sie wieder aufzuheben und sich einzuprägen, wo sie waren. Als Melanie am späten Nachmittag wieder weggefahren war, gab es einen Lageplan von ihrer Wohnung, der in Chris' Gehirn eingeprägt war, und sie bewegte sich mit neuem Selbstvertrauen. Sie hatte noch eine Stunde, bis Danny von der Arbeit nach Hause kommen würde, und sie war entschlossen, diese Zeit zu nutzen, um in ihren Bewegungen perfekt zu werden.

Sie ging im Haus herum, zuerst langsam, dann schnell; sie ging den Weg zurück, den sie gekommen war, schlug einen Bogen und drehte sich manchmal im Kreis, um bewußt die Orientierung zu verlieren. Sie wurde immer besser.

Sie war gerade vom Wohnzimmer quer durch die Eingangshalle zum Eßzimmer unterwegs, als sie stehenblieb. Irgendwie klang die Eingangshalle anders, wenn ihre Absätze den Marmorboden trafen; das Echo erschien ihr schwächer. Dann hatte sie ein ganz seltsames Gefühl an einer Seite, an der Seite, die sie der Tür zuwandte; es war, als würde jemand ganz dicht über ihrer Haut seine Hand bewegen, sie aber nicht berühren. Plötzlich war sie sicher, daß jemand im Haus war, nur ein kleines Stück von ihr entfernt, jemand, der an der Eingangstür stand.

Chris erstarrte einen Augenblick lang, dann drehte sie sich um und ging ins Wohnzimmer zurück, bemühte sich, ihr Zittern zu unterdrücken. Rechts von ihr stand eine Vase mit Trockenblumen auf einem Tisch; sie nahm sie und ging zurück zum Eßzimmer, als ob sie nur die Vase an einen anderen Ort bringen wollte. Dann, als sie wußte, daß sie sich mitten in der Eingangshalle befand, holte sie aus und warf die Vase mit aller Kraft in Richtung Eingangstür. Dann rannte sie weg.

Sie glaubte zu hören, wie die Tür sich öffnete und wieder schloß, aber sie blieb nicht stehen. Einen Augenblick später war sie in ihrem Schlafzimmer, sperrte die Tür hinter sich ab und wählte dann 911. Sie zitterte, fühlte sich hilflos und hatte Angst.

7

Als die Polizei von Beverly Hills eintraf, hatte Chris sich hinreichend erholt, um darauf zu bestehen, den beiden Streifenpolizisten Kaffee zu machen. Sie war sehr vorsichtig, bemüht, keinen Tropfen zu verschütten.

Als sie anfing, ihre Geschichte zu erzählen, bat einer der Polizisten sie, das Telefon benutzen zu dürfen.

»Wirklich sehr nett von Ihnen, daß Sie Kaffee machen, Miss Callaway«, sagte der, seiner Stimme nach zu schließen, ältere der beiden.

»Da habe ich wenigstens etwas zu tun und keine Zeit, nervös zu sein«, erwiderte Chris.

Der andere Beamte kam zurück. »Vom Revier kommt jemand, mit dem Sie, glaube ich, reden sollten«, sagte er.

»Wer?«

»Er heißt Larsen; er ist ein Detective. Er ist auf solche Fälle spezialisiert.«

»Es kann doch unmöglich solche Fälle wie diesen schon gegeben haben«, sagte Chris bedrückt.

»Ich meine, mit den Briefen und Blumen«, sagte der Beamte. »Sind Sie sicher, daß Sie sich ganz wohlfühlen?«

»Ganz bestimmt.«

»Als Sie mit den Kaffeetassen hantiert haben, wirkten Sie ein wenig unsicher; ich habe mich gefragt, ob das vielleicht eine verspätete Reaktion ist.«

»Oh, ich bin immer ziemlich ungeschickt; ganz besonders wenn ich nervös bin.«

»Aha.«

Chris hörte, wie die Haustür aufging, und im nächsten Augenblick kam Danny atemlos ins Zimmer geschossen. »Was ist passiert?« wollte er wissen. »Was machen die Cops hier? Alles in Ordnung, Chris?«

»Keine Angst, Danny, alles ist in Ordnung.« Sie machte ihn mit den beiden Polizisten bekannt.

»Nun«, sagte die ältere Stimme, »wenn Ihr Freund hier ist und Ihnen nichts fehlt, sollten wir besser unsere Runde machen. Larsen wird gleich hier sein.«

Chris stand auf. »Vielen Dank, daß Sie beide gekommen sind. Ich fühle mich schon wesentlich wohler, seit ich weiß, daß Sie in der Umgebung sind.«

»Ich werde Sie zur Tür bringen«, sagte Danny.

Chris setzte sich wieder und dachte über die Reaktion der beiden Polizeibeamten nach. Als Danny zurückkehrte, erzählte sie ihm, was vorgefallen war.

»Du bist sicher, daß jemand im Haus war?«

»Ja, ganz sicher. Danny, ich glaube nicht, daß die beiden Beamten gemerkt haben, daß ich blind bin.«

»Wußten sie das nicht?«

»Nein, ich glaube nicht. Einer von beiden meinte, ich sei mit den Kaffeetassen ein wenig ungeschickt gewesen, aber ich glaube nicht, daß er es gemerkt hat. Das habe ich an seiner Stimme erkannt.«

Es klingelte an der Tür. Danny ging hinaus und kam mit einem Mann zurück.

»Chris, das ist Detective Larsen«, sagte er.

»Wie geht es Ihnen, Detective?« fragte Chris, ohne ihm die Hand hinzustrecken. Sie war nicht ganz sicher, wo er stand. »Hätten Sie gern eine Tasse Kaffee? Ich habe gerade einen gemacht.«

»Danke, gern«, sagte Larsen.

Chris hörte, wie er sich einen Stuhl an den Küchentisch zog. Seine Stimme hatte einen angenehmen Klang, hörte sich an wie Mitte Dreißig. Diesmal war sie mit der Tasse vorsichtig und trug sie zum Tisch, ohne etwas zu verschütten.

»Es tut mir leid, daß Sie das Ganze jetzt noch einmal erzählen müssen«, sagte Larsen.

»Ich hatte den Eindruck, daß die zwei Streifenpolizisten gar nicht die ganze Geschichte hören wollten.«

»Das liegt daran, daß sie Anweisung haben, solche Fälle an mich weiterzugeben«, sagte Larsen.

»Ich war ... allein hier«, begann Chris, »und hatte ... das Gefühl, daß jemand im Haus war. An der Haustür. Ich nahm eine Vase mit Trockenblumen, warf sie gegen die Tür und rannte, so schnell ich konnte, in mein Schlafzimmer. Dort habe ich mich eingeschlossen und 911 gewählt.«

Larsen blieb einen Augenblick stumm. »Ich verstehe nicht ganz«, sagte er schließlich. »Sie hatten das Gefühl, daß jemand im Haus war?«

»Ganz richtig.«

»Sind Sie medial veranlagt, Miss Callaway?«

»Nein, nein. Ich will damit nur sagen, daß ich ihn nicht tatsächlich gesehen habe.«

»Sie haben mit einer Blumenvase nach jemand geworfen, den Sie nicht sehen konnten?«

»Ja, das habe ich.«

»Miss Callaway, ist Ihr Sehvermögen beeinträchtigt?«

Chris seufzte. »Ich habe gehofft, daß Sie das nicht merken würden. Die zwei Beamten haben es anscheinend nicht bemerkt.«

»Das hätten die meisten Leute nicht bemerkt«, sagte Larsen. »Ich habe eine jüngere Schwester, die mit neunzehn bei einem Unfall das Augenlicht verloren hat. Die Leute merken nie etwas.«

»Oh. Nun, ich bin nicht völlig blind«, sagte Chris.

»Aber blind genug, um nicht zu sehen, ob jemand an Ihrer Haustür steht.«

Sie nickte. »Das stimmt leider.«

»Ich weiß, daß Sie Schauspielerin sind, Miss Callaway; ich habe ein paar von Ihren Filmen gesehen, und ich denke, daß Sie sehr gut sind.«

»Vielen Dank.«

»Und ich weiß auch, daß Sie einen Unfall hatten; ich habe es in ›Entertainment Tonight‹ erfahren. Ich wußte nur nicht, daß Sie dabei das Augenlicht verloren haben.«

Jetzt meldete Danny sich zu Wort. »Das weiß sonst auch niemand. Praktisch niemand.«

»Ich verstehe«, sagte Larsen. »Bitte machen Sie sich keine Sorgen; ich werde Ihre Wünsche diesbezüglich natürlich respektieren.«

»Vielen Dank«, erwiderte Chris.

»Und jetzt wollen wir ganz von vorn beginnen«, sagte Larsen.

Als Chris geendet hatte, nahm Larsen einen Schluck von seinem Kaffee und sagte nichts.

»Nun?« meinte Danny. »Was meinen Sie?«

»Na ja, ihr Fall ist nicht... ungewöhnlich«, sagte Larsen.

»Sie meinen, so was passiert öfter?« fragte Danny.

»Nein, das nicht«, erwiderte Larsen, »aber es passiert. Ich führe... oder besser gesagt, ich *bin* in unserer Einheit für solche Drohungen zuständig; ich habe die ganze Zeit mit etwas zu tun, das man das Verfolgerphänomen nennt, Menschen, die zwanghaft andere Menschen verfolgen oder mit ihnen Kontakt suchen – manchmal sind es Männer, die Frauen verfolgen, aber manchmal ist es auch umgekehrt.«

»So wie diese David-Letterman-Sache?« fragte Danny.

»Richtig.«

»Was sind das für Leute, die so etwas tun?« fragte Chris.

»Alle möglichen«, erwiderte Larsen. »Manchmal sind sie im selben Büro beschäftigt oder besuchen dieselbe Schule. Diese Typen können ihren Opfern das Leben zur Hölle machen, und sie machen sich nicht einmal die Mühe, ihre Identität zu verstecken. Normalerweise unterschreiben sie die Post und finden irgendeine Möglichkeit, das Opfer wissen zu lassen, wer sie sind. Sie *wollen*, daß das Opfer weiß, wer sie sind. Das ist Teil ihrer Befriedigung. Sie leben in dieser verqueren Überzeugung, daß ihr Opfer diese Art von Aufmerksamkeit will. Normalerweise handelt es sich um intelligente, ansonsten völlig normale Leute mit einem normalen Beruf, sogar mit Familie. Sie flippen nur bezüglich irgendeiner Person aus.«

»Aber Sie glauben, ›Bewunderer‹ ist nicht von dieser Art?«
»Nun, er hat sich sorgfältig bemüht, anonym zu bleiben. In ungefähr der Hälfte solcher Fälle versucht der Verfolger seine Identität geheimzuhalten.«

»Und was, glauben Sie, hat das zu bedeuten?« fragte Chris.
»Das ist natürlich schwer zu sagen, aber das erste, was wir in einem solchen Fall erreichen wollen, ist, den Verfolger zu identifizieren. Ich bedaure, daß Sie die Briefe nicht aufbewahrt haben; wir hätten eine Handschriftenanalyse machen können.«

»Die Briefe waren alle sehr sorgfältig mit der Maschine geschrieben«, sagte Chris. »Die, die ich sehen konnte, jedenfalls.«
Danny schaltete sich wieder ein. »Jetzt, wo ich darüber nachdenke, fällt mir auf, daß sie so ordentlich aussahen, daß ich glaube, sie sind wahrscheinlich auf einem Computer mit Laserdrucker geschrieben worden.«

»So etwas haben heute eine Menge Leute«, sagte Larsen. »Der Mann ist vermutlich wohlhabend oder hat zumindest einen guten Job. Er besitzt einen Computer, und seine Angewohnheit, sechs Dutzend Rosen auf einmal zu schicken, ist recht kostspielig.«

»Ich wette, daß er auch einen Wagen hat«, sagte Danny. »Jemand, der zu Fuß in Bel-Air unterwegs wäre, würde sofort von der Sicherheitsstreife bemerkt werden.«

Chris lachte. »Danny, *alle* Leute in L.A. haben ein Auto.«
»Eines an der ganzen Geschichte ist beruhigend«, sagte Larsen.

»Nämlich was?« fragte Chris.

»Ihrer Erinnerung nach waren die Briefe alle gutartig, ja sogar respektvoll. Verfolger sind oft vulgär oder obszön. Hat er irgendwelche Forderungen gestellt?«

»Was für Forderungen?« fragte Chris.

»Hat er Sie aufgefordert, ihm Ihre schmutzige Unterwäsche zu schicken oder sich mit ihm an einem abgelegenen Ort zu treffen?«

»Nein, nichts dergleichen. Er verspricht nur, mit mir in Verbindung zu bleiben, und sagt, ich würde wieder von ihm hören.«

»Das werden Sie wahrscheinlich auch. Er hat Ihnen nie eine Adresse angegeben – eine Schließfachnummer vielleicht oder so etwas?«

»Nein.«

»Dann rechnet er auch nicht ernsthaft mit einer Antwort. Vielleicht will er gar keine.«

»Ein Wichser«, sagte Danny.

»Wie bitte?« fragte Larsen.

»Er treibt's lieber mit sich selbst als mit Chris.«

»O ja. Vielleicht ist er einfach schüchtern.«

»Hoffen wir, daß er es bleibt«, sagte Chris.

»Was werden Sie jetzt unternehmen, Detective?« wollte Danny wissen.

»Im Augenblick gar nichts. Wenn Sie ihn kennen würden, könnten Sie eine einstweilige Verfügung beantragen, die es ihm verbietet, mit Ihnen Kontakt aufzunehmen. Aber es ist kein Verbrechen, jemand Briefe zu schreiben oder Blumen zu schicken; er hat keinerlei Forderungen gestellt oder Drohungen vorgebracht; er hat nicht versucht, Ihnen irgendein Leid zuzufügen. Wir haben in Kalifornien ein Verfolgergesetz, seit 1991, und das Gesetz tritt in Aktion, wenn er ein Verbrechen begeht.«

»Wie steht es mit Einbruch?« fragte Danny.

»Ich fürchte, wir haben dafür keine stichhaltigen Beweise«, sagte Larsen, fast als wolle er sich entschuldigen. »Miss Callaway, als Marie – das ist meine Schwester – ihr Augenlicht verlor, dachte sie oft, daß Leute näher bei ihr standen, als das tatsächlich der Fall war; ein- oder zweimal dachte sie sogar, jemand stehe neben ihr im Zimmer und wollte nur nichts sagen. Es kann sein, daß Sie nur eine Art neurologisches Phänomen erlebt haben, das mit der Beeinträchtigung Ihres Sehvermögens in Zusammenhang steht.«

»Vielleicht«, sagte Chris, »aber das glaube ich nicht. Er war hier.«

»Er könnte heute hier gewesen sein«, sagte Larsen. »Es ist nicht so, daß ich Ihnen nicht glaube.«

»Was sollen wir nun tun?« fragte Danny. »Was für Schritte sollten wir unternehmen?«

»Zuallererst, Miss Callaway ...«

»Bitte, sagen Sie Chris; das tun alle.«

»Danke. Ich glaube, es wäre gut, wenn man Sie eine Weile nicht allein ließe; zumindest bis wir sehen, wie sich die Situation weiterentwickelt.«

»Sie glauben, daß sie sich entwickeln wird?« fragte Chris.

»Das weiß ich nicht. Ich halte es für möglich, daß Ihr ›Bewunderer‹ Ihnen weiterhin schreiben wird. Ich möchte informiert werden, wenn der Ton der Briefe sich ändert oder wenn er anfängt, außer Blumen noch etwas anderes zu schicken. Und dann, wenn er Sie anrufen sollte, dann sollten Sie versuchen, ihn nicht zu ärgern. Schreien Sie ihn nicht an und verlangen Sie auch nicht, daß er nicht mehr schreibt. Sie sollten versuchen, das auf höfliche Art zu erreichen – sagen Sie ihm einfach, Sie wüßten sein Interesse an Ihrer Karriere zu schätzen, würden es aber vorziehen, nicht wieder von ihm zu hören. Seien Sie nett und versuchen Sie nicht herauszufinden, wer er ist oder sonst etwas über ihn; wenn Sie anfangen, Fragen zu stellen, könnte er paranoid werden. Möglicherweise liefert er Ihnen freiwillig irgendwelche Informationen über sich oder vielleicht sogar seine Identität; wenn das geschieht, kann ich ein kleines Gespräch mit ihm führen.« Larsen erhob sich, um zu gehen.

Chris stand mit ihm auf. »Ich glaube nicht, daß er anrufen wird; meine Nummer steht nicht im Telefonbuch.«

»Nun«, sagte Larsen und schüttelte beiden die Hand, »Sie dachten auch, Ihre Adresse wäre unbekannt.«

8

»Wenig Make-up«, sagte Chris. Danny hatte ihr das Haar gerichtet und war jetzt damit beschäftigt, mit einem Pinsel Puder aufzutragen.

»Ja, Liebes«, erwiderte Danny mit einem spitzbübischen Lächeln.

»Danny, die beiden Polizisten haben nicht bemerkt, daß ich blind bin, und Larsen hat gesagt, die meisten Leute würden es auch nicht merken.«

»Und?«

»Ich frage mich, ob ich damit durchkomme.«

»Womit durchkomme?«

»Ich frage mich, ob ich die Leute vielleicht weiterhin darüber täuschen könnte, daß ich blind bin.«

»Und wie lange soll das gehen?«

»Bis ich wieder sehen kann.«

»Du sprichst vom Arbeiten?«

»Ja.«

»Ich weiß nicht – das wäre schon ein Ding! Was ist, wenn dich jemand auffordert, ein paar Zeilen in einem Drehbuch zu lesen?«

»Ich glaube nicht, daß ich die Leute davon überzeugen

kann, daß mein Sehvermögen völlig normal ist; aber ich könnte so tun, als würde ich nur ein wenig schlechter sehen und wäre bereits auf dem Weg der Besserung.«

»Warum kannst du es nicht einfach eine Weile ganz locker laufen lassen und machst dir keine Sorgen über deine Arbeit?«

»Na ja, sobald ich einmal als Invalide abgestempelt bin, wird mich niemand mehr engagieren, höchstens aus Barmherzigkeit. Man muß mich als gesund wahrnehmen, selbst wenn ich eine Weile nicht arbeite.«

»Ich verstehe, worauf du hinaus willst. Das ist so wie bei Schauspielern mit AIDS, Leuten, die noch gesund genug sind, um zu arbeiten, die aber niemand engagiert, sobald es sich einmal herumgesprochen hat.«

»Genau. Es reicht nicht aus geheimzuhalten, daß ich nicht sehen kann; ich muß die Leute glauben machen, daß ich sehe.«

»Okay. Und wie fangen wir das an?«

»Ich glaube, Lunch am Sonntag im Bistro Garden wäre die perfekte Gelegenheit.«

»Das ist morgen; da werden ein Dutzend Leute dort sein, die du kennst.«

»Ich weiß. Vielleicht sollten wir heute eine Trockenübung machen. Wie wär's mit der Promenade in Santa Monica?«

»Ich habe den ganzen Tag Zeit«, erwiderte Danny.

Die Stadt Santa Monica hatte ein paar Blocks an der Third Street für den Fahrzeugverkehr gesperrt und auf diese Weise eine Fußgängerzone geschaffen. Das hatte zu einem Comeback der ziemlich heruntergekommenen Gegend geführt, und die Straße wimmelte jetzt am Samstagnachmittag von Menschen. Chris, die mit Jeans und einem Sweatshirt bekleidet war, ihr Haar zu einem Pferdeschwanz zusammengebunden hatte und eine große Sonnenbrille trug, wußte, daß es höchst unwahrscheinlich war, daß jemand sie erkennen würde; ihr informelles Outfit war ihre Tarnung und funktionierte fast immer. Die Sonne war ein relativ heller Fleck links oben in ihrem Gesichtsfeld, und die Menschen waren nicht viel mehr als eine Ansammlung dunkler Umrisse.

»Wie wär's mit einem kleinen Schaufensterbummel?« fragte Danny.

Chris lachte. »Hervorragend.«

»Da kommt jetzt gleich auf der rechten Seite ein kleiner Laden mit ein paar netten Sachen im Fenster, es sind vielleicht noch sechs Schritte.«

Chris zählte und blieb dann stehen. »Die Bluse da gefällt mir«, sagte sie und zeigte darauf.

»Die wäre nicht dein Stil«, sagte Danny, »aber du deutest auf die richtige Stelle. Wie wär's mit einem Happen zu essen?«

»Klingt gut.«

»Im nächsten Block ist ein kleines Straßencafé.«

»Gut.«

Sie schlenderten zu dem Lokal, und Danny fand einen Tisch für sie.

»Bestell ein Sandwich«, sagte er leise, während Chris so tat, als würde sie die Speisekarte lesen. »Dann brauchst du nicht mit einer Gabel nach deinem Essen zu stochern. Das Reuben ist hier gut.«

Der Ober kam, und Chris bestellte ein Sandwich.

Plötzlich stöhnte Danny auf.

»Was ist denn?« fragte sie.

»Bloß ein kleiner Krampf; ich hab' gestern abend Garnelen gegessen, die nicht mehr ganz frisch waren, und seitdem habe ich Durchfall. Kommst du ein paar Minuten allein zurecht?«

»Aber sicher. Geh nur.«

Danny stand auf und ging weg, und Chris drehte ihr Gesicht in die Sonne, legte den Kopf in den Nacken und schloß die Augen. Ein wenig Bräune kann nie schaden, dachte sie.

Auf der anderen Tischseite war plötzlich ein scharrendes Geräusch zu hören, und Chris wußte ebenso, wie sie es gestern gewußt hatte, daß da jemand war. Sie bewegte sich nicht, sah ihn nicht an, wartete darauf, daß er etwas sagte. Als er das nicht tat, drehte sie sich ein wenig herum, zu der Stelle hin, wo sie glaubte, daß er saß. Wenn sie diesem Burschen schon begegnen mußte, dann besser in der Öffentlichkeit.

»Vielen Dank für die Rosen«, sagte sie. »Sie waren sehr schön.«

Keine Antwort.

»Sie haben mir die Zeit im Krankenhaus verschönt; das war sehr aufmerksam von Ihnen.«

Immer noch keine Antwort. Chris ärgerte sich allmählich.

»Ich muß freilich sagen, wenn Sie glauben, über anonyme Briefe und Blumen mit mir Kontakt aufnehmen zu können, dann würde ich lieber nichts mehr von Ihnen hören. Ich ziehe Menschen vor, die ein wenig aufrichtiger sind und keine Spielchen mit mir treiben.«

Immer noch keine Antwort.

Chris schloß die Augen und wandte sich wieder der Sonne zu. Wenn der Mistkerl den Mund nicht aufbekam, würde sie es ihm mit gleicher Münze heimzahlen. Dann hörte sie wieder das scharrende Geräusch, als der Stuhl nach hinten geschoben wurde, und im nächsten Augenblick erschreckte sie die Wahrnehmung von Körperwärme dicht an ihrer Wange. Sie mußte ihre ganze Willenskraft einsetzen, um nicht zurückzuzucken.

Ein leises Flüstern. »Das ist kein Spielchen«, sagte die Stimme. Und dann war ihr Besucher weg.

Chris bewegte sich nicht von der Stelle, bis Danny ein oder zwei Minuten später wieder erschien.

»Alles in Ordnung?« fragte er.

Chris richtete sich auf. »Danny, hast du jemand von unserem Tisch weggehen sehen, als du zurückkamst?«

»Nein, warum?«

»Er war hier.«

»Wer war hier?«
»›Bewunderer.‹«
»Was hat er gesagt?«
»Zuerst gar nichts. Dann habe ich versucht, mit ihm zu reden, aber er gab keine Antwort. Ich habe ihm gesagt, daß ich Leute nicht mag, die Spielchen treiben, und dann hat er sich ganz dicht an mich gelehnt und mir ins Ohr geflüstert: ›Das ist kein Spielchen.‹«

Chris hörte, wie Danny in seiner Segeltuchtasche wühlte, die er immer bei sich trug. »Was machst du?«

»Ich suche nach meinem Telefon«, sagte Danny. »Ich will Larsen anrufen.«

Danny hatte, wohin er auch ging, sein kleines Handy bei sich, und diesmal war sie froh darüber.

Sie sagte Larsen, was vorgefallen war.

»Das ist kein Spielchen«, wiederholte Larsen.

»Das hat er gesagt.«

»Er weiß, daß Sie ihn nicht sehen können«, sagte Larsen, »sonst hätte er das nicht getan.«

»Da haben Sie wahrscheinlich recht«, erwiderte sie.

»Ich denke nicht, daß Sie das als gefährlich interpretieren sollten«, sagte der Detective, »nicht solange er nicht ganz konkret droht.«

»Für mich klang es wie eine Drohung«, sagte Chris.

»Ich kann mir gut vorstellen, daß es in Ihrem augenblicklichen Gemütszustand drohend klang. Aber für ›Bewunderer‹ war das vielleicht nur so etwas wie eine persönliche Erklärung, daß Sie für ihn sehr wichtig sind.«

»Ja, so könnte man es auch interpretieren«, räumte Chris ein.

»Ich denke, wir sollten es für den Augenblick so interpretieren«, sagte Larsen.

Danny, der mithörte, nahm das Telefon. »Hören Sie, Mr.

Larsen, wie lange wollen Sie noch warten, bis Sie etwas unternehmen?«

»Was schlagen Sie vor, daß ich tun soll?« fragte Larsen freundlich, so als ob er es wirklich wissen wolle.

»Wie wäre es mit etwas Schutz für das Mädchen?«

»Wir betätigen uns nicht als Leibwächter«, sagte Larsen. »Wenigstens nicht, wenn keine ernsthaften Bedrohungen vorliegen.«

»Na prima«, sage Danny. »Sie meinen, dieser Bursche muß erst auf Chris schießen oder so etwas?«

»Mr. Devere«, sagte Larsen, »meine Behörde verlangt von mir, daß ich nach Maßgabe meiner Erfahrung und meines Urteilsvermögens handle. In diesem Stadium der Verfolgung kann ich nicht erkennen, daß eine echte Bedrohung für Chris vorliegt. Aber wenn Chris der Ansicht ist, daß entgegen meiner Beurteilung doch eine existiert, steht es ihr selbstverständlich frei, sich privaten Schutz zu besorgen. Ich bin allerdings der Ansicht, daß das im Augenblick Geldverschwendung wäre, aber wenn sie sich dabei wohler fühlt, sollte sie es tun.«

»Ich würde mich nicht wohler fühlen«, meinte Chris. »Irgendwie habe ich nach dem, was ich gerade erlebt habe, das Gefühl, daß ich diesem Burschen gewachsen in.«

»Werden Sie nicht leichtsinnig«, sagte Larsen. »Sie müssen sich auf dem schmalen Pfad zwischen zuviel und zuwenig Vorsicht bewegen. Und bitte, halten Sie mich über weitere Vorkommnisse auf dem laufenden. In dem Augenblick, in dem dieser Mann die Grenze zur Kriminalität überschreitet, kann ich handeln, und glauben Sie mir, das werde ich auch.«

»Danke, Detective«, sagte Chris.

»Bitte, sagen Sie Jon.« Er buchstabierte den Namen für sie.

»Danke, Jon«, sagte sie und schaltete ab. »Danny«, fuhr sie fort, »wie sieht Detective Larsen aus?«

»Ende Dreißig, einen Meter fünfundachtzig, etwa achtzig

Kilo, blond, skandinavischer Typ – der weißeste Weiße, den du je gesehen hast.« Danny machte eine Pause. »Ich habe mir schon überlegt, wann du wohl fragen würdest.«

»Hör auf zu feixen«, sagte Chris.

9

Sie parkten hinter dem Restaurant und betraten es durch den Hintereingang. Das Bistro Garden war von Anfang an, seit Chris nach L. A. gekommen war, eines ihrer Lieblingsrestaurants. Ihr Agent hatte sie das erstemal dorthin mitgenommen und sie dem Besitzer und dem Oberkellner vorgestellt und sie bei seinen Freunden und anderen Klienten herumgezeigt, was ihr einen Riesenspaß gemacht hatte.

Die Tische im Garten waren in mehreren Reihen angeordnet, teilweise von Sonnenschirmen beschattet, und Danny schob sie, wie sie das geplant hatten, vor sich her. »Charlton Heston in Richtung ein Uhr und fünf Meter, sprich *jetzt*«, flüsterte er.

»Chuck, wie geht's?« strahlte sie ins Leere.

Der hünenhafte Schauspieler ragte über ihr auf, ein Schatten, der alles Licht verdrängte. »Wie geht's, Chris?« Er küßte sie auf die Wange. »Ich habe von deinem Sturz gehört.«

»Schon viel besser, Chuck«, sagte sie. »Wie geht's Lydia?«

»Ausgezeichnet. Kommst du mal zum Tennisspielen?«

»Ganz bestimmt bald. Grüße Lydia von mir.«

Danny steuerte sie zur vorderen Mauer, die den Garten umschloß. »Dein Agent in Richtung zehn Uhr, zwei Reihen weiter. Lächle und winke.«

Chris gehorchte, und sie erreichten ihren Tisch. Danny sorgte dafür, daß sie sich setzte, ohne den Anschein zu erwecken, er steuere sie, und Chris begann sich zu entspannen.

»Hier kommt Ron«, flüsterte Danny. »Drei, zwei, eins, *jetzt*.«

»Ron, hallo!« rief Chris dem herannahenden Flecken zu.

Ron gab ihr einen Handkuß. »Chris, du siehst großartig aus.«

»Ich fühle mich auch prima. Bereit, wieder zu arbeiten.«

»Ich werde mich drum kümmern«, sagte Ron. Und dann sank seine Stimme zu einem Flüstern: »Was machen deine Augen?«

»Schon viel besser, Ron, viel besser.«

»Ich rufe dich morgen an«, sagte er und gab ihr zum Abschied einen Kuß auf die Wange.

»Oh, oh«, flüsterte Danny, »hier kommt dein ehemaliger Hauptdarsteller, Mr. Quinn.«

»Chris!« schrie Jason Quinn geradezu, als er an den Tisch trat. »Wie geht's dir?«

Chris streckte ihm die Hand hin. »Ausgezeichnet, vielen Dank, Jason.« Sie blieb kühl. Dann hörte sie, wie ein Stuhl an den Tisch gezogen wurde. »Kennst du meinen guten Freund Danny Devere?«

»Ja«, sagte Quinn. »Hör zu, Chris, ich möchte nur, daß du weißt, daß ich darum gekämpft habe, daß man dich behält. Wirklich. Brent Williams übrigens auch. Die Jungs vom Studio haben uns fertiggemacht.«

»Ist schon gut, Jason, ich verstehe«, erwiderte Chris mit mehr Wärme, als sie in Wirklichkeit empfand.

»Brent und ich hatten die Planung bereits soweit geändert, um zwölf Tage ohne dich drehen zu können, in der Hoffnung, daß du bis dahin wieder zurück bist.«

»Das war sehr freundlich von euch, Jason. Sagst du Brent bitte, daß ich mich herzlich dafür bedanke?«

»Sally Woodson ist jetzt eingesprungen und hat die Rolle ziemlich versaut«, meinte er verschwörerisch. »Aber das bleibt unter uns.«

»Du bist lieb, Jason.«

»Ich hoffe, wir finden bald eine andere Gelegenheit zusammenzuarbeiten«, sagte er. »Darf ich dir mal ein Drehbuch schicken?«

»Natürlich, schick es Ron.« Sie hörte, wie er aufstand.

»Laß uns zusammen zu Mittag essen und darüber reden, wenn ich mit den Aufnahmen fertig bin.«

»Natürlich, ruf mich an.«

Der Schauspieler trat den Rückzug an, und Danny atmete erleichtert auf.

»Hat er was gemerkt?« fragte sie.

»Keine Sekunde«, sagte Danny. »Es hat Augenblicke gegeben, wo du ihn nicht direkt angesehen hast, aber das waren die *richtigen* Augenblicke, wo du ohnehin sauer warst.« Plötzlich hielt Danny die Luft an.

»Danny, was ist los?« fragte Chris.

»Nichts, worüber du dir Sorgen machen mußt«, erwiderte Danny.

»Danny, sag es mir.«

»Na schön. Ich habe gerade aufgeblickt und gesehen, wie Rosen kamen.«

»Verdammt!«

»Keine Sorge, ich habe dem Kellner ein Zeichen gegeben.«

»Danny, tu mir einen Gefallen: Sprich mit dem Empfang und frage, aus welchem Blumenladen sie kamen.«

»Wenn wir bestellen. Unser Ober kommt gerade.«

Sie bestellten, und dann verließ Danny den Tisch. Gleich darauf war er wieder zurück. »Sie kommen aus dem Blumenladen im Hotel Beverly Hills«, sagte er.

»Du liebe Güte! Glaubst du, er wohnt im Beverly Hills?«

»Das bezweifle ich. Der Blumenladen ist neben dem Drugstore; jeder kann dort bestellen. Ich kenne jemanden am Empfang im Beverly Hills; ich werde ihn morgen anrufen und ihn bitten, den Laden im Auge zu behalten.«

»Danke.« Chris wußte, daß Danny über ein riesiges Netz homosexueller Freunde verfügte, das sich über ganz Südkalifornien erstreckte.

Ihr Essen kam, und Chris begann sich zu entspannen. Der heutige Lunch unterschied sich nicht von den zwei Dutzend Lunches, die sie sonntags hier eingenommen hatte, nur daß sie sich nicht verstohlen unter den Gästen umsehen konnte, wie sie das sonst gewöhnlich tat. Heute erledigte Danny das für sie, plauderte dabei angeregt und brachte sie mit seinen bissigen Bemerkungen über die Stars und deren Gefolge, die er an den anderen Tischen entdeckte, zum Lachen.

Als Danny die Rechnung kommen ließ, trat der Oberkellner an den Tisch. »Entschuldigen Sie, Miss Callaway, Ihr Wagen ist da; er wartet draußen.«

»Ich habe keinen Wagen bestellt«, sagte Chris. »Schicken Sie ihn weg.«

»Warten Sie«, sagte Danny, »lassen Sie das mich machen.« Er stand auf und verließ das Restaurant. Ein paar Augenblicke später war er wieder zurück. »Ich habe mit dem Fahrer gesprochen; jemand hat telefonisch bestellt und seiner Firma Anweisungen gegeben. Ich habe ihn gefragt, wo er dich hätte hinbringen sollen, und er sagte, nach Hause; du würdest ihm die entsprechenden Anweisungen geben.«

»Der Mistkerl hat Nerven«, sagte Chris. »Er fängt jetzt wirklich an, mir auf die Nerven zu gehen.« Sie warf ihre Serviette hin. »Verschwinden wir hier.«

Sie verließen das Restaurant durch die Hintertür zum Parkplatz. Als sie Dannys Wagen erreichten, waren zwei Reifen platt.

Am Montagmorgen machte Chris das Frühstück für Danny, etwas, das sie sich nicht nehmen ließ, und Danny las ihr aus den Zeitungen vor, während sie warteten, bis Melanie kam.

Ein paar Minuten später fragte Chris: »Wie spät ist es?«

Danny sah auf die Uhr. »Du liebe Güte, schon zwanzig nach neun. Ich muß um halb zehn in Burbank sein.«

»Dann fahr doch jetzt«, sagte Chris. »Melanie verspätet sich nie, der Verkehr muß heute besonders schlimm gewesen sein.«

»Ich lasse dich ungern allein«, erwiderte Danny, »aber ich darf mich wirklich nicht verspäten. Die machen heute nachmittag Haartests für einen Film, und ich muß drei Leute zurechtmachen.«

»Fahr nur, Melanie wird jeden Augenblick hier sein.«

Danny hauchte ihr einen Kuß auf die Wange und eilte nach draußen. Chris deckte den Tisch ab und räumte das Geschirr in die Spülmaschine, ging dann in ihr Arbeitszimmer, wo sie den Fernseher auf CNN einschaltete. Es ärgerte sie sehr, daß sie nicht lesen konnte, deshalb ließ sie den ganzen Tag das Gerät laufen, um sich zu informieren.

Das Telefon klingelte.

»Hallo?«

»Ich fürchte, Melanie wird sich heute verspäten«, flüsterte eine Stimme.

Chris hatte Mühe, den Mann zu verstehen. »Was? Was soll das heißen?«

»Sie brauchen in Wirklichkeit gar nicht all die Leute um sich herum«, flüsterte die Stimme. »Ich bin durchaus imstande, Ihren Bedürfnissen gerecht zu werden – und damit meine ich, *allen* Bedürfnissen.«

»Was haben Sie über Melanie gesagt?«

»Sie wird sich verspäten.«

»Woher wissen Sie das?«

»Ich weiß es eben. Ich würde Sie nie belügen. Niemals würde ich das tun, Chris.«

»Was haben Sie mit Melanie gemacht?«

»Gemacht? Gar nichts habe ich mit ihr gemacht. Aber es ist Zeit, daß Sie sie feuern. Es gibt nichts, was sie für Sie tun kann, was ich nicht auch könnte.«

»Jetzt hören Sie mir gut zu«, sagte Chris. »Ich will keine Briefe oder Blumen von Ihnen und auch keine Telefonanrufe. Ich warne Sie jetzt fairerweise, denn wenn ich wieder von Ihnen höre, werde ich die Polizei verständigen, und ich glaube nicht, daß Sie das möchten.«

Von der anderen Seite der Leitung war ein leises Lachen zu hören. »Die Polizei? Was in aller Welt habe ich von der Polizei zu fürchten? Ich bin ein gesetzestreuer Bürger; die würden es nicht wagen, mich anzufassen. Was könnten die mir vorwerfen? Daß ich Ihnen Blumen schicke? Daß ich Ihnen bewundernde Briefe schreibe? Schlagen Sie sich die Polizei aus dem Kopf, Chris; die sind blöd, die sind völlig hilflos, wenn sie mit jemand meines Kalibers zu tun haben.«

»Lassen Sie mich in Ruhe«, sagte Chris. »Verstehen Sie? Begreifen Sie das? Sie sollen mich in Ruhe lassen!«

»Das meinen Sie nicht wirklich«, flüsterte die Stimme. »Sie lieben diese kleinen Beweise meiner Zuneigung; Sie wüßten nicht, was Sie ohne mich tun sollten. Sehr bald werde ich Ihr Leben sein.«

Dann war die Leitung tot.

Chris legte den Hörer auf. Wo zum Teufel blieb Melanie? Sie wußte doch, daß Chris nicht allein im Haus sein sollte.

Das Telefon klingelte erneut, und Chris schnappte nach dem Hörer. »Hallo?«

»Chris, ich bin's, Melanie. Es tut mir schrecklich leid, daß ich mich verspäte, aber ich habe einen Unfall gehabt.«

»Was für einen Unfall? Ist mit Ihnen alles in Ordnung?«

»Ja. Irgend so ein Drecksack hat mich von der Straße gedrängt, er kam die Beverly Glen runter; ich mußte zu Fuß zu einem Telefon gehen. Aber machen Sie sich keine Sorgen, der Abschleppdienst ist schon unterwegs, und am Wagen ist anscheinend nicht viel kaputt. Er hing nur mit zwei Rädern im Graben.«

»Hier ist alles in Ordnung, Melanie; kommen Sie nur so schnell wie möglich her.«

»Ist Danny noch da?«

»Nein, er mußte weg, er hat zu tun.«

»Schön, machen Sie sich keine Sorgen; ich bin innerhalb einer Stunde da.«

Chris saß einen Augenblick lang verängstigt da und fragte sich, was sie tun sollte. Dann nahm sie den Hörer ab, wählte die Nummer des Polizeireviers von Beverly Hills und verlangte Jon Larsen.

»Hallo?«

»Chris Callaway. ›Bewunderer‹ hat meine Sekretärin mit ihrem Wagen von der Straße abgedrängt, und Danny ist bereits zur Arbeit gefahren. Ich hatte gerade einen Anruf von diesem Kerl und habe Angst.«

»Ich bin in einer Viertelstunde bei Ihnen«, sagte Larsen. »Wenn Sie wirklich Angst haben, kann in ein paar Minuten ein Streifenwagen bei Ihnen sein.«

»Nein, ich komme schon klar, bis Sie da sind«, sagte sie.

Sie legte den Hörer auf und lauschte. War da ein Geräusch? War jemand vor dem Fenster? Sie holte aus einer Kammer, wo sie auf Regalen Wein aufbewahrte, eine Flasche, ging ins Arbeitszimmer zurück und setzte sich mit der Weinflasche auf dem Schoß hin; so hatte sie wenigstens etwas, das sie als Knüppel benutzen konnte.

»›Ich werde Ihr Leben sein.‹ Hat er das gesagt?« Larsen schrieb sich alles auf.

»Ja.«

»Konnten Sie irgendeinen bestimmten Akzent erkennen?«

Chris versuchte sich an die Stimme zu erinnern. »Ich bin nicht sicher; er hat geflüstert, und das verändert die Stimme. Aber ich glaube nicht. Ich glaube, wenn man das überhaupt Akzent nennen kann, dann war es reines Kalifornisch.«

»Melanie ist Ihre Sekretärin? Was hat er in bezug auf sie gesagt?«

»Er sagte, daß sie sich verspäten würde; und dann rief Melanie eine Minute darauf an und sagte, jemand hätte sie irgendwo von der Fahrbahn gedrängt.«

»Wie lange ist das her?«

»Vielleicht zwanzig Minuten. Ich kann die Uhr nicht lesen.«

»Ist sie verletzt?«

»Nein, sie hat gesagt, alles sei in Ordnung.« Chris hörte, wie die Tür geöffnet wurde, und dann hallten Melanies Schritte über den Marmorboden.

»So«, sagte Melanie, als sie das Arbeitszimmer betrat, »das war vielleicht ein Erlebnis. Oh, tut mir leid, ich wußte nicht, daß Sie Besuch haben.«

»Melanie, das ist Detective Larsen. Sind Sie auch wirklich okay?«

»Ja, das schon, ich bin nur stinksauer.«

»Bitte, setzen Sie sich«, sagte Larsen. »Schildern Sie mir, was vorgefallen ist.«

»Ich fuhr vom Tal herein und kam gerade durch Beverly Glen, als dieser Kerl neben mich fuhr und mich von der Straße abdrängte, in den Graben.«

»Haben Sie sein Gesicht gesehen?«

»Nein, nur den Kombi.«

»Er fuhr einen Kombi?«

»Ja, eines von diesen fensterlosen Dingern, sah irgendwie nach Gewerbe aus.«

»Wissen Sie, was für eine Marke es war?«

»Leider nicht. Ich könnte einen Ford nicht von einem Toyota unterscheiden.«

»Welche Farbe?«

»Eine Art grünliches Grau, glaube ich.«

»Neu? Alt?«

»Eher neu. Er war jedenfalls sauber, und mir sind keine Beulen und kein Rost aufgefallen.«

»Konnten Sie einen Blick auf die Nummernschilder werfen?«

»Nur so lange, um sehen zu können, daß es ein kalifornisches Nummernschild war. Ich war zu sehr mit Fahren beschäftigt, um mir die Nummer zu merken.«

»Das ist in Anbetracht der Umstände verständlich. Gibt es sonst noch etwas, was Sie mir sagen können?«

»Nein. Er tauchte aus dem Nichts auf; ich habe ihn nicht einmal im Rückspiegel gesehen.«

Larsen wandte sich wieder Chris zu. »Und was hat ›Bewunderer‹ gesagt?«

»Daß Melanie sich verspäten würde.«

»Aber er hat nicht gesagt, warum?«

»Nein. Nur das, was ich Ihnen gesagt habe.«

Melanie stand auf. »Wenn Sie keine weiteren Fragen mehr an mich haben, gehe ich jetzt an meine Arbeit.«

»Nein«, sagte Larsen. »Vielen Dank für Ihre Hilfe.«

Melanie verabschiedete sich von Larsen und ging in den kleinen Raum neben der Küche, der ihr als Büro diente.

»Jon, können Sie denn gar nichts unternehmen?« fragte Chris.

»Ich habe so lange gewartet, weil ich eine strafrechtlich relevante Aktion brauchte, um Sie auf die Aktivliste zu setzen.«

»Aktivliste?«

»Ich bin mit etwa vierhundert Verfolgungsfällen pro Jahr befaßt – so viele Anrufe bekommen wir. Meistens handelt es sich um verärgerte Boyfriends oder ähnliches. Ich untersuche ernsthaft nur etwa zwanzig bis fünfundzwanzig Fälle – für mehr haben wir keine Leute. Mein Vorgesetzter erlaubt nicht, daß ich mich einschalte, solange nicht mindestens die Androhung einer verbrecherischen Handlung vorliegt. Nun kann ich zwar nicht tatsächlich beweisen, daß ›Bewunderer‹ für Melanies Unfall verantwortlich ist, aber ich werde meine Vorschriften ein wenig großzügig auslegen und diesen Zwischenfall dazu benutzen, um Sie auf die Aktivliste zu setzen. Und dann werde ich einen Streifenwagen vor Ihr Haus stellen. Vierundzwanzig Stunden täglich. Dieser Mann beobachtet Sie allem Anschein nach, also wird er auch den Streifenwagen sehen, und das könnte bereits ausreichen, um ihm angst zu machen.«

»Keine Chance«, sagte Chris. »Als ich sagte, ich würde die Polizei rufen, reagierte er recht geringschätzig; er sagte, die Polizei komme nicht an ihn heran. Tatsächlich hat er gesagt, die seien blöd und würden es nicht wagen, sich mit jemand von seinem ›Kaliber‹ anzulegen.«

»Verstehe«, sagte Larsen. »In dem Fall haben Sie wahrscheinlich recht; der Streifenwagen würde nichts nützen. Wir müssen ihm vielmehr zuvorkommen, ihn sozusagen im Sprung überholen.«

»Was wollen Sie damit sagen?«

»Nun, ich denke, er rechnet offenbar damit, daß wir einen Streifenwagen schicken. Wir müssen etwas tun, was er nicht erwartet.«

»Was zum Beispiel?«

»Vielleicht sollten wir ihn nicht verscheuchen, sondern fangen.«

Melanie kam in das Arbeitszimmer, in dem Chris saß und CNN hörte. »Chris, haben Sie einen Installateur bestellt?«

Chris zuckte zusammen. »Nein, warum?«

»Weil gerade einer vorgefahren ist.«

»Du lieber Gott, Sie glauben doch nicht, daß es ›Bewunderer‹ ist, oder?«

»Wer weiß?«

»Lassen Sie die Sperrkette im Schloß, wenn Sie an die Tür gehen.«

»In Ordnung.« Melanie ging hinaus. Gleich darauf kam sie wieder zurück und stellte Chris zwei Männer vor. »Diese Herren sind von der Polizei«, sagte sie. »Die wollen an Ihrem Telefon was machen.«

»Ich bin kein Polizist«, sagte der eine. »Ich bin von der Telefongesellschaft, aber die Polizei hat mich in ihrem Wagen geschickt.«

Der zweite schaltete sich ein. »Ich bin der Cop; Detective Larsen dachte, Sie hätten vielleicht gern einen neuen Anschluß im Haus, zusätzlich zu der alten Nummer, eine Nummer, die Ihr Verfolger nicht hat.«

»Eine sehr gute Idee«, sagte Chris.

»Außerdem werden wir noch einen Telefondienst einrichten, der sich Anrufer-ID nennt.«

»Davon habe ich gelesen; das liefert einem den Namen und die Telefonnummer von jedem Anrufer?«

»Richtig. Name und Nummer erscheinen auf einem kleinen Display.«

»Ich kann nur leider das Display nicht sehen«, sagte Chris. »Ich habe Probleme mit den Augen.«

»Das geht schon in Ordnung. Die Nummer erscheint gleichzeitig auf einem weiteren Display im Polizeirevier.«

»Dann wissen Sie also, wann er anruft?«

»Nur dann, wenn Sie auf der neuen Leitung anrufen und es uns sagen; aber in die Leitung wird ein Recorder eingeschaltet, so daß wir wenigstens seine Stimme aufzeichnen können. Wir können leider nicht jemand die ganze Zeit zuhören lassen, dafür haben wir nicht genügend Personal.«

Die beiden Männer erledigten ihre Arbeit in weniger als einer Stunde, und dann sagte der Polizist Chris ihre neue Nummer. »Ich werde Larsen die Nummer geben, aber er hat ausdrücklich darum gebeten, daß Sie sie im Augenblick sonst niemand geben, nicht einmal Ihrer Sekretärin oder Ihrem Mitbewohner.«

»In Ordnung«, sagte Chris. Sie wiederholte die Nummer ein paarmal laut, um sie sich einzuprägen.

»Wenn er anruft, sollten Sie ihn, solange es geht, reden lassen, dann können wir ihn vielleicht ausfindig machen und schnappen.«

»Das werde ich tun«, sagte sie.

Als der Polizeibeamte und der Monteur gegangen waren und Melanie in ihr Büro zurückgekehrt war und arbeitete, schaltete Chris den Fernseher aus und saß da und dachte über ihre neue Lage nach. Sie konnte sich nicht mit einer Freundin zum Mittagessen verabreden oder ohne Danny ausgehen, wenigstens nicht, wenn sie die Illusion aufrechterhalten wollte, daß sie sehen konnte. Sie konnte nicht nach Malibu fahren und nachsehen, was für Fortschritte das Haus machte, oder einen Spaziergang am Strand machen; sie konnte kein Buch lesen und auch kein neues Drehbuch. Sie hatte sich nie klargemacht, wie einsam die Blindheit einen Menschen macht. Von Selbstmitleid erfüllt, döste sie ein.

Das Telefon ließ sie aufschrecken. Sie war sofort hellwach. Sie wandte sich dem Apparat zu – den beiden Apparaten, jetzt, wo sie eine zweite Leitung hatte – und tastete nach dem linken Apparat, dem mit der alten Nummer.

»Hallo?«

»Also«, flüsterte die Stimme, »wie geht's denn so?«

»Was kümmert das Sie?« fragte sie.

»Oh, das kümmert mich schon. Ich bin sehr um Sie besorgt, mehr als irgend jemand das bisher war. Sie werden sogar einen kleinen Beweis für diese Besorgnis bekommen.«

Es klingelte an der Tür. Chris blieb sitzen, weil sie wußte, daß Melanie an die Tür gehen würde.

»Das war die Türglocke«, sagte sie ins Telefon. »Ist das jemand von Ihnen?«

»Warten Sie's ab«, flüsterte die Stimme.

Plötzlich hatte sie Angst. »Melanie!« rief sie. »Seien Sie vorsichtig!«

»Keine Angst, ich bin hier«, sagte Melanie.

»Wer war an der Tür?«

»Ein Bote mit einer riesigen Schachtel Pralinen, eine so große haben Sie noch nie gesehen; das müssen zehn Pfund sein!«

»Ich kann keine Schokolade essen«, log Chris ins Telefon. »Davon bekomme ich einen Ausschlag, und außerdem nehme ich davon zu.«

»Nehmen Sie ruhig zu«, sagte die Stimme. »Sie brauchen für die Leinwand nicht mehr schlank zu sein.«

»Was wollen Sie damit sagen?« fragte Chris erschreckt.

»Damit will ich sagen, daß ich in Zukunft für Sie sorgen werde; Sie brauchen nicht mehr zu arbeiten.«

»Mir fällt es wirklich schwer, Sie zu verstehen«, sagte Chris. »Warum drängen Sie sich eigentlich jemand so auf, der sich nicht im geringsten für Sie interessiert? Warum in aller Welt glauben Sie eigentlich, daß ich die Arbeit aufgeben würde, damit jemand, der mir immer unsympathischer wird, mich versorgen kann?«

»In Wirklichkeit denken Sie ganz anders«, flüsterte die Stimme. »Wenigstens wird das bald der Fall sein. Sie werden sich an mich gewöhnen.«

Dann war die Leitung tot. Chris legte den Hörer auf und griff nach dem anderen. Sie fühlte die Nummerntasten und wählte Larsens Anschluß. »Ich bin's, Chris«, sagte sie, als er sich meldete.

»Das war eine Telefonzelle am Wilshire Boulevard«, sagte Larsen. »Es ist bereits eine Einheit unterwegs; vielleicht schnappen sie ihn.«

»Er hat eine riesige Pralinenschachtel geschickt.«

Larsen schmunzelte. »Wenn das so weitergeht mit Blumen und Limousinen, wird der Bursche bald pleite sein. Vielleicht befriedigt Sie das.«

Chris mußte unwillkürlich lachen.

»Nett, Sie einmal lachen zu hören«, sagte Larsen.

»Du lieber Gott«, erwiderte sie, »ich kann mich gar nicht erinnern, wann ich das letztemal gelacht habe.«

»Bleiben Sie noch dran, ich will nachsehen, ob die schon etwas wissen.«

Chris wartete. Ihr fiel auf, daß es für sie langsam so etwas wie der Höhepunkt des Tages war, mit diesem gesichtslosen Polizeibeamten zu sprechen.

»Ich bin wieder da«, sagte Larsen. »Der Streifenwagen hat eine leere Zelle vorgefunden. Die nehmen an, daß sie ihn um höchstens eine halbe Minute verpaßt haben.«

»Oh«, meinte sie enttäuscht, aber nicht überrascht.

»Keine Sorge; wir werden wieder eine Chance bekommen. Vielleicht haben wir, wenn er das nächstemal anruft, Glück.«

»Bis jetzt war das Glück immer auf seiner Seite.«

»Wir kommen auch noch an die Reihe«, sagte Larsen. »Macht es Ihnen etwas aus, wenn ich heute nachmittag mal kurz bei Ihnen vorbeischaue? Ich habe etwas, was ich Ihnen gern geben würde.«

»Ich bin den ganzen Tag zu Hause«, sagte sie. »Bis später.«
Sie legte auf und seufzte. Wer hätte gedacht, daß sie sich so auf den Besuch eines Polizisten freuen würde?

Das Telefon klingelte.

Sie tastete nach dem linken Apparat und nahm den Hörer ab. »Hallo?« Sie wurde vom Wählton begrüßt.

Das Telefon klingelte wieder.

Es war die neue Leitung; Jon hatte wohl etwas vergessen. Sie nahm ab. »Jetzt sagen Sie bloß nicht, daß Sie unsere Verabredung absagen wollen«, lachte sie.

»Wir sind noch nicht verabredet«, flüsterte die Stimme, »aber das werden wir bald sein. Sie sind ein unartiges Mädchen gewesen.«

Er legte auf.

Chris hielt den Hörer wie erstarrt in der Hand. Die neue Leitung bestand erst seit ein paar Stunden, und »Bewunderer« kannte die Nummer bereits.

12

Melanie führte Larsen in Chris' Arbeitszimmer. »Chris«, sagte sie, »wenn Detective Larsen eine Weile hier ist, macht es Ihnen dann etwas aus, wenn ich ein wenig früher gehe? Danny kommt bald.«

Chris wandte sich zu Larsen. »Jon, können Sie warten, bis Danny kommt?«

»Mit dem größten Vergnügen«, erwiderte Larsen.

»Ist schon in Ordnung, Melanie, gehen Sie nach Hause«, sagte Chris.

»Bis morgen dann«, rief Melanie von der Wohnungstür.

Als sie allein waren, fand Chris ihren Sessel und setzte sich. »Schlechte Nachrichten«, sagte sie.

»Was ist los?«

Sie berichtete ihm von dem Anruf auf der neuen Leitung.

»Das kann ich nicht glauben«, erwiderte Larsen erstaunt. »Wem haben Sie die Nummer gegeben?«

»Niemand.«

»Chris, kommen Sie, Sie müssen sie jemand gegeben haben.«

»Ich schwöre, ich habe sie absolut niemand gegeben.«

Larsen sank in den Sessel und schien einen Augenblick nachzudenken. »Entweder arbeitet er bei der Telefongesellschaft, oder er hat dort eine Kontaktperson; das ist die einzige Möglichkeit, wie er an die Nummer gekommen sein kann.«

»Na prima«, meinte sie.

»Wie fühlen Sie sich?« fragte er.

»Deprimiert. Ich bin froh, daß Sie kommen konnten.« Deprimiert war untertrieben, gestand sie sich selbst; sie war verzweifelt.

»Draußen ist ein wunderschöner Tag. Hat dieses Haus hinten einen Garten?«

»Ja, er ist recht hübsch; wollen Sie ihn sehen?«

»Sehr gern; kommen Sie, nehmen Sie meinen Arm.«

»Ich werde Sie führen«, sagte sie. »Ich kenne den Weg.«

Er folgte ihr durch die Küche und zur Hintertür nach draußen. Sie traten auf eine Terrasse hinaus, von der aus man einen gepflegten Garten, ein Schwimmbecken und einen Tennisplatz sehen konnte.

»Gefällt es Ihnen?« fragte sie.

»Wunderschön. Aber ich habe Sie nicht hierherbegleitet, um mir den Garten anzusehen.«

»Was wollen Sie damit sagen?«

Er führte sie zu einem Stuhl. »Ich möchte, daß Sie sich setzen und ein paar Minuten hier warten. Ich gehe wieder hinein.«

»Augenblick, was soll das?«

»Ich erkläre es Ihnen, wenn ich zurückkomme. Entspannen Sie sich einfach und genießen Sie die Sonne.« Er drehte sich um und ging leise ins Haus zurück.

Chris saß in der Sonne, unbeweglich, hilflos und völlig von diesem Polizeibeamten, von Melanie und Danny abhängig. Es war zum Verzweifeln.

In der Küche zog Larsen die Schuhe aus und schlich in Chris' Arbeitszimmer. Er ging zu dem Telefon auf ihrem Schreibtisch, hielt die Gabel fest, nahm den Hörer ab und schraubte das Mundstück auf. Er sah hinein, schraubte es wieder zu und durchsuchte dann gründlich das Arbeitszimmer, das Wohnzimmer, die Küche und Chris' Schlafzimmer, ehe er auf die Terrasse zurückkehrte.

»Was haben Sie gemacht?« fragte sie. »Sie waren mindestens eine halbe Stunde weg.«

»Ich bin noch nicht ganz fertig«, sagte er. »Wissen Sie, wo der zentrale Telefonanschluß für Ihr Haus ist?«

»Im Keller, denke ich.«

»Und wo genau?«

»Links um das Haus gibt es einen Außeneingang«, sagte sie. Sie griff in die Tasche und gab ihm ihre Schlüssel. »Der silberne ist es.«

»Ich bin gleich wieder da.« Larsen ging um das Haus herum und die paar Stufen zu der Tür hinunter. Er öffnete sie, fand den Lichtschalter und betrat einen großen Kellerraum. Es roch muffig, und alles war mit Staub bedeckt. Der Telefonkasten war an der gegenüberliegenden Wand. Er inspizierte den Schaltkasten gründlich und entdeckte zuerst nichts Ungewöhnliches. Auf einem Regalbrett neben dem Kasten lag eine Taschenlampe, die er jetzt anknipste. Er überprüfte die Drähte noch einmal. Die Batterien der Taschenlampe waren schwach, aber das Licht reichte aus, um einen dünnen Draht erkennen zu können, der von einem Anschluß durch ein kleines Loch aus dem Schaltkasten heraus zu einem kleinen Mauervorsprung führte.

Larsen tastete sich an dem Mauervorsprung entlang und folgte dem Draht, der anschließend wieder an der Wand nach unten hinter ein paar leere Kartons führte. Er schob die Kartons beiseite und knipste die Taschenlampe wieder an, um dem Draht bis zu seinem Ende zu folgen. Er war mit einer kleinen Kunststoffbox verbunden, von der eine etwa einen Meter lange Teleskopantenne ausging. Er hielt die Taschenlampe dicht an das kleine Kästchen, konnte aber keine Spuren von Fingerabdrücken erkennen. »Bewunderer« war offenbar ein sehr gründlicher Mensch. Larsen schob die Kartons sorgfältig zurück und fand dann einen Besen, mit dem er hinter sich den Staub verteilte, als er zur Tür zurückging. Als er wieder auf der Terrasse war, zog er sich einen Stuhl neben Chris und setzte sich.

»So, und jetzt erzählen Sie mir, was Sie gemacht haben«, sagte sie.

»Ich habe Ihr Haus gründlich durchsucht.«

»In meiner Wäscheschublade herumgewühlt?«

»So gründlich auch wieder nicht«, sagte er. »Ich muß Ihnen leider sagen, daß Ihr ›Bewunderer‹ Ihr Haus angezapft hat.«

»Was?«

»Er hat elektronische Wanzen an allen Ihren Telefonapparaten angebracht – die Art, die jedes Gespräch im Raum aufnimmt. Dann hat er am Telefonanschluß einen kleinen Sender angebracht. Das hat er wahrscheinlich getan, als Sie im Krankenhaus waren; war an den Abenden jemand hier?«

»Nein. Melanie fährt am späten Nachmittag weg, und Danny hat damals noch nicht hier gewohnt.«

»Der Sender ist nicht sehr groß, aber er kann durchaus eine Reichweite von ein oder zwei Meilen haben. Er wohnt entweder in der Nähe oder hat irgendwo in der Nachbarschaft eine Art Stützpunkt; wahrscheinlich hat er ein Tonbandgerät an seinem Empfänger angebracht, wenn er die Gespräche nicht selbst abhören kann, und hört sich dann später die Aufzeichnungen an.«

Chris war wie erschlagen. »Sie meinen, er hat alles mit angehört, was in meinem Haus vor sich ging?«

»Ich fürchte, so ist es. So hat er die neue Telefonnummer bekommen, als der Mann von der Telefongesellschaft sie Ihnen gesagt hat; das hat er auch gehört.«

»Dieser widerwärtige Mistkerl. Ich hoffe, Sie haben das alles rausgerissen.«

»Nein, ich habe alles so gelassen, wie es war.«

»Warum? Ich will nicht, daß er mich belauscht.«

»Wenn ich es entferne, wird er eine andere Möglichkeit finden. ›Bewunderer‹ ist ein sehr schlauer Bursche. Auf diese Weise können wir wenigstens kontrollieren, was er hört, und können sein System gegen ihn einsetzen.«

»Ich verstehe«, sagte Chris. »Wenigstens glaube ich das.«

Danny steckte den Kopf zur Tür heraus. »Du liebe Güte«, sagte er, »Sie haben mir Todesangst eingejagt. Ich konnte Chris nirgends finden.«

»Danny, setzen Sie sich zu uns«, sagte Larsen.

Danny zog sich einen Stuhl heran und setzte sich. »Also«, fragte er, »was gibt's Neues?«

Larsen sagte es ihm.

»Dieser Kerl ist wirklich hartnäckig«, meinte Danny, als Larsen geendet hatte.

»Nicht nur das, er ist auch verrückt«, sagte Chris.

»Was?« fragte Larsen.

»Er hat am Telefon gesagt, ich sei ein unartiges Mädchen gewesen; das klang so, als ob er vorhätte, mich zu bestrafen.«

»Das gefällt mir gar nicht«, sagte Danny.

»Es muß nichts zu bedeuten haben«, sagte Larsen. »Hat er tatsächlich gesagt, daß er Sie bestrafen würde?«

»Nein.«

»Dann liegt also keine Drohung vor.«

Die drei saßen ein paar Minuten da, ohne etwas zu sagen.

»Okay«, meinte Larsen schließlich, »wir tun jetzt folgendes: Wir gehen ins Haus zurück und plaudern ein paar Minuten, und dann werde ich mich verabschieden. Dann setzen Sie sich beide ins Arbeitszimmer – wir wissen, daß er diesen Raum abhören kann –, und Sie sagen Chris, daß Sie heute abend weg müssen.«

»Ich kann sie doch nicht allein lassen«, sagte Danny.

»Keine Sorge«, sagte Larsen, »sie wird nicht allein sein. Sie gehen so gegen sieben weg. Bis dahin ist es dunkel, und ich werde durch die Hintertür ins Haus kommen. Lassen Sie sie bitte offen.«

»Und was dann?« fragte Chris.

»Als Sie das letztemal allein im Haus waren, hat ›Bewunderer‹ Ihnen einen Besuch abgestattet, erinnern Sie sich?«

»Ja, freilich.«

»Nun, er wird sich die Chance sicher nicht entgehen lassen wollen, besonders, wenn er Sie bestrafen will.«

»Ich verstehe«, sagte Chris nicht gerade begeistert.

»Oh, das hätte ich beinahe vergessen«, sagte Larsen. »Ich habe etwas für Sie; gehen wir doch ins Haus zurück.«

Sie kehrten ins Arbeitszimmer zurück, und Larsen griff nach einer Schachtel, die er dort abgestellt hatte. Er holte eine Armbanduhr heraus und reichte sie Chris. »Die schickt Ihnen meine Schwester«, sagte er.

»Das ist sehr freundlich von ihr, aber ich kann mit einer Uhr nichts anfangen«, sagte sie.

»Mit dieser schon.« Er führte ihre Finger. »Drücken Sie auf diesen Knopf, dann öffnete sich das Glas; nun können Sie den Stunden- und den Minutenzeiger fühlen. Versuchen Sie es.«

Chris tastete über das Zifferblatt. »Ja! Es ist halb sechs!«

»Außerdem hat sie Ihnen ein paar Tonbandbücher geschickt – hauptsächlich Romane. Haben Sie einen Kassettenrecorder?«

»Ja«, sagte sie, »dort auf dem Schreibtisch.«

»Gut«, sagte Larsen. »Dann hören Sie sich doch heute abend eines dieser Bücher an.«

13

Chris saß in ihrem Arbeitszimmer und hörte, wie Dannys Wagen aus der Einfahrt rollte. Sie war immer gern allein gewesen, hatte es genossen, einmal einen Abend zu haben, an dem sie nichts anderes vorhatte, als einen Roman zu lesen, aber nicht heute abend. Sie konnte sich einfach nicht an die Vorstellung gewöhnen, daß jemand außerhalb des Hauses jedes Wort hören konnte, das sie sagte, all ihre Bewegungen verfolgen und ihre ganze Privatsphäre zerstören konnte. Sie fühlte sich in dem schwarzen Kasten ihrer Blindheit eingeschlossen, und jemand beobachtete sie durch ein Guckloch. Und belauschte sie.

Sie wandelte auf dem schmalen Pfad zwischen Furcht und Zorn, und sie gab sich alle Mühe, näher an den Zorn und weiter weg von der Furcht zu kommen. Die Fenster waren offen, und sie konnte das Grillenkonzert von draußen hören, das mit der Dämmerung eingesetzt hatte. Sie griff automatisch nach dem Lichtschalter über ihrem Kopf, hielt dann aber inne. Jon hatte ihr eingeschärft, kein Licht einzuschalten; für eine Blinde wäre das unnatürlich, hatte er gesagt. Sie fühlte sich unbehaglich in dem Wissen, im Dunkeln zu sitzen, obwohl das Licht für sie kaum einen Unterschied gemacht hätte.

Sie saß da und lauschte den winzigen Geräuschen, wie sie ein altes Haus macht, und atmete schneller als gewöhnlich. Es war ihr schon immer unangenehm gewesen, darauf warten zu müssen, daß etwas geschah. Schließlich tastete sie nach der Schachtel mit den Tonbändern, die Jon ihr dagelassen hatte, und wählte willkürlich eines davon aus. Ihre Finger spürten die kleinen Erhebungen des Etiketts in Blindenschrift, die sie nicht lesen konnte; sie stand auf, fand das Wiedergabegerät, schob die Kassette ein und setzte sich wieder. Sie erkannte sofort die Stimme von Hal Holbrook; sie hatte einmal in einer Aufführung von »König Lear« in New York mit ihm gearbeitet.

»Aber das Mississippibecken ist der Körper der Nation. Alle anderen Teile sind nur Glieder, in sich wichtig, aber wirklich wichtig erst in ihren Beziehungen zum Körper. Abgesehen vom Seenbecken und von 300 000 Quadratmeilen in Texas und Neumexiko, die in vieler Hinsicht einen Teil davon bilden, umfaßt dieses Becken etwa 1 250 000 Quadratmeilen.«

Was war das? Ein Geographiekursus? Egal, hör zu.

»Seiner Ausdehnung nach ist es das zweitgrößte Tal der Welt und wird nur noch vom Amazonastal übertroffen. Das Tal des gefrorenen Obi kommt ihm in den Ausmaßen nahe; als nächstes das des La Plata, was den Raum und wahrscheinlich auch seine bewohnbare Kapazität angeht; es macht etwa neunzig Prozent seiner Fläche aus; dann kommt das Jenissejtal mit etwa siebzig Prozent; die Täler von Lena, Amur, Huang-ho, Yang-tse-kiang und Nil mit fünfzig Prozent; das des Ganges mit weniger als der Hälfte; das Industal mit weniger als einem Drittel; das Tal des Euphrat mit einem Fünftel; das Rheintal mit sechs Prozent. In seinen Ausmaßen übertrifft es ganz Europa, mit Ausnahme von Rußland, Norwegen und Schweden. Es könnte Österreich viermal, Deutschland oder Spanien fünfmal, Frankreich sechsmal und die Britischen Inseln oder Italien zehnmal aufnehmen.«

Chris versuchte sich das Mississippital nach Europa verpflanzt vorzustellen; dann seufzte sie und entspannte sich.

»Vorstellungen, die an den Flußbecken Westeuropas geformt sind, werden rüde über den Haufen geworfen, wenn wir uns das Ausmaß des Mississippitals vor Augen führen, noch sind jene, die sich an den unfruchtbaren Becken der großen Flüsse Sibiriens, der Hochplateaus Zentralasiens oder der mächtigen Sumpfgebiete des Amazonas gebildet haben, einigermaßen angemessen. Die geographische Breite, die Höhe und die Regenfälle ermöglichen zusammen die dichte Besiedlung des Mississippitals. Als Wohnstätte für die zivilisierte Menschheit steht es bei weitem an erster Stelle auf unserem Planeten.«

Jetzt wußte sie es: Mark Twain – »Leben auf dem Mississippi.« Sie döste.

Mit Erlaubnis der Wachhabenden war Larsen noch so lange auf dem Revier geblieben, um mit der neuen Wache zu sprechen. Er war unruhig geworden, während der Sergeant Listen mit gestohlenen Fahrzeugen gelesen, die Beschreibung von zwei Einbrechern am Sunset Boulevard weitergegeben und insgesamt seine Schicht zu besonderer Wachsamkeit ermahnt hatte. Schließlich nickte der Sergeant Larsen zu.

»Ich brauche Ihre Unterstützung im Falle eines Verfolgers«, sagte Larsen zu ihnen. »Das Opfer wohnt am Stone Canyon, hier«, er deutete auf einen Punkt auf der Karte, »und wir nehmen an, daß er ihr heute abend einen Besuch abstatten wird. Ich glaube nicht, daß er auf der Straße vorfahren wird, besondere Streifen dort erübrigen sich also. Aber halten Sie jeden Mann an, den Sie zu Fuß antreffen, und befragen Sie ihn – vergessen Sie nicht, sich Ausweispapiere zeigen zu lassen –, und ebenso jeden einzelnen Mann, der mit einem Wagen oder auf einem Fahrrad in der Gegend unterwegs ist. Wir haben keine Beschreibung von dem Burschen und brauchen eine. Fragen?«

»Haben Sie ein Profil von ihm?« fragte eine Beamtin in der vordersten Reihe.

»Gar nichts. Es könnte jeder sein.«

Sie nickte. Weitere Fragen gab es nicht.

Larsen verließ eilig das Revier und fuhr den Sunset Boulevard zum Stone Canyon hinauf. Er parkte seinen Wagen auf dem Parkplatz des Hotels Bel-Air, überquerte die Straße und ging zu Fuß weiter. Er konnte nicht einfach zu Chris' Haus fahren, hatte aber festgestellt, daß es einen nicht benutzten Reitpfad gab, auf dem er hinkommen konnte. Er erreichte einen Park, wo er sich langsam durchs Unterholz arbeitete und darauf verzichtete, seine Taschenlampe zu benutzen.

»Sobald wir uns in Bewegung gesetzt hatten, begann ich voller Freude auf dem großen Dampfer herumzustöbern. Das Schiff war so sauber und adrett wie ein Wohnzimmer; als ich mich in dem langen, vergoldeten Salon umsah, war es so, als blickte ich durch einen prächtigen Tunnel; jede Kabinentür war mit dem Ölgemälde eines begabten Künstlers geschmückt. Das ganze Schiff funkelte im Lichtschein unzähliger, mit Prismen behängter Kandelaber; das Zahlmeisterbüro war elegant, die Bar ein Wunderwerk, und der Barkeeper war frisch barbiert und unglaublich teuer neu ausstaffiert worden.«

Jemand schaltete das Kassettengerät ab.

Larsen kam jetzt schneller voran. Er schaltete die Lautstärke seines tragbaren Polizeifunkgeräts herunter, damit er sich nicht durch irgendwelche Durchsagen verriet, und beschleunigte seine Schritte. Er war weniger als hundert Meter vom hinteren Garten des Hauses entfernt, als vielleicht dreißig Meter vor ihm ein Mann aus dem Gehölz auf den Reitweg trat. Larsen begann zu rennen.

Chris bewegte sich nicht, zuckte mit keiner Wimper. Etwas hatte sie geweckt, kein Geräusch, sondern ein Gefühl. Sie richtete sich im Lehnstuhl auf, ihr Kopf ruhte leicht auf der Tweedpolsterung. Sie versuchte nicht zu schreien. Nach ein paar Augenblicken der Stille hörte sie, wie jemand in dem anderen Lehnsessel ihr gegenüber Platz nahm. Sie bewegte sich immer noch nicht.

Larsen warf sich mit einem Hechtsprung auf den erstaunten Mann, so wie er es seit den Footballspielen auf der High School nicht mehr getan hatte. Dann rangen beide auf dem Boden miteinander. Der Mann hatte sich jetzt von seiner Überraschung erholt und wehrte sich aus Leibeskräften. Es war dunkel in dem Gehölz, aber Larsen schaffte es, seinem Widersacher den linken Unterarm über den Hals zu pressen, und hielt jetzt die Pistole mit der rechten Hand. Er drückte sie dem Mann gegen die Schläfe. »Keine Bewegung! Polizei!« schrie er, und der Mann hörte plötzlich auf, Widerstand zu leisten.

Das Flüstern begann, ganz leise und zischend: »Chrissychrissychrissychrissychrissy.« Es wurde lauter und hörte dann auf.
    Chris hob den Kopf und schlug die Augen auf. »Wer sind Sie, und was wollen Sie?« war das einzige, was ihr einfiel.
    »Ich möchte, daß jeder weiß, daß Sie mir gehören«, flüsterte die Stimme.
    Sie wollte aufstehen, aber ein schweres Gewicht preßte sie in den Sessel zurück, und dann schloß sich eine eiserne Hand um ihr linkes Handgelenk. Er saß auf ihr, preßte sie in die Polster, dann war ein summendes Geräusch im Raum zu hören. Jetzt verspürte sie ein Stechen am linken Handrücken, eine Empfindung, die nicht mehr aufhören wollte. Chris bemühte sich, mit der rechten Hand nach ihm zu schlagen, aber das Gewicht, das sie auf den Stuhl preßte, ließ ihr wenig Bewegungsfreiheit. Sie versuchte zu schreien, aber sein Rücken war

gegen ihr Gesicht gepreßt, und als sie den Kopf zur Seite drehte, erstickte die Polsterung jeden Laut.

Ihr schien es, als wären sie einige Minuten so aneinandergepreßt. Und dann wurde sie plötzlich losgelassen.

Larsen legte dem Mann Handschellen an, zerrte ihn hoch und zog ihn an den Handschellen zum Haus. Mit der anderen Hand griff er nach dem kleinen Radio. »Hier Larsen; ich brauche einen Streifenwagen an dem Haus im Stone Canyon.«

»Jetzt gehörst du mir, und jeder wird es wissen«, flüsterte die Stimme. »Du solltest jetzt alle anderen Menschen aus deinem Leben entfernen – den Schwulen, die Sekretärin, den Bullen. Du wirst sie nicht mehr brauchen.«

Chris flüchtete mit einem Satz. Sicher sprang sie aus dem Sessel und rannte auf die Eingangstür zu. Sie riß sie auf, rannte die Treppe hinunter und hetzte über den Rasen zur Straße, als sie stolperte und kopfüber den Hang hinunterstürzte.

Larsen stieß den Verdächtigen durch die Hintertür ins Haus und zum Arbeitszimmer. »Chris?« rief er. Dann hörte er die Sirene des herannahenden Streifenwagens. »Komm schon, Freundchen«, sagte er und stieß den Mann weiter.

Als sie auf dem Treppenabsatz vor dem Haus standen, blickte er den Hang hinunter und sah Chris, die wie wild auf den Polizisten und seine Partnerin einschlug, die sie zu beruhigen versuchten.

14

»Ich weiß nicht, was das soll«, erregte sich der Mann. Er saß in einem Lehnsessel in Chris' Arbeitszimmer und rieb sich die Handgelenke. Es war das erstemal, daß er etwas sagte.

Chris saß ihm gegenüber; sie erkannte seine Stimme. »Detective Larsen wird Ihnen alles erklären«, sagte sie mit immer noch bebender Stimme. »Jon, das ist Warren Perle; er ist einer meiner Nachbarn. Ich bin sicher, daß er mit alldem nichts zu tun hat.«

»Mr. Perle, ich bedaure wirklich, daß ich Ihnen Ungelegenheiten bereitet habe«, sagte Larsen.

»Ungelegenheiten!« brauste der Mann auf. »Sie sind über mich hergefallen und haben mir Handschellen angelegt, als ob ich ein Verbrecher wäre! Die Pistole haben Sie mir an den Kopf gehalten!«

»Können Sie mir sagen, was Sie auf dem alten Reitweg gemacht haben?« fragte Larsen.

»Einen Spaziergang habe ich gemacht, verdammt noch mal, sonst gar nichts! Ist das etwa verboten?«

»Mr. Perle, bitte, lassen Sie mich erklären. Miss Callaway wird seit einiger Zeit von einem Mann belästigt. Wir hatten damit gerechnet, daß heute nacht jemand versuchen würde, in ihr Haus einzudringen, und mit dieser Person habe ich Sie verwechselt.«

»Oh«, sagte Perle, schon etwas ruhiger geworden. »Chris, das tut mir schrecklich leid für Sie. Kann ich irgend etwas tun?«

Chris versuchte etwas zu sagen, brachte aber kein Wort heraus. Ihr Herz schlug immer noch wie wild, und sie hatte Atemprobleme.

»Sie können mich verständigen, wenn Sie jemand in der Umgebung beobachten, der Ihnen verdächtig erscheint«, sagte Larsen und reichte Perle seine Karte.

»Natürlich, sehr gern«, erwiderte Perle und nahm die Karte entgegen.

»Noch einmal: Es tut mir wirklich sehr leid, daß ich Sie verwechselt habe«, sagte Larsen. »Ich werde veranlassen, daß jemand Sie in einem Streifenwagen nach Hause fährt.«

»Du lieber Gott, nein!« sagte Perle. »Wenn mich die alte Dame gegenüber aus einem Polizeiwagen steigen sieht, läßt sie mir keine Ruhe mehr.«

»Würden Sie bitte dann auf der Straße nach Hause gehen und nicht hinten herum?« bat Larsen. »Meine Leute sind noch damit beschäftigt, das Gehölz abzusuchen.«

»Selbstverständlich«, sagte Perle und stand auf.

«Wenn jemand Sie aufhält, verweisen Sie ihn an mich«, sagte Larsen und streckte dem Mann die Hand hin.

»Vielen Dank«, sagte Perle. Er schüttelte Larsen die Hand und ging.

Larsen nahm Chris gegenüber Platz. »Alles in Ordnung?« fragte er.

Chris atmete tief durch. »Ich denke schon; aber er hat mir eine Höllenangst eingejagt.« Sie fühlte sich ausgepumpt und kraftlos; alles tat ihr weh.

»Es tut mir wirklich leid. Ich wurde zuerst etwas aufgehalten, und dann bin ich mit Warren Perle zusammengestoßen. Sind Sie ganz sicher, daß er mit dieser Sache nichts zu tun hat?«

»Er ist Produzent bei Warner Brothers; er hätte weder Zeit dafür, noch ist er abartig veranlagt.«

»Sagen Sie mir ganz genau, was heute abend passiert ist«, bat Larsen.

Chris konzentrierte sich und schilderte ihm, was vor wenigen Minuten vorgefallen war.

»Er hat sich auf Sie gesetzt?« fragte Larsen.

»Ja. Anscheinend hatte er es auf meine linke Hand abgesehen. Sie brannte eine Weile; genauer gesagt tut sie das immer noch.« Sie spürte, wie Larsen ihre Hand nahm.

Er gab einen angewiderten Laut von sich.

»Was ist denn?« fragte Chris erschreckt. »Was hat er mit meiner Hand gemacht?«

Larsen seufzte. »Er ...« Er rieb über ihren Handrücken. »Es sieht so aus, als hätte er Ihnen eine primitive Tätowierung verpaßt.«

Chris riß ihm die Hand weg und hielt sie sich an die Brust. »Was? Was für eine Tätowierung?«

»Sie ist ein wenig primitiv, aber anscheinend handelt es sich um eine Rose.«

»Er hat mir eine Rose auf die Hand tätowiert? Geht das wieder weg?«

»Sagen Sie, haben Sie etwas gehört, während er das gemacht hat?«

»Ja, ein summendes Geräusch war zu hören.«

»Dann werden Sie wahrscheinlich zu einem Dermatologen gehen müssen, um sich die Tätowierung wieder entfernen zu lassen«, sagte Larsen. »›Bewunderer‹ hat offenbar eine elektrische Tätowiernadel benutzt.«

Chris begann zu weinen; sie war ebenso wütend wie beschämt. Ein Brandzeichen, dieser Dreckskerl hatte ihr ein Brandzeichen aufgeprägt wie einem Tier.

»Bitte nicht«, sagte Larsen und legte die Hand auf die ihre. »Sie sind nicht verletzt, und die Tätowierung läßt sich entfernen. Ich suche jemand, der das macht, wenn Sie wollen.«

»Ich bin einfach ... wütend!« sagte sie. »Warum tut er mir das an? Womit habe ich das verdient?«

»Geben Sie sich selbst keine Schuld«, sagte Larsen. »Sie können nichts dafür, es hat überhaupt nichts mit Ihnen zu tun, wirklich; *er* ist es, der von dieser fixen Idee besessen ist, nicht Sie. Sie hatten nur das Pech, seine Aufmerksamkeit zu erregen, und jetzt hat er sich an Ihnen festgebissen.«

»Ich möchte, daß er mich losläßt. Ich glaube nicht, daß ich das noch lange ertragen kann.«

»Nun, ich werde alles in meiner Macht Stehende tun, um ihn zu stoppen.«

»Viel hat es aber noch nicht gebracht, oder?« sagte sie bitter.

»Es tut mir wirklich leid, daß das heute passiert ist.«

»Mir auch; ich weiß, daß es nicht Ihre Schuld ist.«

»Chris, ich muß Sie etwas fragen.«

»Okay, fragen Sie.«

»Besitzen Sie eine Pistole?«

»Nein.«

»Gut.«

»Warum ist das gut?«

»Weil es gefährlich ist, eine Pistole im Haus zu haben; die Wahrscheinlichkeit, daß Sie sich damit selbst verletzen, ist ebenso groß wie die, daß Sie jemand anderen verletzen.«

»Vielen Dank für Ihr Vertrauen.«

»Das hat überhaupt nichts damit zu tun, daß ich Ihnen nicht vertraue, glauben Sie mir.«

Danny kam ins Zimmer geplatzt. »Alles in Ordnung? Was ist passiert?«

Larsen schilderte ihm geduldig, was vorgefallen war, und verabschiedete sich dann. »Ich glaube nicht, daß Sie heute abend, jetzt, wo Danny hier ist, noch irgendwelche Probleme haben werden«, sagte er, »und die Wanzen habe ich alle entfernt.«

»Danke, Jon«, erwiderte Chris. »Ich bin Ihnen für alles dankbar, was Sie heute getan haben, und bin sicher, daß jetzt nichts mehr passieren wird.«

Als die Polizei weg war, machte Danny Tee für sie beide, und dann saßen sie zusammen in dem Arbeitszimmer.

Plötzlich fing Chris zu weinen an. Sie weinte, wie sie seit ihrer Kindheit nicht mehr geweint hatte, und konnte einfach nicht aufhören.

Danny nahm sie in die Arme und strich ihr über das Haar. »Weine nur«, sagte er. »Spül alles raus.«

Als sie sich schließlich wieder in der Gewalt hatte, blickte sie ihn an. »Danny«, sagte sie, »ich möchte, daß du etwas für mich erledigst.«

»Sicher, Liebes, du brauchst es nur zu sagen«, erwiderte Danny.

»Ich möchte, daß du mir eine Pistole kaufst.«

15

Larsen fand den Zettel auf seinem Schreibtisch, als er am Morgen eintraf. »Komm rüber.« Darunter war die vertraute Unterschrift von Chief Detective Bob Herrera gekritzelt. Larsen ging nicht gern zu Herrera und hatte auch keine Eile, auf den Zettel zu reagieren. Die beiden Männer hatten gemeinsam als junge Detectives angefangen und einmal zusammen in einem Sonderkommando der Mordkommission gearbeitet. Larsen hatte den Täter ausfindig gemacht und verhaftet – und dafür einigen Ruhm eingeheimst –, und das hatte Herrera ihm nie verziehen. Aber Herrera war der bessere Politiker und deshalb auch schneller auf der Hierarchieleiter nach oben geklettert.

Er blätterte die verschiedenen Nachrichten durch, um sich zu vergewissern, daß nichts von Chris Callaway dabei war, und stapfte dann langsam den Korridor hinunter zu dem Büro an der Ecke. Herrera war gerade mit Lesen beschäftigt; er wies Larsen auf einen Stuhl und ließ sich Zeit mit der Beendigung seiner Lektüre. Schließlich blickte er auf. »Was war das gestern für ein Wirbel im Stone Canyon?«

»Einer meiner Verfolgerfälle«, antwortete Larsen.

Das war nicht ausreichend. »Weiter!« sagte Herrera gereizt.

»Ich hatte eine Chance, den Burschen zu schnappen, aber er war vor mir dort.«

»Und dabei hast du dir einen friedfertigen Bürger vorgenommen und ihm Handschellen angelegt?«

Larsens Gesicht rötete sich. »Er war zur falschen Zeit am falschen Platz. Ich habe mich bei ihm entschuldigt, und er schien es zu verstehen.«

»Ist das ein aktiver Fall?« fragte Herrera.

Herrera hatte eine strenge Regelung eingeführt, was auf die aktive Liste gesetzt werden durfte und was nicht. Larsen wußte, daß sein Chef Verfolgerfälle als bloße Lästigkeiten ansah – und er wußte auch, daß man ihm diese Aufgabe übertragen hatte, damit der Chef seine Hände in Unschuld waschen konnte, falls es in einem der Fälle zu einem Mord kam. »Ich habe ihn gestern auf die Aktivliste gesetzt«, sagte Larsen.

»Wenn es so wichtig ist, warum dann die Verzögerung?«

»Ich habe auf eine kriminelle Handlung gewartet, wie du es angeordnet hast.«

»Und welche kriminelle Handlung hat dieser Verfolger begangen?«

»Zunächst einmal illegales Abhören.« Larsen berichtete von den Wanzen im Haus von Chris Callaway.

»Klingt nach Boulevardpresse. Kannst du irgendwelche konkreten Beweise vorbringen, daß es eine Verbindung zwischen dem Verfolger und den Wanzen gibt?«

»Er kannte innerhalb weniger Stunden die Geheimnummer einer neuen Leitung, die ich installieren ließ.«

»Komm schon, Larsen, Hunderte von Leuten in dieser Stadt können sich Zugang zu Geheimnummern verschaffen. Zum Teufel, es gibt sogar Dienstleistungsbüros, die diese Information verkaufen. Was hast du sonst noch über den Burschen in der Hand?«

»Schwere Körperverletzung.«

»Hat er ihr einen Schaden zugefügt?«
»Nicht direkt.«
»Was zum Teufel soll das bedeuten?«
Larsen berichtete von der Tätowierung.
Herrera wand sich vor Lachen.
Larsen bemühte sich, sich seinen Ärger nicht anmerken zu lassen. »Er hat sich auf sie gesetzt, sie festgehalten und ihr mit einer Elektronadel den Handrücken tätowiert.«

»Schwere Körperverletzung mit einer Tätowiernadel«, grinste Herrera. »Das ist originell, das muß man dir lassen. Kann sie ihn identifizieren?«

»Sie... ihr Sehvermögen ist beeinträchtigt.«
»Wie beeinträchtigt?«
»Mehr als neunzig Prozent«, räumte Larsen ein.
»Und andere Möglichkeiten, ihn zu identifizieren? Fingerabdrücke am Tatort?«

»Nichts; der Bursche ist schlüpfrig.«
»Wie steht's mit dem Computerprofil für Verfolger?«
»Wir haben keine Information für das Profil; die Liste enthält vierundzwanzig Fragen, und wir können keine einzige beantworten.«

»Ist ja umwerfend, Larsen. Wieviel Zeit hast du auf den Fall verwandt?«

»Ein paar Stunden.«
»Wie viele Stunden?«
»Zwölf, fünfzehn.«
»Und du bist sicher, daß er existiert?«
»Was?«
»Vielleicht ist er nur ein Produkt von Miss Callaways Phantasie.«

»Sie ist blind und nicht der Typ für solche Phantastereien.«
»Hübsch?«
»Sie ist eine bekannte Schauspielerin.« Das sollte helfen; Herrera hatte eine Schwäche für Filmstars.

»Ein Star?«

»Noch nicht ganz, aber auf dem Weg dorthin.«

»Was soll das jetzt wieder bedeuten?«

»Sie hatte schon ein paar wichtige Nebenrollen und hat gute Kritiken bekommen. Sie sollte mit Jason Quinn eine Hauptrolle bei Centurion spielen, hat aber bei einem Sturz ihr Sehvermögen verloren. Sie möchte, daß ihre Blindheit nicht bekannt wird.«

»Glaubst du, daß sie in Gefahr ist?«

Larsen zögerte. »Dieser Typ beunruhigt mich.«

Jetzt zögerte Herrera. Larsen wußte, daß er die Peinlichkeit, falls der jungen Frau etwas passierte, gegen die Freude abwog, die es ihm bereiten würde, ihn von dem Fall abzuziehen.

»Kümmere dich ein paar Tage drum«, sagte Herrera schließlich. »Wenn du dann nicht klar und eindeutig beweisen kannst, daß Gefahr im Verzug ist, kommt sie wieder auf die Passivliste.«

Larsen stand wortlos auf.

»Hast du mich verstanden, Larsen?«

»Ja, Chef.« Vor diesem Mann klein beigeben zu müssen tat weh.

»Gut. Und jetzt verschwinde.«

Larsen ging zu seinem Schreibtisch zurück, und seine Ohren brannten wie die eines Schuljungen, dem der Lehrer gerade eine Standpauke gehalten hat. Er ließ sich in seinen Sessel sinken und überdachte seine Lage. Sie war nicht gut. Bis jetzt hatte »Bewunderer« einen mächtigen Vorsprung. Larsen mochte Aufholjagden nicht.

Als das Telefon klingelte, zwang sich Chris, den Hörer abzunehmen. »Bewunderer« hatte täglich angerufen, und er widerte sie an, aber sie war nicht bereit, sich vor ihm zu verstecken. Es war Sonntag. »Hallo?«

»Ich bin's, Jon. Wie geht es Ihnen?«

Sie atmete erleichtert auf. »Ziemlich mies«, sagte sie. »Er hat jeden Tag angerufen, und ich habe so mit ihm geredet, wie Sie es mir geraten haben.«

»Haben Sie irgend etwas Neues über ihn in Erfahrung gebracht?«

»Nein. Es ist zum Wahnsinnigwerden. Er weiß buchstäblich alles über mich.«

»Was denn zum Beispiel?«

»Wo ich einkaufe, welche Restaurants ich mag, solche Dinge; ganz zu schweigen von sämtlichen biographischen Einzelheiten.«

»Die kann er sich in jeder Bibliothek besorgen.«

»Ich weiß. Ich wollte, ich wäre nie ins ›Who's Who‹ gekommen.«

»Was machen Sie denn jetzt an diesem schönen Sonntagnachmittag?«

»Ich hör' mir eines der Bänder Ihrer Schwester an«, erwiderte sie. »Die sind großartig, und die Uhr auch; würden Sie ihr sagen, daß ich ihr sehr dankbar bin?«

»Aber gern. Hören Sie, ich dachte, Sie würden vielleicht gern einmal aus dem Haus gehen.«

»Ja, sehr gern, und ich bin sicher, daß Danny auch gern einmal einen Nachmittag für sich hätte. Er hängt die ganze Zeit hier mit mir fest.«

»Darf ich Sie in etwa einer Stunde abholen?«

»Einverstanden. Aber ich darf bestimmen, was wir tun.«

»Soll mir recht sein.«
»Versprochen? Keine Widerrede?«
»Okay, versprochen.«
»Bis in einer Stunde dann.« Sie legte auf. »Danny!« rief sie.
»Was ist?« rief er aus dem Wohnzimmer.
»Ich bin verabredet! Du hast heute nachmittag frei.«
Danny kam ins Arbeitszimmer. »Ich wette, es ist mit dem Bullen.«
Sie spürte, wie sie rot wurde. »Nun, in seiner Gesellschaft fühle ich mich jedenfalls sicher.«
»Und ich habe endlich wieder ein Sexualleben!« triumphierte Danny. Er nahm den Hörer ab und wählte.

Larsen war ihr beim Einsteigen in den Wagen behilflich.
»Was ist das für ein Modell?« fragte sie und betastete das Armaturenbrett.
»Ein alter MG TF 1500«, sagte er, während er um den kleinen Wagen herumging. »Baujahr 1954; einer der letzten klassischen MGs.« Er stieg ein. »Ich habe zwei Jahre gebraucht, um ihn zu restaurieren.«
»Welche Farbe?«
»Silbergrau mit weißem Verdeck, aber das ist im Augenblick offen. Stört es Sie, wenn Ihr Haar etwas zerzaust wird?«
»Überhaupt nicht.«
»Gut; mit geschlossenem Verdeck ist es ein wenig eng. So, ich habe versprochen, daß ich Sie überallhin bringe, wo Sie wollen. Wohin also?«
»Ich möchte, daß Sie mich zu einem ganz bestimmten Ort fahren, und wenn wir dort sind, sage ich Ihnen mehr.«
»In Ordnung. Wohin also?«
»Wissen Sie, wo das andere Ende des Mulholland Drive ist?«
»Sie meinen ganz weit draußen, fast in Malibu?«
»Ja. Er fängt dort an und reicht bis nach Beverly Hills.«

»In meiner High-School-Zeit sind wir immer zum Schmusen dorthin gefahren«, lachte Larsen. »So lange ist es her, daß ich das letztemal dort war.« Er ließ den Wagen an und fuhr los.

»Nehmen wir den Sunset hinunter zum Pacific Coast Highway«, sagte sie. »Dann können Sie die vielen Kurven genießen.«

»Genau das habe ich auch gedacht«, sagte Larsen. Er bog am Sunset nach rechts und beschleunigte die Fahrt.

»Ich liebe das!« rief sie.

»Und ich liebe Frauen, die das lieben«, erwiderte Larsen. Für eine Schauspielerin ist sie ganz locker und natürlich, dachte er.

»Sind Sie in L.A. geboren?« fragte sie, als sie den Freeway überquerten. Sie wollte mehr über ihn wissen.

»Mhm. In Santa Monica geboren und aufgewachsen. Dann war ich auf der UCLA. Jura.«

»Sind Sie Rechtsanwalt?«

»Das Examen der Anwaltskammer habe ich bestanden, aber ich habe nie als Anwalt gearbeitet.«

»Warum nicht?«

»Mein Vater war Anwalt; wahrscheinlich habe ich deshalb Jura studiert. Ich hatte mein Examen schon gemacht, als ich endlich rausfand, was er wirklich von seiner Anwaltskanzlei hielt.«

»Was hat er denn davon gehalten?«

»Sie war ihm widerwärtig. Er war Partner in einer kleinen Sozietät in Santa Monica und hatte sich nicht spezialisiert, und mit der Zeit hat ihn seine Arbeit immer mehr angewidert. Er fand sie langweilig und eintönig, und er haßte es, ständig irgendwelchen Klienten zur Verfügung stehen zu müssen, er haßte es, wenn sie ihm etwas vorjammerten, und er haßte es, sich mit den Gerichten auseinandersetzen zu müssen.«

»Die meisten Anwälte, die ich kenne, haben dasselbe Problem, sobald sie einmal vierzig sind«, sagte sie. »Mit Ausnahme der Anwälte in der Unterhaltungsbranche – die verdienen zuviel Geld, als daß es ihnen etwas ausmachen würde.«

»Schade, daß ich nicht daran gedacht habe«, sagte er. »Vielleicht wäre ich dann kein Bulle geworden.«

»Warum sind Sie denn einer geworden?« Er wirkte auf sie zu gebildet und zu clever für einen Polizisten; die waren in ihrer Vorstellung irgendwie primitiver.

»Ich hatte einen Dozenten für Strafrecht, der bei der Polizei war, ich konnte ihn gut leiden, und er hat mir die Arbeit schmackhaft gemacht, hat mich auf Streifen mitgenommen und mir Einblick in die tägliche Arbeit gewährt.«

»Und ist die Arbeit interessant?« fragte sie.

»O ja. Unser Beruf macht süchtig; ich kenne nicht viele Kollegen, die wieder aufgegeben haben.«

»Aber man verdient nicht viel Geld damit.«

»Da haben Sie recht. Ich habe es bisher geschafft, ledig zu bleiben, deshalb komme ich ganz gut zurecht. Ich stelle keine großen Ansprüche an materielle Dinge.«

»Das war bei mir genauso, bis ich anfing, Geld zu verdienen«, sagte sie. »Eigentlich komisch, wie schnell man sich einen raffinierten Geschmack zulegt.«

»Glauben Sie, daß ich mehr Kaviar essen und Champagner trinken würde, wenn ich mehr Geld hätte?«

»Bildlich gesprochen, ja.«

»Das glaube ich nicht.«

»Lassen Sie mich eine Frage stellen«, sagte sie. »Wenn Sie jeden Wagen haben könnten, den es auf der Welt gibt, ich meine gratis, wofür würden Sie sich dann entscheiden?«

»Das ist einfach: ein Porsche-Cabriolet.«

»Aha!« rief sie aus. »Doch keine so bescheidenen Ansprüche.«

Er lachte.

»Nehmen wir an, Sie würden doch als Rechtsanwalt arbeiten«, sagte sie, »und dann könnten Sie sich plötzlich den Porsche leisten. Wissen Sie, was dann passieren würde?«

»Was?«

»Wohnen Sie in einer Mietwohnung oder im eigenen Haus?«

»Einer Mietwohnung.«

»Na ja, dann würden Sie eines Tages von der Arbeit heimkommen und feststellen, daß das Mietshaus nicht richtig zu dem Porsche paßt. Also würden Sie in ein eleganteres Haus ziehen, und dann würden Sie feststellen, daß Ihre Möbel nicht richtig zu der neuen Wohnung passen, und sobald Sie dann die neuen Möbel hätten, würde Ihre Kleidung nicht mehr ganz dazu passen, und so weiter.«

»Ich verstehe, was Sie sagen wollen«, räumte er ein.

»Reich sein heißt mit sich selbst Schritt halten und nicht mit seiner Umgebung.«

»Ist das bei Ihnen so gewesen?«

»Natürlich. Jetzt versuche ich langsamer zu treten, bis das Geld meine Ansprüche wieder eingeholt hat.«

»Ist eine gute Philosophie.«

»Das sagt mein Manager auch immer.«

Sie hatten inzwischen die Küste erreicht, und er bog nach einer Weile nach rechts und fuhr bergauf. »Wir fahren jetzt in die Berge«, erklärte er. »In ein paar Minuten haben wir den Mulholland erreicht.«

»Gut. Ich wette, Sie haben keine Ahnung, was ich tun will, sobald wir angekommen sind.«

»Vielleicht schmusen«, sagte er.

»Nette Idee.«

»Die anderen Mädchen, die ich hierher gebracht habe, wollten das.«

»Das überrascht mich nicht«, lachte sie. »Danny sagt, daß Sie gut aussehen, und der hat einen Blick für gutaussehende Männer.«

Larsen lachte. »Nun, da bin ich aber froh, daß wenigstens einer mich heutzutage noch attraktiv findet.« Er fuhr ein paar Kurven und bog dann nach rechts. »Jetzt wird es gleich holperig«, sagte er.

An diesem Ende war der Mulholland Drive nicht viel mehr als ein Feldweg, das Reich von Teenagern, Liebespaaren und Bikern. Larsen fuhr langsam, um seinen kleinen Wagen zu schonen. »Wollen Sie an eine bestimmte Stelle?« fragte er.

»Wenn Sie Angst um Ihr Auto haben und niemand in der Nähe ist, können Sie an den Rand fahren.«

»Wir sind da«, sagte er und bog von der Straße auf den grasbewachsenen Seitenstreifen. »Was jetzt?«

Chris griff in ihre Handtasche und zog eine kleine Automatikpistole heraus. »Ich möchte, daß Sie mir beibringen, wie man damit umgeht«, sagte sie.

17

Es war ein warmer Tag, und eine leichte Brise bewegte das Gras zu ihren Füßen. Die Küste war nur eine undeutliche Linie im Smog.

»Ich dachte, Sie hätten mir gesagt, daß Sie keine Waffe kaufen würden«, sagte er.

»Nein, *Sie* haben das *mir* gesagt. Ich habe Ihren Rat ignoriert; ich habe Danny gleich, als Sie weg waren, gebeten, eine zu kaufen.«

Larsen nahm die kleine Pistole und sah sie an. »Sie sind sich darüber im klaren, daß Sie, indem Sie das in der Tasche haben, eine verborgene Waffe tragen?«

»Zeigen Sie mich an.«

Er lachte und sah sich die Pistole näher an. »Italienisches Modell, Kaliber .22.« Er zog den Ladestreifen heraus. »Magazin für sechs oder sieben Patronen. Hat Danny auch Munition gekauft?«

Chris holte eine Schachtel aus ihrer Handtasche und reichte sie ihm.

»Hohlspitzen«, sagte er.

»Was ist das – Hohlspitzen?«

Er nahm eine Patrone aus der Schachtel und hielt ihren Finger an die Spitze. »Spüren Sie das? Jede Bleikugel ist ausgehöhlt. Das bedeutet, daß die Kugel, wenn sie ihr Ziel trifft, eindringt und sich dann ausbreitet wie ein Pilz. .22 ist ein kleines Kaliber, aber diese Kugel wird eine Menge Schaden anrichten; diese Sorte benutzen Mafiakiller.«

»Gut.«

Das überraschte ihn. »Glauben Sie, Sie könnten einen anderen Menschen töten?«

Chris zögerte keine Sekunde. »Ich könnte ›Bewunderer‹ töten, wenn ich je wieder mit ihm im selben Raum wäre.«

»Würden Sie einfach auf seine Stimme zielen und abdrücken, oder würden Sie warten, bis er Ihnen etwas tut?«

»Ich bin nicht sicher, ob ich die Frage beantworten kann, so wie die Dinge liegen.«

»Versteht Danny etwas von Waffen?«

»Er hat nie eine in der Hand gehalten, bis er die für mich gekauft hat.«

»Nun, dann sollte ich Ihnen wohl besser zeigen, wie man damit umgeht; sonst erschießen Sie sich am Ende mit dem verdammten Ding selbst.«

»Daran habe ich auch schon gedacht«, sagte sie.

»Danny hat sich gut beraten lassen«, meinte er. »Das ist die richtige Waffe für Ihre Situation. Sie ist für die Nähe geeignet; Sie würden nie etwas damit treffen, das weiter als drei Meter von Ihnen entfernt ist. Und sie ist klein; Sie können sie in die Hosentasche stecken.« Er schob ihr die Pistole in die Tasche. »Probieren Sie mal, wie schnell Sie sie rausbekommen.«

Chris griff in die Tasche und zerrte an der Waffe. Sie verhakte sich in ihrer Tasche, und sie hatte einige Mühe damit.

»Das werden Sie üben müssen«, sagte er und nahm ihr die Waffe wieder weg. Er entfernte das Magazin, legte es ihr in die Hand und gab ihr dann eine Patrone in die andere. »Fühlen Sie das; Sie halten die Patrone in diese Richtung und drücken dann nach unten und hinten. Da ist eine Feder.«

Chris ließ die Patrone fallen.

»Versuchen Sie es noch einmal«, sagte er, wischte die Patrone ab und gab sie ihr zurück.

Diesmal schaffte sie es.

»So, und jetzt wollen wir sehen, wie viele hineinpassen.« Er gab ihr weitere Munition. »Gut. Sieben; die Zahl sollten Sie sich merken. Und jetzt nehmen Sie die Pistole hier – fühlen Sie die rauhe Stelle am Metall –, ziehen Sie den Schlitten zurück und lassen Sie ihn los.«

Chris tat, wie er sie geheißen hatte.

»Jetzt ist eine Patrone in der Kammer. Spüren Sie diesen kleinen Vorsprung? Das ist die Sicherung; wenn der Hebel oben steht, ist die Waffe gesichert, wenn Sie ihn nach unten drücken, ist sie entsichert.«

Chris drückte den Sicherungshebel mit dem Daumen herunter.

»Halt! Zielen Sie nicht auf sich, wenn Sie das tun.«

»Oh, tut mir wirklich leid«, sagte sie.

Er ging ein paar Schritte mit ihr und drehte sie so, daß sie auf eine kleine Böschung blickte. »So, vor Ihnen ist jetzt ein Erdhügel, der ein wenig höher ist, als Sie groß sind. Halten Sie die Pistole vor sich und geben Sie einen Schuß ab.«

Chris tat es. Es knallte.

»Gratuliere, Sie haben den Erdhügel getroffen.«

»Ich dachte, es würde mehr Lärm machen«, sagte sie.

»Das ist eine kleine Pistole; die macht wenig Lärm.«

»Oh.«

Er hob ein paar Kieselsteine auf. »Hören Sie, jetzt schießen Sie auf das Geräusch.« Er warf einen Stein auf den Erdhaufen, rechts von ihr.

Chris drehte sich um und feuerte in Richtung auf das Geräusch.

»Sie haben den Stein um einen halben Meter verpaßt, aber das ist auf die Entfernung nicht schlecht. Kommen Sie, noch einmal.«

Chris feuerte erneut und traf diesmal näher.

Larsen ließ sie weiter üben, bis das Magazin leer war. Er nahm ihr die Pistole weg, zog den Ladestreifen heraus und lud durch. »Jetzt sind Sie sicher, daß die Pistole nicht geladen ist«, sagte er und gab sie ihr zurück. Er legte beide Hände auf ihre Schulter und drehte sie herum. »Schießen Sie auf mich«, sagte er.

»Sind Sie sicher, daß die Waffe nicht geladen ist?«

»Ich bin sicher.«

Sie betätigte den Abzug, aber nichts geschah.

»Sie müssen den Schlitten betätigen und entsichern.«

Sie tat es, richtete dann die Pistole auf ihn und drückte ab. Ein scharfes Klicken war zu hören.

»Machen Sie es noch einmal, aber diesmal gehen Sie näher an mich heran und drücken mir die Waffe gegen das Herz.«

Sie trat näher und preßte die Pistole gegen seinen Körper.

»Los!«

Sie drückte wieder ab.

Er nahm ihre Hand, die die Waffe hielt, und preßte sie an seine Brust. »Da ist mein Herz, genau hier, ein wenig links von der Mitte.« Er nahm ihre andere Hand und legte sie an seinen Hals. »Jetzt wissen Sie, wo mein Kopf ist; Sie können die Waffe unter mein Kinn drücken und schießen.«

Sie tastete sich nach oben und drückte erneut.

»Sobald Sie ihm nahe sind und wissen, wohin Sie schießen, drücken Sie wieder ab; es braucht möglicherweise mehr als einen Schuß. Wichtig ist, nicht in Panik zu geraten und nicht zu früh zu schießen.«

Sie nickte. »Ich richte die Waffe nicht gern auf Sie.«

»Ich bin froh, das zu hören«, lachte er.

»Ich meine, ich glaube nicht, daß ich Probleme haben würde, auf ›Bewunderer‹ zu schießen, aber...«

»Ich weiß das zu schätzen. Daß Sie mich nicht töten wollen, könnte die Basis für eine... Freundschaft sein.«

Sie lachte. »Ja, das könnte sein.«

Er lud die Pistole wieder, sicherte sie und legte sie in ihre Hand. »Sie haben jetzt genug geschossen. Die Waffe ist schußbereit; Sie müssen nur noch durchladen, entsichern und dann abdrücken. Wenn Sie glauben, daß Sie sie benutzen müssen, dann sollten Sie sie durchladen, bevor Sie sie einstecken, aber überzeugen Sie sich, daß die Waffe gesichert ist.«

»Ich verstehe«, sagte sie.

»Das hoffe ich«, erwiderte er. »Und sagen Sie um Himmels willen nie jemand, wer Ihnen beigebracht hat, wie man damit umgeht. Meine Behörde ist in dieser Hinsicht ziemlich streng.«

»Darauf können Sie sich verlassen. Ich bin Ihnen für Ihre Hilfe dankbar.«

Larsen ergriff ihren Arm und bugsierte sie zu dem kleinen MG zurück. Als er die Tür öffnete, blickte er auf und sah in der Ferne, ein wenig vom Smog verdeckt, einen Mann auf einem Motorrad, der vielleicht einen Kilometer hinter ihnen auf der Straße angehalten hatte. Als Larsen die Tür schloß, griff er ins Handschuhfach, holt einen kleinen Feldstecher heraus und hielt ihn an die Augen. Nachdem er scharfgestellt hatte, sah er deutlicher.

Das Motorrad war rot, und der Fahrer trug schwarze Lederkleidung und einen schwarzen Helm. Sein Gesicht war von einem Feldstecher verdeckt. Er sah zu Larsen und Chris herüber.

»Was ist?« fragte Chris. »Was machen Sie denn?«

»Ich habe mir nur das Hemd in die Hose geschoben«, log Larsen. Er ging um den Wagen herum und stieg auf seiner Seite ein.

Auf der Rückfahrt nach Bel-Air entdeckte er im Rückspiegel immer wieder den Motorradfahrer, weit hinter ihnen im Verkehr.

Sie aßen eine Kleinigkeit, und als sie schließlich zum Haus zurückkehrten, wurde es schon dunkel, und Danny erwartete sie. Larsen verabschiedete sich; als er sich zum Gehen wandte, winkte Danny ihm zu, und seine Lippen formten die Worte: »Warten Sie!«

Larsen verließ das Haus, wartete aber draußen. Gleich darauf flammte die Außenbeleuchtung auf, und Danny kam heraus.

»Danke, daß Sie gewartet haben«, sagte er. »Ich wollte Ihnen etwas zeigen und wollte nicht, daß Chris es erfährt.«

»Was denn?« fragte Larsen.

Danny zog einen Umschlag aus der Tasche. »Das war im Briefkasten, als ich nach Hause kam.«

Larsen öffnete den Umschlag und entnahm ihm vorsichtig ein Polaroid-Foto. Er hielt es ins Licht und betrachtete es. »Du großer Gott!« sagte er.

18

Larsen saß an seinem Schreibtisch und sah sich das Foto wieder an; es steckte in einer Klarsichthülle, wie man sie für Beweisstücke benutzt. Er hatte es sich im Lauf der letzten fünfzehn Stunden immer wieder angesehen, aber trotzdem überkam ihn dabei immer noch ein Gefühl der Übelkeit.

Da er sich auf nichts richtig konzentrieren konnte, schaltete er seinen Computer ein und sah mit glasigen Augen auf den Bildschirm, während das Programm geladen wurde.

»Verfolgerprofil, erstellt für die Polizeibehörde von Los Angeles von C. E. Ripley, M. D. Dieses Programm ist vertraulich. Benutzung durch Unbefugte verboten.«

Das Profil war für ihn im Augenblick nutzlos, weil er keinerlei persönliche Informationen über »Bewunderer« hatte. Plötzlich stutzte er und starrte mit zusammengekniffenen Augen auf den Bildschirm. Er griff in seine unterste Schreibtischschublade, fand dort ein Telefonbuch, suchte eine Nummer und wählte.

»Praxis Dr. Ripley«, meldete sich eine Frauenstimme.

»Guten Morgen, hier spricht Detective Jon Larsen vom Polizeirevier Beverly Hills. Könnte ich bitte Dr. Ripley sprechen?«

»Er ist im Augenblick mit einem Patienten beschäftigt. Kann ich ihm etwas ausrichten?«

Larsen zögerte. »Wäre es möglich, daß ich Dr. Ripley irgendwann heute besuche? Es hat etwas mit einem Computerprogramm zu tun, das er für die Polizeibehörde von Los Angeles erstellt hat.«

»Lassen Sie mich nachsehen«, sagte sie.

Larsen hörte, wie sie blätterte.

»Eine Patientin hat heute morgen einen Termin abgesagt; könnten Sie um elf hier sein?«

»Ja, das geht«, sagte Larsen. Er bedankte sich und legte auf. Er wußte, daß er nach Strohhalmen griff, aber etwas anderes als Strohhalme hatte er nicht.

»Ich bin Chuck Ripley«, sagte der Arzt. Er war groß, korpulent, und sein Haar begann sich zu lichten.

»Jon Larsen, Dr. Ripley«, sagte Larsen und schüttelte ihm die Hand. »Danke, daß Sie mich empfangen.«

»Nennen Sie mich Chuck«, sagte Ripley. »Für die Polizei von Los Angeles habe ich immer Zeit.«

»In dem Fall Beverly Hills«, sagte Larsen.

»Ich habe schon gehört, daß die Ihnen das Programm geliehen haben.«

»Ja, unsere Abteilung ist noch weit hinter denen zurück, aber Ihr Profil war für uns sehr nützlich.«

»Gut. Was kann ich für Sie tun?«

»Ich ermittle gegen einen Verfolger, und es ist uns bis jetzt trotz aller Anstrengungen nicht gelungen, ihn zu identifizieren. Das Profil hat uns daher in diesem Fall überhaupt nichts genützt.«

»Ja, das ist problematisch«, sagte Ripley trocken. »Keine Identifikation – kein Profil.«

»Genau. Ich habe mir überlegt, daß das Profil ja nur einen Bruchteil von dem darstellen muß, was Sie über das Verfolgerphänomen wissen müssen.«

»Ja, das kann man wahrscheinlich sagen«, pflichtete Ripley ihm bei. »Ich fing an, mich für das Phänomen zu interessieren, als ich Anstaltspsychiater in San Quentin war, und das liegt jetzt fünfzehn Jahre zurück, lange bevor man in der Öffentlichkeit auf Verfolger aufmerksam wurde, ganz zu schweigen von der Polizei.«

»Dann müssen Sie im Lauf der Jahre eine große Zahl von Fällen studiert haben.«

»Als ich zuletzt nachgezählt habe, waren es etwa dreitausend.«

»Ich würde Ihnen gern etwas über diesen ganz speziellen Verfolger – wir nennen ihn ›Bewunderer‹ – erzählen und dann sehen, was für Schlüsse Sie gegebenenfalls daraus ziehen können.«

»Legen Sie los.«

Larsen nahm sich seine Notizen zu Hilfe und rekonstruierte die verschiedenen Kontakte, die »Bewunderer« und

Chris Callaway gehabt hatten. »Einmal hat er sie körperlich belästigt«, sagte Larsen und berichtete dem Arzt von der Tätowierung.

»Das ist sehr interessant«, sagte Ripley. »Fahren Sie fort, erzählen Sie mir alles, dann werde ich antworten.«

Larsen setzte seine Schilderung fort, bis zu dem Motorradfahrer vom vergangenen Tag.

»Ist das alles?« fragte Ripley.

»Nein, es gibt noch einen weiteren Vorfall, aber der unterscheidet sich so deutlich von den anderen, daß ich gern Ihre erste Antwort abwarten möchte, ehe wir darüber sprechen.«

»Also gut«, sagte Ripley. »Dieser Mann hat mit anderen Verfolgern viele Eigenschaften gemeinsam: das Zwanghafte seines Handelns, die Regelmäßigkeit, nein, ich sollte besser sagen: die Berechenbarkeit seiner Zuwendung; die Geschenke; die bewundernden Briefe; die verschleierten Drohungen; die Tatsache, daß er ihr überallhin folgt; seine Behauptung, sie brauche niemand außer ihm; nichts von alldem unterscheidet ihn zum Zweck der Identifizierung von anderen Verfolgern. Sie haben bereits einige nützliche Informationen zusammengetragen und daraus Schlüsse gezogen: Er scheint wohlhabend zu sein; er verfügt über gewisse handwerkliche Fähigkeiten; er ist hochintelligent.«

Larsen nickte. »Ich unterstelle natürlich, daß ›Bewunderer‹ tatsächlich für jeden einzelnen dieser Vorfälle verantwortlich ist und daß die Wahrnehmung von Miss Callaway korrekt ist.«

»Ich glaube, davon müssen wir ausgehen«, pflichtete Ripley ihm bei. »Ein paar Dinge, die mir während des Zuhörens aufgefallen sind: Ich denke, er arbeitet als Selbständiger – er scheint über ein hohes Maß an Bewegungsfreiheit zu verfügen. Ich neige zu einer selbständigen Tätigkeit im technischen Bereich – Computer, Elektronik, irgendeine Beratungstätigkeit; aber es kann auch sein, daß er Angestellte hat, die sein

Geschäft betreiben, ohne daß er sie ständig zu kontrollieren braucht. Dann ist das Fehlen jeglicher Furcht und seine Geringschätzung für die Polizei interessant, was mich auf einen Hauch von Größenwahn schließen läßt – jeder vernünftige Mensch, selbst ein erfahrener Krimineller, fürchtet die Polizei. Ich halte es für entfernt möglich, aber nicht wahrscheinlich, daß er einige Zeit im Gefängnis verbracht hat. Wahrscheinlicher ist, daß er schon längere Zeit gegen die Gesetze verstößt, ohne dabei ertappt worden zu sein. Er betrachtet sich als eine Person, die wegen ihrer Intelligenz und Geschicklichkeit jenseits des Zugriffs der Gesetze steht, und diese Ansicht ist nicht ganz unberechtigt. Es wird nicht leicht sein, ihn zu identifizieren oder dingfest zu machen... Er hat sicherlich Probleme damit, enge Beziehungen zum anderen Geschlecht herzustellen, und wahrscheinlich auch zu Männern. Er ist ein Einzelgänger, aber oberflächlich zumindest geht er locker mit anderen Menschen um. Sein Widerstreben, seinem Opfer von Angesicht zu Angesicht gegenüberzutreten, könnte auf irgendeinen körperlichen Mangel hindeuten, echt oder eingebildet – das könnte alles mögliche sein, von Kleinwüchsigkeit bis Akne –, was er so lange glaubt verbergen zu müssen, bis sein Opfer ihn kennen- und liebengelernt hat.« Ripley machte eine Pause. »Was seinen Umgang mit der Sprache angeht – waren Syntax und Grammatik korrekt?«

»Ja, das ist Miss Callaway aufgefallen. Sie hält ihn für gebildet.«

»Aber nicht über einen High-School-Abschluß hinaus, da würde ich wetten. Nach allem, was wir über ihn wissen, seine Besitztümer – einen Kombi, ein Motorrad –, seine Fertigkeiten – Elektronik und Tätowierung – und in Anbetracht seiner recht phantasielosen Geschenke – Rosen und Pralinen – würde ich ihn in die untere Mittelklasse einordnen. Das sind keine Dinge, für die jemand aus der Oberschicht sein Geld ausgeben würde; da ist ein gewisses Element von Neureichtum. Ich glaube, seine sprachlichen Fähigkeiten stammen aus dem Fernsehen oder aus Filmen – oder, was weniger wahrscheinlich ist, er hat sie sich angelesen.« Ripley zuckte die Achseln. »Ich weiß, das klingt jetzt alles recht dogmatisch, aber ich gebe nur meinen ersten Eindruck wieder. Ich könnte natürlich nichts von alledem belegen.«

»Ich weiß«, sagte Larsen, »aber für mich ist das sehr hilfreich.«

Ripley seufzte. »Was sonst noch? Daß er die Sekretärin von der Fahrbahn abgedrängt hat, deutet nicht notwendigerweise auf gewalttätige Tendenzen; es mag sehr wohl sein, daß er solches Verhalten recht comichaft sieht, er hat sich das vielleicht durch zuviel Fernsehen oder Kino angeeignet. Ich bezweifle, daß er die Frau ernsthaft töten wollte. Aber daß er die Folgen seines Handelns nicht richtig einschätzt, könnte ihn, ohne daß er es will, gefährlich machen.« Er rieb sich den Nasenrücken. »Ich muß sagen, ich finde diese Tätowierung viel beunruhigender. Das läßt vermuten, daß er dazu neigt, seine Ziele auch gewaltsam zu erreichen.«

Larsen unterbrach ihn. »Sie wissen sicherlich, Chuck, daß es in der Vergangenheit Fälle gegeben hat, wo Verfolger ihren Opfern körperlichen Schaden zugefügt, ja sie sogar ermordet haben; aber diese Fälle sind selten. Vor ein paar Jahren hat es einen solchen Mord gegeben, aber seit die Polizei von Los Angeles eine entsprechende Stelle eingerichtet hat, ist es nicht mehr vorgekommen, daß ein Verfolger sein Opfer körperlich verletzt hat, und in unserer wesentlich kürzeren Erfahrung ist auch kein Fall bekannt.«

»Ich würde mich von Statistiken nicht zu sehr in Sicherheit wiegen lassen«, sagte Ripley und schüttelte den Kopf. »Jeder dieser Verfolger ist ein Individuum mit eigenen psychischen Problemen, ja sogar Psychosen, und man kann nie vorhersagen, wann einer von ihnen gewalttätig wird. Aber im Falle von ›Bewunderer‹ bin ich ganz sicher, daß er fest überzeugt ist, daß ihn die Polizei, sollte er den Wunsch haben, Miss Callaway Schaden zuzufügen, nie fassen würde.«

Larsen nahm diese Ansicht schweigend auf.

»Ich glaube, das ist wohl so ziemlich alles, was ich Ihnen sagen kann«, meinte Ripley, »es sei denn, Sie sagen mir noch etwas über den allerneuesten Vorfall, den, über den Sie bisher nichts sagen wollten.«

Larsen nickte und legte das Polaroid-Foto auf den Schreibtisch. Die beiden Männer sahen es zusammen an. Die Aufnahme zeigte ein aufgeschlagenes Buch, das auf einem Teppich lag. In der Bildecke konnte man Parkettboden erkennen.

»Hm«, sinnierte Ripley. »Das stammt allem Anschein nach aus einem Buch mit medizinischen Aufnahmen; in einem Magazin oder Buch, das sie an jedem Kiosk kaufen können, sind normalerweise keine Aufnahmen eines offenen Brustkastens zu sehen. Der Anblick von Stahlklammern, die den Brustkasten auseinanderhalten, könnte eine Menge Hausfrauen in Ohnmacht fallen lassen.«

»Ich weise Sie auf die gedruckte Unterschrift hin«, sagte Larsen. »Sie ist allem Anschein nach mit einem elektronischen Etikettiergerät gemacht. Man kann sie in Versandhauskatalogen für etwa hundertfünfzig Dollar bestellen.«

»Eine meiner Lieblingsbeschäftigungen«, las Ripley laut vor. »Haben Sie bemerkt, daß es sich um den Torso einer Frau handelt?«

»Ja, das habe ich bemerkt«, sagte Larsen.

»Weiß Miss Callaway davon?« fragte Ripley.

»Nein. Ich hielt es nicht für angebracht.«

»Völlig richtig.«

»Was halten Sie von diesem Geschenk?« fragte Larsen.

»Ziemlich beunruhigend, nicht wahr?« erwiderte Ripley.

»Mich hat es jedenfalls beunruhigt.«

»Ich denke, das Foto bedeutet, daß ›Bewunderer‹ jetzt eine neue Phase erreicht hat. Angesichts dieser Botschaft scheint wenig Zweifel zu bestehen, daß er gewalttätig werden könnte. Ich würde das Foto sogar als ein Versprechen ansehen.«

»Ich hatte befürchtet, daß Sie so etwas sagen würden«, sagte Larsen.

»Möglicherweise gibt es noch etwas anderes, wovor Sie Angst haben müssen«, sagte Ripley.

»Und das wäre?«

»Hat ›Bewunderer‹ Gelegenheit gehabt, Sie und Miss Callaway zusammen in einer Situation zu sehen, die er als romantisch auffassen könnte?«

Larsen dachte an ihre Fahrt zum Mulholland Drive. »Ja, das wäre möglich.«

»Dann haben Sie meiner Ansicht nach ebenso viel von ihm zu befürchten wie die junge Dame.«

19

Als Larsen wieder in seinem Wagen saß, holte er die Polaroid-Aufnahme aus der Tasche und starrte sie an, als könne er dadurch zusätzliche Informationen erhalten. Und plötzlich war es so. Er hielt sie ganz dicht an seine Augen und wünschte sich, ein Vergrößerungsglas zu haben. Er verstand von diesen Dingen nicht viel, aber es drängte ihn, mit jemand zu sprechen, der eine Ahnung davon hatte.

Er ließ den Wagen an und fuhr los. An der Melrose gab es ein teures Geschäft, in dem es solche Dinge zu kaufen gab; er war Dutzende Male daran vorbeigefahren und hatte vorgehabt, einmal hineinzugehen und sich umzusehen, aber er hatte es nie getan. Jetzt war die Zeit dafür.

Er fand einen Parkplatz in einem mit der gelben Linie gekennzeichneten Parkverbot, klappte die Sonnenblende mit dem Polizeiausweis herunter und ging quer über die Straße auf den Laden zu, der sich »Westward Ho!« nannte. Im Schaufenster waren indianische Keramiktöpfe ausgestellt, von denen einige sehr alt aussahen. Drinnen wartete er geduldig, während der einzige Verkäufer, ein kleiner Mann Anfang Fünfzig, ein endloses Gespräch mit einem jungen Paar über die Wertsteigerung perlenbesetzter Kleidungsstücke der Indianer führte. Schließlich ging das Paar, und der Mann wandte sich Larsen zu.

»Tut mir sehr leid, daß Sie warten mußten«, sagte er. »Darf ich Ihnen etwas zeigen oder Ihnen eine Auskunft geben?«

»Ja, danke«, sagte Larsen und zog die Fotografie heraus. »Ich weiß, daß man nicht viel davon sehen kann, aber ich hätte gern gewußt, ob Sie mir etwas darüber sagen können.«

Der Mann betrachtete das Foto. »Widerwärtig«, sagte er.

»Tut mir leid, daß es ein solches Foto ist«, sagte Larsen. »Mich interessiert der Läufer darunter.«

»O ja«, sagte der Mann und sah sich die Fotografie aus der Nähe an.

»Ich dachte, er sieht wie etwas aus, das man in einem Geschäft wie dem Ihren finden könnte. Können Sie mir etwas darüber sagen?«

»Wie groß soll der Läufer denn sein?« fragte der Mann.

»Entschuldigen Sie, ich will keinen Läufer kaufen«, sagte Larsen. »Ich möchte nur soviel wie möglich über diesen ganz speziellen Läufer erfahren.«

Der Mann sah ihn an. »Warum?« wollte er wissen.

Larsen holte seine Dienstmarke heraus. »Ich bin bei der Polizei von Beverly Hills; dieses Foto ist Beweismaterial in einem Fall, und ich hoffe, daß der Läufer mir vielleicht etwas über die Person sagt, die das Foto gemacht hat.«

»Verstehe«, erwiderte der Mann, schien aber nicht sonderlich davon begeistert, mit einem Polizisten zu sprechen.

Larsen streckte ihm die Hand hin. »Ich bin Jon Larsen.«

Der Mann schüttelte ihm die Hand. »Jason Willoughby.«

Er sah wieder auf das Foto. »Nun, der Läufer ist ohne jeden Zweifel ein Navajo-Stück – eine Häuptlingsdecke; ich würde sagen um 1920.«

»So viel können Sie von der einen Ecke sagen, die hier auf dem Bild zu sehen ist?«

»Das könnte nicht jeder«, sagte Willoughby. »*Ich* kann es.«

»Das ist bemerkenswert«, sagte Larsen bewundernd. »Können Sie mir sagen, woran Sie das erkennen?«

»Selbstverständlich. Zunächst einmal handelt es sich um ein Navajo-Muster, und obwohl die Zapoteken in Mexiko regelmäßig Navajo-Muster kopieren, benutzen sie andere Wolle und andere Farben. Dieser Läufer hier ist dicker und weicher als eine zapotekische Kopie. Und dann die Stickerei hier am Rand...« Willoughby hielt inne und starrte die Fotografie an.

»Welchen Wert hätte ein Navajo-Läufer wie dieser?« fragte Larsen, der bemüht war, den Mann am Reden zu halten.

Willoughby sagte einen Moment nichts und blickte dann Larsen an. »Ich kann Ihnen ganz genau sagen, wofür man ihn vor ein paar Jahren hätte verkaufen können«, sagte er. »Achtzehntausend Dollar.«

»Und was wäre er heute wert?« fragte Larsen.

»Wenn ich den richtigen Käufer hätte, könnte ich fünfundzwanzigtausend für ihn bekommen«, erwiderte Willoughby. »Es ist nicht die allerseltenste Art von Navajo-Läufer, aber ein sehr guter. Ich habe ihn bei einem Nachlaßverkauf entdeckt.«

Larsen riß die Augen auf. »Soll das heißen, daß Sie diesen Läufer hier verkauft haben?«

»Allerdings; vor etwa zwei Jahren.«

Das war zu schön, um wahr zu sein. »Sind Sie sicher?«

»Lassen Sie mich nachsehen«, sagte Willoughby. Er ging zu einer Kartei in einer Ecke seiner Galerie, zog eine Schublade auf und fing an, in Karten zu blättern. Das dauerte gute zwei

Minuten, in denen Larsen angespannt wartete. »Aha!« sagte er, zog eine Karte heraus und hielt sie Larsen hin.

Eine Fotografie des Läufers war mit Heftklammern an der Karte befestigt. Larsen verglich sie mit seiner Polaroid-Aufnahme; die beiden waren identisch. Er grinste. »Das ist ja hervorragend«, sagte er. »Sie führen sehr genau Buch.«

»Nun, es rentiert sich. Sehen Sie, es könnte ja sein, daß plötzlich ein Kunde kommt und etwas ganz Bestimmtes verlangt. Wenn ich etwas Ähnliches verkauft habe, kann ich den betreffenden Kunden anrufen und ihn fragen, ob er sich vielleicht wieder von dem Stück trennen will. Auf diese Weise habe ich schon viele Verkäufe getätigt.«

»Und haben Sie eine Aufzeichnung darüber, wem Sie den Läufer verkauft haben?«

»Auf der Kartenrückseite.«

Larsen drehte die Karte um. »Bennett Millman«, las er laut.

»Ah ja, Millman. Der Läufer war das zweite Stück, das er von mir gekauft hat.«

Seine Adresse war an der Copa de Oro in Bel-Air, nicht einmal eine halbe Meile von Chris Callaways Haus entfernt. »Wissen Sie, ob Mr. Millman noch an dieser Adresse wohnt?«

»Nein; ich habe ihn nicht mehr gesehen, seit er den Läufer gekauft hat.«

»Vielen Dank, Mr. Willoughby; Sie waren mir eine große Hilfe.«

»Gern geschehen«, antwortete Willoughby. »Wissen Sie, was an diesem Läufer das Ungewöhnlichste ist?«

»Was?«

»Daß er auf dem Boden liegt. Ein erfahrener Sammler würde ein Stück von solcher Qualität aufhängen und nicht darauf·gehen. Mr. Millman geht schrecklich nachlässig mit seinem Besitz um. Ich frage mich, was er mit dem Topf gemacht hat, den ich ihm verkauft habe.« Willoughby schüttelte betrübt den Kopf.

Larsen rannte förmlich zu seinem Wagen. Auf der Fahrt nach Bel-Air fiel ihm ein, daß es vielleicht besser wäre, Millman nicht allein gegenüberzutreten, vor allem, da der Mann doch wußte, wie er aussah. Er griff nach dem Mikrofon und bestellte einen Streifenwagen zu der Adresse an der Copa de Oro.

Die Einfahrt zu dem Anwesen war mit einem schmiedeeisernen Tor gesichert, aber es stand offen. Larsen wartete ein paar Minuten, bis der Streifenwagen erschien, stieg dann aus und redete mit den zwei uniformierten Beamten in dem Wagen. »Ich glaube nicht, daß ich die Tür eintreten muß«, sagte er, »bleiben Sie also im Hintergrund. Schalten Sie sich erst ein, wenn es Ärger gibt.«

Die Beamten nickten, und Larsen stieg wieder in seinen Wagen. Die Zufahrt war kurz und gewunden und endete in einem kopfsteingepflasterten Kreis. Larsen parkte seinen Wagen und stieg aus. Das Anwesen war wunderschön angelegt und gepflegt wie die meisten Anwesen in einer so teuren Umgebung. Er schätzte das Haus auf vier oder fünf Millionen.

Larsen ging auf die Tür zu und klingelte. Er erwartete, daß ein Hausangestellter öffnen würde, aber niemand kam. Larsen wollte gerade um das Haus herumgehen, als ein Wagen, ein weißer Cadillac, in die Einfahrt bog und drei Leute ausstiegen – eine attraktive junge Frau und ein Paar mittleren Alters.

Die junge Frau ging auf ihn zu. »Kann ich etwas für Sie tun?« fragte sie.

»Ich bin auf der Suche nach Mr. Millman«, sagte Larsen.

Sie musterte ihn mit einem eigenartigen Blick. »Darf ich fragen, weshalb?«

»Ich bin Detective Larsen, Polizeibehörde Beverly Hills. Ich muß Mr. Millman sprechen.«

»Ich fürchte, das ist nicht möglich«, sagte die Frau. »Mr. Millman ist vor beinahe drei Monaten gestorben.«

»Was?«

»Ich bin Immobilienmaklerin; ich bin hier, um das Haus zu zeigen.«

»Ich verstehe«, sagte Larsen. »Sagen Sie, ist das Mobiliar noch im Haus?«

»Nein. Mrs. Millman hat vor zwei Wochen eine Auktion abgehalten und alles verkauft.«

»Können Sie mir sagen, wer der Auktionator war?« Auktionshäuser führen sorgfältig Buch über ihre Verkäufe; er würde feststellen können, an wen der Läufer verkauft worden war.

»Das war Mrs. Millman selbst. Sie wollte sich die Kosten für einen Auktionator sparen, also hat sie eine Anzeige in die ›Times‹ gesetzt und alles selbst verkauft, nur gegen Bargeld. Sie hat nicht einmal Schecks angenommen. Um ehrlich zu sein, ich kenne niemanden, der so scharf auf Geld ist; ich nehme an, sie wollte den Erlös nicht versteuern.«

»Waren Sie zufällig bei der Auktion?« Er wußte, daß er wieder nach Strohhalmen griff.

»Ja, ich habe zwei Sessel gekauft – ich habe sie für die Hälfte dessen bekommen, was ich in einem Geschäft bezahlt hätte. Ehrlich gesagt, glaube ich, daß sie mit einem professionellen Auktionshaus besser gefahren wäre, mit jemand, der den Wert der Dinge kennt und richtig dafür geworben hätte.«

»Erinnern Sie sich zufällig an den Verkauf eines Navajo-Läufers?«

»Mr. Millman hatte eine Anzahl Indianerteppiche und -töpfe, eine sehr hübsche Sammlung, aber die haben mich nicht interessiert, also habe ich auch nicht aufgepaßt.«

»Sie erinnern sich also nicht, wer den Läufer gekauft hat?«

»Leider nein.« Sie beugte sich zu ihm, und ihre Stimme wurde leiser. »Hören Sie, ich will meine Interessenten nicht verscheuchen – Sie verstehen schon, Polizei auf dem Anwesen. Wenn sonst nichts mehr ist, würde es dann Ihnen und Ihren Kollegen etwas ausmachen wegzufahren?«

»Schon gut«, sagte Larsen müde. »Hier ist nichts mehr für uns zu tun. Sagen Sie, wie kann ich mit Mrs. Millman Verbindung aufnehmen?«

»Sie lebt jetzt in Palm Springs.« Die Frau zog eine Visitenkarte aus ihrer Tasche. »Wenn Sie mein Büro anrufen, kann man Ihnen die Adresse geben.«

»Danke, das werde ich tun.«

Als Larsen wieder im Wagen saß, lehnte er den Kopf an die Kopfstütze und seufzte. Seine heiße Spur wurde von Minute zu Minute kälter.

20

Chris blinzelte. Das Licht tat ihr in den Augen weh. Es tat ihr in den Augen weh! Wie dankbar sie für den Schmerz war!

»Sagen Sie mir, wie es passiert ist«, sagte Dr. Villiers.

»Ich bin heute früh aufgewacht und lag auf der Seite, mit dem Blick zu den Schlafzimmerfenstern; da mußte ich die Hand über die Augen legen. Ich brauchte eine Minute, bis ich begriffen hatte, daß ich etwas Neues sah – helles Licht!«

»Sehr erfreulich«, sagte Villiers. »Das bedeutet, daß Sie auf die Therapie reagieren. Können Sie Menschen oder Umrisse erkennen?«

»Nur vage. Ich meine, ich konnte Melanie ansehen, wenn sie mit mir redete, anstatt aus dem Klang ihrer Stimme auf die Richtung zu schließen, aus der sie sprach, aber sie war nur ein undeutlicher Fleck. Wann werde ich wieder sehen können?« fragte sie.

»Langsam, langsam, Sie müssen Geduld haben. Es hat jetzt

so lange gedauert, bis Sie wieder Licht wahrnehmen konnten, und es wird noch eine Weile länger dauern, bis wir genau wissen, wieviel von Ihrem Sehvermögen wiederhergestellt werden wird.«

»Könnte es das schon sein?« fragte Chris. »Könnte das alles sein, was ich je sehen werde? Ich will das Schlimmste wissen.«

»Ich glaube, das ist äußerst unwahrscheinlich«, erwiderte Villiers. »Was jetzt geschehen ist, ist nur der erste Schritt. Ich kann Ihnen nicht garantieren, daß Sie am Ende das Sehvermögen eines Adlers haben werden, aber die Prognose ist sehr günstig.«

»Ich war nie ein besonders geduldiger Mensch«, sagte Chris.

Villiers schmunzelte. »Manchmal zwingt uns die Natur dazu. Sie sollten, wenn alles vorbei ist, diese Lektion nicht vergessen.«

»Ich werde versuchen, mir dessen immer bewußt zu sein.«

»Wir haben hier einige gute Leute, die Ihnen in dieser Zeit therapeutisch helfen könnten«, sagte Villiers. »Soll ich einen Termin für Sie arrangieren?«

Chris schüttelte den Kopf. »Vielen Dank, nein. Wenn ich annehmen müßte, daß dieser Zustand unveränderlich ist, würde ich mit beiden Händen nach einer Therapie greifen, aber ich fange an, Mittel und Wege zu finden, mit meinem Zustand zu leben. Ein paar Freunde sind mir dabei behilflich. Ich will mich nicht daran gewöhnen, blind zu sein.«

»Wie Sie wünschen«, sagte Villiers. Er berührte ihren Handrücken. »Was ist das? Das war das letztemal nicht da.«

Chris zuckte zusammen und bedeckte ihre linke Hand mit der rechten. »Das ist eine Art Tätowierung. Ich will das wegmachen lassen.«

»Wir könnten in die dermatologische Abteilung gehen, und jemand könnte sich das ansehen.«

»Ja, das wäre schön«, sagte Chris begeistert.

»Nehmen Sie meinen Arm«, erwiderte er.

Villiers ging mit ihr durch die Halle zum Aufzug und drückte den Knopf. »Gehen Sie denn überhaupt aus dem Haus?« fragte er.

»Ja, gelegentlich. Ich verbringe jetzt sicher mehr Zeit zu Hause als früher, aber ich fühle mich nicht wohl, wenn ich das Haus verlasse und niemand bei mir ist, dem ich vertraue, jemand, der meinen Zustand begreift. Sie müssen wissen, ich habe ihn bislang geheimgehalten.«

»Ich verstehe«, sagte Villiers und führte sie in den Aufzug. Er wartete, bis sie den Lift in einem Stockwerk weiter oben verlassen hatten, ehe er weiterredete. »Ich hoffe nur, daß Sie sich nicht von Ihren Freunden isolieren.«

»Sie müssen verstehen, Dr. Villiers ...«

»Paul; bitte sagen Sie Paul.«

»Paul, wenn man in meiner Branche Invalide ist, dann heißt das, daß man keine Arbeit mehr bekommt. Erinnern Sie sich, wie schnell man mich aus der Besetzungsliste gestrichen hat, als ich verletzt war?«

»Ja, das hat mich sehr geärgert.«

»Ich habe mich am Anfang auch geärgert, aber dann habe ich die Sache von der professionellen Seite betrachtet. Wenn die Dreharbeiten beginnen, ist die Zeit immer sehr knapp, jede Arbeitsstunde zählt. Ein Studio oder ein Produzent kann keine Besetzung mit dreißig Sprechrollen und vielleicht hundert Komparsen, einen Regisseur und eine Crew engagieren und sie dann warten lassen, weil eine einzige Person sich von irgendeiner Verletzung erholt. Im Rückblick hatten sie recht. Wenn sie auf mich gewartet hätten, hätten sie eine Menge Geld verloren.«

»Ich verstehe. Hier ist die Dermatologie.«

Ein junger Mann im weißen Arztmantel blickte von irgendwelchen Papieren auf. »Tag, Paul.«

»Tag, Jerry. Ich möchte dir meine Patientin Chris Callaway vorstellen. Chris, das ist Dr. Jerry Stein.«

Jerry stand auf. »Hallo. Ich habe Sie schon auf der Leinwand gesehen, Sie haben mir gut gefallen.«

»Vielen Dank«, meinte Chris.

»Jerry«, sagte Villiers, »Chris hat da eine Tätowierung, die sie gern loswerden möchte. Kannst du ihr helfen?«

Chris hielt ihm die Hand hin.

Stein zog sie etwas näher zu seiner Schreibtischlampe und sah sich die Tätowierung genau an. »Amateurhaft«, sagte er. »So etwas machen sich Leute, wenn sie betrunken sind, selbst.«

»Das war nicht der Fall«, sagte Chris.

»Entschuldigung, das wollte ich damit auch nicht sagen. Aber Sie haben Glück; es ist nur einfarbig, rot, das läßt sich mit einem q-getakteten Yag erledigen.«

»Einem was?«

»Es gibt zwei Laser, die die Gesundheitsbehörde zur Entfernung von Tätowierungen freigegeben hat: den q-getakteten Rubin und den q-getakteten Yag. Ersterer entfernt blaue und schwarze Pigmente, keiner von beiden taugt bei Grün besonders viel, aber der q-getaktete Yag ist der einzige, der Rot entfernt. Bei Gelb geht überhaupt nichts.«

»Und wie aufwendig ist die Behandlung?« fragte Chris.

»Sie brauchen nicht einmal lokale Betäubung«, sagte Stein. »Die Laser pulsieren in kurzen Stößen – nur ein Vierzigmilliardstel einer Sekunde; das erhitzt nur das Tätowierungspigment und zertrümmert es; dann nimmt das umliegende Gewebe den Farbstoff auf und entfernt ihn entweder oder drückt ihn durch die Haut heraus. Normalerweise würde man ein halbes Dutzend Sitzungen brauchen, aber Ihre Tätowierung ist so schwach, daß wir es wahrscheinlich mit einer schaffen.«

»Dann machen wir es gleich«, erwiderte Chris.

Als sie mit Danny wieder im Wagen saß, rieb Chris sich den Handrücken.

»Das solltest du nicht tun«, mahnte Danny. »So entzündet es sich.«

»Wie sieht es aus?« fragte sie.

»Ziemlich rot.«

»Der Dermatologe hat gesagt, es würde wie ein Sonnenbrand heilen.«

»Es ist sicher kein Problem, Liebes; mach dir keine Sorgen.«

»Danny, folgt uns jemand?«

»Nicht, daß ich etwas sehen könnte. Komm schon, werd bloß nicht paranoid.«

»Als die die Tätowierung wegmachten, konnte ich die ganze Zeit bloß an den Mistkerl denken, der mir das angetan hat.«

»Ganz ruhig. Deine Wut hilft dir auch nicht weiter.«

»O doch, das hilft schon. Ich glaube, ich fühle mich immer dann am besten, wenn ich daran denke, ›Bewunderer‹ umzubringen.«

»Liebes, ich weiß, daß du die Kanone hast, aber das heißt noch lange nicht, daß du jetzt Jagd auf den Kerl machen mußt. Die ist zur Selbstverteidigung in extremer Lage.«

»Du weißt, daß ich nicht Jagd auf ihn machen kann.«

»Das habe ich bildlich gemeint.«

»Ich weiß, wie es einem Hirsch im Wald zumute sein muß«, sagte sie. »Bloß darauf zu warten, daß der Jäger hinter einem Baum hervortritt und losballert. Mir gefällt es nicht, das Opfer zu sein.«

»Das weiß ich, und ich wünschte, ich könnte etwas tun, um es zu ändern.«

»Es gibt etwas, was du tun kannst, Danny«, sagte sie.

»Du brauchst es nur zu sagen.«

»Sei auf der Hut. Ich werde Melanie das gleiche sagen.«

»Wovon redest du?« fragte Danny und klang besorgt.

»Ich werde aufhören, das Opfer zu sein«, antwortete Chris.

»Was willst du damit sagen?«

»Ich werde ›Bewunderer‹ in die Defensive treiben, werde jede Chance nützen, die sich mir bietet.«

»Liebes, das könnte gefährlich sein. Denk daran, Jon hat gesagt, daß du ihn nicht reizen sollst.«

»*Ich* bin gereizt; warum sollte *er* das nicht sein?«

»Weil er dir gegenüber im Vorteil ist.«

»Ich habe auch ein paar Vorteile auf meiner Seite. Ich habe dich und Melanie und Jon. ›Bewunderer‹ hat keine Freunde, die ihm helfen. Er ist ganz allein, und ich werde Mittel und Wege finden, daraus Nutzen zu ziehen.«

»Chris...«

»Paß einfach auf dich auf.«

»Chris, sei vernünftig.«

»Und, Danny, ich möchte Graham Hong sprechen.«

»Wozu?«

»Rufst du ihn an und bittest ihn um einen Termin?«

»Sicher.«

»Und...«

»Ja?«

»Vielleicht solltest du dir auch eine Waffe besorgen.«

21

Ein Anruf bei der Auskunft von Palm Springs brachte nur einen Millman zum Vorschein, und die Telefonnummer war geheim. Larsen verlangte eine Aufsicht, gab der Frau Namen, Dienstrang und Plakettennummer durch und erhielt Nummer und Adresse.

»Hallo?«

»Mrs. Millman?«
»Nein, hier spricht die Haushälterin.«
»Kann ich Mrs. Millman sprechen?« fragte er.
»Mrs. Millman spricht nicht am Telefon.«
»Wie bitte?«
»Sie spricht nicht am Telefon.«
»Mit niemand?«
»Nur wenn sie anruft.«
»Würden Sie ihr sagen, daß hier die Polizei von Beverly Hills spricht?«
»Das würde nichts nützen. Sie würde nicht mit Ihnen reden.«
»Die Angelegenheit ist aber sehr dringend.«
»Tut mir leid.« Die Frau legte auf.

Larsen war es noch nie passiert, daß sich jemand weigerte, ans Telefon zu gehen, jedenfalls nicht in L.A. Ganz L.A. lebte und starb in Autos und am Telefon, häufig sogar beides. Bennett Millmans Witwe war eine Exzentrikerin.

Verärgert wählte er die Nummer erneut. Es klingelte fünfzehnmal; niemand reagierte. Er sah auf die Uhr. Punkt neun. Er wählte Chris Callaways Nummer.

»Hallo?« Ihre Stimme klang angespannt, herausfordernd.
»Ich bin's, Jon. Ist alles in Ordnung?«
»Ja, alles ist in Ordnung.«
»Hören Sie, ich muß heute vormittag dienstlich nach Palm Springs. Ich habe es gerade erfahren; möchten Sie gern einen kleinen Ausflug in die Sonne machen? Zum Mittagessen und dann wieder zurück?«
»Junge, und ob ich das will! Ich kriege langsam einen Budenkoller.«
»Ist Danny schon aus dem Haus?«
»Nein, aber er muß am Vormittag irgendwohin.«
»Kann ich ihn sprechen?«
Danny kam an den Apparat.

»Hören Sie, ich werde mit Chris nach Palm Springs fahren und möchte nicht riskieren, daß ›Bewunderer‹ uns folgt. Helfen Sie mir bei einem kleinen Täuschungsmanöver?«

»Aber mit Vergnügen«, sagte Danny und lachte.

»Bringen Sie Chris aus dem Haus und treffen Sie sich mit mir?«

»Na klar. Wo?«

»Fahren Sie sie nach Beverly Hills und parken Sie auf dem Parkplatz hinter Neiman-Marcus; dann gehen Sie mit ihr durch das Geschäft; ich warte draußen am Vordereingang.«

»Okay, wann?«

»In einer Stunde?«

»Gut. Wir sehen uns dort.«

»Geben Sie mir noch mal Chris.«

Sie meldete sich wieder.

»Danny fährt Sie zu Neiman's, und ich hole Sie in einer Stunde dort ab – einverstanden?«

»Wollen wir jemand abschütteln?«

»Sie haben's erraten.«

»Das macht Spaß. Bis in einer Stunde dann.«

Als Chris durch die Tür von Neiman's trat, dachte Larsen, daß sie noch nie so gut ausgesehen hatte. Sie trug eine gelbe Hose und einen weißen Baumwollpullover, der ihren Busen betonte, dazu ein Kopftuch und eine Sonnenbrille.

»Guten Morgen«, rief er.

»Wir haben's geschafft.«

»Danny, haben Sie bemerkt, ob Ihnen jemand gefolgt ist?«

Danny schüttelte den Kopf. »Ich habe ein paarmal in den Rückspiegel gesehen, aber mir ist niemand aufgefallen.«

Chris stieg in den kleinen MG, und Larsen war ihr beim Anlegen des Sitzgurts behilflich. »Fertig?«

»Fertig!«

»Vielen Dank für Ihre Hilfe, Danny«, sagte Larsen. »Ich bringe sie bis zum Abendessen zurück.«

»Sie können Sie behalten, solange Sie wollen«, rief Danny ihnen nach, als sie wegfuhren.

»Endlich frei!« rief Chris, als sie losfuhren.

»Freut mich, daß Sie das so empfinden.«

»Sagen Sie, wird dieser Wagen irgendwo eine Panne haben, und wir müssen dann Ersatzteile aus England kommen lassen? Ist das ein Teil Ihres Plans?«

»Klingt nicht übel«, lachte Larsen. »Das Problem ist nur, daß der Kofferraum voller Ersatzteile ist. Das lernt man, wenn man einen Oldtimer fährt.«

»Schlecht geplant«, sagte sie. »Was haben Sie denn in Palm Springs zu erledigen?«

»Ich muß mit einer Dame sprechen.«

»Konnten Sie das nicht telefonisch erledigen?«

»Sie spricht nicht am Telefon«, erwiderte Larsen. Er erzählte ihr von seinem Gespräch mit der Haushälterin.

»Das klingt verrückt.«

»Hoffentlich nicht zu verrückt.«

»Hat das etwas mit ›Bewunderer‹ zu tun?« fragte sie.

Larsen zögerte. Er wollte nichts von dem Polaroid-Foto sagen. »Nein«, sagte er. »Ein anderer Fall.«

Als er auf den Freeway kam, sah er in den Rückspiegel, ob ihm jemand auf der Einfahrt gefolgt war. Aber da war nur ein einziger Wagen, ein rotes japanisches Modell. Erleichtert reihte er sich in den Verkehr ein und beschleunigte.

Als er wieder in den Rückspiegel sah, sah er ein Stück hinter sich einen Kombi, aber dann schien auch der zu verschwinden.

22

Larsen fand das Millman-Haus in Palm Springs und parkte den MG im Schatten einer Palme. »Ich weiß nicht, ob ich ihr die Anwesenheit einer schönen Frau bei dieser Unterredung erklären könnte«, sagte er zu Chris. »Macht es Ihnen etwas aus, hier zu warten?«

»Überhaupt nicht«, erwiderte Chris. »Ich genieße das Wetter.«

Er ließ das Radio für sie an und ging auf das Haus zu. Eine niedrige Hecke grenzte einen üppig bepflanzten Vorgarten vom Bürgersteig ab; vier Rasensprenger bemühten sich, das Gras smaragdgrün zu halten. Kein Wunder, daß Südkalifornien chronische Wasserprobleme hat, dachte er. Er klingelte.

Eine kleine südamerikanische Frau kam an die Tür. »Ja?«

Larsen vergeudete keine Zeit mit irgendwelchen Höflichkeitsfloskeln, sondern hielt ihr nur seine Plakette hin, die die Frau allem Anschein nach erschreckte. »Ich bin Polizist; wir haben heute morgen telefoniert. Ich möchte Mrs. Millman sprechen.«

Die Frau ließ ihn schnell ein; ohne Zweifel gehen ihr im Augenblick Visionen der Einwanderungsbehörde durch den Kopf, dachte er. Sie führte ihn durch das Haus in einen großen und noch üppiger angelegten Garten, der ein nierenförmiges Schwimmbecken umgab. »Bitte warten Sie hier«, sagte sie und ging mit schlurfenden Schritten, als hätte sie Angst, auf eine Frau in einem Liegestuhl zu. Die beiden wechselten ein paar Worte, dann winkte die Haushälterin Larsen, näher zu treten, und flüchtete wieder ins Haus.

Larsen ging zum Schwimmbecken hinüber und stellte fest, daß er sich von Mrs. Millman eine völlig falsche Vorstellung gemacht hatte. Die Witwe, die er auf ausnehmend gutherhaltene Vierzig schätzte, trug den winzigsten Bikini, den er je zu

Gesicht bekommen hatte; ihre Haut war gebräunt, das Fleisch fest, Haar und Make-up perfekt.

»Guten Tag«, sagte Larsen und zeigte wieder seine Dienstplakette. »Ich bin Detective Jon Larsen von der Polizeibehörde in Beverly Hills.«

»Wie geht es Ihnen, Detective?« sagte sie und stand auf. »Suchen wir uns doch ein schattiges Plätzchen.« Sie ging ihm voraus auf ein Umkleidehäuschen zu, das ein paar Schritte entfernt stand.

Larsen folgte ihr und erfreute sich an ihren Hüftbewegungen; die Rückenansicht ihrer Bikinihose war nicht mehr als ein Stück Schnur zwischen ihren Pobacken. Die Frau war ein lebender Beweis der Wunder, die die Schönheitschirurgen von Beverly Hills vollbringen konnten.

Als sie das Umkleidehäuschen erreicht hatten, drehte Mrs. Millman sich um, beugte sich über die Bar und stellte ihren kaum verhüllten Busen zur Schau. »Möchten Sie etwas trinken?« fragte sie.

»Ein Mineralwasser wäre nett«, erwiderte Larsen und gab sich Mühe, den Blick nicht unter ihre Kinnpartie sinken zu lassen.

Sie schraubte eine große Flasche San Pellegrino auf, tat winzige Eiswürfel in ein Glas und füllte mit Wasser auf. Dann mixte sie sich einen sehr leichten Gin Tonic. »Was kann ich für Sie tun?« fragte sie.

Larsen hörte genau hin, ob da irgendein Unterton wahrzunehmen war, aber da war nichts. Die Frau war trotz ihres Bekleidungs- oder besser Entkleidungszustandes durch und durch sachlich. Er holte Jason Willoughbys Foto des Navajo-Läufers heraus. »Erkennen Sie den?« fragte er.

»Ja, er hat meinem Mann gehört«, sagte sie.

»Haben Sie ihn in letzter Zeit bei einer Versteigerung verkauft?«

»Ja.«

»Können Sie sich zufällig erinnern, an wen Sie ihn verkauft haben?« Er versuchte bei seiner Frage nicht den Atem anzuhalten.

»Natürlich«, sagte sie. »Er hat dreieinhalbtausend Dollar dafür bezahlt.«

Ein Schnäppchen, dachte Larsen. Willoughby hatte gesagt, er könne fünfundzwanzigtausend dafür kriegen. »Erinnern Sie sich an den Namen des Käufers?«

»Natürlich. James.«

»Und wie noch?«

»Oh, das weiß ich nicht; ich habe ihn immer nur James genannt.«

»Sie kannten ihn schon vor der Auktion?«

»Aber ja; er hat in unserem Gästehaus gewohnt, sozusagen unser Haus gehütet, wenn wir hier unten oder in New York waren.«

»Er hat auf Ihrem Besitz gewohnt, und Sie kannten seinen Familiennamen nicht?«

»Oh, Bennett hat ihn wahrscheinlich gekannt; schließlich hatte er mit dem Burschen zu tun. Ich habe ihn nie gesehen, nur aus der Ferne. Er ist früh am Morgen zur Arbeit gefahren und selten vor Einbruch der Dunkelheit nach Hause gekommen.«

»Woher wußten Sie denn, wann er wegfuhr und wieder zurückkehrte?«

»Nun, da war jedesmal entweder der Kombi oder das Motorrad weg und stand dann wieder unter dem Vordach beim Gästehaus.«

»Er hat einen Kombi und ein Motorrad gefahren?«

»Ganz richtig.«

»Wissen Sie, was für einen Kombi und was für ein Motorrad?«

»Der Kombi war graugrün und das Motorrad rot.«

»Ich meine, welche Herstellermarke?«

»Nein.«

»Wo hat James gearbeitet?«

»Er muß irgendein Geschäft gehabt haben, aber ich habe nie erfahren, was. Es war sehr bequem, ihn bei der Hand zu haben; er hat alle möglichen Reparaturen im Haus gemacht.«

»Was konnte er denn reparieren?«

»Alles – die Klimaanlage, die Wasserleitung, die Autos. Er war wirklich sehr nützlich.«

»Können Sie James beschreiben, möglichst detailliert?«

Chris saß im MG und lehnte den Kopf an die Kopfstütze. Sie döste. Sie war glücklich, einmal aus dem Haus zu sein, außerhalb von L.A. und mit Jon Larsen zusammen. Sie betastete das Zifferblatt ihrer Armbanduhr; er war jetzt seit zwanzig Minuten weg.

Ein Wagen rollte neben den MG und hielt an. Chris drehte den Kopf zur Seite. Eine graue Silhouette; größer als ein Personenwagen; auch lauter. Er stand da, und der Motor lief im Leerlauf. Sie hörte, wie die Tür aufging, und plötzlich war sie wachsam; ein nur zu vertrauter Geruch war da um sie – der Duft von Rosen.

Chris reagierte, ohne zu überlegen. Sie riß die Tür des kleinen Sportwagens auf und sprang hinaus, stolperte über den Randstein und fiel ins Gras. Sie rappelte sich auf, spürte den Randstein. In welche Richtung war Jon gegangen? Sie entschied sich für rechts und rannte den Gehsteig entlang. Sie hatte keine Ahnung, in welche Richtung er führte, aber sie hörte schnelle Schritte hinter sich.

»James war, nun, ich weiß nicht genau, mittelgroß«, sagte Mrs. Millman. »Mittelgroß, mittleres Gewicht, unbestimmte Haarfarbe.«

»Augen?«

»In die habe ich nie gesehen.«

»Irgendwelche auffälligen Kennzeichen oder Narben?«

»Bennett sagte, er sei tätowiert. Zuerst hat ihn das beunruhigt, weil für ihn eine Beziehung zwischen Tätowierungen und Zuchthäuslern bestand, aber James hat ihn schnell beruhigt. Er war sehr ehrlich; hat seine Miete pünktlich bezahlt; die Möbel nicht beschädigt; ganz ruhig gelebt. Er schien nie jemand zu Besuch zu haben oder laute Musik zu hören.«

»Wissen Sie, an welchen Körperstellen er tätowiert war?«

»Leider nein.«

»Erinnern Sie sich sonst an irgend etwas Auffälliges an ihm?«

Sie zuckte die Achseln. »Er trug immer eine Baseballmütze. Wenigstens hat er immer, wenn ich ihn sah, eine getragen. Nur auf dem Motorrad nicht; da trug er einen Helm.«

»Welche Farbe?«

»Schwarz. Er war immer schwarz gekleidet, wenn er Motorrad fuhr.«

»Sie sagten, er habe das Haus gehütet, habe aber auch Miete bezahlt.«

»Mein Mann konnte sehr gut mit Geld umgehen; keiner kriegte etwas umsonst von ihm. James hat, denke ich, zweihundert im Monat gezahlt; wenn er nicht für uns gearbeitet hätte, hätte er viel mehr bezahlen müssen.«

»Hat er Ihrem Mann die Miete je mit Scheck bezahlt?«

»Das glaube ich nicht. Bennett hatte gern Bargeld.«

»Haben Sie jemals ein Gespräch mit James geführt? Über irgend etwas – das Wetter vielleicht?«

»Nein.«

»Haben Sie mit ihm telefoniert?«

»Genau genommen, nein. Wenn wir wegfuhren, hat ihn immer einer von uns angerufen, um ihm zu sagen, wann wir wiederkommen würden. Ich habe ein- oder zweimal angerufen, aber da war immer sein Anrufbeantworter eingeschaltet.«

»Erinnern Sie sich, wie die Ansage des Anrufbeantworters lautete?«

»Ganz kurz; knapp könnte man sagen: Hinterlassen Sie eine Nachricht, ich rufe zurück. So etwas Ähnliches.«

»Können Sie seine Stimme beschreiben?«

»Auch eine mittlere Stimme, würde ich sagen. Nicht tief, nicht hoch. Recht angenehm.«

»Hatte er irgendeinen Akzent?«

»Nicht daß ich wüßte. Er klang wie ein richtiger Kalifornier.«

»Wann ist James aus dem Gästehaus ausgezogen?«

»Nun, jetzt, wo Sie es sagen, bin ich gar nicht sicher, ob er überhaupt ausgezogen ist. Seine Miete war bis zum Monatsende bezahlt. Er hat sie in den Briefkasten gesteckt, mit einem ordentlich getippten Kondolenzbrief, und in dem stand auch, daß er sich eine andere Bleibe suchen würde. Ich bin jetzt seit fast zwei Wochen hier in Palm Springs. Könnte sein, daß er ausgezogen ist; kann aber auch sein, daß er noch da ist.«

Larsens Herz machte einen Satz. »Sie sagten, daß im Gästehaus ein Telefon ist. War das auf Ihren Namen oder auf seinen eingetragen?«

»Auf unseren.«

»Erinnern Sie sich sonst noch an etwas? Was Ihnen gerade einfällt.«

»Ich fürchte, nein. Hat James irgendwelche Probleme?«

»Eigentlich nicht. Ich würde nur gern mit ihm reden.«

»Mir wäre es unangenehm, wenn irgendein Verbrecher in meinem Gästehaus gewohnt hätte.«

»Soweit ich weiß, ist er nie verhaftet worden«, sagte Larsen unverfänglich. »Vielen Dank für das Mineralwasser. Ich sollte jetzt besser gehen.«

Sie ging mit ihm bis zu ihrem Liegestuhl. »Finden Sie hinaus?« fragte sie und streckte ihren geschmeidigen Körper wieder auf der Liege aus.

»Selbstverständlich. Vielen Dank für Ihre Hilfe.«

Sie winkte ihm locker zu und schloß dann die Augen.

Larsen konnte der Versuchung nicht widerstehen, sie noch einen Augenblick zu betrachten.

Mrs. Millman schlug die Augen auf und lächelte leicht. »Danke, Detective«, sagte sie.

Larsen floh.

Als er zum Wagen zurückkam, war Chris nicht da. Erschreckt sah er die Straße hinauf und hinunter. Sie war nirgends zu sehen. Das Radio spielte noch.

23

Larsen sprang in den MG, startete und zwang sich, langsam zu fahren und in jede Einfahrt und jeden Vorgarten zu blicken. Er bog nach rechts und suchte weiter.

Was war geschehen? Sie hätte den Wagen bestimmt nicht verlassen, wenn man sie nicht mit einem Trick herausgelockt oder dazu gezwungen hätte. Er erreichte eine Einfahrt, die hinter einer Hecke verschwand; er bog ein und fuhr ein paar Meter, bis er das ganze Anwesen sehen konnte. Nichts. Er bog wieder um die Ecke. Warum hatte er sich für diese Route entschieden? Er hatte keine Ahnung, in welcher Richtung er suchen sollte. Er bog noch zweimal rechts ab und befand sich jetzt wieder in dem Block, in dem Mrs. Millmans Haus stand.

Und da war sie plötzlich; sie saß an einem schmiedeeisernen Tisch auf einer Terrasse und unterhielt sich mit einer älteren Frau. Das Haus war zwei Häuser von dem Millman-Haus entfernt. Er hielt an und sprang aus dem Wagen. »Hallo, die Damen«, rief er, als er auf sie zuging. Sein Herz schlug wie wild.

Chris drehte sich zu ihm um und stand auf.

»Sind Sie in Ordnung?« fragte er, als er ihre Hand ergriff.

Sie drückte seine Hand. »Alles in Ordnung. Jon, das ist Mrs. Burgess; sie war so liebenswürdig, mir zu Hilfe zu kommen.«

»Hilfe?«

»Während ich auf Sie wartete, hielt irgendein großes Fahrzeug neben dem Wagen, und jemand stieg aus. Ich roch Rosen.«

»Aha.«

»Ich stieg aus und rannte weg, stieß mit Mrs. Burgess zusammen und hätte sie fast umgeworfen.«

Mrs. Burgess schaltete sich ein. »Der Mann schien hinter ihr herzulaufen«, sagte sie. »Als er mich sah, rannte er zu seinem Wagen zurück – das heißt, es war ein Kombi.«

»Haben Sie sein Gesicht gesehen, Mrs. Burgess?« fragte Larsen.

»Eigentlich nicht. Er hat sich schnell umgedreht.«

»Können Sie den Mann beschreiben?«

»Oh, ich weiß nicht; er war nicht besonders groß, gut gekleidet, denke ich; er trug eine Baseballmütze.«

»Haben Sie vielleicht das Nummernschild des Kombis gesehen?«

»Ja, aber zu spät; er war bereits ein gutes Stück entfernt, und ich sehe auch nicht mehr so gut wie früher. Aber es war ein kalifornisches Nummernschild; das kann ich mit Bestimmtheit sagen.«

»Vielen Dank, das hilft uns schon weiter.«

»Wie man nur einem blinden Mädchen so viel Angst einjagen kann!« sagte die Frau erzürnt. »Ich wollte, ich hätte Zeit gehabt, meine Pistole zu holen!«

Larsen mußte unwillkürlich lachen und Chris auch. War denn in diesem Land jeder bewaffnet, selbst alte Damen? »Vielen Dank«, sagte er. »Ich werde Ihnen Chris jetzt abnehmen.«

Chris gab der Frau die Hand. »Danke, daß Sie mich gerettet haben«, sagte sie.

»Mit dem größten Vergügen«, erwiderte Mrs. Burgess. »Das nächstemal putze ich ihn weg!«

Als sie wieder im Wagen saßen, seufzte Larsen erleichtert auf. »Ich hätte Sie nicht allein lassen sollen«, sagte er.

»Unsinn! Wer hätte gedacht, daß er uns in Palm Springs aufspürt?« Sie lachte. »Ich bin wie Mrs. Burgess; ich wünschte, ich hätte meine Pistole dabei.«

»Ich bin froh, daß Sie sie nicht dabei haben; ich sähe es gar nicht gern, wenn Sie den Paketboten wegpusten oder einen anderen harmlosen Passanten.«

»Sie haben versprochen, mich zum Mittagessen einzuladen«, sagte sie.

»Das habe ich.«

»Darf ich ein Lokal vorschlagen?«

»Sicher.«

»Hier gibt es irgendwo ein Hotel, das sich Racket Club nennt; ganz Hollywood trifft sich dort.«

»Wir sind auf dem Weg hierher daran vorbeigefahren«, sagte er. »In fünf Minuten sind wir dort.«

Im Racket Club war nicht viel los, aber dafür war es dunkel und kühl, und Larsen war ohnehin nicht an einer Menschenmenge interessiert. Hinter der Bar lächelten Filmstars einer vergangenen Ära auf sie herab – Clark Gable, Lana Turner und Rita Hayworth, alle von der Kamera neben dem Pool eingefangen.

»Können wir im Freien essen?« fragte Larsen.

»Sicher«, erwiderte der Barkeeper. »Suchen Sie sich einen Tisch aus, dann schicke ich Ihnen eine Bedienung.«

Sie fanden einen Tisch unter einem Baum in der Nähe des Pools, und eine Kellnerin nahm ihre Bestellung entgegen.

»Das Hotel hat einmal Charlie Farrell gehört, das war einer der mächtigsten Agenten, und dem Schauspieler Ralph Bellamy«, sagte Chris. »Es war einmal *der* Ort, an dem man sich sehen lassen mußte. Manchmal wünsche ich mir, ich hätte in den dreißiger Jahren in Hollywood gelebt. Ich glaube, es hätte mir gefallen, mich von MGM verwöhnen und alle meine Entscheidungen von anderen treffen zu lassen. Heutzutage verdient man mehr Geld, aber ich glaube, das Geschäft ist viel härter als damals.«

»Meine Lieblingsfilme sind damals entstanden«, sagte Larsen. »Fred Astaire und Ginger Rogers, Clark Gable, Jimmy Stewart, Cary Grant, Katherine Hepburn, Spencer Tracy.«

»Ich würde alles darum geben, einmal mit Spencer Tracy gearbeitet zu haben«, sagte sie. »Ich glaube, das war der beste Schauspieler, den die Filmindustrie je hervorgebracht hat.«

»Da kann ich Ihnen nicht widersprechen.«

Einen Augenblick blieb sie stumm. »Der Besuch in Palm Springs hatte doch mit ›Bewunderer‹ zu tun, oder?«

»Ja. Ich wollte nicht, daß Sie es wissen, bis ich etwas in Erfahrung gebracht hatte.«

»Und haben Sie das?«

»Ich kenne jetzt seinen Vornamen – James –, und ich weiß, wo er wohnt«, sagte Larsen.

»Wo?«

»Keine halbe Meile von Ihrem Haus entfernt, in einem Gästehaus.«

»Werden Sie ihn verhaften?«

»Noch nicht. Er arbeitet anscheinend den ganzen Tag und kommt spät nach Hause. Ich werde ihm heute abend einen Besuch abstatten.«

Ihr Essen wurde gebracht, und sie aßen und plauderten bis weit in den Nachmittag hinein.

»Nun«, sagte Larsen, »ich habe Danny versprochen, daß ich Sie bis zum Abendesen nach Hause bringen würde.«

»Dann sollten wir jetzt besser aufbrechen, sonst schimpft Danny mit mir.«

»Er wirkt auf mich wie ein Vater«, sagte Larsen und nahm ihren Arm.

»Eher wie eine Mutter«, antwortete Chris.

Sie verließen das Hotel und gingen hinüber zu Larsens MG. Er blieb ein Stück vor dem Wagen stehen.

»Was ist denn?« fragte sie.

»Warten Sie hier einen Moment«, sagte er. »Ich werde nur ein paar Meter von Ihnen entfernt sein und Sie nicht aus den Augen lassen.«

»Okay, aber beeilen Sie sich.«

Er ging zum Wagen und sah sich den Schaden an. Die Windschutzscheibe war eingeschlagen, und der Lack an der Motorhaube und den vorderen Kotflügeln zeigte tiefe Kratzer. Aber das war nicht das einzige Geschenk. Der kleine Wagen war praktisch vollgepackt mit verwelkten Rosen. Er entfernte sie, wobei er sorgfältig auf Dornen achtete, und ging dann Chris holen. »Okay«, sagte er. »Jetzt können wir fahren.«

Während er sie zum Wagen führte, begann er sich auf seinen abendlichen Besuch bei »Bewunderer« zu freuen.

24

Larsen bog in Chris' Einfahrt ein, und Danny erwartete sie schon an der Tür. »Noch eine halbe Stunde, und Sie hätten Ausgangsverbot bekommen, junge Frau«, sagte er und drohte ihr mit dem Finger. Er sah auf den Wagen. »Was ist denn passiert?«

»Fragen Sie mich nicht«, erwiderte Larsen.

»Danny, Jon hat etwas über ›Bewunderer‹ rausbekommen. Er wohnt ganz in der Nähe und heißt mit Vornamen James.«

»Das ist eine gute Nachricht«, sagte Danny. »Werden Sie ihn hopsnehmen?«

»Darauf können Sie wetten«, erwiderte Larsen, »falls ich ihn in die Finger kriege.« Er sah auf die Uhr. »Ich fahr' jetzt hinüber und seh' mich um, und dann warte ich, bis er von der Arbeit nach Hause kommt.«

»Seien Sie vorsichtig«, sagte Chris und streckte die Hand nach ihm aus, fand die seine. »Sie werden doch Rückendeckung haben, oder?«

»Polizeijargon von einer netten jungen Frau!« lachte Larsen.

»Nun, ich hatte einmal eine Rolle in ›Hill Street Blues‹«, erwiderte sie. »Ich wette, daß ich die Bullensprache genauso gut beherrsche wie Sie – Verbrecheralbum, Hände hoch, Alibi, sehen Sie?«

»Wir könnten Sie auf dem Revier gebrauchen«, sagte Larsen. »Macht es Ihnen etwas aus, wenn ich meinen Wagen eine Weile hier lasse?«

»Natürlich nicht; was haben Sie vor?«

»Ich werde zu Fuß zu dem Millman-Anwesen hinübergehen. Ich möchte nicht, daß man meinen Wagen auf der Straße sieht; schließlich kennt ›Bewunderer‹ ihn zwischenzeitlich.«

»Und was ist mit Verstärkung?«

»Ich habe ein Funkgerät im Wagen. Gehen Sie hinein, dann hole ich es.« Er ging zum Wagen zurück, setzte sich auf den Fahrersitz und sperrte das Handschuhfach auf. Dort war das Radio, das an seinem Ladegerät hing, und auch seine persönliche Waffe, eine 9-mm-Glock-Automatik in einem weichen Lederhalfter. Er schnallte sie sich an den Gürtel, steckte Ersatzmunition ein und holte vom Rücksitz eine Windjacke mit Kapuze. Das Radio und die Pistole unter der Jacke versteckt, ging er ins Haus zurück. Er rechnete nicht damit, beobachtet zu werden, hatte aber – ziemlich spät – gelernt, »Bewunderer« nicht zu unterschätzen.

»Möchten Sie noch etwas essen, bevor Sie gehen?« fragte Chris.

»Ich gehe besser gleich los«, sagte er. »Es dauert nicht mehr lange, bis es dunkel wird.«

»Seien Sie vorsichtig und rufen Sie mich an, wenn es vorbei ist«, sagte sie.

Sie griff nach oben, fand sein Gesicht und zog ihn zu sich herunter, um ihm einen leichten Kuß auf die Wange zu drücken.

Das war das erste Zeichen einer echten Zuneigung zwischen ihnen, und es überraschte ihn. »Bis später«, sagte er.

Er ging zur Hintertür, sah sich sorgfältig um, ging dann hinaus und nahm Kurs auf den alten Reitweg. Dort zog er sich die Kapuze seiner Windjacke über und sah jetzt mit seinen khakifarbenen Hosen und Turnschuhen wie einer der vielen Jogger aus der Umgebung aus. Er überlegte kurz, ob er Verstärkung anfordern sollte, aber der Wunsch, »Bewunderer« von Angesicht zu Angesicht allein gegenüberzutreten, war übermächtig.

Er trabte locker ein Stück auf dem Reitweg dahin, bis er eine Straße erreichte, der er dann ein paar Blocks in Richtung Sunset folgte. Als er die Copa de Oro erreichte, bog er nach links und lief langsam den Hügel hinauf auf das Millman-Haus zu, wobei er eine durchaus glaubwürdige Imitation eines Joggers abgab, dem langsam die Puste ausging. Er lief nicht regelmäßig und hatte die Entfernung bis zu dem Haus unterschätzt.

Als er schließlich vor dem Haus angelangt war, lehnte er sich an einen Baum, wischte sich das Gesicht mit dem Ärmel ab und versuchte wieder zu Atem zu kommen, wobei er die ganze Zeit die Einfahrt beobachtete. Das Gästehaus war ein Stück weiter unten an der Einfahrt, an einer Stelle, die er noch nicht sehen konnte; er konnte also nicht sagen, ob jemand zu Hause war.

Als sein Atem und sein Herzschlag sich wieder einigermaßen normalisiert hatten, setzte er seinen Weg fort, an dem Haus vorbei, sah sich um, um sicher zu sein, daß man ihn nicht sehen konnte, und lief dann in das Gehölz. Von dort arbeitete er sich zur Rückseite des Millman-Anwesens durch, wo er an einen verrosteten Maschenzaun kam. Wenigstens war er nicht mit Stacheldraht gesichert, dachte er. Er nahm einen Anlauf, setzte einen Fuß so weit oben wie möglich in das Gitter, griff nach oben und schwang sich darüber. Er landete schwer und rollte weiter.

Als er sich umsah, fand er sich hinter dem Schwimmbecken. Er arbeitete sich durch das dichte Unterholz nach links, um nicht über den freien Rasen gehen zu müssen. Er machte ziemlich viel Lärm, aber das schien nichts auszumachen. Die Sonne stand tief am Himmel und leuchtete im Dunst von L.A. blutrot zwischen den Bäumen hindurch.

Er erreichte das Ende der Büsche und sah, daß er noch zehn Meter von der Rückseite des Gästehauses entfernt war. Dazwischen lag eine Rasenfläche. Hinten in dem kleinen Haus brannte Licht. Larsen sah sich nach allen Seiten um und rannte dann quer über den Rasen auf die Rückseite des Gebäudes zu. Dort blieb er stehen und holte wieder Luft.

Er legte das Ohr an die Wand, um festzustellen, ob drinnen irgendwelche Geräusche zu hören waren. Nichts; aber die Mauer war sicher fünfzehn Zentimeter dick. Er schlug seine Kapuze zurück und spähte vorsichtig durch das Fenster in eine Küche. Es brannte Licht, aber niemand war zu sehen. In der nächstgelegenen Ecke war eine Werkbank aus Metall an der Wand befestigt, ein offener Werkzeugkoffer lag darauf. Daneben lag eine Karte mit Schaltkreisen und dahinter ein Lötkolben. Larsen konnte nicht erkennen, ob er eingesteckt war.

Er arbeitete sich am Haus entlang, von der Einfahrt weg, und blickte durch ein anderes Fenster hinein. Diesmal fiel sein

Blick auf ein Schlafzimmer, aber viel konnte er nicht sehen, nur einen offenen Koffer, der auf dem Bett lag. Aus dem Nebenzimmer fiel schwach Licht herein. Er ging ein Stück weiter am Haus entlang und probierte es am nächsten Fenster.

Das Wohnzimmer. Neben dem Sofa war eine kleine Stehlampe eingeschaltet, und dahinter standen ein paar Pappkartons, allem Anschein nach voll und mit Isolierband verklebt. Es sah so aus, als ob »Bewunderer« bereits für den Umzug packte und vorhatte, bald seine Habseligkeiten abzuholen. Larsen spähte um das Haus herum zu dem offenen Autoeinstellplatz. Er erblickte um die Hausecke herum das vordere Schutzblech eines roten Motorrads, aber die Marke konnte er nicht erkennen. Der Kombi war nirgends zu sehen.

Wie lange würde es noch dauern, bis »Bewunderer« zurückkehrte? War er immer noch in Palm Springs oder auf dem Rückweg von seiner neuen Wohnung? Fünf Minuten, dachte Larsen; soviel Zeit hatte er ganz bestimmt. Er ging zur Küchentür zurück und versuchte vorsichtig den Türknopf zu bewegen. Abgesperrt. Larsen holte einen absolut illegalen Gegenstand aus seiner Brieftasche, etwas, das kein Polizeibeamter besitzen sollte, obwohl es viele hatten. Zwei kleine Metallstücke, die ein Freund für ihn aus einem Sägeblatt herausgefräst hatte, fuhren in das Schloß der Küchentür. Eine halbe Minute später war die Tür aufgesperrt.

Larsen drehte den Türknopf ganz langsam und schob die Tür ein Stück auf. Er hielt das Ohr an die Öffnung und lauschte. Kein Laut war zu hören. Er richtete sich auf und öffnete die Tür.

Die Küche war klein und nur auf einer Seite des Raumes mit Küchenmöbeln ausgestattet. Auf der anderen Seite standen eine Waschmaschine, ein Trockner und die Werkbank. Er zog die Tür hinter sich zu und ging auf leisen Sohlen zur Werkbank. Er nahm die Karte mit den Schaltkreisen in die

Hand: Sie war vielleicht fünf Zentimeter breit und acht Zentimeter lang und hatte an einer Seite eine Steckverbindung, aber er hatte keine Ahnung, wozu sie gehörte. Er legte die Karte weg und untersuchte den Werkzeugkoffer, ob da vielleicht ein Namensschild war. Nichts.

Die Werkzeuge schienen für so ziemlich jede Art von Arbeit geeignet – nicht nur Elektronik, sondern auch Auto- und Tischlerarbeiten. Da waren ein Satz Steckschlüssel, eine kleine Laubsäge und ein Spannungsprüfer. Aber nichts, das irgendwie auf die Identität des Besitzers hinwies.

Er drehte sich um und ging zum Wohnzimmer hinüber. Neben einer Stehlampe lag ein Stapel Zeitschriften, obenauf ein Exemplar von »Popular Mechanics«. Sein Blick blieb auf dem weißen Adreßetikett auf dem Magazin hängen. Das war die Information, die er wollte.

Larsen betrat das Wohnzimmer, und in dem Augenblick bewegte sich an der Wand zu seiner Linken ein Schatten. Er wandte sich dem Schatten zu, und da traf ihn ein Schlag hart in den Nacken. Er stieß einen Schmerzensschrei aus, sackte zusammen, konnte sich aber an einer Stuhllehne festhalten, sich daran stützen und an seinem Bewußtsein festklammern. Er begann sich aufzurichten, und in dem Augenblick kam ihm etwas entgegen. Diesmal stürzte er vornüber aufs Gesicht und verlor das Bewußtsein.

25

Chris erwachte mit einem Ruck. Sie saß in einem Lehnsessel in ihrem Arbeitszimmer und war eingeschlafen gewesen. Sie hörte Danny gleichmäßig auf dem Sofa atmen. Sie tastete nach dem Zifferblatt ihrer Armbanduhr; kurz nach Mitternacht. Warum hatte Jon nicht angerufen?

Sie nahm den Hörer ab und wählte Jons Nebenstelle im Polizeirevier.

»Büro Detective Larsen, hier spricht Burns.«

»Mr. Burns, mein Name ist Chris Callaway; ich suche Detective Larsen. Ist er da?«

»Nein, der kommt erst morgen um neun.«

»Haben Sie heute abend etwas von ihm gehört?«

»Nein. Kann ich eine Nachricht für ihn aufnehmen?«

»Danke, ich rufe morgen noch einmal an.« Sie legte auf und hatte jetzt Angst. »Danny, wach auf!«

»Hä?« Danny rieb sich die Augen und setzte sich auf. »Was ist los? Hat Jon angerufen?«

»Nein, und ich mache mir Sorgen. In der untersten Schreibtischschublade ist ein Telefonbuch; sieh nach, ob da ein Millman an der Copa de Oro steht.«

Sie hörte, wie die Schublade aufgezogen und wieder zugeschoben wurde, dann blättern.

»Ja, da steht er.«

»Merk dir die Adresse, wir müssen da hin.«

»Bist du sicher, daß das eine gute Idee ist, Chris? Jon hat uns nicht dazu aufgefordert, und wir wollen ihn nicht stören.«

»Er hat gesagt, daß ›Bewunderer‹ nach Einbruch der Dunkelheit nach Hause kommt, und jetzt ist es schon seit Stunden dunkel, und er hat keine Verstärkung angefordert; ich habe das überprüft.« Sie stand auf. »Ich bin gleich wieder da.« Sie ging schnell in ihr Schlafzimmer, zog die Nachttischschublade auf und nahm die kleine Automatik heraus. Sie steckte sie in die Hosentasche, nahm sich einen Pullover und ging zur Haustür. »Komm«, sagte sie und streckte die Hand nach Danny aus, »gehen wir.«

Larsen bewegte den Kopf, und das tat weh; darüber hinaus war er nicht imstande, sich zu bewegen. Er versuchte sich auf den Rücken zu wälzen, aber das war auch nicht möglich; etwas war ihm im Wege. Seine Hände und Füße waren gefesselt, Mund und Augen mit Isolierband verklebt. Er wußte nicht, wo er war. Er war jetzt bei vollem Bewußtsein und hielt es für klug, eine Weile zu lauschen, ehe er noch einmal versuchte, sich zu bewegen. Stille. Wo zum Teufel war er, und weshalb war er gefesselt und geknebelt? Er versuchte sich zu erinnern, was mit ihm geschehen war.

Danny hielt vor dem Millman-Haus.

»Kannst du das Gästehaus sehen?« fragte Chris.

»Nein, bloß das Hauptgebäude; es muß unten an der Einfahrt liegen.«

»Dann fahr hin.«

»Chris, wir wissen nicht, was hier im Gang ist.«

»Schalt das Fernlicht ein, damit jeder sehen kann, daß wir kommen, und fahr geradewegs zum Gästehaus.«

»Chris...«

»Ich weiß, daß wir das tun müssen, Danny.«

Danny lenkte den Wagen in die Einfahrt, schaltete das Fernlicht ein und fuhr los. Das Gästehaus tauchte vor ihnen auf; es brannte kein Licht, und auf dem Einstellplatz stand kein Wagen. »Sieht verlassen aus«, sagte er.

»Fahr vor das Haus und laß das Licht brennen«, sagte sie.

Danny tat, wie ihm geheißen.

»Und jetzt sieh nach, ob du hineinkannst.«

»Okay, wenn du meinst.«

»Augenblick.« Sie zog die Pistole aus der Tasche und drückte sie ihm in die Hand.

»Hör mal, ich verstehe nichts von Waffen.«

»Nimm sie; du brauchst nur den Sicherungshebel umzulegen, dann ist sie schußbereit.«

»Ich denke, wir sollten nach Hause fahren und die Polizei rufen, Chris.«

»Danny, *bitte*. Tu's für mich.«

Danny stieg aus dem Wagen und ging auf das Haus zu. Er spähte durch das Fenster, sah aber nichts außer Möbeln. »Es sieht immer noch verlassen aus«, rief er Chris zu.

Chris öffnete die Wagentür und stieg aus. »Versuch's an der Vordertür.«

Danny drehte den Türknopf und schob; die Tür öffnete sich leicht. »Die Tür ist offen.«

»Sieh nach, ob du einen Lichtschalter findest.« Chris ging vorsichtig auf Dannys Stimme zu.

»Da ist kein Schalter, aber ich sehe neben dem Sofa eine Stehlampe.« Danny ging ins Zimmer auf die Lampe zu und stürzte plötzlich, dabei stieß er einen überraschten Schrei aus.

»Was ist los, Danny?« schrie Chris und tastete sich mit ausgestreckten Händen weiter.

»Alles okay«, rief er zurück. »Ich bin nur gestolpert. So, jetzt brennt Licht. Verdammt!«

Chris fand die Eingangstür und trat ins Zimmer. »Was ist denn? Was ist los?«

Danny sprang zurück und blickte auf das, was sich vor ihm am Boden wand. »Verdammt, das ist Jon!«

»Ist er verletzt?«

»Ich weiß nicht. Warte.« Danny machte sich an dem Isolierband über Larsens Augen zu schaffen und riß es schließlich weg. Larsen blinzelte in der plötzlichen Helligkeit. Danny riß ihm das Band vom Mund.

»Vielen Dank, Danny«, sagte Larsen. »Meinst du, du könntest mir auch die Handfesseln abnehmen?«

Es dauerte ein paar Minuten, aber schließlich schaffte Danny es, das Klebeband zu entfernen. Larsen setzte sich auf und begann sich an dem Band um seine Knöchel zu schaffen zu machen.

»Jon, sind Sie in Ordnung«, fragte Chris.

»Ich habe scheußliche Kopfschmerzen«, antwortete Larsen, »aber sonst ist alles okay.« Das letzte Klebeband war gelöst, und Larsen zog sich mühsam, auf die Sofalehne gestützt, in die Höhe. Dann setzte er sich gleich wieder. »Herrgott, ich bin ein wenig benommen und schwindelig.«

Danny setzte Chris neben den Polizeibeamten. »Kümmere du dich um ihn; ich will sehen, ob ich etwas finde, um ihm zu helfen.« Er ging in die Küche, fand ein Küchentuch, feuchtete es an und brachte es Larsen.

Larsen hielt sich das feuchte Tuch ans Gesicht und anschließend an den Nacken.

»Jon, können Sie uns sagen , was vorgefallen ist?«

»Sagen Sie mir, wo ich bin, dann versuche ich es mir zurechtzureimen.«

»Das hier ist das Gästehaus auf dem Millman-Anwesen.«

»Du lieber Gott, jetzt erinnere ich mich! Ich habe das Schloß aufgemacht und bin reingegangen. Ich dachte, das Haus wäre verlassen; ich schätze, das war ein Irrtum.«

»Ich denke, wir sollten Sie in eine Notaufnahme bringen und sicherstellen, daß bei Ihnen alles in Ordnung ist«, sagte Chris.

»Sie hat recht, Jon«, pflichtete Danny ihr bei.

»Nein, ich fühl' mich schon besser. Sie sind schnell gekommen.«

»Eigentlich nicht«, erwiderte Chris. »Es ist nach Mitternacht.«

»Oh«, stöhnte Larsen, »dann war ich stundenlang weg!«

»Wir auch«, sagte Chris. »Danny und ich sind beide eingeschlafen, während wir auf Ihren Anruf gewartet haben.«

»Ich bin froh, daß Sie gekommen sind«, sagte Larsen und sah sich um. »Nun, er ist weg. Als ich ins Haus kam, waren noch eine Menge von seinen Sachen hier. Im Schlafzimmer lagen ein Koffer und ein paar Schachteln und Zeitschriften. Ich wollte gerade seinen Namen auf dem Adreßaufkleber einer Zeitschrift lesen, als der Dreckskerl mich niederschlug.«

Danny ging hinaus und warf einen Blick ins Schlafzimmer

und in die Küche. Dann kam er wieder zurück. »Sieht so aus, als ob er nichts vergessen hätte.«

Jon nahm vorsichtig den Telefonhörer vom Tisch neben dem Sofa ab und wählte eine Nummer. »Hier spricht Larsen«, sagte er. »Schickt sofort ein Fingerabdrucksteam hierher.« Er gab die Adresse an und legte auf. »Jetzt wollen wir sehen, ob ›Bewunderer‹ wirklich so schlau ist, wie er sich einbildet.«

Zwei Stunden später waren die Beamten immer noch damit beschäftigt, das Gästehaus zu durchsuchen.

»Scheint, daß er alles abgewischt hat«, sagte einer von ihnen.

»Nicht alles«, erwiderte der andere und deutete auf das Telefon. »Hier ist ein guter Abdruck; männlich, linke Hand, Zeigefinger, würde ich sagen. Er hat den Hörer in der linken Hand gehalten und mit der rechten gewählt.«

»Gut«, sagte Larsen. »Fahren wir aufs Revier und sehen uns den Abdruck an. Ich möchte wissen, wer dieser Mistkerl ist.«

26

Larsen versuchte den Chief Detective nicht anzusehen. Sein Kopf und sein Hals schmerzten so, daß er den Kopf kaum drehen konnte, und Herrera saß mit dem Rücken zum Fenster. Das Licht tat Larsen in den Augen weh, und Herrera war ungehalten.

»Okay«, sagte Herrera und zählte an den Fingern ab, »du hast versucht, einen potentiell gefährlichen Verdächtigen festzunehmen, ohne Unterstützung anzufordern; du hast dir auf ungesetzliche Weise Zugang zu seiner Wohnung verschafft; der Verdächtige hat dich überwältigt und dir deine Waffe und dein Polizeifunkgerät abgenommen; du hast dir eine Kopfverletzung zugezogen, die Bewußtlosigkeit zur Folge hatte, und hast dich nicht in ärztliche Behandlung begeben; und du hast dich anscheinend mit einem Verbrechensopfer in einem aktiven Fall eingelassen. Und dann vergeudest du drei Stunden die Arbeitskraft der Spurensicherung mit einer Aktion, die zu nichts führt. Wäre es das ungefähr?«

Larsen nickte.

»Antworte, ich habe nichts gehört.«

»Ja, das wäre es ungefähr. Ich möchte darauf hinweisen, daß ich die Erlaubnis von Mrs. Millman hatte, das Gästehaus zu betreten.« Das war eine Lüge, aber sollte Herrera ruhig versuchen, die Frau ans Telefon zu bekommen, um es zu beweisen. Das war seine einzige rechtswidrige Handlung, und er wollte nicht, daß sein Chef ihn damit unter Druck setzen konnte; sie hätte als Grund für sofortige Entlassung ausgereicht.

»Na prima«, meinte Herrera.

Larsen wußte, daß er es dabei bewenden lassen sollte, aber das konnte er nicht. »Ich möchte außerdem darauf hinweisen, daß wir einen Fingerabdruck gefunden haben und daß es keine Polizeivorschrift gibt, die es mir verbietet, mit dem Opfer eines Verbrechens befreundet zu sein.«

»Du bumst sie, nicht wahr?«

Larsen sprang auf. »Bring mich doch vor einen Untersuchungsausschuß, dann rufen wir sie als Zeugin auf und stellen das fest!«

Herrera stand ebenfalls auf und lehnte sich über seinen Schreibtisch. »Ich werde mir von dir keine Widersetzlichkeit gefallen lassen, Larsen!«

Plötzlich kam in Larsen seine ganze Ohnmacht, die lange unterdrückte Wut hoch, und er schrie Herrera an: »Und ich verbitte mir diesen Schwachsinn, was meine Privatsphäre angeht! Okay, ich habe keine Verstärkung angefordert, aber außer mir ist niemand verletzt worden; die Pistole war mein persönliches Eigentum, und ich bin gern bereit, das Radio zu ersetzen. Und wenn du mich suspendieren oder auf einen anderen Fall ansetzen willst oder auch nur einen Verweis in meiner Akte machst, dann werde *ich* einen Untersuchungsausschuß verlangen und mein Verhalten dort verteidigen.«

Zu Larsens großem Erstaunen machte Herrera einen Rückzieher. »Bleib auf dem Teppich«, sagte er, und die beiden Männer setzten sich wieder. »Ich möchte, daß du sofort einen Arzt aufsuchst, und ich will anschließend den Befund sehen.«

»Ja«, sagte Larsen.

»Und daß du nicht weiter ohne Unterstützung mit diesem ›Bewunderer‹ rummurkst. Und jetzt verschwinde.«

»Danke, Chef«, sagte Larsen und verschwand.

Der junge Assistenzarzt betrachtete die Computertomographie und sah dann Larsen an. »Hier ist alles in Ordnung, aber Sie können von Glück reden, daß Sie keinen Schädelbruch haben. Sie waren ein paar Stunden weg, und dazu braucht's einen mächtigen Schlag. Wenn Sie gestern nacht in die Notaufnahme gekommen wären, hätte ich Sie ganz sicher zur Beobachtung dabehalten. Es steht außer Zweifel, daß Sie eine Gehirnerschütterung haben, aber wenn Sie schon so lange auf den Beinen sind, ohne umzukippen, werden Sie wahrscheinlich nicht daran sterben.«

»Das freut mich zu hören«, sagte Larsen.

Der Arzt kritzelte schnell etwas auf Larsens Blatt und schrieb dann ein Rezept aus. »Ich möchte, daß Sie nach Hause gehen und vierundzwanzig Stunden im Bett bleiben.« Er riß das Rezept von seinem Block. »Nehmen Sie davon alle vier Stunden eine; das wird Sie entspannen und hilft gegen den Schmerz. Und falls sich Schwindelanfälle einstellen, sollten Sie blitzschnell in die Notaufnahme kommen.«

»Ja, Doktor.«

Zu Hause nahm Larsen eine der Pillen und setzte sich aufs Bett. Er nahm den Hörer ab und wählte Chris' Nummer.

»Hallo?«

»Ich bin's, Jon.«

»Was ist mit dem Fingerabdruck? Hat man ihn identifizieren können?«

»Nein, in den Akten hat keiner dazugepaßt – in den unseren nicht und in denen des FBI auch nicht. Das bedeutet, daß er nie verhaftet worden ist und nie Militärdienst geleistet hat.«

»Oh«, sagte sie.

»Aber wenn wir ihn schnappen, dann ist durch den Fingerabdruck eine Verbindung mit ihm und dem Gästehaus hergestellt, und das erlaubt uns dann, eine Anklage wegen Körperverletzung mit auf die Liste zu setzen.«

»Das ist gut. Wie fühlen Sie sich?«

»Müde. Ich war beim Arzt, und der hat mir ein paar Pillen und vierundzwanzig Stunden Bettruhe verordnet.«

»Tun Sie das. Soll ich kommen und Hühnersuppe für Sie kochen?«

»Das ist ein nettes Angebot; ich komme darauf zurück, wenn mein Zustand es mir erlaubt, es noch mehr zu würdigen. Haben Sie heute schon von ihm gehört?«

»Natürlich. Aber nur Rosen. Melanie bringt sie jeden Tag in ein Kinderkrankenhaus drüben im Tal. Ich hätte nie gedacht, daß mich der Duft von Rosen einmal krank machen würde.«

»Sie dürfen keine Minute allein bleiben«, sagte Larsen. »Er hat immer nur dann etwas probiert, wenn Sie allein waren.«

»Keine Sorge, Danny und Melanie passen auf mich auf. Ruhen Sie sich jetzt etwas aus und rufen mich morgen an, ja?«

»Ganz bestimmt.« Er legte auf und fiel erschöpft in die Kissen. Er schlief von zwei Uhr nachmittags bis zur nächsten Morgendämmerung durch, und als er aufwachte, fühlte er sich wieder menschlich, wenn auch noch etwas benommen.

Er zog Jeans und ein Sweatshirt an und machte einen Spaziergang, solange die Luft noch frisch und kühl war. Er hatte erst einen halben Block zurückgelegt, als er den Kombi sah.

Er parkte auf der gegenüberliegenden Straßenseite. Ein Ford, grau lackiert, ohne Fenster im hinteren Teil. Larsen überquerte die Straße, ging um den Kombi herum und versuchte hineinzusehen. Aber da war nichts, was irgendeinen Hinweis auf die Identität des Besitzers geliefert hätte. Er schrieb sich die Zulassungsnummer auf und suchte nach irgendwelchen Spuren, um das Fahrzeug identifizieren zu können – eine Beule, eine reparierte Tür oder so etwas. Aber da war nichts. Er fragte sich, wie viele Kombis dieser Art es wohl in L.A. gab; Hunderte wahrscheinlich. Trotzdem gefiel ihm nicht, daß zufällig einer in seiner Umgebung stand. Machte »Bewunderer« jetzt Jagd auf ihn? Aber das ergab keinen Sinn. Der Mann hätte ihn ja mühelos töten können, wenn er das gewollt hätte.

Larsen lief zu seinem Haus zurück. Er hatte nicht einmal die Tür abgesperrt, und jetzt ging er von Zimmer zu Zimmer und suchte nach irgendwelchen Dingen, die in Unordnung gebracht waren oder nicht mehr dort lagen, wo sie hingehörten. Aber er fand nichts. Als er sicher war, allein im Haus zu sein, rief er das Revier an.

»Martinez«, sagte der diensthabende Beamte.

»Ich bin's, Larsen; Sie müssen eine Zulassungsnummer für mich nachsehen.« Er las ihm die Nummer des Kombis vor.

»Augenblick«, sagte der Mann, und dann hörte Larsen die Geräusche eines Computers. »Hab's schon. Die gehört zu einem 89er Toyota Corolla in West Hollywood.«

»Bleiben Sie dran«, sagte Larsen. Er lief vor die Tür und sah sich um; der Kombi war verschwunden. Er ging wieder ins Haus zurück und nahm den Hörer auf. »Melden Sie die Nummernschilder als gestohlen; im Augenblick befinden sie sich an einem Ford-Kombi neueren Baujahrs, grau, zuletzt vor fünfzehn Minuten in Santa Monica gesichtet. Der festnehmende Beamte sollte den Fahrer wegen der gestohlenen Nummernschilder und wegen Körperverletzung festhalten; ich veranlasse alles andere.«

Weitere Geräusche waren zu hören. »Ist im Computer«, sagte Martinez.

»Bringen Sie noch eine Notiz an, daß man mich bei Verhaftung sofort verständigen soll.«

»Gemacht.«

Larsen legte auf und ging wieder zu Bett, verärgert und bedrückt. Dieser Mistkerl hatte ihn an der Nase herumgeführt und ihn gedemütigt, und das war er jetzt leid. Aber er war auch müde und brauchte Ruhe. Er schlief wieder ein und hatte keine Ahnung, was er als nächstes unternehmen sollte.

27

Nach zwei Tagen der Erholung stand Larsen am Samstagmorgen früh auf, machte einen Spaziergang und kehrte, nachdem er den grauen Kombi nirgends gesehen hatte, zu seinem Haus zurück und machte sich ein Frühstück. Das Telefon klingelte. »Hallo?«

»Ich bin's, Chris. Ist Ihnen nach Strand zumute?«

»Gute Idee. Haben Sie einen bestimmten Strand im Sinn?«

»Malibu.«

»Das klingt gut.«

»Holen Sie mich um zehn ab und bringen Sie eine Badehose mit. Ich lade Sie zum Mittagessen ein.«

»Abgemacht.«

Larsen hatte bisher keine Zeit gehabt, die kaputte Scheibe zu erneuern, also fuhren sie mit hintergeklappter Windschutzscheibe nach Malibu und ließen sich den Wind ins Gesicht wehen. Sie nannte ihm eine Adresse.

»Wem gehört das?« fragte er.

»Das ist das Haus, das ich gerade baue«, antwortete sie. »Ich bin seit dem Unfall nicht mehr dort gewesen und will sehen, wie es vorangeht. Ich meine, ›sehen‹ im übertragenen Sinn; das eigentliche Sehen müssen Sie für mich übernehmen.«

»Gern.«

»Ich rede ein paarmal die Woche mit dem Bauleiter und schicke Geld, wenn sie welches brauchen, aber ich möchte, daß jemand mit einem objektiven Blick sich mal ansieht, was inzwischen geschehen ist. Und dann will ich wissen, was für ein Gefühl ich in dem Haus habe.«

»Was für ein Gefühl haben Sie bisher?«

»Seit dem Sturz macht mir der Gedanke, da hinzufahren, ein wenig Angst. Ich will sehen, ob ich dieses Gefühl loswerden kann.«

Sie trafen in Big Rock ein, und Larsen fand die Adresse, die sie ihm genannt hatte. Sie sagte ihm, welche Kombination er an dem Bauzaunschloß einstellen mußte, und dann waren sie im Haus.

»Erster Eindruck?« fragte sie.

»Schön!«

»Sagen Sie mir, was Sie sehen.«

»Nun, das Dach ist fertig und die Verkleidung mit Zedernschindeln. Im Augenblick haben die Schindeln noch die Farbe von neuem Holz, aber wenn sie verwittert sind, werden sie grau werden. Die Fenster sind gesetzt und die meisten Innenwände auch. Ich würde sagen, bis zur Fertigstellung sind es nur noch ein paar Wochen.«

Sie nahm seine Hand. »Okay, wir sind jetzt in der Eingangshalle, also gehen wir nach rechts und fangen mit der Küche an.« Sie führte ihn dorthin und anschließend durch das Wohnzimmer.

»Ein herrlicher Blick auf das Meer«, sagte er. »Ich mag große Fenster. Die Terrasse sieht schon fertig aus.«

»Gehen wir hinaus.«

»Ich habe den Rest noch nicht gesehen.«

»Den zeige ich Ihnen später.«

Sie traten auf die Terrasse hinaus, die eigentlich eine Art Balkon war; die Sonne schien warm, und vom Pazifik wehte eine angenehme leichte Brise herüber.

»Da ist eine Treppe, die man zum Strand hinunterlassen kann«, sagte er. »Wollen wir hinuntergehen?«

»Lassen Sie mich zuerst einen Augenblick hier stehen«, sagte sie. »Ist ein Geländer da?«

»Keine Sorge, Sie können nicht wieder hinunterfallen.« Er legte ihre Hand auf das Geländer.

»Dann gehen Sie jetzt und holen unsere Sachen, und unterdessen will ich einen Augenblick mit der Natur Zwiesprache halten.«

»Okay.« Er ging zum Wagen. Einige Zeit später brachte er ihre Strandkleidung und ihr Mittagessen herein und legte alles auf den Bretterboden der Terrasse.

Sie griff nach ihrer Strandtasche. »Nehmen Sie Ihre Badehose und kommen Sie mit; ich zeige Ihnen den Rest des Hauses.«

Sie warfen einen Blick in ihr Arbeitszimmer und das Gästezimmer und kamen schließlich in ihr Schlafzimmer.

»Das wird ein wunderschönes Zimmer«, sagte er. »Herrlich geräumig, und diese wunderbare Aussicht.«

»Ich zieh' mich jetzt um«, sagte sie. »Nehmen Sie das Gästezimmer.«

»Okay.« Er ging in das halb fertiggestellte Gästezimmer, hängte seine Kleider über einen Sägebock und schlüpfte in seine Badehose. »Kann ich reinkommen?« rief er vom Flur aus.

»Sekunde noch... jetzt!«

Er trat ein und sah sie im Bikini. Jeans und Unterwäsche lagen auf dem Boden.

»Oh, sind Sie schön«, sagte er.

»Danke«, lachte sie. »Das habe ich gebraucht.« Sie streckte ihm die Hand hin. »Und jetzt gehen wir zum Strand hinunter.«

Er führte sie zum hinteren Teil des Hauses und fand den Mechanismus für die Treppe. Nachdem er ihre Sachen zum Strand gebracht hatte, führte er sie die Treppe hinunter.

»Das letztemal habe ich dafür nicht so lange gebraucht«, sagte sie. »Hier liegen ein paar Steine, nicht wahr?«

»Ja, ein paar ganz ansehnliche Felsbrocken.« Er legte ihre Hand auf einen.

»Auf so etwas bin ich mit dem Kopf gelandet, hat man mir gesagt.«

»Wie fühlen Sie sich jetzt, wenn Sie hier draußen sind?«

»Prima, bloß ärgert es mich, daß ich es noch nicht sehen kann.«

»Das kommt schon wieder.«

»Ich kann bereits viel besser Licht und Dunkelheit unterscheiden, und die Leute haben wieder eindeutige Konturen und sind nicht nur Farbkleckse. Sie zum Beispiel scheinen recht gut gebaut zu sein.«

»Das Kompliment darf ich zurückgeben«, sagte er. Er breitete eine Decke aus, und sie ließen sich darauf nieder.

»Wie wär's mit einem Sandwich?« fragte sie. »Ich habe Hunger.«

»Ich auch.« Er öffnete die Kühlbox, breitete ihr Essen auf der Decke aus und entkorkte dann eine Flasche Weißwein. »Ein richtiges Schlemmermahl!«

»Das verdanken wir Danny; er versteht sich auf gutes Essen, solange er es nicht zu kochen braucht.«

»Danke, Danny«, sagte er und biß in ein Sandwich mit Räucherlachs.

»Erzählen Sie mir ein wenig, wo Sie zu Hause sind«, sagte sie.

»Ich lebe in dem Haus, das mein Großvater gebaut hat«, sagte Larsen. »In einem alten Viertel in Santa Monica.«

»Ich dachte, Sie hätten mir gesagt, daß Sie in einer Kleinwohnung wohnen.«

»Nun, das tue ich in gewisser Weise auch. Ich habe das Haus geteilt und oben zwei Wohnungen eingerichtet, und ich wohne im Erdgeschoß.«

»Ist es hübsch?«

»Ein wenig altmodisch vielleicht, aber das Haus ist mein wichtigster Besitz, also habe ich es behalten.«

»Ihre Eltern sind tot?«

»Vor acht Jahren gestorben, innerhalb einer Woche«, sagte er. »Mutter ist an Krebs gestorben, und Vater hatte ein paar Tage später einen Schlaganfall; er ist nie wieder zu Bewußtsein gekommen. Ich dachte immer, daß er einfach ohne sie nicht weiterleben wollte.«

»Das ist sehr romantisch.«

»Ja, ich denke schon«, sagte er. »Und Ihre Eltern?«

»Die leben beide noch, dort, wo ich geboren bin.«

»Und wo ist das?«

»In Delano, einer kleinen Ortschaft in Georgia.«

»Sie haben aber gar keinen Südstaatenakzent.«

»Das schaffe ich, wenn ich mir Mühe gebe«, antwortete sie. »Man hat ihn mir auf der Schauspielschule in New York herausgeprügelt.«

»Fahren Sie oft nach Hause?«

»Letztes Jahr war ich ein paar Tage dort. Die Leute machen da ein solches Theater, daß es mir peinlich ist. Sie können einfach nicht glauben, daß es ein Mädchen aus Delano beim Film geschafft hat. Aber meine Eltern kommen wenigstens einmal im Jahr hierher. Ich habe ihnen noch nichts von meinem Unfall erzählt; sonst wären sie schon hier.«

»Es freut mich, daß Ihre Eltern noch leben«, sagte er. »Meine fehlen mir; es waren gute Leute.«

»Ist Larsen schwedisch?«

»Norwegisch. Mein Großvater ist 1911 nach L.A. gekommen und hat als Zimmermann gearbeitet; er hat es fertiggebracht, meinen Vater Jura studieren zu lassen. Das Haus meiner Eltern hat er fast allein gebaut; es war eine Art Hochzeitsgeschenk von ihm. Er starb, als ich zwölf Jahre alt war, ich kann mich noch gut an ihn erinnern.«

»Ich hätte Sie gern als Zwölfjährigen gekannt«, sagte sie.

»Nein, ganz bestimmt nicht; ich war Mädchen gegenüber hoffnungslos schüchtern.«

Sie griff nach seinem Gesicht. »Aber jetzt nicht mehr«, sagte sie und küßte ihn.

Das ist das zweitemal, daß sie das tut, dachte Larsen; Zeit, dem Mädchen ein wenig entgegenzukommen. Er küßte sie, und sie ließen sich auf die Decke sinken. Larsen war erregt und die junge Frau auch. Sie schlang ein Bein um das seine und zog seinen Schenkel zwischen ihre Beine.

Ein lautes Geräusch schreckte sie auf, und Larsen sah, wie ein großer Felsbrocken dicht neben ihnen aufprallte. Er blickte nach oben und sah gerade noch, wie die Treppe hochgezogen wurde. »Bleib hier«, sagte er, »ich bin gleich wieder da.«

»Was war das für ein Lärm?« fragte sie. »Wo gehst du hin?« Beide waren unbewußt zum Du übergegangen.

»Ich bin gleich wieder hier, das verspreche ich.«

Als er schließlich an der Vorderseite des Hauses angelangt war, war niemand mehr zu sehen. Er blickte in jedes Zimmer, und als er in ihr Schlafzimmer kam, stellte er fest, daß ihre Unterwäsche verschwunden war. Er nahm die restlichen Sachen und holte seine eigenen Kleider aus dem Gästezimmer. Dann ging er auf die Terrasse hinaus und ließ die Treppe hinunter.

Sie hörte ihn kommen. »Das war er, nicht wahr?«

»Könnte sein.«

»Laß uns verschwinden.«

Er reichte ihr ihre Kleider. »Deine Unterwäsche hat er leider mitgenommen«, sagte er.

Chris schauderte unwillkürlich. »Es tut mir leid, daß ein so schöner Tag so enden muß...«

»Ich verstehe«, sagte er. »Wir fahren irgendwohin zum Mittagessen.«

»Nimm's mir nicht übel, Jon, aber ich wäre den Rest des Tages lieber allein.«

»Allein?«

»Tut mir leid, ich meine natürlich zu Hause. Wir essen unsere Sandwiches dort.«

»In Ordnung.«

Er führte sie die Treppe hinauf, durch das Haus und sah sich in dem fast fertiggestellten Bau um. Alles sieht nach sehr guter Arbeit aus, dachte er. Überall, wo später einmal Steckdosen und Schalter sein würden, standen Drähte aus der Wand. Neben der Haustür war ein kleines Kunststoffkästchen mit einer gelben und einer roten Diode oben. Er betastete das Kästchen und stellte fest, daß man es vorn aufklappen konnte und sich darunter eine Tastatur befand. Anscheinend war die Alarmanlage bereits installiert.

Als sie wieder im Wagen saßen und nach Bel-Air zurückfuhren, hingen beide eine Weile ihren eigenen Gedanken nach.

Larsen ergriff als erster wieder das Wort. »Der Bauunternehmer heißt Moscowitz?« Er hatte die Tafel gelesen.

»Ja, Mike Moscowitz.«

»Wie bist du auf ihn gestoßen?«

»Er hat einige Arbeiten in dem Haus in Bel-Air ausgeführt, bevor Brad und ich einzogen. Damals hat er im wesentlichen Renovierungen gemacht; jetzt baut er ganze Häuser. Ich bin mit seiner früheren Arbeit zufrieden gewesen, und mein Architekt fand sein Angebot in Ordnung, also habe ich ihm den Auftrag erteilt.«

»Und bist du bis jetzt zufrieden?«

»Sehr. Es hat ihm auch nichts ausgemacht, daß ich in letzter Zeit nicht mehr zur Baustelle kam.«

»Ist er dir persönlich sympathisch?«

»Ja. Ich finde, er ist ein sehr netter Mann. Aber ich habe nie über etwas anderes als den Bau mit ihm gesprochen.«

»Ich würde mich gern mit ihm unterhalten. Macht es dir etwas aus?«

»Mike weiß nichts von dieser ›Bewunderer‹-Geschichte, und ich würde es vorziehen, wenn es dabei bliebe. Je mehr Leute davon wissen, desto größer ist die Wahrscheinlichkeit, daß es in die Presse kommt. Und das will ich weiß Gott nicht.«

»Ja, natürlich, das verstehe ich.« Er ließ es dabei bewenden.

28

Chris saß auf einem Kissen und trank schlückchenweise einen ungewohnt schmeckenden orientalischen Tee. Sie hörte Graham Hong zu, der zu spüren schien, daß sie nervös war, und sich bemühte, sie etwas aufzumuntern.

»Nun«, sagte er schließlich, »in all den Jahren, die ich jetzt in dieser Stadt lebe, habe ich Schüler mit allen möglichen Motiven gehabt. Schmächtige Muttersöhnchen, die irgendeinem Mädchen beweisen wollten, daß sie genau das Gegenteil waren; Studiomanager, die ihre Konkurrenten einschüchtern wollten, und dann natürlich Filmstars, die in ihrem nächsten Film wie tödliche Kampfmaschinen aussehen wollten.« Er seufzte. »Aber Sie, meine Liebe, sind die erste Schülerin in meiner ganzen Laufbahn, die tatsächlich jemand töten will. Wollen Sie das wirklich?«

»Wenn jemand anfängt, meine Unterwäsche zu stehlen, ist für mich Schluß«, erwiderte Chris.

»Das ist eine ernste Angelegenheit, Chris, und Sie sollten sie auch ernst nehmen.«

»Graham, ich habe Ihnen von diesem Mann erzählt und Ihnen gesagt, was er mir die ganze Zeit antut. Ich habe alles in meiner Macht Stehende getan, um ihn zu stoppen; ich habe die Polizei gerufen, und die haben alles getan, was in ihrer Macht steht. Ich bin überzeugt, daß er mich am Ende töten wird, wenn er das kann. Falls Sie je vor Gericht in den Zeugenstand müssen, dürfen Sie ruhig sagen, daß ich das gesagt habe. Und ich bin fest entschlossen, nicht einfach herumzusitzen und darauf zu warten, daß er sein Vorhaben verwirklicht. Ich lebe gern, ich kann bald wieder besser sehen, und ich werde nicht zulassen, daß dieser Mistkerl mein Leben zerstört.«

»Ich kann Ihre Gefühle gut verstehen«, sagte Hong. Er war ihr beim Aufstehen behilflich und führte sie in das große Atelier. »Also«, sagte er. »Es gibt viele unterschiedliche Möglichkeiten, um jemanden schnell mit bloßer Hand zu töten, aber für Sie sind die meisten Methoden ungeeignet, weil Sie Ihren Widersacher nicht sehen können.« Er hielt inne.

»Weiter!« sagte sie.

»Wenn ich es mir richtig überlege, kommt eigentlich überhaupt keine dieser Methoden in Frage. All diese Techniken beruhen auf einem schnellen Schlag gegen eine verletzliche Stelle, und die meisten davon erfordern es, daß Sie Platz haben, um Ihre Hand entsprechend beschleunigen zu können.«

Chris fühlte seine Finger an ihrem Hals.

»Wenn Sie zum Beispiel einen Handkantenschlag gegen den Adamsapfel eines Mannes richten, voll ausholen, sich in den Schlag hineinlegen und Ihre Hand so schwingen, als wollten Sie ihm den Kopf abschlagen, dann werden Sie seine Luftröhre zerschmettern, und wenn nicht sofort ein Luftröhrenschnitt gemacht wird, wird er daran sterben. Aber überlegen Sie, welches Problem sich dabei stellt: Um diesen Angriff durchzuführen, müssen Sie von Ihrem Widersacher einen Schritt zurücktreten und eine ganz kleine Stelle treffen, und das können Sie nicht. Niemand kann das. Oh, es mag durchaus sein, daß es irgendwo einen Zen-Mönch gibt, der es könnte, aber ich könnte es nicht, und Sie könnten es auch nicht.«

Chris spürte, daß er ebenso mit sich wie mit ihr sprach, und blieb stumm.

Hong seufzte erneut. »Wenn ich überlege, dann denke ich, daß es für Sie nicht möglich ist, einen starken männlichen Gegner mit bloßen Händen zu töten. Sie wären vielleicht imstande, eine Frau oder ein Kind zu erwürgen, aber nicht einen Mann.«

»Was kann ich also tun?« fragte Chris.

»Sie können ihn so schwer verletzen, daß er aufgibt. Die meisten Leute verstehen nicht, welche Rolle Schmerz und Schock in einem Kampf spielen. Sie gehen ins Kino und sehen, wie der Hauptdarsteller ein dutzendmal von drei Gegnern geschlagen wird, und dann wird er plötzlich wild und macht sie fertig. So funktioniert das nicht. Schmerz ist etwas, was den Menschen sofort schwächt; er veranlaßt einen, sich einzurollen und seine Wunden zu lecken. Professionelle Kämpfer werden dazu ausgebildet, trotz Schmerz weiterzukämpfen, aber selbst sie erliegen ihm schließlich. Was Sie also tun müssen, ist, dem Gegner soviel Schmerz wie möglich zuzufügen, und zwar so schnell wie möglich.«

»Und wie mache ich das?«

»Ihr Widersacher muß den ersten Schritt tun; Sie müssen darauf warten, daß er den Abstand zwischen Ihnen verringert, weil Sie nur aus der Nähe operieren können, wenn Sie ihn *fühlen* können.«

Chris schauderte unwillkürlich.

»Genau«, sagte Hong. »Die Vorstellung, ihn in Ihrer Nähe zu haben, ist für Sie widerwärtig, aber das müssen Sie überwinden, weil darin Ihre einzige Chance liegt. Denken Sie an die Schwarze Witwe, die Spinne, die das Männchen zu sich heranlockt, um es töten zu können. Sie muß Ihr Vorbild sein.« Er trat dicht an sie heran. »So, und jetzt strecken Sie die Hände aus und legen sie auf meine Schultern.«

Chris fand seine Schultern sofort.

»Jetzt wissen Sie, wo ich bin, und können mir Schmerz zufügen.« Er griff nach unten und zog ihr Knie in seinen Schritt. »Wenn Sie mich hier treffen, hart, während Sie zugleich eine Hand um meinen Hals legen und mich nach unten ziehen, dann können Sie mich kampfunfähig machen, und zwar von einer halben Minute bis zehn Minuten, je nachdem, wie entschlossen ich bin. Aber der Schritt ist ein schwieriges Ziel, weil man diese Stelle so leicht verteidigen kann, indem man sich zur Seite dreht oder den Schlag abblockt. Ihre größte Chance liegt in dieser Körperhaltung.« Er nahm ihren linken Arm und legte ihn um seinen Hals. »Wenn Sie das schaffen, können Sie Ihrem Gegner großen Schaden zufügen.«

»Diese Körperhaltung hat mir nie besondere Schwierigkeiten bereitet«, sagte Chris sarkastisch.

Hong lachte. »Ja, aber ich hoffe doch nicht, mit der Absicht zu töten.« Er wurde wieder ernst. »Wenn Sie den Arm um meinen Hals haben, können Sie meine Kehle, meine Nase und meine Augen finden. Machen Sie eine Faust.«

Chris machte eine Faust.

Hong legte ihre Faust an seine Kehle. »Ein harter Stoß hier wird auf Ihren Gegner sehr entmutigend wirken, und ich meine hart. So hart Sie nur können.« Er nahm ihre linke Hand und legte sie auf sein Gesicht. »Jetzt können Sie fühlen, wo meine Nase und wo meine Augen sind. Ein harter Schlag auf die Nase wird sie brechen, und manchmal«, er öffnete ihre

Faust und legte ihren Handballen an seine Nase, »wenn man hart nach oben stößt, treibt man dem Gegner damit Knochensplitter ins Gehirn. Eine gebrochene Nase blutet heftig, und der Anblick des eigenen Blutes kann dem Gegner große Angst einjagen.«

Chris tastete nach Hongs Augen.

»Ja«, sagte er. »Das ist die verletzlichste Stelle. Jeder Mensch hat panische Angst vor einer Augenverletzung. Wenn Sie seinen Kopf mit dem Arm festhalten können und ihm den Daumen – und zwar so hart, daß er dabei brechen könnte – in Auge drücken, werden Sie ihn blenden, oder zumindest wird er glauben, daß Sie ihn geblendet haben, und das allein schon versetzt Sie möglicherweise in die Lage, ihn zu überwältigen.« Er legte beide Arme um Chris und zog sie zu sich heran. »Das ist die beste Position überhaupt. Er hält Sie fest; Ihre beiden Hände sind frei, um ihm Schmerz zuzufügen, und Sie wissen, wo er ist.« Er legte ihre Arme um seine Hüfte. »So«, sagte er, »ich habe zwei Hände frei.« Er legte beide Hände auf ihre Ohren. »Wenn Sie hier mit beiden Händen zuschlagen, verstärken Sie kurzzeitig den Luftdruck in seinem Ohrkanal so sehr, daß seine Trommelfelle platzen; das ist unerträglich schmerzhaft. Er wird Sie loslassen, das verspreche ich Ihnen, und er wird die nächsten ein oder zwei Minuten zu nichts anderem fähig sein, als seinen Kopf zu halten, während Sie andere entsetzliche Dinge mit ihm tun.«

»Was für entsetzliche Dinge?«

Hong zeigte es ihr. »Packen Sie ihn am Haar und reißen Sie sein Gesicht nach unten, dem Knie entgegen, das Sie rechtzeitig heben; treiben Sie ihm das Knie zwischen die Beine, brechen Sie ihm mit der Faust die Nase; drücken Sie ihm den Daumen ins Auge. Begnügen Sie sich nicht damit, ihm einmal weh zu tun – fahren Sie fort, ihm weh zu tun. Selbst wenn er Ihnen die Hände an die Seiten preßt, sind Sie nicht hilflos.« Er legte ihr die Hand über der Stirn an den Haaransatz. »Dies ist die härteste Stelle Ihres Körpers; wenn Sie Ihren Kopf gegen seine Nase schmettern, wird seine Nase brechen, Ihr Kopf aber nicht. Er wird Sie loslassen.«

Eine Stunde lang übte sie mit Hong alles, was er ihr erklärt hatte, dann gab er ihr eine mit Sand gefüllte Nachbildung des Oberkörpers eines Mannes. »Nehmen Sie das mit nach Hause und üben Sie; es ist wichtig zu wissen, wie hart Sie zuschlagen können. Das wird Ihnen Selbstvertrauen geben.«

Chris schlug auf die Puppe ein. Es tat weh.

»Und denken Sie daran«, sagte Hong abschließend, »locken Sie ihn nahe zu sich heran; packen Sie ihn, oder lassen Sie sich von ihm packen; und dann gehen Sie auf die Augen, die Nase oder den Hals los. Und schlagen Sie immer hart zu.«

29

Larsen saß an seinem Schreibtisch und wartete. Manchmal mußte er stundenlang auf den Beinen sein, um seine Informationen zu bekommen, aber heute hatte er bloß ein paar Telefongespräche führen und warten müssen. Er hörte das auffällige Klingeln des Faxgeräts.

Er erhob sich, ging über den Flur zu der Stelle, wo das Gerät stand, und wartete, während es summend ein Blatt Papier ausstieß. Ein Deckblatt; er warf es weg und wartete ungeduldig, bis die Maschine fertig war. Mehr als zwanzig Blätter warteten im Korb auf ihn. Er nahm sie und ging zu seinem Schreibtisch zurück.

Die Zulassungsstelle hatte ihm einen Computerausdruck mit jedem einzelnen Ford-Kombi geschickt, der im Los Angeles County und den benachbarten Countys in den letzten zwei Jahren zugelassen worden war, und hatte die Liste auch noch nach Modellbezeichnungen sortiert. Er überflog die Seiten schnell, stellte fest, daß es ein paar hundert waren und daß die Liste keine Farbangaben enthielt.

Die meisten Fahrzeuge waren im Besitz von Firmen; er kreuzte diejenigen an, die Privatpersonen gehörten. Als er die Liste etwa zur Hälfte durchgegangen war, hielt er inne. Ein Kombi war im August des vorangegangenen Jahres für die Moscowitz Construction Company, Inc., zugelassen worden. Er bemühte sich, ruhig zu bleiben, während er den Rest der Liste ansah.

Als er fertig war, hatte er außer dem Moscowitz-Kombi vier Fahrzeuge gefunden, die auf Einzelpersonen zugelassen waren, deren Vor- oder Nachname James lautete. Das war immerhin ein Anfang, und er hatte nicht vor, Zeit damit zu vergeuden, indem er sich um all die Firmenwagen kümmerte. Er schlug eine Telefonnummer nach und wählte.

»Moscowitz Construction, hier spricht Jenny.«

»Guten Morgen. Kann ich bitte Mike Moscowitz sprechen?«

»Er ist auf der Baustelle in Santa Monica; ich kann Ihnen seine Nummer dort geben.« Sie gab sie ihm.

»Ich bin gerade nach Santa Monica unterwegs«, sagte Larsen. »Können Sie mir die Adresse sagen?« Er kritzelte sie auf einen Zettel. Es war nur vier Straßen von seinem Haus entfernt. »Vielen Dank.«

»Darf ich ihm sagen, wer angerufen hat, für den Fall, daß Sie ihn verpassen?«

Larsen legte auf und griff nach seinem Jackett, zögerte dann. Das letztemal hatte er Ärger bekommen, weil er keine Verstärkung angefordert hatte. Das war in seinem Bezirk gewesen, wo es problemlos gegangen wäre; aber diesmal war es Santa Monica, und hier jemand anzufordern würde wesentlich komplizierter sein. Zum Teufel damit, entschied er.

Moscowitz' Baustelle war ein altes zweistöckiges Haus, ganz ähnlich wie Larsens eigenes, das offensichtlich renoviert wurde. Larsen rollte langsam daran vorbei; der graue Ford-Kombi parkte davor, und ein Blick auf seine Liste bestätigte ihm, daß die Zulassungsnummer stimmte. Niemand war zu sehen, aber aus dem Inneren des Hauses konnte man Hämmern und Sägen hören.

Larsen parkte den Wagen und ging langsam zum Haus zurück. Er war in der schwächeren Position, das wußte er, denn wenn Moscowitz »Bewunderer« war, würde er Larsen sofort erkennen. Während er die vordere Treppe hinaufging, knöpfte Larsen sein Jackett auf, um schneller an seine Waffe zu kommen.

Als er durch die offene Haustür trat, sah Larsen einen Mann mittlerer Größe, der unten an der Treppe stand und mit einem Arbeiter auf dem Treppenabsatz redete. Der Mann hielt einen schwarzen Kunststoffaktenkoffer in der linken Hand und trug eine Baseballmütze. Larsen wartete, bis der Mann zu Ende geredet hatte.

»Mike Moscowitz?« sagte Larsen, und seine Muskeln spannten sich.

Der Mann drehte sich um und sah ihn an.

Larsen wartete, auf alles gefaßt.

Der Mann lächelte. »Der bin ich«, sagte er.

Offensichtlich hatte er ihn nicht erkannt. »Hätten Sie ein paar Minuten Zeit für mich?« sagte Larsen.

Moscowitz regte sich nicht von der Stelle. »Das kommt darauf an, was Sie wollen«, sagte er.

»Es geht um eine Hausrenovierung«, sagte Larsen.

Moscowitz' Lächeln wurde breiter, und er ging mit ausgestreckter Hand auf Larsen zu. »In dem Fall hab' ich so viel Zeit, wie Sie wollen.«

Larsen schüttelte dem Mann die Hand. »Ich heiße Jon Larsen; ich besitze ein Haus, ganz ähnlich wie das hier, ein paar

Straßen von hier entfernt, und bin am Überlegen, einiges daran richten zu lassen. Ich habe die Arbeiten hier beobachtet und mich gefragt, ob ich mir das, was Sie machen, wohl einmal ansehen darf.«

»Aber sicher, ich führe Sie gern herum.« Moscowitz machte eine weitausholende Handbewegung. »Dieses Haus ist gleich nach dem zweiten Weltkrieg gebaut worden, als es wieder Baumaterial gab. Es ist ordentlich gebaut, und das ist von Vorteil, wenn man renoviert. Wie steht's denn mit Ihrem Haus?«

»Anfang der fünfziger Jahre; auch gut gebaut. Sämtliche Tischlerarbeiten und noch einiges mehr hat mein Großvater gemacht.«

Moscowitz sah ihn an. »Larsen? Hieß Ihr Großvater zufällig Lars?«

»Das stimmt.«

»Mein Großvater hieß Lenny Moscowitz. Er hat oft mit Ihrem Großvater Schach gespielt. Großpapa hat mich oft mit zu Lars genommen. Ich glaube, er hat auch einige Arbeiten an Ihrem Haus gemacht, aber das war vor meiner Zeit.«

»Nun, wenn das kein Zufall ist«, sagte Larsen und lachte. »Dann sind Sie also – warten Sie – die dritte Generation von Moscowitz im Baugewerbe?«

»Vierte. Mein Urgroßvater war Tischler in Rußland, und dieser junge Kerl dort oben auf dem Treppenabsatz ist mein Ältester, Lenny, er ist der fünfte.«

Den Mann lasse ich jederzeit an meinem Haus arbeiten, dachte Larsen. »Ein Familienbetrieb.«

»Nun, das ist vielleicht ein wenig übertrieben, solange ein Familienmitglied noch ein Teenager ist«, sagte Moscowitz. »Ich ertappe ihn zwei- oder dreimal am Tag dabei, wie er einfach ins Leere starrt.«

»Hört sich an, als ob da ein Mädchen im Spiel wäre«, sagte Larsen.

»Da wette ich drauf, aber er bringt sie nicht mit nach Hause, damit wir sie kennenlernen. Was für ein Mädchen mag das wohl sein?«

»Darüber würde ich mir nicht zu sehr den Kopf zerbrechen«, sagte Larsen. »Entweder kommt er darüber hinweg, oder er bringt sie mit nach Hause.«

»Auf den Tag bin ich gespannt«, sagte Moscowitz. »Haben Sie im Büro angerufen, um mich zu finden?«

»Ja.«

»Jenny war am Telefon. Das ist meine Frau; sie erledigt das Kaufmännische.«

Larsen hatte das Gefühl, nicht auf der richtigen Spur zu sein. Der Mann gehörte nicht zu diesen Spinnern, die zu Verfolgern wurden. »Mike, wie läuft denn Ihr Tag so ab, wenn Sie arbeiten?«

»Ich? Ich fange um sieben zu arbeiten an, und Jenny und ich kommen erst um sieben heim, also wir arbeiten meistens zwölf Stunden am Tag, und oft kommt der Samstag auch noch dazu. Hier und da, wenn es eine kleine Lücke gibt und wir bei Kasse sind, nehmen wir uns ein, zwei Wochen frei, aber das kommt nicht oft vor. Wenn Lenny ein paar Jahre älter ist, kann ich es vielleicht etwas lockerer angehen.«

Der Mann hatte gar keine Zeit, den Verfolger zu spielen. »Mike, können wir uns irgendwo hinsetzen und ein paar Minuten reden?«

»Wollen Sie nicht das Haus sehen?«

»Später vielleicht; mir geht es jetzt um etwas anderes.« Larsen zeigte ihm seine Dienstplakette.

Moscowitz wies auf die Treppe vor ihnen. »Kommen Sie in mein Büro.« Er setzte sich auf eine Treppenstufe.

Larsen setzte sich neben ihn. »Das ist aber vertraulich, okay?«

»Okay.«

»Eine Kundin von Ihnen, Chris Callaway, wird von jemand belästigt.«

»Wie belästigt?«

»Ernsthaft belästigt. Ich kann Ihnen keine Einzelheiten sagen, aber es besteht Anlaß, um ihre Sicherheit besorgt zu sein.«

»Sie war schon seit Wochen nicht mehr bei dem Haus in Malibu. Hat das etwas mit dieser Belästigung zu tun?«

»In gewisser Weise.«

Moscowitz nickte. »Die meisten Kunden sind nicht bereit, telefonisch ein Haus zu bauen. Ich habe geahnt, daß etwas nicht stimmt. Wer belästigt sie denn?«

»Das wissen wir nicht; deswegen rede ich mit Ihnen.«

»Warum mit mir?«

»Wie viele Subunternehmer sind in Chris' Haus beschäftigt?«

»Die üblichen – Installateur, Elektriker, Dachdecker, was eben notwendig ist.«

»Könnte ich eine Liste bekommen, bitte?«

»Freilich, warum nicht?« Moscowitz holte ein zerfleddertes Adreßbuch aus seinem Aktenkoffer und las ein Dutzend Namen und Adressen vor, die Larsen sich notierte.

»Wie viele von diesen Leuten hatten Kontakt mit Chris?« fragte Larsen.

»Alle, denke ich, außer dem Dachdecker und dem Mann, der die Innenwände einzieht. Sie war nicht mehr draußen, seit die zu arbeiten angefangen haben.«

»Fährt einer von ihnen so einen?« fragte Larsen und zeigte durch die offene Tür auf den Kombi.

»Möglich«, erwiderte Moscowitz. »Das ist ein recht beliebtes Modell, gerade bei Handwerkern.«

»Erinnern Sie sich an einen?«

Moscowitz zuckte die Achseln. »Ehrlich gesagt, achte ich nicht sehr auf Autos. Praktisch jeder, der für mich tätig ist, fährt einen Kombi. Die müssen ja ihr Werkzeug und ihre Sachen transportieren.«

»Hat jemand, der für Sie an dem Callaway-Haus arbeitet, 'ne Menge Fragen über Chris gestellt?«

»Na sicher, die meisten sogar; die wissen alle, daß sie ein Filmstar ist, ich meine, es ist nicht so, daß die alle geifernd hinter ihr herrennen; es sind alles ziemlich coole Typen, aber denen gefällt es, daß sie am Haus eines Filmstars arbeiten. Da können sie nach Hause gehen und ihrer Frau und ihren Freunden davon erzählen, wissen Sie? Aber die Leute haben alle schon früher an Häusern von Filmstars gearbeitet; das haut die nicht um.«

Larsen nickte. Er schlug sein Notizbuch wieder bei der Liste der Kombis auf. »Arbeitet einer von diesen Leuten für Sie? Michael James O'Hara; James B. Corbett; James M. Rivera; Marvin B. James?«

»Keiner der Namen kommt mir bekannt vor«, sagte Moscowitz. »Wer sind die Leute?«

»Besitzer von Ford-Kombis wie dem Ihren, die ein James im Namen haben. Arbeitet jemand für Sie, der James heißt? Mit Vor- oder Nachnamen?«

»Jimmy Lopez, mein Installateur. Er steht auf Ihrer Liste.«

»Wie sieht er aus?«

»Einsfünfundachtzig groß, vielleicht hundert Kilo, dicker Bauch, schwarzes Haar und Schnurrbart, um die Fünfzig.«

»Das ist nicht mein Mann.«

»Freut mich zu hören.«

»Der Bursche, den ich suche, ist mittelgroß, mittelschwer, mittelbraunes Haar.«

»Wie ich?«

»Wie Sie, aber jünger.«

»Sind das nicht die meisten?«

Larsen lachte. »Sieht so aus, als käme ich hier nicht weiter.«

»Tut mir leid, ich hätt' Ihnen gern geholfen.«

»Das können Sie. Wenn jemand beim Callaway-Haus auftaucht, auf den die Beschreibung paßt und der entweder einen

grauen Ford Kombi wie den Ihren fährt oder ein rotes Motorrad, wäre ich wirklich dankbar, wenn Sie anrufen würden.«
Er gab dem Bauunternehmer seine Karte.

»Okay«, sagte Moscowitz und gab ihm seine Karte. »Und wenn Sie mit Ihrem Haus ernst machen wollen, dann rufen Sie mich an.«

»Das werde ich tun. Möglicherweise früher, als Sie denken. Jemand, dessen Großvater mit meinem Großvater gearbeitet hat, kann nicht schlecht sein.« Larsen schüttelte dem Bauunternehmer die Hand und ging.

Lenny Moscowitz kam die Treppe herunter und stellte sich neben seinen Vater. »Ging es um einen Auftrag?« fragte er.

Moscowitz schüttelte den Kopf. »Nein. Das war 'n Bulle.«

Der Junge sagte nicht gleich etwas. »Was hat er denn gewollt?« fragte er schließlich.

»Wollte wissen, wer für mich tätig ist. Bullen wollen immer was wissen.«

»Hast du ihm das gesagt, was er wissen wollte?«

»Nein.« Moscowitz zerriß Larsens Karte und ließ sie über das Treppengeländer in einen Karton mit Abfällen fallen.

»Paps, was hast du denn mit den Bullen?«

»Kleiner«, sagte Moscowitz und stieß seinen Sohn in die Rippen, »wenn du in den sechziger Jahren aufgewachsen wärst, würdest du nicht fragen müssen.«

30

Danny verließ die CBS-Fernsehstudios in Burbank um halb vier. Er war erschöpft. Seit sechs Uhr morgens hatte er gearbeitet – eine dreiteilige Miniserie mit einer Menge Frauen –, und er sehnte sich nur noch danach, nach Hause zu kommen, zu Chris, um sich auf einem Sofa auszustrecken. Als er am Tor wartete, um den Verkehr vorbeizulassen, reagierten seine Bremsen ein wenig schwammig, und er nahm sich vor, das mit auf seine Liste der zu überprüfenden Dinge zu schreiben, wenn er den Wagen das nächstemal zum Kundendienst brachte. Er fuhr in Richtung Beverly Hills.

Danny war vierzig, und die ersten dreißig Jahre seines Lebens waren nicht einfach gewesen. In einer ärmlichen Industriestadt im Westen von Pennsylvania geboren, hatte er von seinem fünften Lebensjahr an gewußt, daß er anders als die meisten anderen Jungen war, war aber klug genug gewesen, das für sich zu behalten. Schließlich, mit fünfzehn, von der Notwendigkeit, eine heterosexuelle Fassade aufrecht- und seine Sexualität geheimzuhalten, fast zum Wahnsinn getrieben, hatte er ein falsches Alter angegeben und war in die Navy eingetreten. Dort hatte er zum erstenmal andere junge Männer gefunden, die wie er veranlagt waren und die sich nicht die Mühe machten, es geheimzuhalten, jedenfalls dann, wenn sie nicht im Dienst waren. Aber er hatte zugleich auch erkennen müssen, daß er genau wie in Pennsylvania hart sein und sich gegen jene Männer verteidigen mußte, denen es zwar an Bord durchaus recht war, sich einen blasen zu lassen, denen es aber mindestens genausoviel Vergnügen bereitete, auf Landgang Schwule zu verdreschen. In einer Männertoilette in Manila hatte er einen Freund verloren, als vier seiner Kameraden sich einen Spaß daraus gemacht hatten, den Jungen zu Tode zu trampeln. Von jenem Augenblick an wartete Danny nicht darauf, daß andere eine Prügelei anfingen, vielmehr wurde er selbst beim leisesten Anlaß handgreiflich. Nachdem das ein paarmal geschehen war, schlugen seine Kameraden einen großen Bogen um ihn.

Aus diesem Grund und wegen seiner angeborenen Courage hatte Danny »Bewunderer« nie gefürchtet, ebensowenig wie er Angst vor Schlägern hatte. Er verabscheute Schußwaffen, trug aber seit dem Tag, an dem er für Chris eine gekauft hatte, ein scharfes Klappmesser, das er mit zwei festen Gummibändern an seinem Knöchel befestigt hatte. Seine Erfahrung in vielen Hafenstädten hatte ihn gelehrt, damit umzugehen, und obwohl er noch nie einen Menschen getötet hatte, wußte er genau, wie man das anstellen mußte. Er hatte für sich bereits entschieden, daß er »Bewunderer«, sollte sich ihm die Gelegenheit bieten, töten würde, und zwar mit dem größten Vergnügen. Dabei ergötzte er sich an Phantasievorstellungen, wie er dem Mann nach und nach seine abgetrennten Gliedmaßen zeigen würde.

Er fuhr jetzt schon seit einigen Minuten bergauf, und als er über den Bergkamm fuhr, der das San-Fernando-Tal von Beverly Hills trennte, überholte ihn ein anderer Sportwagen und schnitt ihn, so daß er scharf bremsen mußte. Die Bremsen hielten einen Augenblick stand und gaben dann völlig den Geist auf. Plötzlich stellte er fest, daß er mit bis zum Boden durchgetretenem Bremspedal die steile, gewundene Beverly Glen hinunterfuhr und dabei immer schneller wurde.

Danny war ein erfahrener und äußerst geschickter Fahrer und geriet deshalb, obwohl er erschrak, nicht in Panik. Er schaltete das automatische Getriebe einen Gang herunter und dann in den niedrigsten Gang, was seine Geschwindigkeit reduzierte, während er nach einer Einfahrt oder einer Hecke suchte – irgend etwas, das den kleinen Wagen aufhalten würde, ohne ihn umzubringen. Dann war ein metallisches Knacken zu hören, und der Wagen wurde wieder schneller. Er riß den Ganghebel vor und zurück und versuchte die Parkstellung oder den Rückwärtsgang oder irgendeine Schaltstufe zu finden, um seine Fahrt abzubremsen; aber das Getriebe war jetzt völlig unbrauchbar, und Danny wußte, daß das einzige, was den Wagen noch aufhalten konnte, irgend etwas Festes war.

Der einladendste feste Gegenstand, der zur Verfügung

stand, weil er sich nämlich in derselben Richtung bewegte, war der Sportwagen, der ihn gerade überholt und geschnitten hatte, und Danny tat etwas äußerst Ungewöhnliches: Er hielt auf die Heckstoßstange des Wagens zu und hoffte, eine Kollision in gleicher Richtung würde sein Tempo verringern.

Der Fahrer des Sportwagens freilich interpretierte die Situation völlig anders. Als er in den Rückspiegel sah und bemerkte, daß Dannys Cabrio von hinten näher rückte, schloß er, daß der, weil er sich über ihn geärgert hatte, ihn einholen wollte. Der Fahrer des Sportwagens gab Gas, hatte sichtlich Freude an dem Wettrennen.

»Was machst du denn, du Idiot?« sagte Danny laut, als er sah, wie der kleine Wagen wieder beschleunigte. Dabei fiel ihm ein, daß er wie üblich keinen Gurt angelegt hatte. Er fummelte daran herum und hörte dann dankbar, wie er einschnappte.

Um diese Tageszeit war wenig Verkehr, und die beiden Wagen hatten den oberen Teil der Beverly Glen im Moment für sich allein. Danny war diese Straße im Lauf der Jahre Hunderte von Malen gefahren und kannte jede Kurve und jede Biegung; aber er war nicht daran gewöhnt, daß die Biegungen so schnell auf ihn zurasten. Er wußte, daß die Straße am Fuße dieses Hügels in den Sunset Boulevard mündete, falls er es so weit schaffte. Anschließend kam eine scharfe Linkskurve, dann die U.C.L.A. und Hunderte von Studenten zu Fuß. Jetzt verließ ihn der Mut. Wenn er es nicht schaffte, den Wagen vor dem Sunset zum Stehen zu bringen, würde er etwas Edles tun müssen.

Der Fahrer des Sportwagens war inzwischen zu dem Schluß gelangt, daß er es mit einem Verrückten zu tun hatte. Er fuhr mit mehr als hundert Stundenkilometern bergab, und der Kerl klebte immer noch an seiner hinteren Stoßstange. Er nahm die Hände einen Augenblick vom Steuer, hob sie in einer Geste der Kapitulation und trat dann auf die Bremse. Aber das trug ihm nur einen heftigen Stoß von hinten ein. Panisch versuchte der Fahrer dem Verrückten die Bahn freizumachen. Er bog zu scharf nach links ab, und sein Wagen geriet ins Schleudern.

Danny überholte den Sportwagen, der sich in diesem Augenblick um hundertachtzig Grad gedreht hatte, und sah den Wagen dann kurz in seinem Rückspiegel, als er weitere ungefähr siebenhundertzwanzig Grad kreiselte und schließlich anhielt. »Glückspilz!« sagte er laut. »Mit solchen Stoßdämpfern würde ich das auch versuchen.« Das Gute war, daß die Kollision mit dem kleinen Wagen seine Geschwindigkeit um etwa zwanzig Stundenkilometer verringert hatte; aber jetzt nahm sie wieder zu. Plötzlich wußte Danny, was er tun würde. Ihm kamen jetzt Autos entgegen, aber auf wenigstens eine Meile war kein Wagen. Am Ende dieser Meile, daran erinnerte er sich, war eine Einfahrt, die im schrägen Winkel von der Beverly Glen abzweigte, und am Ende der Einfahrt gab es etwas, das ihm möglicherweise das Leben retten würde.

Er versuchte nicht nach rechts zu blicken, weil die Straße dort steil abfiel und unten Dutzende dicht aneinandergedrängte Häuser standen. Wenn er nach rechts von der Straße abkam, würde er eine kurze Strecke im Flug zurücklegen und dann als Hamburger in irgendeinem Wohnzimmer enden. Zu seiner Linken war eine steile Böschung mit einer Unzahl von Leitungsmasten. Danny bog mit etwa hundertzwanzig Stundenkilometern in eine Rechtskurve und schlitterte auf allen vier Rädern zum gegenüberliegenden Straßenrand, ehe er die Richtung korrigieren konnte. Den Hügel herauf kam jetzt ein riesiger Mack-Truck, der Gott weiß was hinter sich herzog, und er schaffte es gerade noch, ihm um Haaresbreite auszuweichen. Wo zum Teufel war diese Einfahrt?

Er kannte die Leute, die dort wohnten, und es war schon schwierig genug, die Einfahrt bei normalem Tempo nicht zu verpassen; bei seiner augenblicklichen Geschwindigkeit hatte er etwa eine Millisekunde, um die Kurve zu kriegen, und er empfand tiefe Erleichterung, als er den buntlackierten Briefkasten sah, der die Einfahrt markierte. Angespannt raste er in die Kurve und schaffte sie zu seiner großen Überraschung; er hatte jetzt die Beverly Glen verlassen und raste zweihundert Meter Kiesweg hinunter, einen Kiesweg, der am Ende scharf nach rechts abbiegen würde, eine Biegung, die er nicht vorhatte mitzumachen. Er sah seine Rettung geradewegs vor sich; und dann blitzte plötzlich blaues Wasser auf, und das Herz stand ihm still. Er hatte vergessen, daß zwischen ihm und seinem Ziel ein Schwimmbecken lag.

Er hatte keine Wahl mehr; er hatte sich festgelegt. Er warf einen Blick auf den Tachometer: hundertvierzig Stundenkilometer. Als er die Biegung in der Einfahrt erreichte, verließen er und das Cabrio den Boden. Der Wagen flog gerade über das tieferliegende Becken, und Danny erhaschte einen Blick auf eine erstaunte Frau, die, links von ihm telefonierend, in einem Liegestuhl lag. »Tag, Agnes«, murmelte er. Erstaunlicherweise behielt der Wagen seine Richtungsstabilität, und als er schließlich wieder auf dem Boden aufsetzte, tat er das auf allen vier Rädern.

Der Wagen riß den Zaun des Tennisplatzes mit in den Platz hinein, was einen schrecklichen Lärm verursachte. Dann traf er das Netz; der Stahldraht, der es trug, zerriß wie Bindfaden, und Wagen, Zaun und Stahlstützen trafen auf der gegenüberliegenden Seite des Tennisplatzes den Zaun. Der völlig demolierte Wagen hing im Netz wie eine Forelle.

Nach dem ersten Zaun sah Danny nichts mehr, weil der Airbag ihm die Sicht verdeckte. Als das Ding in sich zusammensank, rang er nach Luft, dann verlor er das Bewußtsein. Sein letzter bewußter Gedanke war die Frage, warum der Airbag nicht reagiert hatte, als er auf den Sportwagen prallte, und dann dankte er dem Himmel dafür, daß er das nicht getan hatte.

31

Als Larsen in sein Büro zurückkam, lag ein weiteres Stück Papier, das er angefordert hatte, auf seinem Schreibtisch. Er zog sein Jackett aus, holte sich eine Tasse miesen Kaffees aus dem Automaten im Flur, ehe er sich hinsetzte und das Schriftstück in die Hand nahm – die Karteieintragung über die Verhaftung eines gewissen Myron Aaron Moscowitz. Er hatte das Schriftstück am Morgen angefordert und war nach seinem Gespräch mit dem Bauunternehmer überrascht, daß es eine solche Karteikarte gab.

Im Oktober 1968 war gegen Moscowitz wegen Besitzes von weniger als einer Unze Marihuana und wegen Widerstands gegen die Staatsgewalt Anklage erhoben worden. Entscheidung: eine Geldstrafe in Höhe von eintausend Dollar und dreißig Tage Gemeinschaftsdienst auf der Bezirksfarm. Die hatten in den sechziger Jahren Kiffer ganz schön hart angefaßt. »Widerstand gegen die Staatsgewalt« bedeutete wahrscheinlich, daß er dem Polizisten ein wenig nachgemault und dafür ein paar hinter die Ohren gekriegt hatte. Er überlegte, welche Wirkung diese Erfahrung in Moscowitz hinsichtlich seiner Einstellung zu Polizisten hinterlassen und ob diese Einstellung möglicherweise die Information ein wenig gefärbt hatte, die er Larsen gegeben hatte.

Larsen dachte darüber nach. Der Bauunternehmer war höflich und freundlich gewesen, aber war da noch etwas anderes gewesen? Bei genauerer Überlegung hatte Moscowitz, abgesehen von den Namen seiner Subunternehmer, die Larsen verlangt hatte, überhaupt nichts geliefert. Er konnte sich nicht erinnern, was für Autos die Leute fuhren. Er dachte an ein halbes Dutzend Leute, die er kannte, und wußte ganz genau, was für einen Wagen jeder fuhr. Warum wußte Moscowitz das nicht?

Er studierte die Karteikarte; sie enthielt einen vollen Satz Fingerabdrücke. Er nahm den Telefonhörer ab. »Hallo, ich bin's, Larsen; könnten Sie mir diesen Abdruck bringen, den Sie im Millman-Gästehaus abgenommen haben? Ich würde den gern mit Abdrücken vergleichen, die ich hier habe.« Er starrte die Windungen von Moscowitz' Fingerabdrücken an und dachte an seine seltsam unbefriedigende Unterhaltung mit dem Mann.

Der Fingerabdruckspezialist tauchte eine Minute später auf. »Was ist los?«

Larsen reichte ihm Moscowitz' Karteikarte. »Vergleichen Sie Ihren Abdruck mit diesen da.«

Der Mann hielt eine Karte mit einem einzigen Abdruck darauf neben die Karteikarte, und sein Blick wanderte zwischen den beiden Karten hin und her. »Haben Sie eine Lupe?«

»Tut's ein Vergrößerungsglas?«

»Sicher.«

»Ein richtiger Detektiv sollte nie ohne Vergrößerungsglas sein«, sagte Larsen und wühlte in einer Schreibtischschublade herum. »Hier.« Er reichte das Glas hinüber.

Der Fingerabdruckmann legte die beiden Karten auf Larsens Schreibtisch, zog die Schreibtischlampe darüber und studierte zuerst die eine und dann die andere durch das Glas.

»Ähnlich, aber nicht gleich.«

»Was?«

»Auf den ersten Blick dachte ich, daß da eine Übereinstimmung ist, aber nicht unter dem Glas. Die sind von zwei verschiedenen Leuten.«

Larsen war halb erleichtert – der Mann war ihm sympathisch gewesen – und halb enttäuscht. »Danke«, sagte er, und der Mann ging wieder.

Nach dem Gespräch mit Moscowitz gab es eigentlich keinen Grund mehr, sich die Subunternehmer näher anzusehen, aber Tatsache war, daß er bei seinen Ermittlungen nicht von der Stelle kam und somit keine andere Wahl hatte. Er breitete den Computerausdruck mit Besitzern von Kombiwagen auf seinem Schreibtisch aus, holte sein Notizbuch heraus und fing an, seine Eintragungen zu vergleichen. »Lopez Installations Service.« Jimmy Lopez war der einzige James, aber er hatte keinen Kombi. »Bud Carson Gerüstbau.« Kein Kombi. »Gianelli Electrical.« Kein Kombi. Er sah sich schnell den Rest der Liste an: Keine weiteren Besitzer von Ford-Kombis, die Auftragnehmer von Moscowitz waren. Der Bauunternehmer hatte gesagt, dieses Modell sei bei Handwerkern beliebt, aber von einem Dutzend Firmen hatten nur zwei Ford-Kombis, wenn man den von Moscowitz mitzählte.

Für Keyhole Security war nur eine Schließfachnummer angegeben, und er hatte keine Lust, mit der Post über eine Adresse zu streiten. Er holte sich das Telefonbuch; und da stand Keyhole auch in den Gelben Seiten, in Santa Monica. Alle waren heutzutage in Santa Monica.

Er fand ein Behördentelefonbuch und die richtige Telefonnummer. »Hier spricht Detective Larsen von der Polizei in Beverly Hills. Ich brauche eine Kopie der Geschäftslizenz von Keyhole Security.« Er gab die Adresse durch.

»Ich werde in meinem Index nachschauen«, sagte die Frau, und dann hörte er, wie die Tastatur klapperte. »Ja, da ist sie. Ich mache einen Ausdruck und schicke Ihnen den heute noch.«

»Würden Sie ihn bitte faxen?« Er gab ihr die Nummer. »Und zwar so schnell wie möglich?«

»Na klar«, sagte sie und legte auf.

Zu seiner Überraschung klingelte das Telefax zwei Minuten später. Schon auf dem Rückweg ins Büro fing er an zu lesen.

Besitzer und Geschäftsführer: Melvin James Parker. Er setzte sich an seinen Schreibtisch und atmete ein paarmal durch, versuchte sich zu entspannen. Erster Antrag vor zwei

Jahren; polizeiliche Überprüfung in Santa Monica – man bekam keine Lizenz für eine Firma im Bereich Sicherheitsanlagen, wenn man irgendwelche Vorstrafen hatte. Vier Angestellte (das war damals, jetzt waren es vielleicht mehr). Beschreibung des Geschäfts: Installation und Wartung von Alarmanlagen, Audio- und Video-Elektronik und Telefonanlagen; Bereitstellung von Sicherheitspersonal, bewaffnet und unbewaffnet; Lieferung und Wartung von Sicherheitsfahrzeugen. Keine Lizenz für private Ermittlungen, aber mit praktisch allem anderen befaßt. M. James Parker war sozusagen die Idealbesetzung für »Bewunderer«.

Dann schlich sich ein kleiner Zweifel in Larsens Bewußtsein. Wenn Parker polizeilich überprüft worden war, hätte man seine Fingerabdrücke genommen, und die mußten sich dann im Zentralregister befinden. Warum aber waren sie dann nicht auf Parker gestoßen, als sie den Abdruck aus dem Millman-Haus überprüft hatten? Ihm fielen sofort zwei Gründe ein: Erstens, die Polizei von Santa Monica hatte ihm keine Fingerabdrücke abgenommen, obwohl sie das hätte tun sollen, oder sie hatte die Abdrücke nicht zu den Akten gegeben; zweitens, der Abdruck in dem Gästehaus war von jemand anderem, vielleicht einer Hausangestellten.

Larsen griff nach dem Telefonhörer und rief einen Detective in Santa Monica an, den er kannte.

»Gene, ich bin's, Jon Larsen. Ihr habt vor zwei Jahren einen gewissen Melvin James Parker überprüft, weil er eine Lizenz für eine Sicherheitsfirma beantragt hatte. Dabei hätten auch seine Fingerabdrücke genommen werden müssen, aber aus irgendeinem Grund sind die nicht im Register aufgetaucht. Könnten Sie das Formular raussuchen und die Abdrücke an mich weiterleiten?«

»Jon, nett, von Ihnen zu hören. Wie geht's denn immer? Macht's Spaß, Polizist zu sein?« Die Stimme triefte von Sarkasmus.

»Tut mir leid, ich hab' jetzt wirklich keine Zeit zu plaudern. Können Sie mir das Formular besorgen?«

»Vor zwei Jahren? Nach einem Jahr wandert alles ins Zentralarchiv, Kumpel. Sie können ja ins Lager gehen und dort herumwühlen, wenn Sie eine Woche Zeit haben.«

»Danke, Gene.«

»War mir ein Vergnügen, mit Ihnen zu plaudern, Arschloch.« Er legte auf.

Larsen seufzte. Er hatte eine Menge Material gegen »Bewunderer«, aber ohne die Abdrücke konnte er Parker nicht als »Bewunderer« identifizieren. Und Parker einfach aufs Revier zerren und ihm die Fingerabdrücke abnehmen konnte er auch nicht; ebensowenig konnte er ihm die Kleider ausziehen und nachsehen, ob er tätowiert war. Nicht ohne ausreichenden Grund. Und der Besitz eines Ford-Kombis, von dem es in Los Angeles ein paar hundert gab, stellte keinen solchen Grund dar.

Er setzte sich an den Computer, um nachzusehen, ob auf Keyhole oder Mel Parker ein Motorrad zugelassen war, aber das war nicht der Fall. Vielleicht hatte er die Maschine irgendwo anders angemeldet.

Er legte den Kopf auf die Glasplatte auf seinem Schreibtisch und versuchte sich etwas einfallen zu lassen. Nun gut, er konnte natürlich losziehen und sich Parker ansehen, aber er mußte darauf achten, daß Parker ihn nicht zu sehen bekam, weil Parker ihn kannte und deshalb auf der Hut sein würde. Larsen wollte nicht, daß Parker auf der Hut war. Er stand auf und schlüpfte in sein Jackett.

Das Telefon klingelte.

Er nahm ab. »Larsen.«

»Jon, ich bin's, Chris.«

»Wie geht's?«

»Schlecht. Ich bin in der Notaufnahme im Cedars-Sinai. Danny hatte einen schrecklichen Autounfall und will dich sehen. Die haben's furchtbar schwer mit ihm. Kannst du sofort herkommen?«

»Bin schon unterwegs.« Larsen rannte zu seinem Wagen.

32

In der Notaufnahme des Cedars-Sinai-Krankenhauses herrschte um diese Tageszeit nicht so viel Betrieb wie um Mitternacht, wo die Schußverletzungen eingeliefert wurden, aber das Geschäft ging gar nicht schlecht. Mütter mit kranken Kindern warteten in friedlicher Eintracht mit Opfern von Hundebissen und Drogensüchtigen, es herrschte ein geschäftiges Treiben.

Larsen fand Chris, die mit Melanie auf einer Bank saß.

»Gott sei Dank, daß du hier bist. Danny ist halb durchgedreht, und die wollen mich nicht zu ihm lassen«, sagte Chris.

»Wo ist er?«

Melanie wies auf einen Vorhang am Ende des Korridors. »Dort hinten.«

»Bleibt hier und versucht euch zu beruhigen. Ich werde nachsehen, was da los ist.« Er ging den Gang hinunter und schob den Vorhang auseinander.

Danny lag auf einem Behandlungstisch, und ein Arzt war, wie es schien, gerade damit beschäftigt, den letzten Stich von vielleicht zwei Dutzend in einer langen Wunde unten am linken Bein anzusetzen. Eine Kanüle steckte in seinem Arm. Danny murmelte pausenlos vor sich hin, aber man konnte nur gelegentlich eine Verwünschung verstehen.

Eine Schwester, die ein Tablett mit Instrumenten in der Hand hielt, drehte sich um und warf Larsen einen Blick zu. »Warten Sie draußen.«

Larsen holte seine Dienstplakette heraus. »Ich muß mit dem Patienten reden.«

Der junge Arzt blickte auf, sah die Plakette und setzte seine Arbeit fort. Die Leute in der Notaufnahme ließen sich von Dienstmarken nicht beeindrucken; sie bekamen sie zu oft zu sehen.

»Verschwinden Sie«, sagte die Schwester.

»Bleiben Sie ruhig«, sagte der Arzt müde. »Sie können mit ihm reden, während wir den Verband anlegen.« Er knüpfte geschickt einen Knoten und schnitt den Faden ab. »Kommen Sie ans Kopfende des Tisches und stellen Sie Ihre Fragen. Aber nicht zu lange, er kann immer noch einen Schock bekommen.«

Larsen schob sich zwischen der Schwester und der Wand durch, schnappte sich einen Stahlrohrhocker und setzte sich, um dicht bei Danny zu sein. »Danny, ich bin's, Jon Larsen. Sieht ja nicht ganz so übel aus mit Ihnen. Sie wollten mit mir reden?«

Danny wandte den Kopf zu Larsen, aber das schien weh zu tun, und er schloß die Augen. »Dem Himmel sei Dank«, sagte er. »Die anderen Bullen waren der Meinung, ich wäre betrunken oder so etwas. Um vier Uhr nachmittags!«

»Sagen Sie mir, was los war, Danny, dann red' ich mit denen.«

»Das war dieser Scheiß-›Bewunderer‹«, sagte er.

»Er hat Sie von der Straße gedrängt wie Melanie?«

»Nein, er hat am Wagen etwas manipuliert. Ich konnte ihn nicht mehr bremsen.«

»Woher wissen Sie denn, daß es ›Bewunderer‹ war?«

»Weil ich ein Hellseher bin, verdammt, Jon; wollen Sie jetzt mit diesen verdammten Bullen reden und das in Ordnung bringen? Mein Bein tut scheußlich weh, und ich bin es leid, wie ein Verbrecher behandelt zu werden. Die wollten eine Blutprobe von mir haben.«

Larsen blickte auf und sah einen Beamten in Uniform an der Öffnung im Vorhang stehen. »Sollen die ruhig eine Blutprobe haben, Danny; ich rede dann mit ihnen. Also, was war los?«

»Ich kam gerade aus dem Tal zurück, da haben oben auf der Kuppe die Bremsen versagt. Ich versuchte anzuhalten, indem ich auf einen anderen Wagen auffuhr, aber das hat nicht geklappt, und dann erinnerte ich mich an das Haus dieser Freunde mit einem Tennisplatz, also habe ich einfach den Tennisplatz angesteuert, und der Zaun hat mich gestoppt.«

»Sehr geschickt«, sagte Larsen. »Und jetzt beruhigen Sie sich und entspannen sich ein wenig, okay? Ich komme morgen wieder vorbei und schaue nach Ihnen.«

»Danke, Jon. Ist Chris hier?«

»Sie wartet mit Melanie draußen.«

»Werden Sie heute abend auf sie aufpassen? Melanie muß zu ihren Kindern nach Hause.«

»Aber sicher, machen Sie sich um Chris keine Sorgen.« Er ging um den Tisch herum. Der Arzt war inzwischen soweit, daß er Dannys Bein eingipsen konnte, und Larsen winkte ihn zu sich. »Wie sieht's aus?«

»Er hat einen komplizierten Bruch am linken Schienbein, den ich gerade eingerichtet habe; außerdem eine ganze Menge Prellungen überall, aber davon abgesehen scheint er in Ordnung zu sein. Ich kann keine inneren Verletzungen feststellen, aber wir werden ihn zur Sicherheit ein oder zwei Tage hier behalten.«

»Vielen Dank, Doktor. Er scheint große Schmerzen zu haben.«

»Das ist klar; wir werden ihm etwas Morphium geben und ihn dann zu Bett bringen.«

Larsen gab dem Arzt seine Karte. »Ich wäre Ihnen sehr dankbar, wenn Sie eine Notiz auf sein Krankenblatt machen würden, daß man mich verständigt, für den Fall, daß sich sein Zustand verschlechtern sollte.«

»Geht in Ordnung.«

Larsen trat durch den Vorhang und nahm den uniformierten Polizisten am Arm. »Ich bin Larsen, Detective Division; bringen Sie mich auf den neuesten Stand.«

»Der Kerl dort drin muß verrückt sein oder total betrunken. Er ist mit hundertzwanzig Stundenkilometern die Beverly Glen runtergerast, hat einen anderen Wagen gerammt und einer Dame eine Höllenangst eingejagt, ehe er dann seinen Wagen in ihren Tennisplatz pflanzte. Der ist hin.«

»Er läßt sich jetzt eine Blutprobe nehmen; Sie werden wahrscheinlich feststellen, daß er nüchtern ist.«

»Sie kennen den Kerl?«

»Ja; er ist ein potentieller Zeuge in einem Fall, den ich bearbeite; und er nimmt an, daß der Täter seinen Wagen manipuliert hat. Sagen Sie, könnte seine Fahrweise darauf hindeuten, daß die Bremsen nicht funktioniert haben?«

»Ja, könnte sein.«

»Wenn Sie Ihren Bericht geschrieben haben, leiten Sie ihn an die Detective Division weiter und setzen Sie meinen Namen drauf.« Er gab dem Beamten seine Karte. »Und dann möchte ich, daß das Wrack beschlagnahmt wird, damit unser Mann es sich ansehen kann.«

»Okay«, sagte der Beamte, »das nimmt mir etwas Arbeit ab.« Er reichte Larsen ein Klemmbrett. »Würden Sie hier unterschreiben und Ihre Dienstnummer einsetzen?«

Larsen unterschrieb, und der Beamte ging. Larsen kehrte zu Chris und Melanie zurück, die immer noch im Flur warteten. »Danny wird durchkommen«, sagte er. »Er hat einen Schienbeinbruch und ein paar Prellungen; aber morgen wird er wieder ganz der alte sein.«

»Gott sei Dank«, sagte Chris. »Warum war er so wild darauf, mit dir zu reden?«

»Melanie, Sie können jetzt gern nach Hause fahren. Ich werde mich um Chris kümmern.«

»Chris«, sagte die Sekretärin, »ich bleibe gern, wenn Sie mich brauchen.«

»Ist schon gut, Melanie. Fahren Sie nach Hause zu Ihren Kindern.«

Melanie verabschiedete sich, und Larsen führte Chris zu seinem Wagen. Als sie eingestiegen waren, sagte Chris: »Du hast meine Frage nicht beantwortet.«

»Tut mir leid; ich wollte Melanie nicht beunruhigen. Danny glaubt, daß ›Bewunderer‹ etwas an den Bremsen gemacht hat, und der Beamte meint, das würde durchaus zu dem ganzen Vorfall passen.«

»Was genau ist denn passiert?«

»Danny kam die Beverly Glen herunter, als seine Bremsen plötzlich versagten. Er war so geistesgegenwärtig, in den Zaun eines Tennisplatzes zu fahren; ich bin sicher, daß ihm das das Leben gerettet hat.«

»Meinst du, daß ›Bewunderer‹ das gemacht hat?«

»Ich habe den Wagen beschlagnahmen lassen, und wir werden das überprüfen. Und du wirst heute nacht bei mir bleiben.«

»Dann fahr' ich nach Hause und hol' mir ein paar Sachen.«

»Macht es dir etwas aus, wenn ich dir etwas leihe, in dem du schlafen kannst? Ich möchte im Augenblick eigentlich nicht zu deinem Haus zurückfahren.«

»Du denkst, ›Bewunderer‹ beobachtet es immer noch?«

»Das weiß ich nicht, aber gehen wir einmal davon aus.«

»Das ist aber eine raffinierte Methode, ein Mädchen in sein Haus zu locken.«

»Eine solche Chance kann ich mir doch nicht entgehen lassen.«

»Das freut mich«, sagte sie.

Larsen griff nach ihrer Hand. »Ich werde dir jetzt etwas sagen, möchte aber, daß du keine Fragen stellst, okay?«

»Okay.«

»Ich habe einen Hinweis, wer ›Bewunderer‹ sein könnte. Ich habe das Gefühl, daß wir uns langsam dem Ende dieser Geschichte nähern.«

»Wer ist es?«

»Du hast versprochen, keine Fragen zu stellen.«

»Das war nicht fair; du hast mich reingelegt.«

»Schau, ich könnte mich irren, und ich möchte so lange nicht mit dir darüber reden, bis ich ganz sicher bin. Du sollst nur wissen, daß es einige Hoffnung gibt, das Ganze wird nicht mehr ewig dauern.«

»Na schön«, seufzte sie. »Ich denke, ich kann warten. Lange genug habe ich schon gewartet.«

Vier Fahrzeuge hinter ihnen folgte ihnen ein rotes Motorrad die ganze Strecke bis nach Santa Monica.

33

Larsen führte Chris in sein Haus und schaltete im Wohnzimmer das Licht ein. Draußen versank gerade die Sonne im Pazifik. »Da wären wir«, sagte er.

»Wenn das Licht an ist, ist es viel besser«, sagte Chris. »Bei schlechter Beleuchtung ist es noch ziemlich schlecht, aber ich werde bald nicht mehr gegen die Möbel stoßen.«

»Das wollen wir vor ›Bewunderer‹ lieber geheimhalten«, sagte Larsen. »Der soll ruhig glauben, daß du so blind wie eine Fledermaus bist.« Er hängte seine Jacke und die Pistole in den Wandschrank im Flur und führte sie dann an die Theke, die das Wohnzimmer von der Küche trennte. »Kann ich dir etwas zu trinken bringen?«

»Ja, ich kann jetzt weiß Gott einen Drink gebrauchen. Hast du Bourbon?«

»Sicher.«

»On the Rocks, bitte.«

Er schenkte ihnen beiden ein und stieß dann mit ihr an. »Auf bessere Zeiten als diese«, sagte er.

»Hört, hört«, sagte sie und nahm einen Schluck. »Wo habe ich das schon einmal gehört?«

»Das ist aus ›Gerryowen‹, dem Reiterlied von Custers Siebter Kavallerie. Die Siebte singt es, glaube ich, immer noch. Und dann war es der Titel eines Romans über den Vietnamkrieg von einem gewissen Winston Groom.«

»Daher kenne ich es; ich habe das Buch vor langer Zeit gelesen, und es hat mir gefallen.«

»Mir auch.«

»Weil wir gerade von Romanen reden – auf einem der Bänder, die deine Schwester mir geschickt hat, war einer, der mich interessiert hat. Er hieß ›Licht des Tages‹ von Karen Copeland.«

»Den kenne ich nicht.«

»Er handelt von den Problemen einer jungen Frau, die bei einem Unfall das Augenlicht verliert. Ihre Blindheit ist für sie natürlich hart, aber das viel größere Problem für sie ist, ihrer Familie und ihren Freunden beizubringen, daß sie allein leben und ein einigermaßen normales Leben führen will.«

»Klingt gut.«

»Es ist viel besser, als ich es mit ein paar Worten schildern kann; das Buch hat ein paar starke Stellen, und außerdem ist es witzig. Ich glaube, man könnte einen großartigen Film daraus machen; ich könnte in die Rolle eine ganze Menge einbringen.«

»Das könntest du bestimmt.«

»Ich habe meinen Manager schon gebeten, sich um die Filmrechte zu kümmern. Wenn ich sie zu einem vernünftigen Preis bekomme, möchte ich das Drehbuch selbst schreiben und sehen, ob ich jemand finde, der den Film macht.«

»Hast du je etwas geschrieben?«

»Einmal, auf dem College, ein Theaterstück. Aber seitdem nichts mehr. Damals war ich hin- und hergerissen, ob ich Schriftstellerin oder Schauspielerin werden sollte, und ich bin gar nicht so sicher, ob ich die richtige Wahl getroffen habe.«

»Ich sehe keinen Grund, warum du nicht beides machen könntest.«

»Bis in allerletzter Zeit war ich viel zu beschäftigt, aber im Augenblick habe ich ja nichts zu tun, also habe ich angefangen, ein paar Szenen zu diktieren, und Melanie schreibt sie.«

»Prima.« Er holte ein paar Steaks aus dem Tiefkühlschrank und legte sie zum Auftauen in die Mikrowelle. »Wie magst du dein Steak?«

»Medium.«

»Ich bin froh, daß du nicht Vegetarierin bist; sonst müßten wir eine Pizza bestellen.«

»Steak klingt gut.« Sie trank wieder einen Schluck. »Also, was ist das für ein Haus, in dem ich hier sitze?«

»Oh, man könnte es als Missionsstil bezeichnen. Ich habe dir schon erzählt, daß mein Großvater es vor meiner Geburt gebaut hat.«

»Ja. Und was hast du daran geändert?«

»Nun ja, ich habe aus dem Obergeschoß zwei Wohnungen gemacht und es hier unten etwas großzügiger gestaltet. Da, wo du jetzt sitzt, war einmal eine Wand, aber die habe ich eingerissen und dafür die Bar gebaut. Auf diese Weise wirkt alles ein wenig größer und heller. Die Küche und das Badezimmer muß ich noch renovieren, könnte sein, daß ich mir dazu deinen Freund Moscowitz nehme.«

»Ich kann ihn nur empfehlen.«

»Was ist mit den Handwerkern, die er engagiert hat? Gibt es unter denen welche, die du besonders magst?«

»Nun, die meisten von ihnen habe ich zwar, glaube ich,

kennengelernt, aber wenn ich irgend etwas wollte, habe ich das immer Mike gesagt; ich hatte nie direkt mit ihnen zu tun.«

»Verstehe.«

»Nur mit dem Alarmanlagenmenschen.«

»So?«

»Ja, er heißt Mel Soundso; ich habe ihn draußen beim Haus kennengelernt und bin mit ihm durch die ganze Baustelle gegangen, um festzulegen, was ich an Fenstersensoren und Rauchalarm und Alarmknöpfen und dergleichen brauche. Er hat alles sehr gut erklärt, und ich bin sicher, daß ich genau die richtige Anlage bekomme.«

»Das war vor dem Unfall?«

»Ja, nur ein paar Tage.«

»Wie sieht er aus?«

»Oh, etwa so groß wie ich, denke ich – einen Meter siebzig bis fünfundsiebzig, rotblondes Haar...« Sie stockte, und der Mund blieb ihr offenstehen. »O mein Gott.«

»Was?«

»Er ist ›Bewunderer‹, oder?«

»Herrgott, du bist wirklich zu clever für mich. Ich wollte nicht, daß du herausbekommst, daß ich ihn verdächtige.«

»Wann wirst du ihn festnehmen?«

»Langsam, ich bin noch keineswegs sicher, daß er unser Mann ist, wenigstens im Augenblick noch nicht. Ich muß seine Fingerabdrücke kriegen, um sie mit dem zu vergleichen, den wir in dem Millman-Haus gefunden haben.«

»Warum nimmst du ihn dir nicht vor und setzest ihn unter Druck, bis er die ganze Geschichte ausspuckt?«

»Du hast zu viele alte Filme gesehen. Heutzutage geht das nicht mehr so einfach. Und wenn ich ihn aufs Revier bestelle, brauche ich seine Erlaubnis, um ihm Fingerabdrücke abzunehmen; vermutlich wäre er nicht einverstanden. Wenn ich trotzdem seine Fingerabdrücke nehme, dann wird sein Anwalt später dafür sorgen, daß das Gericht seinen Fall zurückweist, und das wollen wir doch nicht.«

»Aber du weißt doch, was er alles gemacht hat, oder?«

»Sicher, aber ich kann nicht beweisen, daß er es war.«

»Der Mistkerl!« brauste sie auf.

»Sag mir, hat er auch die Alarmanlage in dem Haus in Bel-Air gebaut?«

»Nein, die war bereits installiert, als Brad und ich das Haus kauften. Sie hat im übrigen nie richtig funktioniert, und nach allem, was passiert ist, habe ich schon daran gedacht, Mel kommen zu lassen, damit er sie repariert.« Sie lachte. »Was sagst du dazu?«

»Gar keine schlechte Idee«, sinnierte Larsen.

»Was? Ihn einzuladen?«

»Laß mich überlegen; wir könnten durchaus einen Vorteil aus einem solchen Besuch ziehen.«

Die Mikrowelle piepte, und Larsen nahm die Steaks heraus. »Die können wir jetzt grillen, denke ich. Hast du Hunger?«

»O ja.«

Larsen begann das Fleisch zu würzen.

Chris legte den Kopf etwas zur Seite. »Jetzt wird es gleich an deiner Tür klingeln.«

»Was? Fängst du jetzt mit der Hellsehertour an?«

»Warte«, sagte sie.

Sie warteten, aber nichts geschah.

»Komisch«, sagte sie.

»Was ist komisch?«

»Weißt du, seit ich nicht mehr sehen kann, muß ich mich viel mehr auf mein Gehör verlassen, und ich glaube, daß mein Hörvermögen sich dabei geschärft hat.«

»Was hast du gehört?«

»Ich habe jemand auf deiner vorderen Terrasse gehört«, sagte sie.

»Warte hier eine Minute, ich seh' nach«, sagte Larsen.
»Aber bleib nicht zu lange weg.«
»Ich beeil' mich.« Er ging an den Wandschrank im Flur und zog seine Pistole aus dem Halfter, dann öffnete er die Haustür. Niemand da.

Er trat auf die vordere Veranda und sah sich um. Niemand zu sehen. Er beugte sich zur Tür hinein und rief Chris zu: »Ich gehe einmal ums Haus. Bist du okay?«

»Geh nur«, rief sie.

Er sah, wie sie in die Tasche ihrer Jeans griff und die kleine Pistole herauszog, mit der er ihr das Schießen beigebracht hatte. Keine schlechte Idee, dachte er.

Larsen holte eine Taschenlampe aus dem Kleiderschrank und machte sich an der Wand entlang auf den Weg. Es war noch hell genug, um einigermaßen gut sehen zu können, und er wollte sich die Taschenlampe aufsparen, falls er irgendwo eine Bewegung wahrnehmen sollte.

Aber hinter dem Haus und auf der anderen Seite war niemand. Vor seinem Schlafzimmer stieg er über einen kleinen Stapel Steinplatten, der noch vom Bau der Terrasse übriggeblieben war. Als er das Haus umrundet hatte, trat er wieder durch die Haustür ein. »Ich bin's«, rief er Chris zu. »Nicht schießen.«

Keine Antwort.

Er trat ins Wohnzimmer und saß sich um. Sie war verschwunden. Die Pistole schußbereit in der Hand, rannte er durch das Haus zur hinteren Tür, trat die Gittertür auf und lief ins Freie, die Taschenlampe in der einen und die Waffe entsichert in der anderen Hand. Niemand zu sehen. Er rannte schnell zuerst zur linken und dann zur rechten Hauswand, kehrte zur Hintertür zurück, blickte zu dem Zaun am Ende seines Gartens und fragte sich, ob jemand über den Zaun gestiegen sein könnte. Er hatte jetzt Angst.

Er hörte, wie im Haus eine Tür geöffnet wurde, und dann

ein anderes Geräusch. Leise zog er die hintere Gittertür auf und betrat den Flur. In dem Augenblick kam Chris rechts von ihm mit der Pistole in der Hand aus dem Badezimmer. Plötzlich drehte sie sich zu ihm um und hob die Waffe.

»Ich bin's! Nicht schießen!«

»Was machst du hier?« sagte sie und ließ die Waffe sinken.

»Ich dachte, du wärst vorn rausgegangen.«

»Als ich wieder reinkam, warst du verschwunden«, sagte er. »Da bekam ich's mit der Angst zu tun.«

»Tut mir leid«, entschuldigte sie sich. »Ich mußte auf die Toilette.«

»Woher zum Teufel wußtest du, wo die ist?« fragte er.

»Ich konnte das Wasser in der Toilette laufen hören. Das ist ein ganz deutliches Geräusch.«

»Das will ich schon seit einer Weile richten.«

»Tu's nicht – wenigstens nicht in nächster Zeit; es ist nützlich.«

Er lachte. »Komm, laß uns jetzt die Steaks auf den Grill legen.«

Sie gingen in die Küche zurück, aber er behielt die Pistole in der Hüfttasche.

34

Gierig machten sie sich über ihre Steaks her, aßen dazu einen Salat und tranken eine Flasche kalifornischen Cabernet. Sie vermieden Themen wie »Bewunderer«, Dannys Unfall oder sonst etwas, das ihnen das Abendessen hätte verderben können. Zum Nachtisch holte Larsen Eiskrem aus dem Tiefkühlschrank, und nachdem sie sie verspeist hatten, deckte Larsen ab. Chris bestand darauf, ihm mit dem Geschirr behilflich zu sein, und obwohl seine Spülmaschine funktionierte, redete er es ihr nicht aus. Es gefiel ihm, wie sie neben ihm Hausarbeiten verrichtete, selbst wenn das eine ungewöhnliche Szene für einen Filmstar war.

»Beunruhigt es dich, daß ich Schauspielerin bin?« fragte sie plötzlich, als ob sie seine Gedanken gelesen hätte.

»Am Anfang ein wenig«, gab er zu. »Jetzt nicht mehr.«

»Gut. Das ist eine künstliche Barriere, und ich will keine Barrieren zwischen uns.«

»Du mußt aber doch zugeben, daß wir in verschiedenen Welten leben«, sagte er und reichte ihr einen Teller.

»Wir leben in verschiedenen Stadtvierteln, das ist alles.«

»Bel-Air ist viel mehr als nur ein anderes Stadtviertel. Das sind wenigstens tausend Meilen, und Malibu auch.«

»Ich hatte befürchtet, daß dich das stören würde«, sagte sie und trocknete eine Tasse ab. »Ich wünschte, es wäre nicht so.«

»Ich mußte mich schon einmal mit so etwas auseinandersetzen«, sagte er. »Als ich auf der U.C.L.A. war.«

»Erzähl's mir.«

»Da war ein wunderschönes Mädchen, und ich war verrückt nach ihr, und eine Weile trug jeder die Verbindungsnadel des anderen.«

»Und was passierte?«

»Sie hat mich auf ein Wochenende nach Hause mitgenommen, nach San Diego – La Jolla, genauer gesagt. La Jolla ist ein stinkvornehmes Kaff, und ihre Eltern hatten eines von den auffälligeren Häusern dort, mit Blick auf den Pazifik. Ihr Vater war Rechtsanwalt wie meiner. Nein, nicht wie meiner; er war geschäftsführender Partner einer namhaften Firma in San Diego, und als ich am ersten Abend beim Dinner die Kanzlei meines Vaters beschrieb, nicht ohne Stolz, fing er an zu lachen. Ich glaube nicht, daß er mich beleidigen wollte, aber er war ein unerträglicher Snob, und ich habe ihm gesagt, er solle den Mund halten. Das hat er akzeptiert und sich entschuldigt, aber Sherry, mein Mädchen, war wütend, daß ich so mit ihrem

Vater redete, ganz gleich, was er über *meinen* Vater gesagt hatte. Um es kurz zu machen, ich fuhr noch in derselben Nacht mit dem Bus nach L.A. zurück. Wir waren alles andere als reich, aber mein Vater verdiente ordentlich, und wir gehörten der soliden Mittelklasse an. Ich fand nicht, daß wir vor irgend jemandem katzbuckeln mußten.«

»Völlig richtig«, sagte Chris. »Was war dann mit dem Mädchen?«

»Ich wartete darauf, daß sie sich bei mir entschuldigte – ich war damals ziemlich stur –, aber statt dessen hat sie mir meine Verbindungsnadel zurückgeschickt. Wir haben nie wieder miteinander geredet, bis letztes Jahr.«

»Letztes Jahr?«

»Ich traf sie zufällig am Rodeo Drive. Sie hatte zwei schreckliche Kinder im Schlepptau. Wir unterhielten uns ein paar Minuten höflich – sie ist mit einem Zahnarzt in La Jolla verheiratet – und verabschiedeten uns dann wieder.«

»Ich hoffe, daß du jetzt nicht mehr so stur bist.«

»Das hoffe ich auch.«

»Mein Vater ist Drogist in Delano, Georgia.«

»Dann stehst du gar nicht so weit über mir?«

»Nun, die Drogerie gehört ihm.«

»Bloß eine?«

»Bloß die eine.«

»Damit kann ich, glaube ich, leben.«

»Aber Bel-Air und Malibu sind ein größeres Problem?«

»Ich fürchte schon.«

»Ich werde dir etwas über meinen märchenhaften Wohlstand und meine Position in der Gesellschaft erzählen. Etwa um die Zeit, als ich hier die ersten Rollen bekam, habe ich einen Schauspieler geheiratet – Brad Donner. Wir standen beide am Anfang.«

»Ich hab' ihn ein paarmal auf der Leinwand gesehen«, sagte Larsen. »Er ist gut.«

»Ja, und er hat auch gut verdient – besser als ich übrigens. Männer haben's hier leichter. Brad ist nicht gerade der intelligenteste Mensch auf der Welt, aber er hat eine sehr gute Entscheidung getroffen. Erinnerst du dich an den Film ›Männer in Blau‹?«

»Aber sicher, das war ein recht guter Polizeifilm, fand ich.«

»Die ganze Welt dachte das, und Brad war so schlau, sich mit einer minimalen Gage zu begnügen und sich dafür an den Einspielergebnissen beteiligen zu lassen. Damit hat er das Haus in Bel-Air bezahlt. Als wir uns scheiden ließen, bekam ich die Hälfte unseres Besitzes; das war das halbe Haus und etwa eine halbe Million in bar. Ich hatte ein bißchen Geld gespart, das dank der geschickten Verwaltung meines Managers Jack Berman auf circa dreihunderttausend angewachsen war. Wenn das Haus in Malibu fertig ist und das in Bel-Air verkauft, besitze ich ein bezahltes Haus und etwa eine halbe Million Dollar. Findest du, daß das zu reich ist, als daß man sich damit wohlfühlen könnte?«

»Nun, infolge der klugen Entscheidung meines Vaters, seine Versicherungsprämien immer pünktlich zu bezahlen, besitze ich ein schuldenfreies Haus in Santa Monica und etwa dreihunderttausend an Anlagen, und ich schulde niemandem etwas, also sind wir vielleicht gar nicht so weit auseinander.«

»Freut mich, daß du es so siehst«, sagte sie.

»Man muß natürlich berücksichtigen, daß, wenn wir beide in unserem Beruf einigermaßen Erfolg haben, ich in acht Jahren eine Pension bekomme und du Millionen verdienen wirst.«

»Über diese Brücke sollten wir gehen, wenn es soweit ist«, sagte sie.

»Ja, ich denke, bei Brückenüberquerungen muß man auf den richtigen Zeitpunkt achten«, pflichtete er ihr bei.

»Aber es gibt eine Brücke, die wir schon jetzt überqueren können«, sagte sie und legte ihm einen Arm um die Hüfte.

»Anscheinend unterbricht man uns dabei immer wieder«, sagte er.

»Aber nicht heute abend«, murmelte sie und küßte ihn.

Sie standen vor dem Spülbecken in der Küche und hielten sich umarmt, und beide spürten, wie die Erregung in ihnen aufstieg.

»Ich finde den Weg ins Schlafzimmer nicht«, flüsterte sie. »Du wirst vorangehen müssen.«

Auf seinen Armen trug er sie durch das Haus ins Schlafzimmer. Dort setzte er sie aufs Bett, während er sich auszog. Als sie ihr T-Shirt über den Kopf zog, zeichneten sich im schwachen Licht, das vom Fenster hereinfiel, die Umrisse ihres Busens und ihrer Taille ab. Larsen setzte sich auf das Bett und vergrub das Gesicht in ihren Brüsten, küßte sie auf die Brustwarzen; er war bereits nackt und half ihr aus den Jeans.

Dann lagen sie ausgestreckt auf dem Bett, flüsterten, küßten sich, liebkosten sich. Sie zog ihn über sich.

Larsen atmete tief ein. Ehe er ausatmen konnte, barst das Fenster neben dem Bett, und eine Natursteinplatte, gut einen halben Meter breit, krachte in einem Glassplitterhagel neben ihnen auf das Bett.

Chris stieß einen Schrei aus, und Larsen rollte sich vom Bett, riß sie mit sich, landete auf dem Rücken, so daß ihr Gewicht die Glassplitter in seine Haut drückte. Er schob Chris von sich und unter das Bett. »Bleib da und komm nicht heraus, bis ich es sage«, flüsterte er.

Er schlüpfte in die Hose und riß die schwere Automatikpistole heraus, während er, ohne auf die Schmerzen zu achten, auf die Haustür zurannte. Draußen hörte er, wie der Motor eines Motorrads ansprang und der Gang eingelegt wurde.

Er tastete nach seinen Autoschlüsseln, als er durch die Tür ins Freie rannte, gerade noch rechtzeitig, um den Motorradfahrer die Straße hinunterrasen zu sehen. Diesmal hatte er eine

Chance, den Kerl zu erwischen, dachte er. Und wenn er das schaffte, würde er sich keine Gedanken mehr um seine Fingerabdrücke zu machen brauchen.

Sein Dienstwagen stand am Straßenrand, und Larsen warf sich hinein, den Zündschlüssel in der Hand. Das Auto sprang sofort an, und er raste die Straße hinunter, hinter dem flüchtenden Motorrad her.

Dann spürte er ein paar harte Stöße, hörte Metall, das über Beton scharrte. Der Wagen bewegte sich kaum von der Stelle. Fluchend stieg er aus und ging um den Wagen herum. Alle vier Reifen waren zerfetzt. »Scheiße!« schrie er lauthals. Er hörte, wie sich in der Umgebung Türen und Fenster öffneten. Stinksauer steuerte er den fast unbeweglichen Wagen an den Straßenrand und rannte ins Haus zurück.

»Chris?« schrie er.

»Hier bin ich«, antwortete sie. »Ich bin okay.«

Er rannte ins Schlafzimmer und wurde dann etwas vorsichtiger, als er sich den Weg durch die Glassplitter bahnte. Er trug das nackte Mädchen ins Gästezimmer. »Schscht!« flüsterte er, während sie schluchzte. »Es ist alles in Ordnung; wir sind beide okay.«

Ihr Arm strich über seine Schulter. »Dein Rücken ist nicht okay«, sagte sie. »Du blutest schrecklich.«

»Ich gehe gleich unter die Dusche«, sagte er, schlug die Decke zurück und legte sie auf das Bett. »Dann kannst du mir was drauftun.« Er wischte ihr das Haar aus den Augen und küßte ihr die Tränen weg. »Ich komme gleich wieder«, sagte er. Er drückte ihr seine Pistole in die Hand. »Einstweilen gebe ich sie dir.«

Ein paar Minuten später, als er unter der Brause stand, faßte er den Entschluß, »Bewunderer« bei der nächsten sich bietenden Gelegenheit ins Jenseits zu befördern.

35

Larsen begrüßte Mike Miscowitz und ging mit ihm ins Schlafzimmer. Draußen hatte ein Polizeimechaniker den Streifenwagen aufgebockt und war damit beschäftigt, die Reifen zu wechseln. »Ich hatte eigentlich nicht vorgehabt, Sie so schnell zu rufen«, sagte Larsen und zeigte auf das Fenster. Die große Steinplatte lag immer noch auf dem Boden.

Moscowitz pfiff durch die Zähne. »Die hat ein ganz schönes Loch gemacht, wie?«

»Allerdings.«

»Einbrecher? Vandalismus?«

»Keines von beiden.«

»Hat es etwas mit dem zu tun, weswegen Sie mich aufgesucht haben?« fragte Moscowitz.

»Ja.«

»Sie sagten, jemand belästige Chris Callaway.«

»Sie war letzte Nacht hier.«

Moscowitz blickte zu Boden. »Hören Sie, mir war nicht klar, daß das so ernst ist. Ich war gestern nicht sehr kooperativ, als wir miteinander redeten.«

»Sind Sie es denn jetzt?«

»Ich habe nachgedacht; es gibt zwei von meinen Subunternehmern, die einen Kombi wie den meinen fahren. Einer von ihnen kommt mir, na ja, ein wenig seltsam vor.«

»Welcher denn?«

»Er heißt Mel Parker; er baut die Alarmanlage für das Haus.«

»Was ist seltsam an ihm?«

»Na ja, ich weiß nicht, er ist ja eigentlich ein ganz netter Kerl, sieht gut aus, aber ...«

»Aber was?«

»Ich hab' bei ihm einfach ein ungutes Gefühl. Er ist mir von einem Freund in der Branche sehr empfohlen worden, und er leistet auch sehr gute Arbeit. Ich kriege nur immer eine Gänsehaut, wenn ich ihn sehe.«

»Wie meinen Sie das?«

»Es ist nicht wegen der Narbe...«

»Narbe?«

»Seine Oberlippe. Sie sieht aus wie eine von diesen, äh...«

»Eine Hasenscharte?«

»Jetzt nicht mehr. Das ist sicher operiert worden, als er ein Kind war; es ist auch keine schlimme Narbe. Sein Mund sieht nur immer so aus, als würde er grinsen, selbst wenn er nicht grinst.«

»Seine Zähne sind freigelegt, wollen Sie sagen?«

»Ja, selbst wenn er den Mund geschlossen hat.«

»Davon hat Chris nichts gesagt.«

»Nun, er lächelt meistens, und da merkt man es nicht; es fällt einem nur auf, wenn er nicht weiß, daß man ihn ansieht.«

»Was ist sonst noch auffällig an ihm?«

»Er hat tote Augen.«

Larsen sah Moscowitz fragend an. »Was soll das heißen?«

»Na ja, erinnern Sie sich an den Kerl, der vor ein paar Jahren auf Reagan geschossen hat?«

»Ja.«

»Und den, der John Lennon ermordet hat? Sie hatten beide tote Augen.«

»Beschreiben Sie es mir.«

»Nun, es ist so – ganz gleich, was sie für einen Gesichtsausdruck haben, ihre Augen sehen immer gleich aus – ausdruckslos, tot.«

Larsen wußte, was der Bauunternehmer meinte; er hatte solche Augen oft genug in der Verbrecherkartei gesehen. »Was ist sonst noch an ihm, das Sie beunruhigt?«

»Er hat mir einmal etwas erzählt, was er auf einer Baustelle erlebt hat. Er mußte eine Alarmanlage in einem großen Haus in Pacific Palisades installieren und arbeitete vor dem Schlafzimmerfenster. Und da lag die Dame des Hauses auf dem Bett, nackt, Sie wissen schon, hat sich selbst befriedigt. Und er hat gesagt, er habe einfach dagestanden und ihr zugesehen, und es sei ihm völlig gleichgültig gewesen, ob sie ihn sah oder nicht.«

»Hat sie ihn gesehen?«

»Das hat er angedeutet, aber ihr war das auch egal. Ich finde das unheimlich; ich hätte nicht stehenbleiben und zusehen können; mir wäre das peinlich gewesen. Es hat mich gestört, daß es ihm nicht peinlich war.«

Larsen nickte. »Danke, es freut mich, daß Sie mir das gesagt haben.«

Moscowitz blickte auf das eingeschlagene Fenster. »Ich wollte, ich hätte es Ihnen früher gesagt. Ich hoffe nur, daß ich damit nicht einem Unschuldigen Schwierigkeiten bereite.«

»Machen Sie sich keine Sorgen, niemand wird ihm etwas anhaben, solange wir nicht sicher sind, daß er unser Mann ist.«

»Wegen des Fensters, Jon – ich werde heute nachmittag eines besorgen und es heute abend herbringen. Ich berechne Ihnen das Fenster – meinen Großhandelspreis –, aber die Arbeit geht auf meine Rechnung.«

»Das ist nicht nötig, Mike.«

»Ich weiß, aber ich würde mich besser fühlen, wenn Sie es mich machen ließen.«

»Also gut, vielen Dank.«

Die beiden Männer gaben sich die Hand und verließen das Haus.

Larsen stand vor Danny Deveres Wagen und staunte. »Wie zum Teufel konnte das jemand überleben?« fragte er Bernie, den Chefmechaniker der Polizei.

»Der Wagen hat das getan, was man von ihm erwartet hat; seine Knautschzonen haben funktioniert und den Passagierraum geschützt. Er war angeschnallt, und was vielleicht das Wichtigste ist, er hatte einen Airbag«, sagte Bernie.

»Was haben Sie gefunden?«

»Na ja, wenn ein Wagen so zugerichtet ist, kommt schon ein bißchen Rätselraten dazu.«

»Na schön, was nehmen Sie denn an?«

»In der Hydraulikleitung zu den Bremsen war ein Loch wie von einem Nadelstich. Es könnte natürlich bei dem Aufprall entstanden sein; aber ich denke, daß das Loch viel zu klein ist und nicht sehr viel Bremsflüssigkeit austreten konnte, bis die Bremsen benutzt wurden. So hätte er bei jedem Bremsvorgang Flüssigkeit verloren, bis keine mehr da war.«

Larsen nickte. »Sonst noch etwas?«

»Das Schaltkabel war gerissen, und ich würde sagen, obwohl ich das vor Gericht nicht beschwören könnte, daß jemand alle, bis auf eine oder zwei, Adern durchgeschnitten hat. Wenn man sich den Fahrer oben an der Beverly Glen vorstellt und sich ausmalt, daß seine Bremsen nicht funktionieren, dann gerät er vielleicht ein wenig in Panik, vielleicht sogar sehr in Panik, und zerrt an dem Schalthebel herum, versucht den Wagen langsamer zu machen, und dabei reißt die letzte Ader im Kabel.«

»Sie wollen damit sagen, daß wir keinen dafür festnageln können, daß er das getan hat?«

»Kriegen werden Sie ihn vielleicht schon, aber Sie werden nichts beweisen können. Der Wagen ist ein Wrack. Aber an Ihrer Stelle würde ich dem Fahrer auch kein Ticket verpassen. Der Mann sollte einen Orden bekommen, daß er ihn in diesen Tennisplatz gesetzt hat. Können Sie sich vorstellen, was passiert wäre, wenn das Ding bis zum Sunset hinuntergerollt und dann in den Verkehr hineingerast wäre? Der Bursche hat eiskalt reagiert.«

Larsen grinste. »Würden Sie mir glauben, daß er ein durch und durch schwuler kleiner Friseur ist?«

»Sie wollen mich verscheißern!«
»Ganz bestimmt nicht.«
Bernie brach in schallendes Gelächter aus.

Larsen saß an seinem Schreibtisch und überlegte, wie er weiter vorgehen sollte. Er dachte daran, sich bei Keyhole Security auf die Lauer zu legen und abzuwarten, bis er Mel Parker zu Gesicht bekam, aber dann widerte ihn die Vorstellung an, sozusagen auf Zehenspitzen um den Mistkerl herumzuschleichen. Schließlich nahm er den Hörer ab und wählte.
»Keyhole Security«, meldete sich eine Frauenstimme.
»Mel Parker, bitte.«
»Darf ich ihm sagen, wer ihn sprechen möchte?«
»Ein potentieller Kunde. Sagen Sie ihm, daß Mike Moscowitz mich an ihn verwiesen hat.«
»Augenblick.«
Dann meldete sich Parker. »Hallo?«
»Guten Morgen, ich interessiere mich für eine Alarmanlage; Mike Moscowitz hat Sie mir empfohlen.«
»Das ist nett von Mike«, sagte Parker, »Mr. ...?«
»Larsen. Jon Larsen.«
Am anderen Ende der Leitung war es eine Weile still. »Ja, Mr. Larsen«, sagte Parker schließlich mit gleichmäßiger Stimme. »An was für ein System haben Sie denn gedacht?«
»Etwas ziemlich Komplettes.«
»Privat oder geschäftlich?«
»Privat.«
»Am besten komme ich mal bei Ihnen vorbei und sehe mir alles an.«
»Ausgezeichnet.« Larsen gab ihm seine Adresse.
»Ich muß heute nachmittag ein paar Servicefälle erledigen, aber ich könnte auf dem Rückweg bei Ihnen vorbeischauen. Hätten Sie gegen sechs Uhr Zeit?«
»Das paßt ausgezeichnet.«

»Ich kenne die Straße«, sagte Parker. »Bis sechs dann.«

»Ich erwarte Sie«, sagte Larsen. Als er den Hörer auflegte, zitterte seine Hand.

36

Melvin James Parker stand vor der mit Fliegengitter bespannten Tür und sah Larsen an. »Ich bin Mel Parker«, sagte er.

Sein Blick war so, wie Moscowitz ihn beschrieben hatte: ausdruckslos und tot. Larsen schob die Gittertür auf und ließ ihn ins Haus. Keiner der beiden Männer bot dem anderen die Hand an.

»Hübsch hier«, sagte Parker nach einem kurzen Blick in die Runde.

»Danke.«

»Also, was brauchen wir hier?«

»Wie wär's, wenn Sie mir das sagen würden?«

Parker reichte ihm zwei Prospekte. »Das sind zwei Systeme, die wir anbieten; das eine ist eine Standardanlage, das andere kann man ganz nach Ihren Wünschen installieren. Sehen Sie sich die beiden Prospekte doch einmal an, während ich mich ein wenig umschaue.«

»Ja, gut«, sagte Larsen. Aber er warf nicht einmal einen Blick auf die Prospekte, sondern folgte Parker in einigem Abstand, während der Mann durch das ganze Haus ging und sich auf einem Klemmbrett Notizen machte.

Parker war nicht groß, aber kräftig gebaut. Er sah wie jemand aus, der sich seine Muskeln in harter Arbeit und nicht etwa dadurch erworben hatte, daß er in einem Fitneßclub Gewichte stemmte. Trotz seiner Oberlippe und seines defekten Blicks war er alles andere als unattraktiv. Und ein harter

Brocken, das mußte Larsen einräumen. Hier zu erscheinen und so zu tun, als wüßte er nicht, mit wem er redete, erforderte ein großes Maß an Selbstkontrolle.

Larsen trug ein Jackett und darunter die Pistole in einem Schulterhalfter, aber er schaffte es nicht, das Phantasiebild zu verdrängen, wie er die Pistole herauszog und Parker in den Hinterkopf schoß.

Als sie wieder an ihrem Ausgangspunkt waren, setzte Parker sich an die Bar und schrieb seinen Kostenvoranschlag zusammen. Larsen stand in der Küche und beobachtete ihn fasziniert. Als Parker fertig war, riß er einen Durchschlag aus seinem Block und schob ihn über die Theke. Larsen nahm das Blatt und sah es an. »Möchten Sie ein Bier?« fragte er.

»Warum nicht? Für mich ist jetzt Feierabend.«

Wenn du wüßtest, daß das in mehr als einer Hinsicht gilt, dachte Larsen. Er holte zwei Carta Blanca aus dem Kühlschrank und griff nach zwei Gläsern.

»Für mich kein Glas«, sagte Parker. Aber es war schon zu spät; Larsen hatte schon angefangen einzuschenken.

Er schob ihm das Glas hin und wartete, daß Parker es nahm. Der zögerte keine Sekunde.

»Sehen Sie sich an, was ich da aufgeschrieben habe«, sagte er und deutete mit einer Kopfbewegung auf das Blatt. »Ich habe Magnet- und Glassensoren vorgesehen, je nach Raum. Jede Tür ist gesichert, hier kommt ein Bewegungsmelder hin«, er machte eine kurze Pause, »und ein Panikschalter neben dem Bett im Schlafzimmer.« Er sah Larsen gerade in die Augen.

»Ja, das ist der richtige Ort für einen Panikschalter«, sagte Larsen.

»Jeder neigt zur Panik – unter gewissen Umständen«, sagte Parker.

»Was passiert, wenn der Alarm ausgelöst wird?« fragte Larsen, obwohl es ihn eigentlich gar nicht interessierte.

»Der Alarm wird in unserer Zentrale angezeigt, und wir rufen Sie an. Wenn Sie sich nicht melden, rufen wir die Bullen; wenn Sie sich melden, erwarten wir von Ihnen ein Kennwort, und wenn wir das nicht hören, rufen wir die Bullen. Wenn der Panikschalter gedrückt wird, rufen wir sofort die Bullen.« Er zog einen Kugelschreiber aus der Hemdtasche und setzte zum Schreiben an. »Was würden Sie als Kennwort nehmen?« fragte er.

»Wie wär's mit ›Bewunderer‹?« fragte Larsen.

»Nun, wenn jemand Sie mit einer Kanone bedroht, könnte es Ihnen vielleicht Probleme bereiten, ›Bewunderer‹ in einen Satz einzubauen, der nicht komisch klingt.«

»Ich hätte mit ›Bewunderer‹ überhaupt keine Probleme«, sagte Larsen. »Ich könnte zum Beispiel sagen: ›Ihr Bewunderer ist ein toter Mann.‹«

Parkers tote Augen zeigten keine Reaktion. Er schrieb das Wort auf das Formular. »Zwei Rauchmelder habe ich auch vorgesehen«, sagte er, »das ist wichtig.«

»Ja«, sagte Larsen und warf einen Blick auf das Formular.

»Ich glaube, meinen Preis wird nicht so leicht einer unterbieten können«, sagte Parker. »Zwei sieben, glatt, inklusive Steuer. In welcher Branche sind Sie denn tätig?«

»In der Polizeibranche«, erwiderte Larsen.

»Es ist gut, wenn Sie wissen, daß auch ein Polizist Sicherheit braucht«, sagte Parker. Er hörte auf zu lächeln, aber man konnte immer noch seine Zähne sehen. »Selbst eine Kanone, die man unter dem Arm trägt, reicht nicht immer aus, um sich zu schützen.«

»Als Polizist hat man sehr viel mehr zur Verfügung als bloß eine Kanone«, sagte Larsen. »Das vergißt das Gesindel leicht.«

»Sie haben heutzutage ja all das technische Zeug, oder? Computer und so?«

Larsen erwiderte sein Lächeln. »Hauptsächlich haben wir

unsere Kollegen. Wir Cops mögen es nicht, wenn man sich mit einem von uns anlegt.«

Parker lachte laut. »Einer für alle und alle für einen, hm?« Er lachte wieder.

Ein großes Küchenmesser lag dicht neben Larsens rechter Hand, und er mußte sich zusammenreißen, um es Parker nicht an die Kehle zu setzen. »Wir lachen immer zuletzt«, sagte Larsen. »Immer.«

»Ganz wie Sie meinen«, sagte Parker und sah mit einem gelangweilten und geringschätzigen Blick auf seine Uhr. »Also dann schönen Dank für das Bier«, sagte er, stand auf und ging langsam zur Tür.

Larsen folgte ihm. »Das war das mindeste, was ich tun konnte, um Sie einmal kennenzulernen.«

»Lassen Sie von sich hören«, sagte Parker und ging zur Tür hinaus.

»Oh, Sie werden von mir hören, wenn Sie am wenigsten damit rechnen«, rief Larsen ihm nach.

Parker drehte sich nicht um, sondern hob nur die Hand und winkte ihm schlaff zu. Er stieg in seinen grauen Ford-Kombi und fuhr weg.

Larsen ging schnell zurück. Mit einem Finger tippte er Parkers Bierglas an und griff dann mit dem Zeigefinger der anderen Hand unter den Glasboden. Mit zwei Fingern hielt er das Glas ins Licht. »Jawohl!« schrie er.

37

Als Larsen zur Arbeit fuhr, fühlte er sich so gut wie schon seit Wochen nicht mehr; Parkers Bierglas lag in einem Plastikbeutel neben ihm auf dem Beifahrersitz. Er parkte den Wagen in der Tiefgarage und rannte, weil er zu ungeduldig war, um auf den Aufzug zu warten, die Treppen zu seinem Büro hinauf, den Plastikbeutel mit dem Glas an sich gepreßt. Er ging geradewegs zum Fingerabdruckteam, wo ihn freilich zwei leere Schreibtische begrüßten.

Eine Sekretärin ging im Flur vorbei. »Die sind unterwegs«, sagte sie.

»Wann sind sie wieder zurück?«

»Ich schätze, nach dem Mittagessen.«

Larsen stöhnte. Er ging an Elgins Schreibtisch, stellte das Glas darauf und schrieb ihm eine Notiz mit der Bitte, den Abdruck mit dem aus dem Millman-Gästehaus zu vergleichen. »Eilt!« fügte er hinzu.

Er ging in sein Büro und hängte sein Jackett auf. Aus der untersten Schublade seines Schreibtischs holte er ein Haftbefehlsformular.

Chief Detectiv Herrera streckte den Kopf zur Tür herein. »Was macht der Fall Callaway?« wollte er wissen.

»Ich glaube, daß ich den Täter heute nachmittag identifizieren kann; ich schreibe jetzt den Haftbefehl aus.«

»Wird auch Zeit«, sagte Herrera. »Ich will deinen Bericht sofort nach der Verhaftung haben.«

»Ja«, sagte Larsen und legte das Formular in seine Schreibmaschine ein. Die Zeitungen würden sich auf den Fall stürzen, dachte er. Ihm waren die Zeitungen ziemlich egal, nicht aber Herrera, das wußte er, und der Chief würde wütend sein, wenn einer seiner Untergebenen ihm die Schau stahl. Er kannte eine Reporterin bei der »Times«, die über einen Tip entzückt wäre. Die Frau wäre also »zufällig« auf dem Revier, wenn er Parker einlieferte, dann konnte Herrera ihm keinen Vorwurf machen.

Larsen tippte vergnügt den Haftbefehl.

Chris und Melanie holten Danny am frühen Nachmittag mit Melanies Wagen aus dem Cedars-Sinai ab. Danny umarmte beide und humpelte dann auf Krücken, die ein wenig zu lang waren, zum Auto.

»Danny, es gibt Neuigkeiten«, sagte Chris, während sie ihm dabei behilflich war, auf dem Rücksitz Platz zu nehmen.

»Laß hören.«

»Jon hat ›Bewunderer‹ identifiziert.«

»Wer ist der Schweinehund?«

»Er heißt Mel Parker – derselbe Mel von Keyhole Security in Santa Monica, der in dem neuen Haus die Alarmanlage eingebaut hat. Er ist der Kerl in dem grauen Ford-Kombi. Jon hat gestern abend seine Fingerabdrücke bekommen und wird ihn heute nachmittag verhaften.«

»Nicht wenn ich es verhindern kann«, murmelte Danny.

»Wie bitte?« sagte Chris. »Das habe ich jetzt nicht gehört.«

»Ich muß etwas erledigen, Chris, ich hab' ja kein Auto mehr. Macht es euch etwas aus?«

»Überhaupt nichts«, sagte Chris.

»Mit dem größten Vergnügen«, fügte Melanie hinzu.

»Hast du mich deshalb gebeten, dir dein Scheckbuch mitzubringen? Hier ist es.« Sie gab es ihm.

»Danke, Chris. Ich will zu dem BMW-Händler am Santa Monica Boulevard.«

»Willst du ein neues Auto kaufen?«

»Ich glaube nicht, daß ich den alten Wagen so schnell wieder fahre, und ich wollte schon immer einen BMW, was soll's also?«

»Man lebt nur einmal«, sagte Melanie.

Als sie vor dem Händler anhielten, quälte Danny sich aus dem Wagen.

»Wir warten auf dich«, sagte Chris.

»Nicht nötig, ich habe vor, den neuen Wagen gleich mitzunehmen.«

»Danny, ist das nicht ein wenig früh? Du solltest dich noch ein bißchen schonen.«

»Ich schone mich, sobald ich das erledigt habe«, sagte er. »Wir sehen uns dann zu Hause; länger als zwei Stunden werde ich nicht brauchen. Macht es Ihnen etwas aus, noch zu bleiben, falls ich mich verspäten sollte, Melanie?«

»Das geht schon in Ordnung«, sagte Chris. »Jon kommt nach der Arbeit vorbei, dann erfahren wir alles.

«Großartig, bis später also.« Danny humpelte in den Ausstellungsraum.

Eine dreiviertel Stunde später steuerte Danny seinen neuen Wagen die Santa Monica hinauf zum La Cienega. Ein paar Straßen weiter sah er die Tafel – er hatte die Adresse nachgeschlagen, während die Verkaufsformalitäten abgewickelt wurden. Er lächelte schief und winkte der Tafel zu, als er vorbeifuhr.

Am La Cienega hielt er vor dem Laden an, wo er Chris' Pistole gekauft hatte, stieg aus und zwängte sich ein wenig schwerfällig durch die Pendeltür.

»Mr. Devere, nicht wahr?« sagte der Mann hinter dem Ladentisch.

»Stimmt. Ich brauche noch ein wenig Feuerkraft.«

«Hatten Sie an etwas Bestimmtes gedacht?«

»Die einzige Pistole, mit der ich je geschossen habe, war ein Colt .45 Automatik, und das ist jetzt fast zwanzig Jahre her, das war noch in der Marine.«

»Ich hab' eine gute gebrauchte da«, sagte der Mann und griff in eine Vitrine.

»Nein, nein, die ist mir zu schwer. Ich mußte das verdammte Ding immer mit beiden Händen abfeuern. Ich will etwas Leichteres, aber etwas, das einen Mann garantiert stoppt.«

»Auf Distanz oder nah?«

»Nah«, sagte Danny. »Ich bin kein Scharfschütze.«

»Neu oder gebraucht?«

»Ist mir egal.«

»Dann machen wir es ganz einfach«, sagte der Mann und holte einen kurzläufigen Revolver aus der Vitrine. »Smith & Wesson .38 Special, die alte Lieblingswaffe aller Detektive. Wenn Sie ein Weichmantelgeschoß benutzen, können Sie damit einen Wasserbüffel zum Stehen bringen. Kostet zweihundertfünfzig – nein, Sie sind ja schon fast Stammkunde, sagen wir zweihundert.«

»Gekauft. Geben Sie mir noch eine Schachtel Weichmantelgeschosse.«

»Halfter?« fragte der Verkäufer. »Ich hab' da ein schönes, das Sie am Gürtel tragen können.«

»Tun Sie das auch dazu.«

Während der Verkäufer den Kassenzettel ausschrieb, stellte Danny einen Scheck aus. Dann schnallte er sich das Halfter an den Gürtel, schob die Pistole hinein, nahm die Schachtel mit der Munition und verließ den Laden.

Als Danny wieder in seinem Wagen Platz genommen hatte, lud er die Pistole und steckte sie wieder ins Halfter zurück. Er fuhr zum Santa Monica Boulevard zurück, fand Keyhole Security und parkte so, daß er die kleine Parkfläche vor dem Gebäude im Auge hatte. Der graue Ford-Kombi stand dort. Er mußte jetzt nur noch warten.

38

Kurz nach drei rief die Sekretärin des Fingerabdruckteams an. »Sie sind wieder da«, sagte sie und legte auf.

Larsen bemühte sich, keine Hast zu zeigen, schaffte es aber nicht. Als er in dem Büro eintraf, stand Elgin mit einer Lupe über einen Lichtkasten gebeugt. »Augenblick noch«, sagte er zu Larsen.

Während dieser wartete, tauchte Herrera auf. »Ist dein Täter jetzt identifiziert?« fragte er.

Larsen deutete mit einer Kopfbewegung zu Elgin hinüber. Der richtete sich jetzt auf. »Gratuliere, Jon«, sagte er. »Sie haben drei blitzsaubere Abdrücke – Daumen, Zeigefinger und Mittelfinger.«

Larsen seufzte erleichtert und zog seinen Haftbefehl heraus. »Ich werd' den jetzt unterschreiben lassen«, sagte er zu Herrera. »Für die Festnahme brauche ich Unterstützung.«

»Augenblick!« sagte Elgin. »Es sind einwandfreie Abdrücke, aber sie decken sich nicht mit dem aus dem Millman-Gästehaus.«

»Was?« fragte Larsen überrascht.

»Die Abdrücke auf dem Glas sind nicht von derselben Person wie der Abdruck aus dem Gästehaus. Vielleicht stammt der von der Putzfrau oder von Millman. Wer weiß?«

Larsen versuchte, sich seine Enttäuschung nicht anmerken zu lassen; aber er wußte, daß er rot geworden war.

»Und jetzt?« fragte Herrera.

»Na ja, ich bin immerhin besser dran als letzte Woche«, erwiderte Larsen. »Wenigstens weiß ich, wer der Kerl ist.«

Herrera schüttelte den Kopf. »Herrgott im Himmel!«

»Chief, ich möchte den Mann überwachen lassen.«

Herrera sah ihn an und schüttelte den Kopf. »Du weißt ganz genau, daß ich nicht die Kapazität für eine richtige Überwachung habe. Du verplemperst deine ganze Zeit mit diesem Fall, und jetzt willst du andere mit hineinziehen. Wenn du ihn überwachen willst, dann tu's doch selbst.«

»Allein schaffe ich das nicht richtig«, sagte Larsen.

»Dann mach's eben genauso schludrig wie alles andere auch«, sagte Herrera und verzog sich, ehe Larsen antworten konnte.

Elgin zuckte die Achseln. »Tut mir leid, Jon, ich hatte schon gedacht, Sie hätten Ihren Mann in der Tasche.«

Danny war beinahe eingenickt, als er sah, wie der graue Ford-Kombi sich bewegte. Er setzte ein Stück zurück, verließ den Parkplatz und bog nach Westen in den Santa Monica Boulevard ein.

Danny ließ seinen Wagen an, mußte ein paar vorüberfahrende Autos abwarten und wendete dann schnell und verbotswidrig auf der Straße. Der Kombi hatte schon fast den Strand erreicht, bis Danny ihn endlich einholte.

Er schlug sich an die Stirn. Wenn er den Burschen beschatten wollte, durfte er sich ganz bestimmt nicht an seine hintere Stoßstange heften. Er fiel zurück und ließ einen anderen Wagen dazwischen.

Am Strand bog der Kombi nach links und fuhr in Richtung Venice. Danny folgte ihm und achtete darauf, immer Abstand zu halten. Der Kombi fuhr nach Venice hinein, in das Viertel mit den Kanälen und den kleinen Häusern in Strandnähe. Er bog ein paarmal ab und fuhr schließlich in eine Straße, die ein wenig heruntergekommener als die anderen war, und hielt schließlich vor einem frisch gestrichenen Bungalow mit einem Gitterzaun. Als Danny näher kam, öffnete sich ein elektrisches Tor, und der Kombi fuhr in die Garage. Das Tor schloß sich dahinter.

Danny hielt an und wartete, daß Parker aus der Garage kam. Er sah sich sorgfältig um; niemand zu sehen. Danny war nicht sehr beweglich, er würde den Mann also an den Zaun rufen und vom Wagen aus schießen, auf eine Distanz von weniger als drei Metern. Oben auf dem Maschendrahtzaun war Stacheldraht angebracht. Am Eingangstor hing ein Schild mit der Aufschrift »Wachhund im Einsatz«. Der Mann war offensichtlich sehr sicherheitsbewußt.

Parker kam nicht mehr heraus; er mußte direkt von der Garage ins Haus gegangen sein. Nebenan kamen zwei kleine Jungen heraus und fingen an, mit einem Hund zu spielen. Danny fluchte und fuhr weiter.

Chris saß an ihrem Tonbandgerät und arbeitete an dem Drehbuch, während Melanie Seite um Seite tippte. Der Roman war kurz und hatte die ideale Struktur für einen Film; die Arbeit ging ihr schnell von der Hand. Das Telefon klingelte.
»Hallo?«
«Ich bin's, Jack. Ich habe den Agenten ausfindig gemacht, der Karen Copeland vertritt. Er gibt uns eine einjährige Option auf das Buch für zehntausend Dollar, Kaufpreis hunderttausend und eine Option für das zweite Jahr für fünftausend, die nicht auf den Kaufpreis angerechnet würde. Ich finde, das ist vernünftig; soll ich akzeptieren?«
»O ja, bitte, Jack! Gott sei Dank! Wenn ich die ganze Arbeit gemacht hätte, ohne die Rechte zu kriegen, würde ich mich erschießen!«
»Tu das nicht, Liebes.«
»Jack, ich bin fast mit dem ersten Entwurf fertig und möchte, daß ihr ihn durchlest.«
»Na klar, schick ihn rüber.«
»Wenn er fertiggetippt ist, schicke ich ihn dir. Ich bin sehr neugierig auf eure Meinung. Und einen Scheck über zehntausend schick' ich auch mit.«
»Fein. Wie geht's sonst?«
»Sehr gut, mein Sehvermögen bessert sich, und ich will bald wieder arbeiten.«
»Freut mich zu hören. Ich muß jetzt weiter. Auf Wiederhören.«
»Auf Wiederhören.« Chris legte auf, als Melanie gerade ins Zimmer kam. »Wir haben die Rechte!« triumphierte sie.
»Das ist großartig, Chris!«
»Wenn Sie mit Tippen fertig sind, schicken Sie eine Kopie an Jack und eine an Ron, und dann legen wir los.« Sie hörte draußen einen Wagen anhalten. »Sehen Sie nach, wer das ist, ja?« Sie tastete unwillkürlich nach ihrer Pistole in der Hosentasche.

»Es ist Danny«, rief Melanie von der Haustür, »er fährt einen BMW, der einen richtig umhaut. Und gerade kommt auch Jon.«

»Na großartig, dann kann ich's gleich allen erzählen.« Chris hörte, wie Danny sich mit seinen Krücken durch die Tür mühte, und dann war hinter ihm Jons leise Stimme zu hören.

Beide Männer kamen ins Zimmer, und als Danny sich auf dem Sofa häuslich niedergelassen hatte, sank Jon in den Lehnsessel, der Chris gegenüberstand.

»Warum sind alle so vergnügt?« fragte Chris. Irgend etwas war offensichtlich schiefgelaufen.

»Sie zuerst, Danny«, sagte Jon.

»Ich mag nicht darüber reden«, erwiderte Danny.

»Jon, was ist denn schiefgelaufen?« fragte Chris.

Jon seufzte. »Parkers Abdrücke sind nicht die aus dem Millman-Gästehaus.«

»Aber das müssen sie doch sein!« sagte Chris wie vor den Kopf geschlagen.

»Nicht unbedingt. Wir konnten nie mit Sicherheit sagen, daß der eine Abdruck, den wir gefunden hatten, der von ›Bewunderer‹ war. Der könnte von jedem stammen – der Haushälterin, der Immobilienmaklerin, einfach jedem.«

»Und was bedeutet das?«

»Das bedeutet, daß ich nicht beweisen kann, daß Parker ›Bewunderer‹ ist. Wenigstens jetzt noch nicht.«

»Dann kannst du ihn nicht verhaften? Was sollen wir jetzt tun?«

»Wir werden einfach abwarten müssen, bis Parker einen Fehler macht, ganz einfach.«

»Was für einen Fehler denn?«

»Etwas, wodurch wir eine direkte Verbindung zwischen ihm und ›Bewunderer‹ herstellen können.«

»Und wie lange wird das dauern?«

»Keine Ahnung«, sagte Jon. »Bis dahin müssen wir jedenfalls sehr, sehr vorsichtig sein. Ich werde Parker beschatten. Es wäre sicher hilfreich, wenn ich herausfinden könnte, wo er wohnt.«

Danny meldete sich zu Wort. »Ich weiß, wo er wohnt.«

»Woher wollen Sie das wissen?« fragte Jon.

»Er wohnt an der Little Canal Road in Venice, Nummer 1825. Ich bin ihm heute nachmittag dorthin gefolgt.«

»Danny«, sagte Chris, »das hättest du nicht tun sollen.«

»Danny, ich hoffe, Sie hatten nicht vor, dort etwas Dummes zu tun«, sagte Larsen.

»Ich hatte vor, *etwas* zu tun«, erregte sich Danny. »Ich mag es nicht, wenn jemand versucht, mich umzubringen. Ich habe vor langer Zeit gelernt, nicht herumzusitzen und abzuwarten, bis man mir weh tut.«

»Danny«, sagte Jon, »wenn Sie ganz gesund wären, würde ich Ihnen gegen jeden eine Chance geben, aber ich glaube nicht, daß Sie im Augenblick genügend in Form sind, um sich mit Parker anzulegen.«

»Ich hatte nicht vor, mich mit ihm anzulegen«, meinte Danny. »Ich hatte vor, den Drecksack kaltzumachen.«

»Jetzt sagen Sie mir bloß nicht, daß Sie auch eine Kanone haben«, sagte Larsen.

»Die habe ich allerdings«, erwiderte Danny.

»Na großartig, jetzt hat jeder eine Kanone.«

Chris schaltete sich ein. »Danny, würdest du es bitte Jon überlassen, sich um diese Sache zu kümmern?«

»So wie er sich bisher darum gekümmert hat?« fragte Danny.

»Das ist nicht fair«, sagte sie. »Jon muß sich an die Gesetze halten.«

»Nun, ich eben nicht«, sagte Danny.

»Danny, hören Sie mir zu«, sagte Jon. »Die Situation ist schon schlimm genug; wenn Sie jetzt anfangen, Parker als Zielscheibe zu benutzen, könnten Sie alles noch viel schlimmer machen. Bauen Sie keinen Mist, für den man Sie in den Knast schickt.«

»Wollen Sie mich in den Knast stecken, Jon?«

»Das könnte ich, und zwar auf der Stelle. Zu drohen, jemanden zu töten, ist gegen das Gesetz, und Sie könnten dafür bis zu fünf Jahre kriegen. Ich weiß natürlich, daß Sie sauer sind – verdammt, ich bin das auch –, aber Sie tun Chris keinen Gefallen, wenn Sie anfangen, Dummheiten zu machen.«

»Da hat er recht, Danny«, sagte Chris. »Bitte, versprich mir, daß du vernünftig bist.«

»Na schön, meinetwegen«, erwiderte Danny. »Ich war einfach richtig sauer, halb verrückt. Ich werde nicht Jagd auf ihn machen und ihn töten. Aber das verspreche ich: Wenn er mir noch mal dumm kommt, dann werde ich mich verteidigen.«

»Das ist vernünftig«, sagte Jon. »Sie sollten nur sicher sein, daß es sich um eine ernsthafte Bedrohung handelt, ehe Sie etwas unternehmen.«

«Okay, aber was machen wir jetzt? Wir können doch nicht einfach rumsitzen, und warten, bis der Kerl Chris etwas antut.«

»Nun, da er keine Fehler macht, werden wir ihn zwingen müssen, etwas falsch zu machen.«

»Und wie stellen wir das an?« fragte Chris.

»Überlaß das mir«, erwiderte Jon.

39

Larsen fand die Straße mühelos. Es war kurz nach sieben Uhr früh, und das Viertel erwachte gerade. Ein paar Türen von der Stelle entfernt, wo er parkte, kam eine Frau heraus, um die Morgenzeitung ins Haus zu holen.

Larsen war bereits zweimal durch die Straße gefahren, um

sich das Haus näher anzusehen. Es war gesichert wie eine Festung. Obwohl Bemühungen im Gange waren, Venice sicherer zu machen, war es doch noch eine als gefährlich eingestufte Gegend, in der Einbruchsdiebstähle an der Tagesordnung waren. Trotzdem hatte niemand, obwohl Larsen ein paar Plaketten von Bewachungsfirmen in der Nachbarschaft gesehen hatte, solchen Aufwand wie Parker getrieben, um sein Anwesen zu schützen. Er konnte sich nicht daran erinnern, außerhalb von Watts irgendein Haus gesehen zu haben, das so festungsähnlich gesichert war.

Larsen nahm einen Schluck Kaffee und widerstand der Versuchung, die Zeitung zu lesen. Er hatte im Radio einen Nachrichtensender eingeschaltet, und der entschädigte ihn ein wenig dafür, daß er während des Wartens nichts tun konnte. Er war ein ungeduldiger Mensch und hatte versucht, sich Beobachtungsaufträgen zu entziehen; die Jahre, die er jetzt als Detective tätig war, hatten sein Temperament in dieser Hinsicht nicht verändert. Er mußte fast bis halb neun warten, bis Parkers Garagentor sich öffnete und der Kombi rückwärts auf die Straße herausfuhr.

Larsen wartete, bis Parker um die Ecke bog, ehe er ihm folgte. Jemand, dessen Verfolgungswahn so weit ging, daß er einen Stacheldraht um sein Haus zog, würde möglicherweise seinen Rückspiegel im Auge behalten. Auf der Strecke, die am Strand entlangführte, holte er dann auf und sah in seinen eigenen Rückspiegel. Er griff nach seinem CB-Radio und sagte: »Okay, Platzwechsel.«

Danny überholte ihn langsam mit seinem nagelneuen BMW und ordnete sich zwei Fahrzeuge hinter Parkers Kombi ein. Larsen fuhr sein zur Hälfte restauriertes Mustang Cabrio, Baujahr 1965, und hatte das Verdeck geschlossen. Er würde noch etwa zweihundert Arbeitsstunden hineinstecken müssen, ehe der Mustang stolz seinen Platz in der Garage neben dem MG einnehmen konnte.

Der starke Vormittagsverkehr machte es leicht, Schritt zu halten, weil niemand sonderlich schnell vorankam. Larsen nahm an, daß Parker einen kurzen Abstecher in sein Büro machen würde, ehe er seinen Tagesgeschäften nachging, und das war auch der Fall.

Als der graue Kombi auf dem Parkplatz von Keyhole Security stand und Parker hineingegangen war, sprach Larsen wieder in sein Radio. »Okay, Partner, zurück zum Haus. Hinter mir her.«

»Roger«, tönte Dannys Stimme.

Larsen fuhr langsam nach Venice zurück; er wollte, daß die Bewohner der Little Canal Road bei ihrer Arbeit waren, bevor er die seine in Angriff nahm. Er fuhr hinter Parkers Haus an den Randstein und winkte Danny zu sich heran.

»Melde mich zur Stelle«, sagte Danny und salutierte zackig.

»Die Vorderseite des Hauses wirkt nicht sehr einladend«, sagte Larsen. »Ich werde sehen, ob ich mir hier hinten Zutritt verschaffen kann. Sie fahren um den Block rum, parken drei oder vier Häuser weiter und behalten die Vorderseite im Auge. Wenn an dem Haus ein Alarm ausgelöst wird, fahren Sie weg. Wenn irgendwo ein Polizeiwagen auftaucht, kann es sein, daß jemand die Bullen gerufen hat, oder ich habe möglicherweise einen stummen Alarm ausgelöst. In dem Fall sagen Sie ganz deutlich dreimal: ›Sicherheit, Sicherheit, Sicherheit‹ und fahren dann langsam weg. Wenn andererseits Parker selbst auftaucht, dann sagen Sie: ›Mayday, Mayday, Mayday‹ und verschwinden blitzschnell. Ist das klar?«

»Okay.«

»Gut, dann parken Sie jetzt Ihren Wagen.«

Danny fuhr weg, und Larsen stieg aus dem Mustang und sperrte ihn ab. In dieser Umgebung konnte man gar nicht vorsichtig genug sein. Zwei Häuser weiter die Straße hinunter, mehr oder weniger hinter Parkers Haus, war ein mit Brettern vernagelter, verlassener Bungalow, auf den er jetzt zuging. Die

Häuser standen weit genug auseinander, daß er zwischen dem Häuserwrack und dem Haus daneben, das auch nicht viel besser aussah, durchgehen konnte, und bald darauf befand er sich im Hinterhof. Die Häuserreihen waren durch eine schmale Gasse voneinander getrennt.

Selbst von hinten betrachtet, war leicht zu erkennen, welches Haus Parker gehörte. Auch der Hinterhof war mit Maschendraht umzäunt und obenauf mit Stacheldraht versehen. Larsen ging die Gasse hinunter, blieb an Parkers Zaun stehen und sah sich um. Irgendwo lief ein Fernseher, aber an den Fenstern des Nachbarhauses war niemand. Er schien den Vormittag ganz für sich zu haben. Er holte sich eine leere Mülltonne, hielt sich an dem Maschendraht fest und kletterte an dem Punkt, wo der Zaun an das Haus anschloß, auf die Tonne.

Er trug eine alte Uniformjacke, die noch aus seiner Zeit bei der Nationalgarde stammte, und holte jetzt aus einer ihrer zahlreichen Taschen ein kleines Reißverschlußetui mit Werkzeug, dem er eine Kneifzange entnahm. Er zwickte den Stacheldraht dicht beim Haus ab und klappte sehr vorsichtig ein etwa ein Meter langes Stück beiseite, zog dann Handschuhe an und stemmte sich an dem Maschendrahtzaun in die Höhe. Dabei warf er einen Blick auf das Dach des Hauses und entdeckte zwei Oberlichte. Dort würde er sich vielleicht Zugang verschaffen können, dachte er, oder zumindest einen Blick ins Hausinnere werfen können.

Er kletterte auf das Dach und ging auf das nächstgelegene Oberlicht zu, wobei er sich glücklich pries, daß er am Morgen Turnschuhe angezogen hatte. Er untersuchte die Ränder der durchsichtigen Kunststoffscheibe. Innen am Holzrahmen war eine kleine Kunststoffbox angebracht, von der ein Draht ausging. Parker schien in bezug auf Alarmanlagen seinen eigenen Rat ernstzunehmen.

Larsen hatte vier Jahre im Einbruchsdezernat gearbeitet

und wußte daher, daß nur wenige Häuser völlig unbezwingbar waren. Es gab zwei Methoden, mit einem so gründlich gesicherten Haus fertig zu werden: Wenn man hinreichend über Alarmanlagen informiert war, konnte man die Anlage außer Gefecht setzen und dann ungestört und in Muße arbeiten; wenn man in elektronischer Hinsicht ein Analphabet war, konnte man sich gewaltsam Zugang verschaffen und schnell alles einpacken, was nicht niet- und nagelfest war, und darauf hoffen, daß man wegkam, ehe die Polizei eintraf. Larsen wußte sehr wohl, daß seine Kollegen häufig nicht innerhalb der von ihnen behaupteten Zeitspanne von zwei Minuten am Schauplatz des Geschehens erschienen.

Larsen war die Elektronik nicht gerade ein Buch mit sieben Siegeln, aber er traute sich nicht zu, eine Alarmanlage außer Kraft zu setzen, die ein Fachmann in seinem eigenen Haus installiert hatte. Ebensowenig sehnte er sich nach ein paar nervenanspannenden Minuten Suchzeit, während der er sich den Kopf darüber zerbrach, wie nahe die lokalen Vertreter des Gesetzes waren, und hatte auch keinerlei Lust, der Polizei von L.A. zu erklären, was ein Beamter aus Beverly Hills im Haus eines hiesigen Steuerzahlers in dessen Abwesenheit zu suchen hatte.

In Anbetracht der Umstände war es für ihn wahrscheinlich das Beste, sich das Innere des Hauses anzusehen, und dabei würden ihm die beiden Oberlichte helfen. Er hielt sich beide Hände über die Augen, um die grelle Sonne abzuschirmen, spähte ins Hausinnere und blickte in die nach oben gerichteten Augen, knappe vier Meter unter ihm, des größten Rottweilers, den er je zu Gesicht bekommen hatte. Das Tier ähnelte mehr einem kleinen Ochsen als einem Hund und gab ein tiefes Knurren von sich, das er mit den Fingerspitzen spüren konnte, die auf dem Oberlicht lagen. Dem Himmel dankbar dafür, daß er nicht in das Haus eingebrochen war, überblickte Larsen schnell den Raum, stellte fest, daß es sich um eine nur spärlich möblierte Küche handelte, und ging dann zum nächsten Oberlicht weiter.

Der Rottweiler bewegte sich weiter mit ihm, folgte seinen Schritten auf dem Dach. Jetzt befand sich der Hund im Wohnzimmer, das ein neu aussehendes Sofa, einen sehr großen Fernseher und sonst praktisch nichts enthielt. Das paßte gut zu jemand, der erst kürzlich aus einem möblierten Gästehaus ausgezogen war.

Indem er die Wange an das Oberlicht preßte, konnte Larsen eine Ecke des Schlafzimmers sehen und an der Wand einen Samsonite-Koffer, ähnlich dem, den er auf dem Bett des Millman-Gästehauses gesehen hatte.

Larsen wußte nicht genau, was er sich erhofft hatte – vielleicht den Navajo-Läufer oder eine Wand voll Fotos von Chris –, aber was es auch war, er hatte es nicht gefunden. Alles, was er sah, bestätigte zwar seinen Verdacht, daß Parker »Bewunderer« sein mußte, aber für einen Haftbefehl war es nicht ausreichend. Er würde also durch die Erdgeschoßfenster ins Haus schauen müssen, ganz besonders auch in die Garage, in der er hoffte, ein rotes Motorrad zu sehen. Nachdem er sorgfältig alle Fingerabdrücke an den Oberlichten abgewischt hatte, tappte er über das Dach zum hinteren Ende des Hauses. Er suchte nach einer Stelle, wo die Dachrinne so aussah, als ob sie fest am Haus befestigt wäre, fand eine solche in der Nähe der Hintertür, hing einen Augenblick lang mit beiden Händen an der Dachrinne, ehe er sich die zwei Meter in die Tiefe fallen ließ.

Als er sich aus der Hocke erhob, stand er vor der hinteren Tür neben einem ziemlich großen Fenster. Er blickte in dem Augenblick auf das Fenster, als dieses explodierte, nach allen Seiten Glassplitter spritzten; mit dem gleichzeitig aufschrillenden Alarm segelte der Rottweiler durch das zerberstende Fenster in den Hinterhof.

Larsen zögerte keine Sekunde. Er rannte auf die Stelle im

Zaun zu, wo er den Stacheldraht entfernt hatte. Dem Rottweiler waren bei seinem Sprung die Beine eingeknickt, und das ließ Larsen gerade genug Zeit, um einen Fuß in das Maschengitter zu setzen und in die Höhe zu springen. In dem Augenblick stürzte sich der Rottweiler auf ihn.

Larsen hatte bereits ein Bein über dem Zaun und mühte sich ab, den Rest seiner Anatomie darüber zu schwingen, als der Hund mit allen Vieren hochsprang, seine Kinnladen laut zusammenklappten und er zurückfiel, gebremst von dem Jeansbein, an dem er sich festklammerte.

Larsen hielt sich zwar mit beiden Händen oben am Zaun fest, aber er spürte, wie er in den Garten zurückrutschte.

Mit ungeheurer Anstrengung schaffte Larsen es, einen Arm über den Zaun zu schwingen und ihn von der anderen Seite zu packen. Das verschaffte ihm genügend Halt, um sein Bein zu schwingen. Fast im Rhythmus der Alarmsirene schwang er den hartnäckigen Hund in einem weiten Bogen vor und zurück und wieder vor und schaffte es, den Hundekörper gegen die Hauswand zu schmettern.

Der Hund stieß einen Grunzlaut aus und ließ los. Larsen schwang sich mit letzter Kraft über den Zaun und ließ sich fallen. Er fiel auf den Rücken in ein kleines Gestrüpp aus Unkraut, das am Zaun wucherte, spürte, wie ihm die Luft aus der Lunge gepreßt wurde, und dann warf sich der Rottweiler gegen den Zaun, so daß seine Zähne nur wenige Zentimeter von Larsens Gesicht entfernt waren. Larsen dankte dem Himmel, daß der Zaun etwas elastischer als die Fensterscheiben war.

Er rappelte sich hoch, stützte sich auf die Mülltonne und humpelte, so schnell er konnte, zu seinem Wagen zurück. Der Hund folgte ihm tobend und lärmend am Zaun entlang. Als er die schmale Gasse überquerte, hörte er an seiner Brust eine entfernt klingende Stimme knattern: »Sicherheit, Sicherheit, Sicherheit« und gleich darauf: »Mayday, Mayday, Mayday.«

Larsen erreichte seinen Wagen mit den Schlüsseln in der

Hand, aber er brauchte sie nicht, um die Tür zu öffnen. Das Fenster an der Fahrerseite war eingeschlagen und das Radio verschwunden. In dem Augenblick bedauerte er zutiefst, daß er immer noch nicht die Zeit gefunden hatte, eine Alarmanlage in den Wagen einzubauen.

Er ließ den Mustang an und fuhr, während er in tiefen Zügen atmete, so langsam weg, wie das Adrenalin, das in seinen Adern pulsierte, das zuließ.

40

Larsen fuhr die Strecke zurück, die er am Strand entlanggekommen war, als sein Funkgerät wieder knisterte: »Darf ich Sie zu 'ner Tasse Kaffee einladen, Boß?«

»Die könnt' ich gebrauchen«, erwiderte Larsen.

»Ich bin im Beach Diner; ich bestell' Ihnen 'ne Tasse.«

Larsen blickte auf und sah das Imbißlokal, vor dem Dannys schwarzer BMW parkte. Er bog in den Parkplatz ein und fand Danny, der mit zwei Tassen Kaffee vor sich in einer Nische saß.

»Das war ja ein Höllenlärm«, sagte Danny. »Ich dachte, jetzt muß ich Sie gleich raushauen.«

»Hölle ist eine gute Beschreibung«, sagte Larsen und zeigte seine zerfetzten Jeans.

»Sie sollten keine so guten Jeans tragen«, sagte Danny, »an einer billigeren hätte sich der Hund nicht so lange festgebissen.«

»Ich werde es berücksichtigen, wenn ich wieder mal wo einbreche«, sagte Larsen. »Übrigens – habe ich richtig gehört, daß Sie *beide* Warnsignale gerufen haben?«

»Allerdings. Als der Alarm losging, bin ich sofort abgehauen. Als ich um die Ecke fuhr, kamen mir die Bullen entgegen, und eine Sekunde darauf fuhr der graue Kombi vorbei. Daß die Bullen zufällig in der Umgebung waren, leuchtet mir ja ein, aber wie konnte Parker so schnell herkommen?«

»Das Alarmsystem hat sein Büro informiert, und er hat wahrscheinlich ein Autotelefon. Er muß in der Nähe gewesen sein.«

»Jetzt weiß er natürlich, daß jemand versucht hat einzubrechen, und wird ganz sicher Sie verdächtigen.«

»Nicht unbedingt; in der Gegend hier gibt's 'ne Menge Einbrecher. Als ich zu meinem Wagen zurückkam, war das Radio weg.«

«Das war bis jetzt ja nicht gerade ein ertragreicher Tag«, sagte Danny.

»Das würde ich nicht sagen.« Larsen schilderte ihm, was er in dem Haus gesehen hatte. »Alles bestärkt mich darin, daß Parker ›Bewunderer‹ ist, aber es reicht nicht aus, um ihn festzunehmen.«

»Hat es ein Bulle immer so schwer? Oder ist es sonst leichter, jemand zu verhaften?«

»Im großen und ganzen schon. Die meiste Zeit haben wir es mit Wiederholungstätern zu tun, und die sind leicht aufzuspüren. Außerdem gibt es eine Menge Informanten, die nützliche Informationen liefern, mit denen man jemand festnageln kann. Bei Parker handelt es sich um den schwierigsten Tätertyp – keine Polizeiakte, und das bedeutet, daß überhaupt nichts über ihn bekannt ist, und außerdem ist er sehr intelligent. Und dann, wenn er dem üblichen Verfolgerprofil entspricht, kommt zu seinem Vorteil noch dazu, daß er fest davon überzeugt ist, daß alles, was er tut, völlig in Ordnung ist. Er hat keinerlei Schuldgefühle.«

»Sie meinen, er ist verrückt?«

»Nicht in dem Sinn, wie Sie das meinen. Sehen Sie sich Parker doch an – ein funktionierendes, ja sogar erfolgreiches Mitglied der Gesellschaft, Besitzer seiner eigenen Firma. Nicht nur das, er ist ein Mitglied der Gesellschaft, dem man *vertraut*. Er geht die ganze Zeit in den Häusern der Leute ein und aus. Es wäre verdammt schwierig, eine Jury dazu zu bewegen, ihn wegen irgend etwas schuldig zu sprechen, wenn keine glasklaren Beweise vorliegen. Aber irgendeine Sicherung ist bei ihm natürlich durchgebrannt. Ich würde sein Leben nicht leben wollen.«

»So wie Sie es kennen. Glauben Sie, daß er in seiner Freizeit noch etwas anderes tut, als Chris zu belästigen?«

»Wahrscheinlich nicht. Und er tut das ja sogar, während er arbeitet. Vergessen Sie nicht – eine ganze Menge von dem, was Chris passiert ist, ist während der Geschäftszeit vorgefallen. Bei seiner Arbeit ist er die ganze Zeit unterwegs und kann kommen und gehen, wann er will. Und zudem verfügt er noch über besondere Fertigkeiten, die ihm nützlich sind: Er kann ein Telefon anzapfen, ein Haus abhören, Autos manipulieren und die Polizeifrequenzen abhören. Bis jetzt ist er mir jedesmal zuvorgekommen, mit Ausnahme vielleicht von heute morgen. Und ich glaube, daß jemand, der so paranoid wie er ist, nicht annimmt, daß der Alarm von einem gewöhnlichen Einbrecher ausgelöst worden ist.«

»Sollten Sie sich dann jetzt nicht Sorgen machen?« fragte Danny.

»Oh, ich glaube nicht, daß er mich jagen wird.«

»Warum nicht? Dem ist es anscheinend doch völlig egal, was die Polizei von ihm hält, und Sie haben ihn ja in Ihr Haus eingeladen – das war übrigens sehr geschickt – und es ihm leichtgemacht.«

Larsen spürte, wie er rot wurde. »Ich denke, es war nicht besonders intelligent, ihn in mein Haus zu lassen, aber ich wollte unbedingt seine Fingerabdrücke haben, und die hab' ich jetzt.«

»Hat Ihnen auch mächtig genützt.«

»Sie klingen mehr und mehr wie mein Chef.«

»Ich will nicht herumkritteln, Jon, ich versuche bloß dahinterzukommen, was wir mit diesem Kerl machen können – abgesehen davon, daß wir ihn einfach irgendwohin bringen und ihm eine Kugel in den Kopf jagen.«

»Schlagen Sie sich das aus dem Kopf«, sagte Larsen.

»Hören Sie, ich weiß, daß wir es nicht tun werden, aber ich denke trotzdem daran.«

Larsen lachte. »Wenn Parker die leiseste Ahnung hätte, was Sie für einer sind, hätte er den Schwanz eingezogen und wäre abgehauen.«

Dannys Gesichtsausdruck veränderte sich.

»Was denken Sie jetzt?«

»Er weiß nicht, was ich für einer bin, was? Er hält mich für einen ganz gewöhnlichen schwulen Friseur und bildet sich ein, ich würde verwelken wie eine Lilie, wenn er mich nur anbläst.«

»Wahrscheinlich.«

»Wissen Sie, als ich in der Marine war – ich war damals noch ganz jung – und irgendeiner von diesen Muskelpaketen anfing, einen von meinen schwulen Kumpels unter Druck zu setzen, habe ich mich dazwischengestellt. Der hielt mich auch für so 'ne feige Schwuchtel. Ich habe den Typ ausgetrickst und ihn mit einem Bleirohr verprügelt, bis er nicht mehr hören und sehen konnte.«

»Jesus, Danny, jetzt krieg' *ich* Angst vor Ihnen.«

»Worauf ich hinaus will, ist, daß er es schon einmal mit mir versucht hat und sich wahrscheinlich einbildet, daß ich bloß Glück hatte, davongekommen zu sein. Warum überreden wir ihn nicht dazu, es noch mal zu probieren?«

»Das könnte sehr gefährlich sein, Danny.«

»Mir macht's nichts aus, den Lockvogel zu spielen, wenn ich dafür als erster an den Kerl rankomme.«

»Danny...«

»Ich wette, der hat Angst vor Schwulen; ich wette, der

dreht durch, wenn jemand auch bloß die Hand auf sein Knie legt.«

»Danny...«

»Das gefällt mir immer besser.«

»Danny, Sie haben ein Bein in Gips.«

»Oh, das habe ich vergessen.«

Dann saßen sie eine Weile stumm da und tranken Kaffee. Die Enttäuschung lastete so schwer auf ihnen, daß man sie greifen konnte.

»Vielleicht gibt es eine Möglichkeit, ihn auszuräuchern«, sagte Larsen.

Danny zuckte die Achseln. »Wie Ross Perot gern sagt: Ich bin ganz Ohr.«

41

Mel Parker fuhr am nächsten Morgen erst spät zur Arbeit, er hatte warten müssen, bis das neue Fenster eingesetzt war – diesmal mit Sprossenscheiben und einem Stahlrahmen. Und er hatte sich um Buster kümmern müssen. Der Hund war nervös und hatte sich von dem gestrigen Tag noch nicht erholt. Aber immerhin – sein Sicherheitssystem hatte funktioniert, und niemand war in das Haus eingedrungen. Er fragte sich, wie der Betreffende es wohl geschafft hatte, dem Hund lebend zu entkommen. Und außerdem fragte er sich, ob es sich bei dem Eindringling um etwas anderes als einen gewöhnlichen Einbrecher gehandelt hatte.

Parker begann seinen Tag damit, die Alarmmeldungen der vergangenen Nacht zu überprüfen. Nur drei; eine gute Nacht. Er rief die einzelnen Kunden an und vergewisserte sich, ob wirklich ein Einbruch stattgefunden hatte oder es sich nur um einen Fehlalarm handelte: In allen drei Fällen waren es Fehlalarme gewesen. Er beriet die Kunden, wie sie so etwas in Zukunft vermeiden konnten, und sagte ihnen, daß er stets zur Verfügung stehe, falls sie zusätzliche Informationen über ihre Alarmanlage benötigten.

Dann sah er sich die Rückläufe auf seine Anzeigen in der »Los Angeles Times« und dem »Los Angeles Magazine« an. Nur zwei heute; manchmal kamen ein Dutzend. Sein Geschäft blühte geradezu. Er rief die Interessenten an und machte Termine für den Nachmittag, weil er heute keine Installationen vorzunehmen hatte.

Er sah noch einmal seinen Terminkalender von der vergangenen Woche an und stellte fest, daß da ein Angebot war, bei dem er noch nicht nachgefaßt hatte – der Bulle. Das war eine unangenehme Begegnung gewesen; er hatte nicht vor, den Mann anzurufen. Sollte der doch den nächsten Schritt tun, falls er Interesse hatte.

Der Vormittag verlief ruhig, bis die Post kam. Er sortierte die Rechnungen aus und legte sie in den Ausgangskasten für den Buchhalter. Die Schecks legte er beiseite, um sie am Nachmittag zur Bank zu bringen. Dann stieß er auf einen quadratischen Umschlag ohne Absender. Er drehte ihn um; war in Los Angeles abgestempelt worden und mit großen, kindlich wirkenden Blockschriftbuchstaben an ihn adressiert.

Er öffnete ihn und las die Nachricht. Allem Anschein nach war sie mit Lippenstift oder einem Marker geschrieben worden. Sie lautete nur: »Ich weiß Bescheid.«

Der Schweiß brach ihm auf der Stirn und in den Achselhöhlen aus. Er drehte das Blatt um und sah sich die Rückseite an. Nichts. Dann nahm er sich den Umschlag noch einmal vor. Billiges Papier, wie man es in einem Kaufhaus bekommt. Was zum Teufel hatte das zu bedeuten?

Er war sehr, sehr vorsichtig gewesen. Sein ganzes Leben war er noch nie so vorsichtig gewesen, und jetzt das? Jemand wußte Bescheid. Wer? Das war doch unmöglich! Er war zu vorsichtig gewesen, als daß irgend jemand Bescheid wissen konnte.

Er ging in Gedanken jeden Schritt durch, den er getan hatte, und alles war nahtlos, absolut nahtlos. Er hatte sie alle getäuscht und war damit durchgekommen.

Und jetzt das. Jemand wußte Bescheid.

Er stand von seinem Schreibtisch auf und ging zu der Glasscheibe, durch die er in seine Einsatzzentrale sehen konnte. Unter ihm saßen vier Angestellte, die auf ihre Bildschirme sahen und Kaffee tranken. Ein Alarm kam herein, und einer seiner Leute nahm ihn entgegen. Parker beugte sich über seinen Schreibtisch und drückte einen Knopf an seinem Telefon, um mithören zu können.

Ein Telefon klingelte; eine Frau meldete sich.

»Hallo? Hier Keyhole Security«, sagte der Angestellte.

»Oh, tut mir leid, ich hab' da was mit dem Alarm gemacht«, sagte die Frau nervös.

»Würden Sie mir bitte Ihr Kennwort sagen?« fragte der Angestellte.

»Das Kennwort, verdammt, wie war das doch gleich?«

»Ich muß das Kennwort haben oder die Polizei verständigen.«

»Das Kennwort... verdammt, Harry hat es mir ein dutzendmal gesagt – bitte, rufen Sie nicht die Polizei an, sonst macht Harry mir einen Riesenkrach.«

»Tut mir leid, zu Ihrem eigenen Schutz muß ich das Kennwort haben oder die Polizei rufen.«

»Bambi! Nein, Charly, das war's, Charly!«

»Das ist richtig. Wir stellen Ihre Alarmanlage wieder ein. Bitte, rufen Sie uns an, wenn Sie irgendwelche Probleme haben.«

Parker schaltete die Lautsprecheranlage ab und schaute auf die Angestellten hinunter. Konnte es sein, daß einer von ihnen etwas herausgefunden hatte? Oder jemand in einer anderen Schicht? Diese Leute sahen ihn häufiger als irgendwer sonst.

Ein Summer ertönte und verriet, daß jemand an der Eingangstür war. Einer der Angestellten sah durch den Türspion, öffnete dann, nahm ein Paket entgegen und unterschrieb dafür. Er kam die Treppe herauf.

Es klopfte an seiner Tür.

»Herein.«

»Paket für Sie, Mel«, sagte der Mann.

»Danke.« Parker wartete, bis der Mann gegangen war, stellte die Schachtel dann auf seinen Schreibtisch und öffnete sie. Ein Dutzend Rosen. Er fand den kleinen Umschlag mit der Karte. »Ich weiß, was Sie getan haben.«

Parker setzte sich, zog ein Kleenex aus der Schachtel in seinem Schreibtisch und wischte sich den Schweiß von der Stirn. Seine Hände zitterten.

Er konnte das Geschäft verlieren. All die Arbeit, und über Nacht konnte damit Schluß sein. Er stand auf und begann auf und ab zu gehen, hin und her, wie ein Tier in einem Käfig, und versuchte herauszubekommen, wie das passiert sein konnte, versuchte seinen Fehler zu finden. Aber er konnte ihn nicht finden. Alles war nahtlos, das war es wirklich, perfekt, vollkommen.

Aber warum das? Warum jetzt? Wie war es möglich, daß jemand etwas erfahren hatte? Er setzte sich und stellte sich immer wieder dieselbe Frage. Dann stützte er beide Ellbogen auf den Tisch und legte den Kopf auf die Hände.

Konnte es der Bulle sein? Aber woher sollte der Bulle es wissen? Es konnte nicht der Bulle sein, aber er würde herausfinden, wer es war, und dann würde es dem Betreffenden leid tun.

42

Danny saß im Schneidersitz in Chris' Arbeitszimmer auf dem Boden und schrieb mit einem ihrer Lippenstifte Botschaften für Parker. »Wie wär's mit: ›Ich werde Sie entlarven‹?«

»Gefällt mir«, sagte Chris. »Noch eine.«

»Was hältst du von: ›Ich werde Sie bloßstellen‹? Oder noch besser: ›Ich werde Sie entblößen‹?«

Beide brüllten vor Gelächter.

»O Gott«, sagte Chris und wischte sich eine Träne weg. »Ich kann mich gar nicht mehr daran erinnern, wann ich das letztemal so gelacht habe.«

»Wird auch Zeit, daß wir über ihn lachen«, sagte Danny.

Das Telefon klingelte, und Chris nahm den Hörer ab. »Hallo?«

»Ich bin's, Jon. Irgendeine Reaktion?«

»Nein. Wir haben heute noch keine Rosen bekommen – bis jetzt jedenfalls noch nicht.«

»Das ist doch etwas. Jetzt brauchen wir nur noch irgendeinen Vorwand, um dich und Parker in aller Öffentlichkeit an denselben Ort zu bringen.«

»Das ist einfach«, sagte Chris. »Das Haus in Malibu ist beinahe fertig, und ich werde nächste Woche eine Party für alle Leute geben, die daran gearbeitet haben.«

»Hervorragend! Da wird er keinen Verdacht schöpfen.«

»Was hast du denn vor?« fragte Chris.

»Ich bin noch am Überlegen«, sagte Larsen. »Aber lade Parker unbedingt ein.«

»Mike Moscowitz übernimmt die Einladungen; ich bezahle das Bier.«

»Ich werde mit Mike reden; er weiß, daß ich Parker verdächtige, und ich möchte nicht, daß er ihn deswegen vielleicht ausschließt.«

»Dann übernimmst du das also.«
»Abendessen heute?«
»Gern.«
»Ich hol' dich nach der Arbeit ab. Bis dann.«

Larsen legte auf und sah sich die Papiere an, die in seinem Eingangskorb lagen. Da war eine Telefonnotiz von einer gewissen Helen Mendelssohn; der Name kam ihm bekannt vor. Er rief die Nummer an und geriet an einen Anrufbeantworter.

»Hallo, hier spricht Helen; bitte hinterlassen Sie eine Nummer, dann rufe ich zurück.«

»Hier Jon Larsen, der Rückruf, den Sie verlangt haben.« Er gab seine Nummer an und legte auf. Wenn er nur wüßte, wer Helen Mendelssohn war.

Er öffnete einen Hauspostumschlag und entnahm ihm einen Klarsichtbogen mit drei Fingerabdrücken drauf. Oben stand Parkers Name. Er sah sich die Abdrücke an und überlegte. Als er den Abdruck im Millman-Gästehaus mit denen aus dem Archiv verglichen hatte, hatte er nichts gefunden, weil der Besitzer in den Polizeiakten nicht verzeichnet war, also hatte er geglaubt, daß Parker nicht in den Polizeiakten war. Aber die Polizei von Santa Monica mußte seine Abdrücke registriert haben, als er die Lizenz für seine Alarmanlagenfirma beantragte. Das war eine Lücke, die er noch nicht geschlossen hatte.

Er nahm ein Blatt Papier und schrieb darauf: »Elgin – ich wäre Ihnen dankbar, wenn Sie diese Abdrücke als unbekannt vergleichen könnten. Ich bin neugierig, was dabei herauskommt. Larsen.«

Er steckte die Abdrücke in den Umschlag zurück, brachte ihn persönlich in die Fingerabdruck-Abteilung und legte den Umschlag auf Elgins Schreibtisch.

Als er an seinen Platz zurückkam, klingelte das Telefon. »Hallo?«

»Jon, ich bin's, Danny. Ich glaube, Sie sollten gleich herüberkommen.«

»Was ist denn?« Er konnte Chris im Hintergrund weinen hören. »Was ist denn mit Chris los?«

»Alles in Ordnung, aber ich möchte das nicht am Telefon erklären.«

»Ich komme so schnell wie möglich.«

Larsen tat etwas, wozu er selten Anlaß hatte: Er befestigte die Einsatzlampe am Dach seines Wagens und fuhr sehr schnell den Sunset hinunter zum Stone Canyon. Eine Straße vor Chris' Haus nahm er die Lampe ab, verlangsamte aber seine Fahrt nicht.

Er rannte die Eingangstreppe hinauf und ging ins Haus, ohne zu klingeln. Neben der Tür stand ein Geschenkkarton auf dem Boden, und Larsen blieb stehen. Das war es, was Chris so aus dem Häuschen gebracht haben mußte. Er hob den Deckel an. Ein Paar Augen starrten ihn aus der Schachtel an.

Es war der abgeschnittene Kopf eines Hundes, irgendein kleiner Straßenköter, dachte er. Er schloß die Schachtel wieder und ging ins Arbeitszimmer. Chris hatte zu weinen aufgehört und saß auf ihrem Sessel. Sie wirkte erschöpft.

»Hallo«, sagte Larsen.

Danny stand auf. »Kommen Sie mit.«

»Ich hab's schon gesehen.« Larsen ging auf Chris zu und kniete neben ihrem Sessel nieder. »Das sollte dir einen Schock versetzen, sonst gar nichts; es hat nichts zu bedeuten.«

Ihre Spannung schien sich etwas zu lockern. »Dem Himmel sei Dank. Ich wußte nicht, was ich denken sollte. Der Gedanke, daß er irgendein Lebewesen einfach tötet, um mir einen Schock zu versetzen – das ist wirklich widerwärtig.«

»Ich werde es wegschaffen«, sagte Larsen. Er bedeutete Danny mit einer Kopfbewegung, ihm zu folgen, verstaute die Schachtel im Kofferraum seines Wagens und wandte sich dann Danny zu. »Das ist eine Todesdrohung.«

»Das habe ich mir auch gedacht«, erwiderte Danny. »Haben wir ihn zu stark unter Druck gesetzt?«

»Kann sein. Können Sie sich ein paar Tage freinehmen?«

»Ich habe die nächsten zehn Tage keinen festen Termin; und wenn ein neuer Auftrag kommt, werde ich einfach keine Zeit haben.«

»Danke. Ich denke, einer von uns beiden sollte immer bei ihr sein, und zwar bewaffnet.«

Danny klopfte auf seine Hosentasche. »Sie ist geladen.«

»Und dann sollten Sie, glaube ich, Melanie bitten, daß sie zu Hause bleibt.«

»Wie lange?«

»Sagen wir bis nach dem Richtfest.«

»Sie glauben, daß dann etwas passiert?«

»Wenn nicht, werden wir bei dem Fest dafür sorgen.«

Danny gab Larsen einen Umschlag. »Würden Sie das in einen Briefkasten werfen?«

Larsen warf einen Blick darauf. »Gern. Was steht denn drin?«

Danny sagte es ihm.

»Das paßt.«

»Und dann habe ich noch veranlaßt, daß ihm ein paar Rosen gebracht werden.«

»Kann nicht schaden.«

43

Parker war damit beschäftigt, die Post zu öffnen, und als er auf den unbedruckten quadratischen Umschlag stieß, begann er zu zittern. Er riß ihn auf und las die Mitteilung: »Sie sind widerwärtig.« Er zuckte zusammen, als ihm plötzlich ein Gedanke kam. Es klopfte an seiner Tür.

»Paket für Sie, Mel«, sagte eine Stimme.

Er ging zur Tür und nahm die Schachtel entgegen. Er wußte bereits, was darin war, aber er mußte sie öffnen; er konnte nicht anders.

Da waren wieder Rosen und eine weitere Nachricht: »Abschaum wie Sie verdient nicht zu leben.«

Er zuckte zusammen. Er öffnete seine Bürotür und warf die Blumen die Treppe hinunter.

Unten blickten die Angestellten von ihren Bildschirmen auf und sahen zu Parkers Büro hinauf.

Er ging hinein, ließ die Jalousien herunter und setzte sich wieder an seinen Schreibtisch. Er fing zu weinen an. Was wollten diese Leute von ihm? Er hatte nie jemand weh getan, wirklich nicht. Warum taten sie ihm das an?

Larsen saß an seinem Schreibtisch, als Elgin mit den Ergebnissen seiner Fingerabdruck-Recherchen hereinkam. Er warf einen Umschlag auf den Schreibtisch. »Jetzt können Sie nachdenken«, sagte er und ging hinaus.

Larsen öffnete den Umschlag und nahm den Bericht heraus. Die Fingerabdrücke gehörten einem James Melvin Potter. Wer zum Teufel war Potter? »Jetzt können Sie nachdenken«, hatte Elgin gesagt.

Larsen schaltete seinen Computer ein, rief das Archivprogramm auf und gab den Namen ein.

Suche...

Der Computer hörte zu suchen auf. Auf dem Bildschirm erschien das Gesicht eines viel jüngeren Mel Parker.

James Melvin Potter war wegen Belästigung von Kindern und schwerer Körperverletzung schuldig gesprochen worden und zu fünf bis fünfzehn Jahren Haft verurteilt worden. Er hatte seine ganz Strafe ohne Haftverschonung in einer Anstalt für Geistesgestörte in Nordkalifornien verbüßt und war gegen die ausdrückliche Empfehlung des Anstaltsleiters vor drei

Jahren entlassen worden. Sein augenblicklicher Aufenthaltsort war unbekannt, man vermutete aber, daß er den Staat Kalifornien verlassen hatte.

»Bewunderer« war Parker, Parker war Potter. Und jetzt hatte Larsen etwas gegen ihn in der Hand, wenn auch nicht viel. Er hatte seinen Antrag für eine Geschäftslizenz gefälscht, ein minderes Vergehen. Larsen konnte ihn der Polizeibehörde in Santa Monica melden; man würde ihm dann die Lizenz entziehen und ihn zu einer Geldstrafe verurteilen; er würde zwar sein Geschäft verlieren, wäre aber immer noch auf freiem Fuß. Larsen wünschte sich, daß er mehr als nur sein Geschäft verlor. Er fand die Telefonnummer der Anstalt und verlangte den Direktor, einen Mann namens Michaels.

»Hier Dr. Michaels.«

»Dr. Michaels, mein Name ist Jon Larsen; ich bin Detective bei der Polizeibehörde in Beverly Hills.«

»Womit kann ich Ihnen behilflich sein, Detective?«

»Ich rufe wegen eines ehemaligen Patienten von Ihnen an, es handelt sich um einen gewissen James Melvin Potter.«

»Ah, Jimmy, ja.«

»Laut seiner Kriminalakte hat er seine Strafe ohne Haftverschonung verbüßt, und Sie haben sich gegen seine Entlassung ausgesprochen.«

»Das ist richtig. Ich war der Ansicht, daß er noch nicht soweit war, um in das Leben in der Gemeinschaft zurückzukehren, aber seine Strafe war verbüßt, und einer freiwilligen Einweisung hat er nicht zugestimmt.«

»Warum waren Sie der Ansicht, daß er noch nicht soweit war, in die Gesellschaft zurückzukehren?«

Michaels seufzte. »Er war bei uns, weil er einen kleinen Jungen belästigt hatte, und ich war sicher, daß wir ihm helfen könnten, mit diesem Problem fertigzuwerden, und folglich ein Rückfall unwahrscheinlicher würde.«

»Warum wollten Sie dann, daß er noch in der Anstalt blieb?«

»Der junge Mann war hochgradig paranoid, hatte Angst vor so ziemlich allem. Wir konnten ihm dabei weitgehend helfen, waren aber der Ansicht, daß er wenigstens noch ein Jahr Behandlung brauchte, bis er völlig wiederhergestellt sein würde.«

»Wenn ich Ihnen jetzt sagen würde, daß er allein in einer Großstadt lebt und mit Erfolg ein Geschäft betreibt?«

»Was für ein Geschäft?«

»Sicherheitssysteme – Alarmanlagen und dergleichen.«

»Ich denke, dafür wäre er der ideale Mann«, sagte der Arzt. »Er zeigte immer großes technisches Geschick; unsere Serviceabteilung hat ihn höchst ungern gehen lassen. Und wenn man in bezug auf die Sicherheit seines Hauses paranoid ist – was könnte man dann mehr verlangen als einen echten Paranoiker, jemand, der einem die ganze Sorge abnimmt?«

»Da haben Sie wahrscheinlich recht. Glauben Sie, daß Potter gefährlich werden könnte?«

»Nicht für Kinder, würde ich sagen. Ich kann mir nicht vorstellen, daß er irgend jemand außer sich selbst gefährlich sein könnte, es sei denn, er fühlt sich ernsthaft bedroht.«

»Was für eine Art Bedrohung meinen Sie?«

»Praktisch jede Art – im physischen Sinne natürlich; er würde sich ganz bestimmt wehren. Aber er könnte alle möglichen Schwierigkeiten mit Leuten haben, von denen er meint, daß sie ihm Böses wollen.«

»Könnte er unter solchen Umständen gewalttätig werden?«

»Ganz bestimmt. Aber bis es zu einer solchen Explosion kommt, könnte er natürlich jahrelang einen völlig normalen Eindruck machen.«

»Würde sein mentaler Zustand sich in Freiheit bessern?«

»Das halte ich ohne gründliche Therapie für unwahrscheinlich. Ich habe ihm einen Therapeuten vorgeschlagen, aber davon wollte er nichts wissen. Sie müssen wissen, daß eine solche Persönlichkeit, solange sie sich nicht bedroht fühlt, ganz normal funktioniert. Es überrrascht mich überhaupt nicht, daß Jimmy sich ein Geschäft aufgebaut hat und es selbst führt; er ist hochintelligent.«

»Ich glaube, daß er mit der zwanghaften Belästigung einer jungen Frau zu tun hat«, sagte Larsen.

»Wirklich? Das überrascht mich«, sagte Michaels. »Jimmys sexuelle Orientierung war recht verschwommen, aber er neigte eher zur Homosexualität. Menschen wie Jimmy gehen selten starke Bindungen ein, ganz zu schweigen von zwanghaften. Die Gesellschaft würde wahrscheinlich dazu neigen, ihn als geschlechtsloses Wesen zu betrachten.«

Larsen wußte nicht, was er sagen sollte.

Michaels redete weiter. »Aber wenn sie nicht behandelt wird, könnte seine Krankheit natürlich neue Formen annehmen«, sagte er.

»Vielen Dank, Doktor«, sagte Larsen und legte auf. Er wußte nicht, was er denken sollte.

44

Jack Berman rief an und hatte gute Nachrichten; seine Stimme überschlug sich fast vor Begeisterung. »Chris, das war geradezu eine Eingebung, das Drehbuch Jason Quinn und Brent Williams zu schicken; sie sind beide begeistert.«

»Das freut mich«, sagte sie. »Sind sie bereit, sich mit mir zu treffen?«

»Um drei Uhr heute nachmittag bei dir zu Hause.«

»Großartig.«

»Sag mir, warum wolltest du es ausgerechnet diesen beiden schicken, nachdem sie dich einfach aus dem Western gekippt haben?«

»Weil es die richtigen Leute sind. Jason ist die ideale Besetzung für den Arzt, und Brent war immer am besten in kleineren Rollen.«

»In dieser Stadt gibt es nicht viele Leute, die um eines neuen Projekts willen einfach einen Strich unter die Vergangenheit ziehen. Du bist ein echter Profi, Kleines.«

»Danke, Jack. Ich hoffe, du kommst auch. Ich möchte, daß du produzierst.«

»Mit Vergnügen; das habe ich schon lange nicht mehr gemacht.«

»Es ist wie Rollschuhlaufen; man verlernt es nie.«

»Hoffentlich hast du recht. Bis drei dann.«

Chris bemühte sich, ruhig zu bleiben. Es war nicht gut, wenn man vor einer solchen Besprechung zu aufgeregt war.

Larsen saß auf der anderen Straßenseite von Keyhole Security in seinem Mustang und wartete. Er hatte den größten Teil des Vormittags gewartet, und als Parker schließlich das Gebäude verließ und in seinen Kombi stieg, war Larsen beinahe eingenickt.

Er befand sich zwei Fahrzeuge hinter dem Kombi, als dieser in westlicher Richtung auf dem Santa Monica Boulevard fuhr, dann zuerst nach links und gleich wieder nach rechts bog und die Fahrt auf dem Wilshire fortsetzte. Er folgte dem Kombi nach Brentwood und fuhr an dem Haus vorbei, an dem Parker anhielt. Er bog in eine Seitenstraße ein, stieg aus und beobachtete Parker im Schutz einer Palme, wie er klingelte und das Haus betrat.

Parker war beinahe eine Stunde drinnen, wahrscheinlich führte er ein Verkaufsgespräch. Als er das Haus wieder verließ, fuhr er zu einem anderen in Beverly Hills und nahm diesmal seine Werkzeugtasche mit. Eine halbe Stunde später fuhr er auf den Parkplatz eines Bistros an der Melrose und aß zu Mittag. Larsen saß in seinem Wagen und wartete.

Anschließend machte Parker zwei Servicebesuche, einen in einem Privathaus, den anderen in einer Arztpraxis, und dann fuhr der Kombi in eine Garage unter einem Bürohochhaus am Wilshire Boulevard. Larsen ließ ihm zwei Minuten Zeit, um zu parken und auszusteigen, und folgte ihm dann in die Tiefgarage. Er fuhr zwei Etagen nach unten, auf der Suche nach dem Kombi, und stellte plötzlich fest, daß es nicht weiterging. Er wendete schnell und fuhr durch die Garage zurück, suchte die gesamte Parkfläche ab. Der Kombi war verschwunden.

Chris begrüßte Brent Walker, den Regisseur, und Jason Quinn, den Schauspieler, in ihrem Arbeitszimmer und stellte sie Danny vor. Jack Berman kannte die beiden Männer schon.

Sie benutzte diese Besprechung als eine Art Übungsveranstaltung, um Menschen direkt ins Gesicht zu sehen, was sie seit der Beeinträchtigung ihres Sehvermögens teilweise verlernt hatte. Sie konnte ihre Umrisse recht gut erkennen und konzentrierte sich darauf, auf den Punkt zu blicken, wo sie wußte, daß ihre Augen waren. Sie ließ ihre Gäste Platz nehmen, Danny nahm Kaffee- und sonstige Getränkewünsche entgegen, und dann übernahm Jack sozusagen den Vorsitz der Besprechung.

»Chris und ich sind davon entzückt, daß euch beiden das Drehbuch gefällt«, sagte er. »Chris hat mich gebeten, den Film zu produzieren, und ich dachte, wir könnten uns heute nachmittag ganz formlos über die Besetzung unterhalten und was sich aus dem Projekt machen läßt.«

Jason Quinn meldete sich sofort zu Wort. »Ich glaube, ich habe eine prima Idee«, sagte er, »und ich möchte eure Reaktion darauf hören.«

»Leg los, Jason«, sagte Jack.

»Nun, mir ist klar, daß die zwei Hauptrollen das Potential für eine Oscar-Nominierung haben, wenn man sie mit den richtigen Leuten besetzt. Chris, es ist sehr schmeichelhaft für mich, daß du an mich gedacht hast, und ich bin sicher sehr interessiert. Aber ich glaube, die Besetzung der jungen Frau ist äußerst heikel; wir brauchen jemand, der bereits etabliert ist und doch den Ruf von Vielseitigkeit und guter dramatischer Arbeit hat.«

Chris tat diese Schilderung ihrer Fähigkeiten gut.

Jason fuhr fort: »Ich denke, wir sollten das Drehbuch Annette Bening schicken.«

Schockiertes Schweigen legte sich über den Raum, aber Quinn schien das nicht zu bemerken.

»Ich weiß, daß sie seit der Geburt ihres Kindes nicht mehr gearbeitet hat, aber ich glaube, dieses Projekt ist genau das Richtige, um sie wieder zurückzuholen. Ich bin sicher, sie wird von der Rolle begeistert sein.« Er verstummte und wartete auf eine Reaktion.

Jack Berman war es, der schließlich das etwas betretene Schweigen brach. »Jason, ich glaube, da hat es irgendwo ein Mißverständnis gegeben.«

»Wieso?« fragte Quinn. »Was willst du damit sagen?«

»Nun, Chris hat dieses Projekt von Anfang an entwickelt; sie hat das Material gefunden, sich eine Option darauf verschafft und es für den Film adaptiert.«

»Das ist mir klar«, sagte Quinn.

»Nun ja, ich dachte, es wäre dir auch klar, daß sie beabsichtigt, die Rolle selbst zu spielen.«

Quinn wirkte schockiert und dann verlegen. »Oh«, machte er.

»Ich hoffe, du hast dagegen keine Einwände«, sagte Jack.

Quinn schien sich in seiner Haut nicht mehr wohlzufühlen. »Nun, ich muß gestehen, ich sehe das Projekt in einem ganz anderen Licht.« Er wandte sich an Chris. »Chris, ich hoffe, du betrachtest das nicht als Kritik an deiner Arbeit als Schauspielerin, aber mein Agent und ich sind aus strategischen

Gründen der Ansicht, daß ich mich nicht mit diesem Projekt befassen kann, wenn die weibliche Hauptrolle nicht von einem bereits etablierten Star wie Annette gespielt wird.«

Chris setzte zum Reden an, aber er ließ sie nicht zu Wort kommen.

»Ich glaube, daß die Rolle einer Blinden ganz besondere Anforderungen an eine Schauspielerin stellt, und ich glaube, die hat Annette.«

Chris konnte nicht mehr an sich halten und begann zu lachen.

Quinn reagierte gereizt. »Das war keineswegs komisch gemeint«, sagte er. »Ich habe in dem Punkt recht klare Vorstellungen.«

»Tut mir leid, Jason«, sagte Chris, »aber dir ist die Ironie wahrscheinlich nicht bewußt, die mich zum Lachen gebracht hat.«

»Ich weiß nicht, was du meinst«, erwiderte er.

»Es ist nur so, daß ich im Augenblick eine Vorstellung gebe; ich spiele die Rolle einer Frau, die sehen kann.«

»Chris, ich habe wirklich nicht die leiseste Ahnung, wovon du redest.«

»Ich meine einfach, daß ich spiele. Ich kann nicht sehen. Ich bin seit meinem Sturz blind, und obwohl mein Sehvermögen sich wieder gebessert hat und ich damit rechne, wieder uneingeschränkt sehen zu können, kann ich in diesem Augenblick deinen Gesichtsausdruck nicht erkennen, obwohl ich ihn ahne – nämlich Überraschung, Irritiertheit und Verblüffung, etwa zu gleichen Teilen, nehme ich an.«

Quinn gab einen unartikulierten Brummlaut von sich.

Chris bemühte sich, ihren Ärger nicht in ihre Stimme einfließen zu lassen. »Jason, dieses Projekt gehört mir, und wenn ich auch Jack gebeten habe, den Film zu produzieren, habe ich doch die Absicht, starken Einfluß auszuüben, ganz besonders, was die Besetzung betrifft. Die weibliche Hauptrolle ist bereits besetzt; sie wird von mir gespielt werden. Aber ich habe Verständnis für deine strategischen Überlegungen bezüglich deiner Karriere, und da du der Ansicht bist, nur mit einem Star in der weiblichen Hauptrolle zusammenarbeiten zu können, glaube ich, sollten wir deine Zeit nicht länger in Anspruch nehmen.«

Wieder ein Brummlaut von Quinn, und dann sah sie, wie er sich erhob und auf die Tür zuging.

»Jason, würdest du bitte deine Kopie des Drehbuchs hier lassen?« Sie hörte, wie es auf den Boden fiel.

Als er gegangen war, ergriff Brent Walker als erster das Wort. »Chris, ich möchte dir danken«, sagte er. »Ich arbeite jetzt seit zehn Wochen mit diesem arroganten Schweinehund, und es entzückt mich geradezu, wenn ich höre, daß jemand so mit ihm spricht.«

»Danke, Brent.«

Walker fuhr fort: »Ich möchte nur sagen, daß ich nie jemand anderen als dich in der Rolle gesehen habe, und die Tatsache, daß dein Sehvermögen beeinträchtigt war, bestärkt mich nur noch in dieser Meinung.«

»Wie meinst du, daß man dieses Projekt weiterentwickeln sollte, Brent?«

»Nun, wenn Jason die Rolle übernommen hätte, wäre ich damit zu Centurion gegangen, weil die von ihm in dem Western begeistert sind. Aber da das nicht der Fall ist, glaube ich, daß wir das ganze Projekt als Paket verpacken sollten, mit einem fertigen Drehbuch und fertiger Besetzung, als Qualitätsprodukt mit niedrigem Budget. Das setzt natürlich voraus, daß die Investoren zunächst auf ihr Geld verzichten, aber wenn der Film ein Erfolg wird – und davon bin ich überzeugt –, sind wir alle mit Gewinnbeteiligung wesentlich besser dran als mit festen Honoraren.«

»Einverstanden«, sagte Chris. »Was hältst du von dem Drehbuch?«

»Ich glaube, es ist prinzipiell in Ordnung. Im Augenblick kommt es mir ein wenig zu eng vor – es liest sich wie ein Bühnenstück, aus dem man einen Film gemacht hat. Aber ich sehe keine Probleme damit, es visuell aufzureißen und anzupassen. Ich…«

Danny kam ins Zimmer. »Entschuldigung, aber ihr müßt so schnell wie möglich hier raus. Das Haus brennt.«

Larsen stand in der Ausfahrt der Tiefgarage und sah auf dem Wilshire Boulevard nach links und rechts. Parker hatte wenigstens fünf Minuten Vorsprung, und das bedeutete, daß Larsen nicht die leiseste Chance hatte, seine Spur wiederaufzunehmen. Dann schlug er sich gegen die Stirn. Natürlich. Er legte krachend den Gang ein und brauste aus der Garage in Richtung Bel-Air.

Als er vor Chris' Haus eintraf, parkte davor ein Feuerwehrwagen, und er sah, wie aus der hinteren Ecke des Hauses eine schwarze Rauchsäule aufstieg. Chris stand mit Danny vor dem Haus auf dem Rasen, unverletzt. Er fuhr rückwärts in eine Einfahrt und raste den Stone Canyon hinunter; er fuhr in jede einzelne Seitenstraße und hielt nach dem Kombi Ausschau, aber ohne Erfolg. Der Mistkerl hatte ihn wieder überlistet.

45

Sie saßen zu dritt um Larsens Eßtisch und aßen chinesische Gerichte, die sie sich aus einem Restaurant mitgenommen hatten.

»Ein paar Kleider habe ich noch zum Fenster hinausgeworfen, und Brent hat die Autos aus der Garage geholt«, sagte Danny. »Das ist alles, was wir gerettet haben.«

»Es war ein altes Haus. Es hat gebrannt wie Zunder.« Larsen wandte sich an Chris. »Tut mir leid, daß du so viele Sachen verloren hast, Chris.«

»Ich komme mir richtig nackt vor, völlig bloß. Ach, was soll's, in dem Haus war nicht viel, was ich in das neue mitgenommen hätte, aber immerhin handelte es sich um Sachen, die ich schon lange hatte – Möbel, Fotos, gebundene Kopien von Drehbüchern, einiges davon werde ich nie ersetzen können. Vielleicht ist das jetzt eine Überreaktion, aber ich habe das Gefühl, als ob man mir alles weggenommen hätte.«

Larsen griff nach ihrer Hand, aber da klingelte das Telefon; er ging hin und redete ein paar Minuten mit leiser Stimme. Dann kam er an den Tisch zurück. »Das war der Brandinspektor der Feuerwehr; sie haben die Überreste von einer Art Zeitzünder sowie einer Sprengkapsel entdeckt, die an einem Zwanzig-Liter-Benzinkanister befestigt waren.«

»Ein Timer?« fragte Danny.

»Ich denke, er hat nicht geplant, daß es sofort hochgeht; da muß etwas schiefgelaufen sein.«

Chris legte ihre Gabel hin. »Du meinst, er hat vorgehabt, den Sprengsatz später zu zünden, vielleicht wenn wir schlafen?«

»Vielleicht«, sagte Larsen.

»Ach, hör auf, Jon«, sagte sie. »Er hat versucht, uns zu töten.«

»Möglich«, sagte Larsen.

»Ich glaube, jetzt ist Zeit, daß sie es erfährt«, wandte Danny ein.

»Was erfährt?« wollte Chris wissen.

»Jon und ich vermuten, daß der Hundekopf eine Todesdrohung war; wir wollten dir keine Angst machen.«

»Nun, jetzt habe ich Angst«, sagte sie, und das war nicht gelogen.

»Ich glaube, wir müssen es als Mordversuch einstufen«,

sagte Larsen. »So wird es jedenfalls in meinem Bericht stehen.«

»Herrgott, hoffentlich kommt das nicht in die Zeitung«, sagte Chris. »Das allerletzte, was ich jetzt brauche, ist, daß die Branche das erfährt, während ich mich um die Finanzierung eines Films bemühe. Dann können sie die Produktion nie versichern, und ohne die Fertigstellungsgarantie einer Versicherung läuft überhaupt nichts.«

»Ich habe den Brandinspektor gebeten, die Sache nicht an die große Glocke zu hängen«, sagte Jon, »und was die Polizei angeht, wird höchstens ein Hausbrand gemeldet werden, wenn überhaupt.«

»Und was ist mit Parker?«

»Gegen den habe ich immer noch nichts in der Hand«, sagte Larsen.

Danny lehnte sich zurück. »Aber ich.«

»Verdammt, darüber haben wir doch schon oft genug geredet«, sagte Larsen. »Auf Parker jetzt Jagd zu machen hilft uns nicht weiter.«

»Mir würde es schon weiterhelfen«, sagte Danny.

»Nein, Ihnen auch nicht, und Chris genausowenig.«

»Er hat recht, Danny«, sagte Chris.

»Also schön«, resignierte Danny. »Ich werd' den Mistkerl nicht wegblasen. Jedenfalls noch nicht gleich.«

Es klingelte an der Tür, und alle fuhren zusammen. Larsen stand auf.

»Bleibt hier«, sagte er. Er ging zur Haustür und zog dabei die Pistole aus dem Halfter. Er hielt die Waffe in der Hand, schaltete die Außenbeleuchtung ein und öffnete die Tür einen Spaltbreit. »Ja?«

Ein Mann in Uniform stand vor der Tür, ein anderer wartete weiter hinten auf der Veranda. »Sind Sie Larsen?« fragte er.

»Ja, und wer sind Sie?«

»Mein Name ist Greer; ein Mr. Jack Berman hat uns als Wachen angefordert.«

»Zeigen Sie mir Ihren Ausweis«, sagte Larsen.

Beide Männer zeigten ihm Lichtbildausweise.

Larsen verglich die Fotos mit den Gesichtern der Männer, ehe er die Tür öffnete und nach draußen trat.

»Jon?« rief Chris aus dem Wohnzimmer.

»Alles in Ordnung«, rief er zurück. »Ich bin eine Weile draußen. Macht euch keine Sorgen.« Er wandte sich den Wachmännern zu. »Sie kommen doch nicht etwa von Keyhole Security, oder?«

»Nein, Sir, wir kommen von Knight Guardian in Beverly Hills.«

Larsen kannte die Firma. »Okay, wir machen das so: Einer von Ihnen auf der vorderen Veranda im Licht, damit man Sie sehen kann; der andere im Hinterhof.«

»Geht in Ordnung«, sagte Greer. »Max, geh du nach hinten.« Er sah auf die Uhr. »Wir werden gegen vier Uhr morgens abgelöst.«

»Wollen Sie Kaffee haben?« fragte Larsen.

»Wir haben welchen im Wagen«, erwiderte Greer. »Sie brauchen sich mit uns keine Mühe zu machen.«

Larsen ging wieder hinein.

»Wer war das?« fragte Chris.

»Jack Berman hat zwei Wachmänner von einer privaten Bewachungsfirma geschickt, die heute nacht auf uns aufpassen sollen, und ich muß sagen, das ist eine gute Idee.«

»Und was ist nach heute nacht?« fragte Danny.

»Da bin ich noch am Überlegen«, sagte Larsen. »Einer meiner Mieter ist etwa eine Woche verreist. Ich werde euch beide heute nacht dort oben unterbringen, und zwar im selben Zimmer.«

»Ich würde lieber bei dir schlafen«, sagte Chris.

Danny lachte. »Ich auch.«

»Als wir das letzte Mal hier schliefen, kam ein großer Steinbrocken durchs Fenster geflogen. Erinnerst du dich? Wenn der Mistkerl heute nacht wieder etwas versucht, dann wird das im Erdgeschoß sein, und dann kriegt er es mit mir und den zwei Wachmännern zu tun. Morgen werden wir eine sichere Unterkunft für euch beide finden, bis das Haus in Malibu fertig ist.«

»Übrigens«, sagte Danny, »erinnerst du dich, wer die Alarmanlage in Malibu eingebaut hat?«

»Ich erinnere mich. Am Tag nach dem Richtfest werden wir eine neue Firma beauftragen und die Anlage von Keyhole abklemmen. Und dann kann es nicht schaden, wenn wir uns für das System ein paar neue Tricks einfallen lassen.«

»Wird das sicherstellen, daß er nicht mehr reinkann?«

»Ich hoffe, daß wir uns dann über ihn nicht mehr den Kopf zerbrechen müssen, aber wenn doch, können wir die Kennwörter ändern und zusätzliche Sicherungen einbauen. Das sollte dann genügen, denke ich.«

»Gibt es hier im Haus eine Alarmanlage, Jon?« fragte Danny.

»Nein. Aber wir haben die zwei Wachmänner, wenigstens für heute nacht. Jetzt sollten wir uns alle ein wenig ausruhen; morgen gibt es einiges zu tun.«

46

Larsen legte den Telefonhörer auf und blickte in die erwartungsvollen Gesichter seiner Gäste. »Okay, ich glaube, das wäre geklärt.«

»Und wo wohne ich jetzt?« fragte Chris.

»Kennst du den alten Del Mar Beach Club am Strand in Santa Monica?«

»Nein«, sagte Chris.

»Ich schon«, sagte Danny. »Der Club ist in den zwanziger Jahren gebaut worden, und alle großen Stars hielten sich dort auf, ganz besonders die mit Strandhäusern – Douglas Fairbanks, Chaplin und all die Leute.«

»Stimmt«, sagte Larsen. »Vor ein paar Jahren hat ihn das Pritikin-Institut übernommen, die machen in Ernährungswissenschaft und Fitneß. Jedenfalls ist ein Freund von mir dort stellvertretender Geschäftsführer und hat veranlaßt, daß ihr beide im obersten Stock als Mr. und Mrs. Richard Hedger eine Suite bekommt. Es ist sehr komfortabel, und ihr habt Aussicht auf den Strand.«

»Wie lange müssen wir dort bleiben?« erkundigte sich Chris.

»Ich denke, ihr solltet so lange dort bleiben, bis wir Parker aus dem Verkehr gezogen haben, und ich glaube, das werden wir nächste Woche bei dem Richtfest schaffen.«

»Müssen wir die ganze Zeit im Haus bleiben?« fragte Danny.

»Ich denke schon, denn Parkers Firma ist nicht weit entfernt, und er fährt jeden Tag morgens auf dem Weg zur Arbeit und abends wieder nach Hause die Straße am Strand entlang.«

»Wie wird Chris dorthin kommen, ohne daß Parker es mitkriegt?«

»Da habe ich mir schon etwas überlegt«, antwortete Larsen. »Danny, Sie steigen in ein paar Minuten in Ihren Wagen, und ich gehe mit Chris durch die Küche in die Garage, wo sie sich auf den Rücksitz des Mustang legt. Dann fahren wir weg, und er kann nicht beiden Autos gleichzeitig folgen. Chris, gib Danny eine Liste mit allen Sachen, die du brauchst; Danny, Sie fahren einkaufen, wo, ist mir egal. Fahren Sie in der ganzen Stadt herum, wenn Sie Lust haben.«

»Und was werden Sie und Chris machen?« fragte Danny.

»Ich werde eine Weile kreuz und quer herumfahren, und wenn ich sicher bin, daß uns niemand beschattet, bringe ich Chris durch einen Lieferanteneingang seitlich am Gebäude ins Hotel. Wenn Sie mit Ihren Einkäufen fertig und sicher sind, daß Ihnen niemand folgt, liefern Sie die Ware am Lieferanteneingang ab, fahren dann noch ein wenig herum und parken Ihren Wagen auf einem Parkplatz ein Stückchen weiter oben am Hügel. Sie können ihn vom Hotel aus sehen. Machen Sie einen Strandspaziergang, vergewissern Sie sich, daß Sie allein sind, und gehen Sie zum Hotel zurück. Die Suite hat die Nummer 1200; sie befindet sich im obersten Stockwerk auf der Strandseite. Wir können uns dann ja weiter unterhalten.«

»Okay«, sagte Danny. »Chris, was soll ich dir besorgen?«

»Oh, Jeans und Pullover, denke ich, und einen Koffer, um die Sachen hineinzutun. Du weißt ja, was für Make-up ich benutze. Und vielleicht sollten wir etwas zu lesen haben. Oh, und Pyjamas und Unterwäsche. Neiman's hat die Sachen, die ich mag.«

»Und ich wollte zu Frederick's of Hollywood fahren«, sagte Danny und schüttelte den Kopf.

Larsen verstaute Chris auf dem Rücksitz des Mustang und klappte dann das Verdeck hoch.

»Wie lange muß ich so liegen bleiben?« fragte Chris, deren Stimme von der Decke, die er über sie gebreitet hatte, halb erstickt war.

»Ziemlich lange, also hör auf zu motzen; ich hab' dir schließlich ein Kissen gegeben, oder?«

»Aber es ist schrecklich warm!«

»Wenn wir fahren, wird's gleich kühler.«

»Na ja, schon gut.«

Larsen drückte den Knopf an der Fernbedienung, um das Garagentor zu öffnen, und ließ dann den Wagen an. Er fuhr rückwärts auf die Straße hinaus, an Danny vorbei, der mit laufendem Motor wartete. Danny bog nach links, Larsen nach rechts. Er fuhr zum Strand hinunter, durch Venice und nahm dann Kurs auf Marina Del Ray, wobei er sich bemühte, nicht in den Rückspiegel zu sehen.

»Bist du dort hinten okay?«

»Schon besser«, sagte sie.

»Halt die Ohren steif.« Er fuhr an ein paar Bootsanlegestellen vorbei und fand schließlich einen Drugstore. »Ich bin gleich wieder da«, sagte er.

»Du läßt mich hier allein?«

»Nicht lang, und ich werde den Wagen immer im Auge behalten.« Er ging in den Drugstore, kaufte ein paar Sachen für sich und kehrte dann zum Wagen zurück. »Ich werde jetzt das Verdeck wieder öffnen«, sagte er leise. »Falls er uns verfolgt, sieht er, daß ich allein bin.« Er löste die Verriegelung des Verdecks, verstaute es und knöpfte die Persenning darüber. »Ein herrlicher Tag zum Offenfahren«, sagte er und kämpfte dagegen an, sich nicht nach einem Kombi oder einem Motorrad umzusehen.

»Danke, das ist sehr lieb von dir«, wimmerte sie.

Larsen stieg wieder ein und fuhr nach Long Beach, hielt dort an, um zu tanken, und kaufte ein paar Zeitschriften.

»Ich muß auf die Toilette«, sagte sie unter ihrer Decke.

»Das hättest du vorher machen sollen.«

»Das hab' ich, aber ich muß schon wieder.«

»Du wirst es dir verkneifen müssen.« Er verließ Long Beach und fuhr nach Orange County, wechselte willkürlich die Straßen und arbeitete sich allmählich wieder nach Norden zurück, wobei er jetzt gelegentlich in den Rückspiegel sah. Seit sie Santa Monica verlassen hatten, hatte er niemand gesehen, der sie verfolgte.

Schließlich fuhr er auf den Freeway und nahm die Ausfahrt nach Santa Monica. Er fuhr den Santa Monica Boulevard hinunter und warf einen prüfenden Blick auf den Parkplatz vor dem Keyhole Security, als sie daran vorbeifuhren. Der Kombi parkte an der üblichen Stelle. Er bog noch ein paarmal willkürlich ab, fuhr auf der einen Seite in einen Parkplatz hinein und auf der anderen wieder hinaus, hielt dann an und sah nach hinten. Da war niemand, der ihnen folgte. Jetzt fuhr er auf dem nächsten Weg zum alten Del Mar Beach Club, bog in die überdachte Lieferanteneinfahrt und nahm die Decke von Chris. »Wir sind zu Hause, Kleines«, sagte er und lachte, als er ihr beim Aussteigen behilflich war und gemeinsam mit ihr die kurze Treppe zur Warenannahme hinaufging. Sie gingen durch die Küche und fuhren mit dem Personalaufzug ins zwölfte Stockwerk. Der Schlüssel steckte wie verabredet im Schloß.

»Nun, sonnig ist's hier jedenfalls«, sagte Chris und sah sich um.

»Geh ein wenig herum, um dich zu orientieren«, schlug Larsen vor. »Das Schlafzimmer ist links; zwei Betten; und das Bad dann wieder links.«

Chris ging in der Suite herum, betastete die Möbel und machte die Lichtschalter ausfindig. »Jetzt, wo ich mehr Licht sehen kann, gefällt es mir recht gut«, sagte sie.

Es klopfte an der Tür. Larsen ließ Chris im Schlafzimmer und schloß die Tür, dann zog er seine Pistole und ging an die Eingangstür.

»Ich bin's«, sagte Dannys Stimme draußen.

Larsen ließ ihn ein und nahm ihm ein paar Pakete ab.

»Du liebe Güte, ich hab' ein Vermögen ausgegeben«, stöhnte Danny. »Man kriegt nie so mit, was das Zeug kostet, solange man nicht alles auf einmal kaufen muß. Wo ist Chris?«

Chris kam aus dem Schlafzimmer und umarmte Danny. »Du bist doch nicht wirklich zu Frederick's of Hollywood gefahren, oder?«

»Nein, aber ich habe die schärfsten Sachen gekauft, die es bei Neiman's gab.« Er griff in eine Einkaufstüte und zog eine schwarze Perücke heraus. »Und da habe ich dir eine Verkleidung besorgt«, sagte er. »Für mich habe ich auch eine gekauft; wir können also doch am Strand spazierengehen.«

»Nein, kommt gar nicht in Frage«, sagte Larsen.

»Hören Sie, ich kann sie wie Ava Gardner aussehen lassen; das wird keiner merken.«

»Also schön, meinetwegen«, sagte Larsen widerstrebend, »aber seid vorsichtig! Und Waffen mitnehmen gilt für beide.«

»Keine Sorge«, sagte Danny.

»Wenn es irgendwelche Probleme gibt, rufen Sie mich an«, sagte Larsen.

Danny zeigte ihm ein tragbares Telefon. »Sie können mich immer über mein Handy erreichen.«

Larsen schrieb eine Nummer auf die Rückseite seiner Karte und gab sie Danny. »Das ist meine Nummer im Funknetz.« Er griff nach Chris' Hand. »Bist du wieder okay?«

»Sicher.«

»Gib die Nummer nicht zu vielen Leuten«, sagte er.

»Nur Jack und Melanie.«

»Gut. Übrigens, ihr könnt im Speisesaal essen, aber dort gibt es nur fettfreie Schonkost.«

»Na prima«, sagte Danny und schlug sich auf seinen flachen Bauch. »Ich denke, ich hab' mit meinen sechzig Kilo ohnehin ein wenig Übergewicht.«

»Ich bringe heute abend etwas zu essen mit«, sagte Larsen, »und morgen könnt ihr ja einkaufen gehen. Hinter dieser Tür ist eine kleine Kochnische.«

»Ich werde uns wahrscheinlich Pizza kommen lassen«, sagte Danny.

»Um Himmels willen, nein!« stöhnte Larsen. »Der Geruch würde die Gäste hier wahnsinnig machen!« Er gab Chris einen Abschiedskuß, nahm den Personalaufzug nach unten und fuhr seinen Wagen aus der Warenannahme, nachdem er vorsichtig nach beiden Seiten Ausschau gehalten hatte.

47

Er bog vor einer Autolackiererei ein und hielt an. »$ 129,95 Komplettlackierung – Metalliclack«, stand auf der Tafel. Er hatte die Fernsehwerbung der Firma gesehen. Er fühlte sich in seinem Kombi nicht mehr wohl und dachte an Lackieren. In dem Augenblick sah er die Tafel des Ford-Händlers ein Stück weiter oben in der Straße. Schadet ja nicht, mal nachzufragen, dachte er.

Er fuhr die Straße hinauf und bog in den Parkplatz ein; ein Verkäufer stand an seiner Tür, ehe er aussteigen konnte.

»Schönen guten Tag«, sagte der Mann. »Darf ich Ihnen was zeigen?«

»Gerne«, sagte Larsen. »Ich hab' diesen schönen Ford hier, er ist noch nicht einmal ein Jahr alt und hat, mal sehen, dreizehntausend Meilen drauf und ist wirklich gut erhalten, verstehen Sie? Aber ich hab' mir gedacht, vielleicht ist er ein wenig düster für mich, und ich könnt' ihn lackieren und hinten Fenster einbauen und ihn ein bißchen herrichten lassen.«

»'ne Menge Mühe, wo ich doch zwei Dutzend wunderschöne Fahrzeuge hier stehen habe«, sagte der Verkäufer und machte eine weitausholende Handbewegung. »Warum sehen wir nicht nach, ob da nicht etwas dabei ist, das Ihnen gefällt?«

»Na ja, ich kann mich ja mal umsehen, aber ich will nicht viel Geld ausgeben, wissen Sie?«

»Keine Sorge, ich mach's Ihnen nicht schwer.«

Der Verkäufer sprang auf den Beifahrersitz, und dann fuhren sie über den halben Platz bis zu einer Reihe funkelnder Kombis, die an der Straße aufgereiht waren.

»Eine Sonderanfertigung«, sagte der Verkäufer und deutete auf ein Fahrzeug. »Wie wär's mit einem komplett ausgestatteten Camper?«

»Nein.«

»Oder soll's ein wenig nüchterner sein?« fragte der Mann und schlug auf den Kotflügel eines anderen Kombis.

»Irgendwo dazwischen«, erwiderte Larsen.

»Ich hab' drei sehr gut ausgestattete Fahrzeuge hier drüben«, sagte der Verkäufer und ging voraus.

»Jetzt kommen wir der Sache schon näher«, sagte Larsen und spähte durch das Fenster eines dunkelblauen Kombis.

»Der hat vier Einzelsessel in Leder, wirklich sehr hübsch.«

»Kann man die Sessel hinten leicht ausbauen?«

»Ja, freilich, man braucht nur ein paar Bolzen herauszuziehen. Sie können sie sich ins Wohnzimmer stellen.«

Larsen öffnete die Hecktür und betastete den Teppichboden. »Nicht übel.« Er ging einmal um den Kombi herum und las dann die Ausstattungsliste, die unter der Windschutzscheibe klebte. »Gegen eine anständige Musikanlage hätte ich nichts einzuwenden«, sagte er.

»Die hier ist spitze, Mittelwelle, UKW, Stereo und Kassettenrecorder. Sechs Lautsprecher. Wenn Sie noch ein wenig drauflegen, bau' ich Ihnen einen CD-Spieler ein.«

»Das wäre aber nicht billig«, sagte Larsen.

»Ich mach' Ihnen einen guten Preis.«

»Warum sehen Sie sich nicht mal meinen Kombi an?« fragte Larsen und gab ihm die Schlüssel.

Der Verkäufer ging um den Kombi herum, warf einen Blick auf den Tachometer und fuhr dann einmal um den Block. Nachdem sie ein paar Minuten gefeilscht hatten, waren sie sich einig.

»Ich zahle bar.«

»Haben Sie den Kraftfahrzeugbrief dabei?«

»Jawohl.«

»Dann sind wir in einer Viertelstunde miteinander fertig«, sagte der Mann.

Sie gingen in den Vorführraum, und Larsen holte seinen Kraftfahrzeugbrief heraus.

»Wollen Sie, daß der Wagen auch wieder so registriert wird?« fragte der Verkäufer.

«Ja. Das ist der Name meiner Firma.«

»Da ist nur ein Postfach angegeben. Wollen Sie mir nicht Ihre Adresse sagen?«

»Die Schließfachnummer reicht schon.« Er unterschrieb die Papiere, die man ihm reichte, griff in seine Hosentasche, holte ein dickes Bündel Geldscheine heraus und fing an zu zählen.

»Stimmt genau«, sagte der Verkäufer, nachdem er nachgezählt hatte. »Tragen Sie immer so viel Bargeld mit sich herum? Das ist gefährlich.«

»Ich bin noch keinem begegnet, der es mir hätte wegnehmen können.« Larsen stieg in den neuen dunkelblauen Kombi und fuhr davon.

Der Verkäufer fuhr den grauen Kombi um den Platz herum in die Werkstätte und stieg aus.

»Was gibt's?« fragte der Werkstattleiter.

»Ich habe gerade einen in Zahlung genommen. Der Zustand ist gut, aber er muß saubergemacht werden. Kann das jemand machen?«

»Wie sieht er denn von innen aus?« fragte der Werkstattleiter und ging um den Kombi herum.

»Recht gut. Er hat bloß dreizehntausend Meilen drauf.«

Der Werkstattleiter öffnete die hinteren Türen. »Mann, Harry, haben Sie so was schon mal gesehen?«

Der Verkäufer ging nach hinten und sah hinein. »Verdammt noch mal!«

»Sieht so aus, als ob er dort Schweine abgestochen hätte. Ich denke, er hat den Boden schamponiert, aber das ist nicht ganz rausgegangen.«

»Sie glauben, daß es Blut war?« fragte der Verkäufer. »Sollen wir die Bullen rufen?«

»Nein. Wenn es Blut ist, dann von einem Tier, und ich hab' keine Lust, mich jetzt mit den Bullen rumzuärgern.« Der Werkstattleiter klappte die Verschlüsse auf, die den Teppich festhielten, und riß ihn heraus. »Bestellen Sie einen neuen Teppich, ehe der Chef das sieht.« Er rollte den schmutzigen Teppich zusammen und stopfte ihn in eine Abfalltonne.

»Scheiße«, sagte der Verkäufer, »den muß ich aus meiner Tasche bezahlen.«

»Sie hätten eben aufpassen müssen«, sagte der Werkstattleiter. »Sie tun mir nicht leid. Ich hoffe nur um Ihretwillen, daß die Kiste sonst in Ordnung ist.«

»Das hoffe ich auch«, sagte der Verkäufer geknickt und fragte sich, was zum Teufel der Mann hinten in seinem Kombi gemacht hatte.

48

Larsen traf ziemlich spät auf seinem Posten ein und sah sich nach dem grauen Kombi um. Er stand nicht auf dem Parkplatz. Das machte ihn nervös, aber dann überlegte er, daß Parker unmöglich wissen konnte, wo er Chris versteckt hatte.

Er wartete fast bis Mittag vor Keyhole Security, dann holte er sein Handy heraus und wählte die Nummer der Firma. Schließlich hatte er ja mit Parker noch etwas bezüglich seiner Alarmanlage zu besprechen.

»Guten Morgen. Keyhole Security.«

»Guten Morgen. Kann ich bitte Mel Parker sprechen?«

»Mr. Parker ist nicht im Büro. Wollen Sie eine Nachricht hinterlassen?«

»Wann denken Sie denn, daß Sie von ihm hören werden?«

»Das kann ich nicht genau sagen; er wird ein paar Tage weg sein.«

Larsen begann unruhig zu werden. »Ist er verreist?«

»Das weiß ich nicht; er hat heute morgen angerufen und bloß gesagt, daß er ein paar Tage nicht kommen werde. Kann ich Ihnen irgendwie helfen?«

»Nein, ist schon gut. Ich rufe später wieder an.« Larsen schaltete ab, wählte dann sofort das Pritikin und verlangte Suite 1200.

»Hallo?«

»Chris, ich bin's, Jon. Alles okay?«

»Alles prima. Danny ist weggegangen, um ein paar Lebensmittel einzukaufen.«

»Hast du das Zimmer bisher schon einmal verlassen?«

»Nein. Ich habe die ganze Zeit am Drehbuch gearbeitet.«

»Gut. Ich komme später vorbei.« Er schaltete ab und überlegte eine Weile. Dann ließ er den Wagen an und fuhr in Richtung Venice.

Zweimal fuhr er an Parkers Grundstück vorbei, stellte aber an dem Haus keinerlei Lebenszeichen fest. Näher konnte er nicht heran; er würde ganz bestimmt nicht noch einmal über den Zaun steigen.

Es gab nichts mehr zu tun. Er fuhr langsam nach Beverly Hills zurück und ging in sein Büro. Ein Dutzend Telefonzettel lagen auf seinem Schreibtisch, und er begann die Anrufe zu erledigen. Zwischen den Telefonaten ging er zum Kaffeeautomaten und bemerkte, daß im Morddezernat ziemlicher Betrieb war. Ein Kollege trat neben ihn an den Automaten.

»Was gibt's denn?« fragte Larsen und deutete mit einer Kopfbewegung auf die Gruppe von Detectives, die in der Mordabteilung um einen Schreibtisch standen.

»Eine Frau hat bei ihrem morgendlichen Lauf in einem der Canyons einen Kopf gefunden«, sagte der Mann.

»Einen Kopf?«

»Ja, einen Frauenkopf, um die Zwanzig.«

»Identifiziert?«

»Haben Sie je versucht, eine Leiche nur nach ihrem Kopf zu identifizieren?«

»Ich muß zugeben, nein.«

»Dann hoffe ich nur, daß Sie es nie müssen.«

»Wie sieht's mit den Zähnen aus?«

»Na ja, das FBI hat keine Gebißarchive. Im Augenblick ist ein Zeichner drüben in der Leichenhalle und fertigt eine Zeichnung von dem Kopf an. Die werden wir veröffentlichen, und wenn sie jemand erkennt, können wir ja ihre Zähne überprüfen.«

»Nun«, sagte Larsen, »ich schätze, Sie werden kein Bild von einem Kopf in der Zeitung abdrucken können.«

Chief Detective Herrera kam auf ihn zu. »Wie nett, dich einmal wieder im Büro zu sehen«, sagte er zu Larsen.

»Ich war auf Beobachtung«, meinte Larsen.

»Du hast den Täter noch nicht identifzieret?«

»Bald.«

»Na prima«, sagte Herrera. »Wann schließt du den Fall ab?«

»Bald, denke ich.«

»Wie lange sagst du das eigentlich schon?«

Larsen nahm einen Schluck Kaffee und gab keine Antwort. Herrera ging weiter.

»Sitzt er Ihnen im Nacken?« fragte der andere Detective.

»Ja, irgendwie.«

»Passen Sie auf, der Bursche kann gemein sein.«

»Ja, vielen Dank, ich weiß«, sagte Larsen. Er warf den leeren Becher in den Abfalleimer und ging in sein Büro zurück. Das Telefon klingelte.

»Detective Larsen.«

»Mr. Larsen, hier spricht Herbert Mendelssohn.«

Da war dieser Name wieder; Larsen bemühte sich, ihn irgendwo unterzubringen.

»Meine Tochter hatte zu Anfang des Jahres ein Problem mit einem Verfolger.«

Jetzt wußte er es wieder; Helen Mendelssohn war einer seiner Fälle gewesen.

»Ja, natürlich, Mr. Mendelssohn. Wie geht es Helen?«

»Sie hat seit einer Weile nichts mehr von dem Kerl gehört, sonst hätte sie Sie angerufen.«

Larsen fiel jetzt alles wieder ein. Ein anonymer Verehrer hatte ihr etwa einen Monat lang kleine Geschenke geschickt und ihr ein paar Briefe geschrieben, dann war es vorbei gewesen. Es war einer von Larsens inaktiven Fällen.

»Das freut mich zu hören«, sagte Larsen. »Kann ich etwas für Sie oder Helen tun?«

»Nun, ich weiß nicht, ob das, was ich jetzt tue, richtig ist«, sagte Mendelssohn. »Ich sollte mich wahrscheinlich an eine andere Abteilung wenden, aber da wir Sie kennen, wollte ich zuerst Sie um Rat bitten.«

»Aber natürlich.«

»Helens Chef hat mich heute morgen angerufen und gesagt, sie sei nicht zur Arbeit erschienen. Das paßt gar nicht zu ihr, und so bin ich zu ihrer Wohnung gefahren. Ich habe einen Schlüssel. Sie war nicht da.«

»War irgend etwas in Unordnungt?« fragte Larsen.

»Nein, alles war blitzsauber.«

»Überhaupt nichts Ungewöhnliches?«

»Na ja, da waren ein paar Blumen, die geliefert worden waren; noch in der Schachtel, aber ohne Karte. Normalerweise hätte Helen Blumen sofort in eine Vase getan. Es paßt nicht zu ihr, ein Dutzend Rosen in einer Schachtel verwelken zu lassen.«

Larsen verspürte ein beunruhigendes Prickeln im Magen. »Nun, ich will mich gern um die Angelegenheit kümmern, Mr. Mendelssohn.«

»Vielen Dank, ich bin Ihnen wirklich sehr dankbar. Ich habe gehört, daß man bei der Polizei Vermißtenmeldungen nicht sehr ernst nimmt.«

»Gewöhnlich tauchen Vermißte wieder auf, ohne daß es irgendwelcher Ermittlungen bedarf«, sagte Larsen, »deshalb warten wir normalerweise vierundzwanzig Stunden, ehe wir Schritte unternehmen. Aber weil ich Helen kenne und auch Ihrer Ansicht bin, daß sie nicht der Typ ist, der einfach verschwindet, will ich mich gerne darum kümmern. Sagen Sie, Mr. Mendelssohn, haben Sie ein Foto von Helen aus letzter Zeit?«

»Ja, wir haben letzten Monat ein Grillfest gemacht, und da gibt es ein paar hübsche Bilder. Ich glaube, die kann ich finden.«

»Ist Ihre Adresse noch dieselbe?« fragte Larsen und suchte in seiner Schublade nach der Akte Helen Mendelssohn.

»Ja.«

»Ich fahre in ein paar Minuten in Ihre Richtung; ich komme vorbei und hole das Foto ab.«

»Vielen Dank, Mr. Larsen, ich bin Ihnen wirklich sehr dankbar, daß Sie uns behilflich sein wollen. Wir sind sehr besorgt.«

»Das verstehe ich«, sagte Larsen. »Ich bin in etwa einer halben Stunde bei Ihnen.« Er legte den Hörer auf. »Höchst unwahrscheinlich«, sagte er zu sich selbst, »aber man kann ja mal nachsehen.« Er hatte ohnehin nichts zu tun.

49

Larsen bog in die Einfahrt der Mendelssohns und stieg aus seinem Wagen. Es war ein wunderschönes Haus, einladend und freundlich. Er erinnerte sich daran, daß Mendelssohn vor etwa zwei Jahren pensioniert worden war; er war Finanzchef eines der großen Studios gewesen.

Mendelssohn kam ihm entgegen und hielt die Fotografie in

der Hand. »Geht das?« fragte er. Es handelte sich offenbar um eine Ausschnittvergrößerung, denn das Foto zeigte nur ihr Gesicht.

»Sehr gut«, erwiderte Larsen. »Sie sagten, Sie hätten einen Schlüssel für Helens Wohnung?«

»Ja, den hat sie uns für Notfälle gegeben.«

»Würde es Ihnen etwas ausmachen, wenn ich mich dort ein wenig umsehe?«

»Aber ganz und gar nicht, ich komme mit.«

»Das ist nicht nötig«, sagte Larsen. »Wenn Sie mir nur den Schlüssel geben.«

Mendelssohn ging kurz ins Haus und kam dann mit dem Schlüssel zurück. »Hier ist der Schlüssel; Sie rufen mich doch an, wenn Sie etwas in Erfahrung gebracht haben?«

»Selbstverständlich. Und den Schlüssel und das Foto bekommen Sie so schnell wie möglich wieder.«

Die Wohnung befand sich in einer kleinen, teuren Eigentumswohnanlage in einem der Canyons. Larsen schob den Schlüssel ins Schloß und öffnete die Tür, ohne dabei den Türknopf anzufassen.

Es war so, wie Mendelssohn gesagt hatte – sehr ordentlich. Die Wohnung sah mehr wie die Musterwohnung der Anlage aus als wie ein Ort, an dem jemand lebte. Er nahm an, daß die Eltern des Mädchens die Wohnung für sie gekauft hatten. Helen Mendelssohn war noch, wie er sich zu erinnern glaubte, in der Ausbildung zur Kostümdesignerin, würde also ein Gehalt beziehen, mit dem man unmöglich eine solche Wohnung bezahlen konnte.

Die Rosen lagen auf dem Couchtisch im Wohnzimmer; er hob den Deckel mit dem Kugelschreiber hoch und suchte nach einer Karte, aber da war keine.

Sonst fiel ihm im Wohnzimmer nichts auf. Dann ging er in die Küche und kontrollierte den Inhalt sämtlicher Schränke.

Im Schlafzimmer war die Kleidung ordentlich weggeräumt, und das Badezimmer war makellos sauber. Er war durstig, und deshalb ging er in die Küche zurück, um einen Schluck Wasser zu trinken; er fand ein Glas und ging an den Kühlschrank, um sich ein paar Eiswürfel zu holen. Der Kühlschrank enthielt kaum Lebensmittel, und auf dem untersten Fach entdeckte er eine vertraut wirkende Schachtel. Larsen hob den Deckel mit dem Kugelschreiber hoch.

Diesmal war es ein Katzenkopf, und plötzlich wurde Larsen bei dem Gedanken an Helen Mendelssohn übel. Er stellte die Schachtel wieder in den Kühlschrank, verließ die Wohnung und ging zu seinem Wagen zurück. Den Wohnungsschlüssel legte er unter den Fußabstreifer.

In der städtischen Leichenhalle zeigte er einem Angestellten seine Dienstmarke. »Ich möchte den Kopf sehen, den man heute morgen in Beverly Hills gefunden hat«, sagte er.

»Selbstverständlich«, erwiderte der Mann. »Die Leute sind heute morgen regelrecht Schlange gestanden. Man möchte meinen, daß noch keiner von denen einen Kopf gesehen hat. Ein Boulevardblatt hat mir hundert Dollar geboten, wenn sie ihn fotografieren dürften, aber das habe ich abgelehnt.«

Die Leichenhalle von Los Angeles hatte für diesen Fall kein ganzes Fach verschwendet. Der Kopf lag in einer Schublade aus rostfreiem Stahl in einer Kältekammer und war in ein Laken gehüllt. Der Mann wickelte ihn beinahe zärtlich aus, und als der Kopf dann freigelegt war, wußte er, daß er das Foto nicht brauchte; er erinnerte sich noch gut an das Gesicht. »Darf ich Ihr Telefon benutzen?« fragte er den Mann.

»Natürlich. Sind Sie mit dem Kopf fertig?«

»Ja. Sie können einen neuen Anhänger anbringen; der Name lautet Helen Mendelssohn.« Er buchstabierte ihn. »Das ist eine offizielle Identifizierung«, sagte er. »Ich habe das Mädchen gekannt, und es ist nicht nötig, daß man den Eltern die Qual einer Identifizierung antut.«

»Wenn Sie es sagen«, meinte der Mann. »Dort ist das Telefon.«

Larsen rief das Morddezernat von Beverly Hills an und hatte gleich den richtigen Detective am Telefon. »Hier ist Jon Larsen; ich habe den Kopf identifiziert, der heute morgen gefunden wurde.«

»Wie haben Sie das denn angestellt?« fragte der Detective.

»Sie war einer meiner inaktiven Fälle. Ich kannte sie und habe ein Foto von ihren Eltern bekommen. Ich habe sie selbst identifiziert, Sie brauchen sie also nicht anzurufen. Das werde ich erledigen. Und tun Sie mir einen Gefallen, ja? Geben Sie die Zeichnung nicht an die Zeitungen.«

»Selbstverständlich.«

Er gab dem Detective die Adresse von Helens Wohnung. »Der Schlüssel liegt unter dem Fußabstreifer, Sie müssen die Tür nicht aufbrechen. Im Kühlschrank ist ein Katzenkopf in einer Schachtel; suchen Sie die Schachtel nach Fingerabdrücken ab.«

»Was ist ein Katzenkopf?«

»Der Kopf einer toten Katze.«

»Puh! Wissen Sie, wer das getan hat, Larsen?«

»Nein, aber es könnte derselbe Bursche sein, der in einen anderen Verfolgerfall verwickelt ist, an dem ich arbeite.« Larsen legte auf und ging langsam zu seinem Wagen zurück.

Zuerst freuten sich die Mendelssohns darüber, ihn zu sehen. Er ließ sie in ihrem Wohnzimmer Platz nehmen.

»Brauchen Sie den Schlüssel noch, Mr. Larsen?«

»Ja.« Er zögerte. Dann holte er tief Luft und fing zu reden an. »Ich wünschte, ich könnte Ihnen das leichter machen, Mr. und Mrs. Mendelssohn; ich muß Ihnen leider sagen, daß Helen tot ist.«

Der Vater des Mädchens stöhnte hörbar auf, und die Mutter brach in Tränen aus.

Larsen wartete, bis der Mann seine Frau beruhigt hatte, und fuhr dann fort: »Man hat ihre ... Überreste heute morgen in einem Canyon gefunden, und es sind bereits intensive Ermittlungsmaßnahmen angelaufen.«

»War es dieser Dreckskerl, dieser Verfolger?« fragte Mendelssohn.

»Ich habe Grund zu der Annahme, daß das der Fall ist, aber es dauert möglicherweise noch eine Weile, bis wir es genau wissen.«

»Wissen Sie, wer es ist?«

»Nicht mit Sicherheit; aber wir haben einige Hinweise. Ich glaube, daß er im Augenblick eine andere junge Frau verfolgt.«

»Ich hoffe, Sie erwischen dieses Schwein«, sagte Mendelssohn.

»Das werden wir, das verspreche ich Ihnen, Mr. Mendelssohn; aber ich muß Ihnen noch etwas sagen, auch wenn es unangenehm ist.«

»Was könnte noch unangenehmer sein als das, was Sie uns bereits gesagt haben?« fragte Mendelssohn.

Larsen versuchte dem Mann in die Augen zu sehen. »Ich muß Ihnen leider sagen, daß man nur Helens Kopf gefunden hat. Man ist noch dabei, den Canyon nach ihrem Körper abzusuchen.«

Mendelssohn stand auf und ging im Zimmer auf und ab. Seine Frau fing wieder zu weinen an. »Diese Wahnsinnigen«, sagte er. »Sie müssen mit denen aufräumen.«

»Ich weiß, und das versuchen wir ja auch. Es wird nicht notwendig sein, daß Sie die sterblichen Überreste Ihrer Tochter identifizieren; das habe ich bereits getan. Das Büro des Staatsanwalts wird mit Ihnen Verbindung aufnehmen, wenn Helens Leiche einem Bestattungsinstitut übergeben werden kann.«

Mendelssohn setzte sich wieder neben seine Frau und versuchte sie zu trösten.

Larsen erhob sich, um zu gehen. »Die Zeitungen und das Fernsehen werden sich natürlich auf die Sache stürzen. Ich würde vorschlagen, daß Sie mit niemand außer der Polizei über das sprechen, was geschehen ist. Ihr Telefon wird ständig klingeln; Sie sollten vielleicht einen Freund oder einen Verwandten bitten, die Gespräche für Sie entgegenzunehmen. Und noch eins: Ein Team durchsucht Helens Wohnung nach Beweismaterial; es ist vielleicht das Beste, wenn Sie ein paar Tage nicht hingehen. Jemand wird Ihnen den Schlüssel zurückgeben, wenn die Arbeit beendet ist.«

Mendelssohn stand auf und gab Larsen die Hand. »Vielen Dank, daß Sie persönlich hergekommen sind, um es uns zu sagen«, sagte er. »Wenigstens dafür bin ich dankbar.«

»Es tut mir schrecklich leid für Sie«, sagte Larsen. »Ich hoffe, daß wir den Fall schnell klären.« Dann saß er ein paar Minuten in seinem Wagen und kämpfte gegen die Tränen. Er weinte nicht gern.

50

Während der Fahrt nach Santa Monica machte Larsen sich Gedanken über den Kopf Helen Mendelssohns und den Schmerz ihrer Eltern. Er war froh, daß er ihnen vom Tod ihrer Tochter hatte berichten können, ehe sie davon in der Zeitung lasen oder, noch schlimmer, es auf dem Bildschirm sahen. Dann fragte er sich, ob der Fall, wenn er irgend etwas anders gemacht hätte, einen anderen Ausgang gehabt hätte. Wahrscheinlich nicht. Er hätte den Fall nicht weiter behandeln können, nachdem der Verfolger den Kontakt abgebrochen hatte. Zumindest dem Anschein nach. Hatte Helen Mendelssohn weiterhin von ihm gehört?

Ganz sicherlich hatte sie die Rosen erhalten und den Katzenkopf. Ein Katzenkopf in einer Schachtel würde jedem angst machen; und was zum Teufel hatte er eigentlich im Kühlschrank zu suchen? War sie so krankhaft reinlich?

Hatte Parker das getan? Und wenn ja, bestand eine Verbindung zu Chris' Fall? Und warum hatte er dem Morddezernat nichts von Parker gesagt? Die Antwort auf die Frage wußte er: Die würden ihn sofort festnehmen und ihm dann die Tat nicht beweisen können. Parker würde straffrei ausgehen. Und das wollte Larsen nicht.

Er hatte das Hotel schon beinahe erreicht und kam jetzt an dem Parkplatz vorbei. Dannys Wagen war nicht da, und das bedeutete, daß Chris allein war. Er fuhr schneller. Da er fest überzeugt war, daß niemand ihn verfolgt hatte, parkte er an einer Parkuhr vor dem Hotel neben einem dunkelblauen Kombi.

Er rannte die Treppe hinauf und quer durch die Halle zum Aufzug. Er drückte den Knopf und wartete ungeduldig; die Vorstellung, daß Chris allein war, war ihm unheimlich. Andere, beleibte Diätpatienten in Sportkleidung, drängten sich mit ihm in den Aufzug, der fast in jedem Stock anhielt. Als er schließlich im zwölften Stock angelangt war, rannte er in Richtung auf die Zimmer am Ende des Flurs. Dort mußte er feststellen, daß die Tür offenstand.

Er ahnte Schlimmes. Er zog die Pistole und hielt sie am rechten Ohr. Er legte den Sicherungshebel um und schob sich an der Wand entlang auf die Tür zu, hatte Angst vor dem Augenblick, wo er die Schwelle überschreiten mußte. Er blieb stehen und lauschte einen Augenblick, aber aus dem Zimmer war nur ein plätscherndes Geräusch zu hören. Er atmete tief durch, stieß die Tür mit dem Fuß auf und trat, die Pistole schußbereit vor sich, ins Zimmer.

Ein Fenster stand offen, und die Vorhänge flatterten in der Brise. Er trat ins Schlafzimmer, aber da war niemand. Er sah ins Bad und in die Küche; niemand da.

Seine Unruhe wuchs, und er rannte durch den Flur zurück. Diesmal wollte er nicht auf den Aufzug warten, und deshalb nahm er die Feuertreppe und hastete hinunter. Unten angelangt, stieß er die Tür zur Straße auf, und erst dann wurde ihm bewußt, daß er immer noch die Waffe in der Hand hielt, und er schob sie ins Halfter zurück.

Er rannte zur Ecke und sah nach links und rechts, zum Lieferanteneingang und dann zum Parkplatz. Keine Spur von ihr. Er rannte die Straße zurück und entdeckte Dannys Wagen, der ganz in der Nähe seines eigenen Fahrzeugs an einer Parkuhr stand, und rannte um das Gebäude herum. Ein Plattenweg führte zum Strand, und er hetzte hinunter, bis er an den Sand kam, blieb dann stehen und sah sich niedergeschlagen um. Vielleicht dreißig Meter von ihm entfernt lag ein junges Paar auf einer Decke in der Nachmittagssonne und unterhielt sich; die nächste Gruppe von Menschen war ein paar hundert Meter links von ihm, und er bog in die Richtung, bewegte sich mühsam im lockeren Sand. Er blieb stehen; jemand hatte gerufen: »Jon!«

Er drehte sich um, und die zwei Leute auf der Decke winkten ihm zu; er rannte verblüfft zu ihnen.

»Hallo!« rief die junge Frau.

Erst jetzt wurde ihm klar, daß es Chris und Danny waren. «Was zum Teufel...?« Er sank atemlos im Sand auf die Knie.

»Was ist denn los?« fragte Chris. Sie hatte schwarzes Haar und trug eine riesige Sonnenbrille.

»Ich dachte...« Er hatte solche Atemschwierigkeiten, daß er nicht mehr weitersprechen konnte.

»Sie dachten, uns wäre etwas passiert?« fragte Danny.

Larsen nickte. »Die Tür stand offen; niemand war im Zimmer.«

»Das Zimmermädchen mußte saubermachen«, sagte Chris, »also hat Danny uns verkleidet, und wir sind schwimmen gegangen. Es ist alles in Ordnung.«

»Das Mädchen hat anscheinend die Tür offengelassen«, sagte Danny.

Larsen sank auf die Decke und legte sich auf den Rücken. »Ich bin so froh, daß alles in Ordnung ist«, sagte er. »Ich habe mir Sorgen gemacht.«

»Wir sind hier völlig sicher«, sagte Danny. »Er kann unmöglich wissen, daß wir hier sind.«

»Was gibt's Neues?« fragte Chris. »Irgendwelche Fortschritte mit Parker?«

Wohl kaum, dachte Larsen. »Nein. Er scheint verreist zu sein; sein Büro hat gesagt, er sei auf ein paar Tage weg, und im Haus ist anscheinend niemand. Ich werde heute abend noch einmal nachsehen. Ich glaube nicht, daß er Ihre Briefe bekommt, Danny. Vielleicht ist er deshalb verschwunden.«

»Ach, zur Hölle mit ihm«, sagte Chris. »Laß uns heute zum Abendessen ausgehen.«

»Ausgehen?«

»Warum nicht? Glauben Sie, daß Parker in gute Restaurants geht?« fragte Danny.

»Wahrscheinlich nicht«, räumte Larsen ein.

»Gehen wir doch in das Lokal, das Tony Bill und Dudley Moore gehört«, meinte Chris, » Dudley spielt manchmal Klavier.«

»Wo ist das?«

»In Venice.«

»O nein, Venice kommt nicht in Frage.«

»Nun, im Pritikin werden wir ganz bestimmt nicht zu Abend essen«, sagte Danny. »Ich hab' mir das Essen angesehen, und wenn wir dort essen, bekomme ich die Schwindsucht.«

»Ich werde ein Lokal aussuchen«, erklärte Chris mit Entschiedenheit. »Gehen wir und machen uns frisch, und dann bestelle ich irgendwo. Ihr könnt mir vertrauen.«

»Ich vertraue dir«, sagte Larsen. »Wir müssen mal raus, weiß Gott.«

Chris wählte das Maple Drive Café, und Larsen war einverstanden. Man gab ihnen eine Nische im hinteren Teil, von wo aus man das Piano noch hören konnte, aber sonst für sich war.

Sie aßen gut und hatten sich bereits der zweiten Flasche Wein zugewandt, als Larsen endlich anfing, sich zu entspannen, und feststellte, daß er sich wohlfühlte. Es schien endlos lange her, daß ihm etwas Angenehmes widerfahren war, wobei »Bewunderer« ihn nicht gestört hatte, und er nahm sich vor, den Augenblick zu genießen.

Ganz besondere Freude machte ihm Danny mit seinen boshaften Anekdoten, die er ungemein witzig erzählte. Danny kannte jeden und jede in der ganzen Stadt; er hatte die bedeutendsten Schauspielerinnen frisiert, und die Studios und die unabhängigen Produzenten rissen sich gleichermaßen um ihn.

Larsen hatte schon viele Homosexuelle kennengelernt, darunter auch einige Polizisten, aber er hatte nie einen Freund gehabt, der schwul war, und deshalb machte ihm dieser drahtige Bursche, mit dem er sich inzwischen duzte, großen Spaß. Danny war liebenswürdig, witzig und mutig und stellte für Larsens Beziehung zu Chris keine Bedrohung dar. Man konnte sagen, daß Danny die Rolle des wohlwollenden Bruders übernommen hatte, der seine Schwester glücklich sehen wollte, selbst wenn es mit einem Polizisten war.

Danny erzählte gerade etwas über eine der großen Filmdiven der Vergangenheit, die er gegen Ende ihrer Karriere gekannt hatte. »Ich arbeitete damals als Assistent von Robert Koenig, der seinerzeit sehr bekannt war, und Bobby hatte sich irgendeinen Chorknaben angelacht und kam nicht rechtzeitig zur Arbeit, also war ich ganz allein und zitterte und fragte mich, was ich mit ihrem Haar anfangen sollte, das wirklich schlimm war, ihr müßt es mir glauben. Ich wollte ihr gerade eine Perücke vorschlagen, als sie mich im Spiegel ansah und merkte, daß ich nicht sehr zuversichtlich wirkte. Sie stand auf und drehte sich zu mir herum – sie war natürlich einen Kopf größer als ich. Sie beugte sich vor, packte mich an den Revers meiner Jacke und zog mich daran in die Höhe; und dann starrte sie mich an, so wie eine Klapperschlange ein Kaninchen anstarrt, und sagte: ›Jetzt hör mir gut zu, du kleine Schwuchtel. Heute drehen wir meine einzig anständige Szene in diesem Film, und wenn du mir das Haar versaust, dann prügle ich dich windelweich.‹ Dann setzte sie sich.«

»Und was hast du gemacht?« fragte Larsen.

»Ich hab' ihr das Haar nicht versaut«, sagte Danny. »Dieser kleine Wortwechsel wirkte seltsam beruhigend auf meine Nerven, und ich hab' sie wirklich wunderschön hergerichtet. Nachher hat sie nie mehr einen anderen an ihr Haar gelassen, und ich habe ihren Einfluß benutzt, um mich selbständig zu machen. Ganz egal, was die anderen über sie sagten – sie war eine große Dame.«

Danny winkte dem Kellner. »Das geht auf meine Rechnung, und keine Widerrede.« Er bezahlte, und dann gingen sie zu dritt, Arm in Arm, aus dem Restaurant.

Als sie am Pritikin angelangt waren, ließ Danny sie aussteigen. »Ich fahre nach Hause«, sagte er. »Großartig ist es nicht, aber seit ich meine Mutter verlassen habe, war ich nicht mehr so lange mit einer Frau im selben Schlafzimmer. Es ist einfach unnatürlich.«

»Paß auf dich auf«, sagte Larsen leise, so daß Chris ihn nicht hören konnte. »Es ist noch nicht vorbei.«

»Keine Sorge, ich hab' das Ding immer noch bei mir«, sagte Danny und tippte an seine Tasche. »Viel Spaß, Leute.«

Die Hotelhalle war verlassen, und nicht einmal am Empfang war ein Angestellter zu sehen. Als Larsen den Aufzug holte, war er so von dem Gedanken erfüllt, eine Nacht mit

Chris allein verbringen zu können, daß er die Blumenschachtel auf dem Empfangspult nicht wahrnahm.

Larsen legte die Sperrkette vor, und sie fingen schon im Wohnzimmer an, sich auszuziehen, ließen ihre Kleider einfach auf dem Boden liegen. Zwei Personen in einem Bett ließen es klein erscheinen, aber das machte ihnen nichts aus; Larsen war glücklich, endlich mit Chris allein im Bett zu sein und keine Störung befürchten zu müssen. Sie liebten sich voll Leidenschaft, zärtlich und voller Hingabe, und zum ersten Mal in seinem Leben verstand Larsen, was es bedeutete, daß aus zwei Menschen ein Fleisch wurde; er konnte nicht sagen, wo sein Körper endete und ihrer anfing.

Sie schliefen aneinandergeschmiegt ein, hatten alles um sich herum völlig vergessen.

Er wußte nicht, wie spät es war, als er aufwachte, und zuerst wußte er nicht, was ihn geweckt hatte. Und dann wußte er es. Es war das Geräusch einer Türklinke. Öffnete oder schloß sie sich? Er konnte es nicht sagen.

Langsam, um Chris nicht aufzuwecken, schlüpfte er aus dem Bett, ging auf Zehenspitzen zur geschlossenen Schlafzimmertür und preßte das Ohr dagegen. Da war ein Geräusch, aber er konnte es nicht einordnen. Dann fiel ihm ein, daß seine Waffe bei seinen Kleidern im Wohnzimmer war, auch Chris' kleine Automatik.

Wieder hörte er das Türgeräusch und war diesmal beinahe sicher, daß es von der Eingangstür der Suite kam, die sich schloß. Ganz, ganz langsam drehte er den Knopf der Schlafzimmertür und öffnete sie einen winzigen Spalt. Er hielt das Ohr an die schmale Öffnung und lauschte. Aber außer dem Wind vom Pazifik, der an den Fensterscheiben rüttelte, war nichts zu hören.

Er zog die Tür einen Spaltbreit auf und sah ins Wohnzimmer, das jetzt vom Mond erhellt war; da schien niemand zu sein. Er trat durch die Tür, sah sich um, bereit, sich zu verteidigen. Sein Jackett lag auf dem Couchtisch, und die Pistole steckte noch im Halfter. Er zog die Waffe heraus, entsicherte sie, drehte sich langsam im Zimmer um und prüfte, ob sich irgend etwas bewegte. Offensichtlich war niemand da.

Er knipste die Lampe auf einem kleinen Beistelltischchen an. Sie erhellte den Raum hinreichend, so daß er das einzige, was sich verändert hatte, sehen konnte. In der Nähe der Tür war eine kleine Kommode mit einem Spiegel darüber. Auf der Kommode lag ein Lippenstift von Chris, und auf den Spiegel war in grellem Rot geschrieben: »Du wirst mir nie entkommen. B.« Dann sah er zur Tür und stellte fest, daß die Sperrkette herunterhing.

52

Larsen saß da und sah auf Chris, die im Licht der Morgensonne schlief. Als er merkte, daß sie gleich aufwachen würde, steckte er die Pistole in das Schulterhalfter zurück.

Sie schlug die Augen auf und tastete nach ihm. »Jon?«

»Ich bin hier«, sagte er. »Ich bin früher als du aufgewacht und hab' mich schon angezogen.«

»Warum hast du mich nicht geweckt?«

»Es war noch zu früh. Außerdem sehe ich dir gern beim Schlafen zu; du bist wie ein kleines Mädchen.«

Sie lächelte. »Ich habe Hunger.«

»Ich auch. Komm, zieh dich an, dann lade ich dich zu einem ordentlichen Frühstück ein.«

»Wir haben Cornflakes hier«, sagte sie.

»Dafür bin ich viel zu hungrig. Außerdem ist es Zeit, daß wir hier rauskommen.«

»Wo gehen wir hin?«

»Zu mir nach Hause.«

»Dort wird er uns finden, meinst du nicht?«

»Ich glaube langsam, daß er uns überall finden wird, was soll's also? Ich werde von jetzt an bei dir bleiben, also soll's mir recht sein, wenn er uns findet.« Das stimmte auch. Ein einziger sauberer Schuß auf den Mistkerl war alles, was er sich wünschte.

»Wo sind meine Kleider?« fragte sie und setzte sich auf.

»Auf dem anderen Bett.« Er liebte es, sie nackt zu sehen.

»Siehst du mich an?« fragte sie.

»Ja.«

»Ich glaube, ich mag das.«

»Das weiß ich.«

»Warum kommst du nicht noch einmal ins Bett?«

»Eine prima Idee, aber wir müssen packen und hier weg. Wir sparen uns das auf – für dort, wo wir hingehören.«

»Das klingt gut«, sagte sie und tastete nach ihren Kleidern.

»Ich habe dir ein paar frische Sachen rausgelegt; hoffentlich bist du mit meiner Wahl einverstanden.«

»Laß mich raten: Jeans und ein T-Shirt.«

»Du hast hellseherische Fähigkeiten.«

»Ich habe nichts anderes anzuziehen.«

»Dagegen läßt sich etwas unternehmen; Danny soll mit dir ordentlich einkaufen gehen.«

»Wir werden jetzt ganz schön dreist, nicht wahr?«

»Wir werden von nun an dreist sein.« Der Schweinehund war da gewesen, als sie sich geliebt hatten, und Larsen würde Mittel und Wege finden, ihn dafür zu töten. Zum Teufel mit den Vorschriften.

Unterwegs hielt er an einem kleinen Lebensmittelladen, um einzukaufen, und fuhr dann nach Hause. Das Haus sah noch genauso aus, wie sie es verlassen hatten. Chris' Mercedes parkte am Randstein. Er hätte ihn in die Garage bringen sollen, dachte er – ein Glück, daß keiner den Wagen aufgebrochen hatte.

Er machte Rühreier mit Lachs, öffnete eine Flasche Champagner und servierte ihn mit Orangensaft. Sie aßen beide gierig.

Larsen dachte über »Bewunderers« unheimliche Fähigkeiten nach, sie überall aufzuspüren, wo sie waren, und entschied dann, daß daran nichts Unheimliches war. Während Chris das Geschirr spülte, ging er in die Garage und knipste das Licht an. Er schob seinen Wagenheber unter den Mustang, pumpte ihn ein Stück in die Höhe, schob Stahlträger unter die Achse und ließ den Wagen dann wieder herunter, bis er auf den Trägern ruhte. Er holte sich eine Arbeitslampe und legte sich mit dem Rücken auf den kleinen Rollwagen, auf dem er unter dem Wagen arbeiten konnte.

Zuerst fand er es nicht. Eine flüchtige Untersuchung der Unterseite des Wagens ergab nichts; dann ging er etwas sorgfältiger ans Werk und fand das kleine Kunststoffkästchen mit der kurzen Antenne und dem Magneten, mit dem es am Wagen hing. Er schob sich unter dem Mustang hervor und wiederholte die Suchaktion unter dem MG mit demselben Ergebnis. Er fuhr den Mustang aus der Garage und ging ins Haus zurück. »Wo sind deine Wagenschlüssel?« fragte er. »Ich glaube, wir sollten deinen Wagen in die Garage stellen.«

Sie zog sie aus der Tasche und warf sie ihm hin. »Danke.«

Er fuhr den Mercedes hinein und suchte ihn ebenfalls ab. Ein weiteres schwarzes Kästchen. Ohne Zweifel war auch an Dannys neuem Wagen eines.

Er schaltete die Garagenbeleuchtung aus und ging ins Haus zurück.

»Ist das Radio noch da?«

»Hör mal, dies hier ist eine anständige Umgebung, nicht so wie Bel-Air.«

»Na klar, ich kann von Glück sagen, daß die Räder noch dran sind.« Sie blickte nachdenklich. »Ich frage mich, ob ich ihn je wieder fahren werde.«

»So etwas solltest du nicht einmal denken«, erwiderte er. »Du wirst in Kürze wieder fahren.«

»Heute morgen stand ich im Hotel am Fenster und dachte einen Augenblick, ich könnte den Horizont sehen.«

»Vielleicht hast du ihn gesehen.«

»Eine Sekunde dachte ich, ich sähe ihn, aber dann war er wieder weg.«

»Keine Sorge, je weniger du darüber nachdenkst, desto schneller wird alles wieder gut.« Er ließ sie im Wohnzimmer, ging in sein kleines Arbeitszimmer und telefonierte mit einem Mann, von dem er wußte, daß er sich auf komplizierte elektronische Apparaturen spezialisiert hatte. »Jim, ich bin's, Jon Larsen. Wie geht's?«

»Prima, Jon. Was gibt's?«

»Ich habe eine Wanze an meinem Auto gefunden.«

»Ton oder Position?«

»Position. Vielleicht auch Ton; so gründlich hab' ich mir das Ding nicht angesehen.«

»Und was willst du tun?«

»Ich möchte das Ding immer dann, wenn ich will, abschalten, aber es nicht entfernen.«

»Du meinst, du willst, daß es manchmal funktioniert und manchmal nicht?«

»Richtig.«

»Hat es eine Antenne?«

»Ja.«

»Du kannst recht gut mit Werkzeug umgehen, wie ich mich erinnere.«

»Ja.«

»Du mußt einfach einen zweiten Ausgang an die Antenne machen; kannst du mir folgen?«

»Was für einen Ausgang?«

»Egal, das Radio würde sich eignen. Du machst das folgendermaßen: Bringe irgendwo am Armaturenbrett einen Schalter an, führe einen Draht vom Schalter zu einem Lautsprecherdraht und von dort zur Antenne der Wanze. Wenn dann dein Radio eingeschaltet ist, brauchst du nur den Schalter umzulegen, und du hast einen Ausgang vom Radio in die Wanzenantenne. Das bringt das Signal, das der Kerl empfängt, völlig durcheinander; er wird mehr Signale bekommen, als er will, und wird nichts damit anfangen können, ob er dich auf einem Kathodenschirm überwacht oder, was wahrscheinlicher ist, ob er einen Richtungssucher auf Funkbasis hat. Alles klar?«

»Verstanden«, sagte Larsen. Er legte auf und ging in die Garage zurück, wo er etwas Draht und ein paar Schalter aus seinem Werkzeugkasten holte, und machte sich an die Arbeit. Der Mustang hatte natürlich kein Radio mehr, also kümmerte er sich nur um den MG und Chris' Mercedes.

53

Später am Vormittag holte Danny Larsen und Chris ab, und sie gingen zusammen einkaufen. Chris und Danny kämmten den Rodeo Drive und Saks und Neiman's ab, während Larsen ein paar Meter hinter ihnen ging und sie im Auge behielt.

Sie aßen im Bistro Garden zu Mittag. Dann wollte Chris Möbel kaufen, und deshalb fuhren sie zur Melrose Avenue, wo die Geschäfte der Raumausstatter waren. Sie brauchte ein paar grundlegende Dinge wie Betten, und so kam es, daß die Läden bereits schlossen, als sie schließlich fertig waren. Sie aßen bei Valentino früh zu Abend, fuhren dann nach Santa Monica zurück, gingen durch die Fußgängerzone und nahmen dort den Nachtisch ein. Als sie schließlich erschöpft zu Larsens Haus zurückkehrten, wo Danny sie absetzte, ehe er zu seinem eigenen Haus fuhr, war es bereits dunkel. Larsen erwähnte die Wanze an seinem Wagen nicht; dafür war, wenn nötig, später auch noch Zeit.

Larsen sperrte die Haustür auf und war Chris mit den Paketen behilflich.

»Was ist das für ein Geruch?« fragte sie.

»Was für ein Geruch?«

»Wie bei einem tödlichen Autounfall oder so etwas.«

»Dein Geruchssinn ist besser als meiner«, sagte er, schaltete das Licht ein und blieb stehen. An dem kleinen Schreibtisch im Wohnzimmer saß jemand.

»Was ist denn?« fragte Chris.

»Nichts«, sagte er und schob sie ins Schlafzimmer.

»Jon, ich spüre es, daran, wie du stehengeblieben bist, und auch an deiner Stimme. Was ist?«

»Mir ist gerade eingefallen, daß ich mit ein paar Kollegen verabredet war. Komm, du bist erschöpft; leg dich ins Bett, und wir werden versuchen, leise zu sein.«

Er brachte sie ins Schlafzimmer und ging ins Wohnzimmer zurück, schloß die Tür hinter sich. Sie saß am Schreibtisch, sorgfältig gekleidet, die Beine übereinandergeschlagen, die Hände im Schoß gefaltet, die Handtasche neben sich auf dem Boden. Er nahm den Hörer ab. »Hier Larsen; geben Sie mir Martinez im Morddezernat.«

»Er ist schon nach Hause gegangen«, sagte der Diensthabende.

»Dann verbinden Sie mich mit seiner Wohnung«, sagte Larsen. »Es ist dringend.«

»Sofort.«

»Al, ich bin's, Jon Larsen; Sie sollten gleich zu meinem Haus rüberkommen. Der Rest von Helen Mendelssohn ist aufgetaucht.«

Martinez war sofort hellwach. »Wo?«

»In meinem Wohnzimmer. Kommen Sie so schnell wie möglich mit einem kompletten Team!« Er gab dem Detective seine Adresse.

»Ich rufe die anderen und fahre dann gleich los.«

»Ich denke, wir sollten auch die Mordabteilung von Santa Monica verständigen. Übernehmen Sie das?«

»Das ist doch unser Fall«, sagte Martinez. »Wozu brauchen wir die?«

»Ein Teil des Opfers ist in ihrem Bereich. Wir sollten das ganz korrekt angehen.«

»Okay.« Martinez legte auf.

Larsen legte ebenfalls auf und ging um Helen Mendelssohns Leiche herum. Die langen Nägel waren grellrot lackiert, und zwei davon waren abgebrochen; die Leiche trug sogar Schmuck. Sie war mit einem streng wirkenden Kostüm bekleidet und schien bereit, zur Arbeit zu gehen, wenn man von dem fehlenden Kopf absah.

Er ging ins Schlafzimmer zurück, um sich zu vergewissern, daß bei Chris alles in Ordnung war.

Sie war beinahe eingeschlafen. »Kommst du bald ins Bett?«

»Gleich, schlaf du nur.«

»Ja.«

Er verließ sie und ging ins Wohnzimmer zurück, um mit Helen Mendelssohn auf die Kavallerie zu warten.

54

Sie kamen in voller Einsatzstärke – Morddezernat Beverly Hills, der Gerichtsarzt, ein Fotograf, eine Ambulanz mit zwei Sanitätern und zuletzt das Santa-Monica-Morddezernat. Larsen sorgte dafür, daß sie so leise wie möglich vorgingen.

»Okay, Jon, jetzt sind wir alle hier«, sagte Martinez. »Was zum Teufel soll das?«

»Ich habe Ihnen doch gesagt, daß ich gerade einen Verfolgerfall bearbeite«, sagte Larsen.

»Ja, und jetzt würden mich die Zusammenhänge interessieren«, sagte Martinez.

Der Beamte aus Santa Monica meldete sich zu Wort. »Mich auch. Zum Beispiel, was zum Teufel euch eigentlich einfällt, hier und in meinem Bezirk einen Mord zu bearbeiten.«

Martinez drehte sich zu dem Mann um. »Der Mord ist vorgestern nacht in *meinem* Revier passiert, und wir haben in der Leichenhalle einen Kopf mit unserem Etikett dran, okay?«

»Nun ja, wir haben 'ne ganze Menge mehr als einen Kopf«, sagte der Mann aus Santa Monica. »Wir haben Beine und Arme und einen Körper, und das ist ein gutes Stück mehr als ein Kopf.«

»Der Mord ist aber nicht hier verübt worden«, erklärte Larsen. »Der passierte in Beverly Hills, also ist es unser Fall. Die Zuständigkeit liegt dort, wo das Verbrechen verübt wurde.«

»Wer sagt das?« fragte der Mann aus Santa Monica.

»Hören Sie«, sagte Martinez, »wir haben Sie aus Höflichkeit hinzugezogen, weil wir höfliche Leute sind. Wenn Sie nicht höflich sein wollen, dann verschwinden Sie.«

»Mein Chief...«

»Ihr Chief kann mich am Arsch lecken und das Pferd, auf dem er reitet, auch, Kumpel; wir bearbeiten diesen Fall, und daran sollten Sie sich jetzt gewöhnen. Also, wenn Sie sich vor Ihrem Chief blamieren wollen, dann bringen Sie ihn her, dann blamier' ich Sie.«

»Okay, okay«, sagte der Detective aus Santa Monica und hob beide Hände. »Bearbeiten Sie den Fall ruhig, ich werde zusehen; wenn Sie Mist bauen, hol' ich meinen Chief.«

»Einverstanden. Also, Jon, Sie wollten mir das erklären.«

»Richtig. Ich bearbeite einen Verfolgerfall, anonym, Belästigung einer jungen Frau – Blumen, Briefe; und dann wird das Ganze plötzlich unangenehm – ein Bild von einer Herzoperation und ein Hundekopf in einem Geschenkkarton.«

»Ein richtiger Hundekopf?«

»Richtig. Und jetzt Blumen und ein Katzenkopf in Helen Mendelssohns Wohnung. Deshalb glaube ich, daß wir es mit demselben Täter zu tun haben.«

»Das sieht ganz so aus«, pflichtete Martinez ihm bei. »Sie haben eine Spur, die Sie zu dem Burschen führt, haben Sie gesagt?«

»Eine Spur, sonst nichts; noch sehr dünn. Es läuft alles darauf hinaus, daß wir *glauben*, daß der Täter, der sich ›Bewunderer‹ nennt, einen grauen Ford-Kombi und ein rotes Motorrad fährt. Meine Klägerin ist gerade dabei, ein Haus zu bauen, und einer der Subunternehmer hat einen solchen Kombi und verfügt über sämtliche Fähigkeiten, um das zu tun, was ›Bewunderer‹ getan hat. Ich habe ihn überwacht, aber er hat mich, kurz bevor er das Haus der Dame abgebrannt hat, abgehängt. Ich kann nicht beweisen, daß er es war, und verfüge auch nicht über ausreichende Beweise, um ihn zu verhaften.«

»Warum unterhalten wir uns nicht mit ihm?« fragte Martinez.

»Wenn Sie das tun, Al, wird er sich in sein Schneckenhaus zurückziehen, und wir haben nichts außer einer geplatzten Verhaftung. Ich will ihn in Freiheit haben, damit er einen Fehler macht und ich ihn festnageln kann.«

»Aber in Freiheit kann er auch so etwas tun«, sagte Martinez und deutete mit einer Kopfbewegung auf Helen Mendelssohns Leiche.

»Ich habe mir eine Theorie zurechtgelegt«, erwiderte Larsen. »Ich glaube, er hat aus Frustration, weil er in dem anderen Fall nicht weiterkam, Helen Mendelssohn getötet, um Dampf abzulassen. Ich denke, er wird jetzt lange genug Ruhe geben, bis ich den Fall erledigen kann.«

»Das ist eine gefährliche Theorie«, sagte Martinez. »Könnten Sie sich vorstellen, was der Chief uns sagen wird, wenn der Bursche eine weitere Frau köpft?«

»Al, was haben Sie in Helen Mendelssohns Wohnung gefunden?«

»Nicht das geringste.«

»Genau. Und Sie werden auch nichts finden. Dieser Kerl ist sehr, sehr clever und hat bis jetzt noch keinen einzigen Fehler gemacht. Sie schaffen es im Augenblick nicht, ihn festzunehmen, daran beißt die Maus keinen Faden ab.«

»Warum glauben Sie dann, daß er in Kürze einen Fehler machen wird, wenn er doch nie Fehler macht?«

»Ich bereite gerade etwas vor und glaube, daß ich ihn in ein paar Tagen soweit habe.«

»Sie haben diesen Burschen allein überwacht?«

»Stimmt.«

»Nun, das mindeste, was ich tun kann, ist, daß ich mithelfe; so können wir ihn die ganze Zeit im Auge behalten.«

»Das wäre sehr gut, Al. Aber er ist verschwunden. Er hat in seiner Firma angerufen und gesagt, er wäre ein paar Tage weg; in seinem Haus ist er nicht. Letzte Nacht war er in dem Hotel, wo mein anderer Fall untergekommen ist, also ist er irgendwo in der Nähe, aber untergetaucht.«

»Wie heißt er?« wollte Martinez wissen.

»Den Namen will ich für den Augenblick für mich behalten«, sagte Larsen. »Ich will ihn nicht aufscheuchen, solange ich nicht soweit bin.«

»Da übernehmen Sie aber mächtig viel Verantwortung, Jon. Sind Sie ganz sicher, daß Sie keine Hilfe haben wollen?«

»Darf ich genau bestimmen, wieviel Hilfe?«

Martinez seufzte. »Okay, meinetwegen.«

»Und Herrera erfährt nichts davon?«

»Und Herrera erfährt nichts davon.«

»Okay, sein Name ist Melvin James Parker, alias James Melvin Potter. Er hat wegen Kindsbelästigung gesessen und ist vor drei Jahren entlassen worden. Er hat seinen Namen geändert und eine Alarmanlagenfirma gegründet und ist irgendwie bei der Überprüfung seiner Fingerabdrücke durchgerutscht«, er wandte sich dem Detective aus Santa Monica zu, »die das Revier Santa Monica hätte durchführen sollen. Ich habe versucht, jemand dort dazu zu bringen, den ursprünglichen Antrag auszugraben, aber das ging nicht; der ist bereits im Archiv.«

»Ich kann einen Mann auf sein Haus und seine Firma ansetzen«, sagte Martinez. »Das ist ein wichtiger Fall.«

Larsen gab ihm die beiden Adressen. »Er ist ziemlich viel unterwegs. Er installiert Alarmanlagen und führt Kundendienstarbeiten durch; er ist so raffiniert wie eine Kanalratte. Sie werden zwei Fahrzeuge auf ihn ansetzen müssen, sonst kriegt er spitz, daß er überwacht wird.«

»Ich kann nur zwei Leute erübrigen, aber diese beiden Adressen liegen nicht so weit auseinander; wenn er sich in Bewegung setzt, kann der eine den anderen rufen.«

»Schön. Und ich warne noch vor seinem Haus; er hat den größten Hund, den Sie je zu Gesicht bekommen haben – ein richtiges Monster.«

»Okay, also kein Einbruch«, sagte Martinez.

Der Gerichtsarzt trat auf sie zu.

»Was haben Sie für mich?« fragte Martinez.

»So wie es aussieht, ist die Leiche ausgezogen worden, ehe sie enthauptet wurde, und dann wieder angezogen worden; an der Kleidung ist nirgends ein Tropfen Blut festzustellen. Die Leiche ist gekühlt worden, also kann ich ihnen die Todeszeit nicht einmal andeutungsweise sagen. Zwei Fingernägel sind abgebrochen, sie hat sich also möglicherweise gewehrt; aber unter den Nägeln ist nichts; sie ist blitzsauber.«

»Könnte es sein, daß er sie gewaschen hat?« fragte Martinez.

»Wundern würde es mich nicht.«

Larsen schaltete sich ein. »Das würde zu seinem sonstigen Verhalten passen – supervorsichtig.«

Martinez drehte sich zu Larsen um. »Ich nehme nicht an, daß Sie ein Motiv haben.«

»Doch, das habe ich; ich glaube, er hat sie umgebracht, um mich zu ärgern.«

»Was?«

»Ich habe den anderen Fall sehr gründlich bearbeitet und bin ihm dabei in die Quere gekommen. Helen war ein altes Opfer von ihm, das er aus irgendeinem Grund fallengelassen hat. Aber er hat wahrscheinlich angenommen, daß ich den Fall bearbeitet habe, deshalb hat er die Leiche hier abgelegt; er will mich ärgern.«

»Ein höchst seltsames Motiv«, sagte Martinez. »Und hat es geklappt?«

»Allerdings«, sagte Larsen. »Ich weiß nicht, wann ich je wütender war.«

Der Detective aus Santa Monica hatte die ganze Zeit geschwiegen. Jetzt meldete er sich zu Wort. »Ich will euch was sagen, Leute, meinetwegen könnt ihr diesen Fall bearbeiten. Ich verdrück' mich.«

55

Sie frühstückten in Larsens Haus, und Larsen war ein bißchen benommen, weil er zu wenig Schlaf bekommen hatte. Die Cops waren erst nach ein Uhr weggefahren, und er hatte nicht gut geschlafen; er war immer wieder aufgewacht und hatte gedacht, in seinem Wohnzimmer sitze eine kopflose Leiche an seinem Schreibtisch, bis er sich daran erinnerte, daß man sie weggebracht hatte.

»Ich würde heute gern zum Haus hinausfahren«, sagte Chris. »Die Party ist morgen abend, und übermorgen ziehe ich ein; ich möchte gern sehen, wie Mike vorankommt. Fährst du mich hin?«

»Na klar. Ich hatte ohnehin vor, den Tag mit dir zu verbringen.«

»Arbeitest du nicht?«

»Doch, das ist Arbeit, und die Art gefällt mir sogar besonders.«

»Freut mich, daß du das so siehst.«

Larsen überlegte: Er hatte sich noch nicht mit der Wanze in dem Mustang befaßt, und der MG hatte eine zerbrochene Windschutzscheibe. »Macht es dir etwas aus, wenn wir deinen Wagen nehmen?« fragte er.

»Selbstverständlich nicht. Man muß ihn sowieso wieder einmal fahren.«

Larsen hatte noch nie einen Mercedes gefahren, geschweige denn ein rotes Cabrio, und fühlte sich deshalb, umgeben von all dem Leder und dem Luxus, ein wenig unbehaglich. Er war seinen klapprigen Mustang und seinen altertümlichen Sportwagen gewöhnt. Er fuhr aus der Garage und bog in östlicher Richtung in die Straße ein.

»Sollten wir nicht in die andere Richtung fahren?« fragte Chris.

»Ich werde einen Umweg machen«, erwiderte Larsen. Er fuhr durch die Wohnviertel von Santa Monica, bog immer wieder in Seitenstraßen ein und blickte häufig in den Rückspiegel. Bis jetzt hatte es nicht den Anschein, als würden sie verfolgt werden.

Als er wieder um die Ecke bog, legte er den Schalter um, den er eingebaut hatte, und nahm dann Kurs auf den Pacific Coast Highway. Der Wagen war ein Traum. »Gar nicht schlecht«, sagte er, »für einen neuen Wagen.«

»Aber du ziehst die alten Autos vor?«

»Nun, das dachte ich bisher, aber der hier ist schon etwas Besonderes. Wenn ich fragen darf: Wieviel hat er gekostet?«

»Etwas über achtzigtausend«, sagte sie. »Genau weiß ich es nicht. Jack Berman hat das für mich erledigt.«

»Das ist mehr, als ich in einem Jahr Gehalt bekomme«, murmelte er.

»Hoffentlich schaffst du es, dir wegen solcher Dinge nicht den Kopf zu zerbrechen«, sagte sie. »Es ist nur ein Auto, wenn auch ein ziemlich teures.«

»Ich weiß, daß ich das so sehen sollte«, sagte er, »und ich will es auch versuchen. Man muß sich nur erst daran gewöhnen.«

Als Larsen vor dem Haus anhielt, stellte er überrascht fest, daß seit ihrem letzten Besuch der endgültige Zaun aufgestellt worden war und die Arbeiter gerade dabei waren, ein elektrisch betriebenes Tor einzubauen. Hinter dem Zaun war Platz für ein halbes Dutzend Autos, und die Gärtner waren gerade damit beschäftigt, Blumenbeete anzulegen und Sträucher zu pflanzen.

»Das wird sehr hübsch werden«, sagte er.

»Wenn es nur bis morgen abend fertig ist«, erwiderte Chris.

Er war ihr beim Aussteigen behilflich. »Es ist nett von dir, daß du für die Leute, die an dem Haus gearbeitet haben, eine Party gibst.«

»Daran ist gar nichts nett«, sagte sie und nahm seinen Arm. »Ich wollte, daß das Haus rechtzeitig fertig ist, also habe ich alle Arbeiter eingeladen und gesagt, daß sie ihre Frauen mitbringen sollen. Mike sagt, daß sie seitdem mit viel mehr Nachdruck gearbeitet haben.«

»Wie raffiniert von dir«, sagte Larsen. Er öffnete die neue Haustür, und sie traten in ein Chaos hinein. Arbeiter rannten im Haus herum, hämmerten, sägten, malten. Als sie ins Wohnzimmer kamen, konnten sie gerade sehen, wie zwei junge Männer mit Brechstangen versuchten, das große Fenster herauszustemmen. Einer davon war Moscowitz' Sohn Lenny.

Mike Moscowitz kam ihnen entgegen. »Tut mir leid, daß Sie gerade in dem Augenblick hier erscheinen, wo wir einen Mangel beheben.«

»Was gibt es denn für ein Problem?« fragte Chris.

»Das Fenster ist falsch gesetzt worden, und es ist mir peinlich, daß ich das erst jetzt bemerkt habe. Ich mußte noch mal Arbeiter kommen lassen, um es rauszureißen und neu einzubauen. Keine Sorge, das kostet Sie nichts; es ist meine Schuld.«

Lenny und der andere Mann blickten zu ihnen herüber.

»Sie erinnern sich an meinen Sohn Lenny, Jon; und das ist Bud Carson«, schrie Moscowitz, um sich in dem Lärm Gehör zu verschaffen. »Bud ist für die nichttragenden Wände zuständig und ist selbst gekommen, um das in Ordnung zu bringen.«

Jon streckte ihm die Hand hin, aber Carson winkte nur kurz und wandte sich wieder seiner Arbeit zu.

»Ein wenig muffig, was?« sagte Larsen, als sie weitergingen.

»Er ist heute morgen nicht sonderlich gut gelaunt«, sagte Moscowitz. »Er war vor Wochen mit seiner Arbeit fertig, und jetzt mußte ich ihn von einem anderen Auftrag wegholen, damit er das hier in Ordnung bringt.«

Larsen zog den Bauunternehmer beiseite. »Haben Sie etwas von Mel Parker gehört?«

»Seit letzter Woche nichts mehr, als ich mit ihm redete, um ihn zu der Party einzuladen«, sagte Moscowitz.

»Hat er gesagt, daß er kommt?«

»Ja, er war ganz begeistert. Er sagte, er würde in den Norden fahren, um seine Mutter zu besuchen, aber rechtzeitig zur Party wieder da sein.«

»Danke«, sagte Larsen. »Falls Sie hören sollten, daß er aus

irgendeinem Grund nicht kommen kann oder will, sagen Sie mir doch Bescheid, ja?«

»Na klar.«

Chris zupfte an seinem Ellbogen. »Wir sehen uns ein wenig um, Mike, und lassen Sie wieder arbeiten. Komm, Jon, schauen wir uns an, wo ich leben werde.«

Sie gingen durch das Haus, das noch alles andere als fertig wirkte. »Gegen Ende sieht es immer so aus«, sagte Larsen. »Man möchte nicht glauben, daß sie rechtzeitig fertig werden, wenn man zwei Tage später einziehen will, aber es sieht so aus, als ob sie es schaffen würden. Du solltest allerdings damit rechnen, daß du noch ein paar Wochen Handwerker im Haus haben wirst, weil noch eine Menge Kleinigkeiten in Ordnung gebracht werden müssen.«

Sie traten ins Schlafzimmer, und Larsen blieb stehen, um die Räume zu bewundern. »Das wird sehr schön werden«, sagte er. »Beim letzten Besuch habe ich gar nicht bemerkt, daß du zwei Bäder und zwei Ankleidezimmer vorgesehen hast.«

»Ich habe es für zwei geplant«, erwiderte Chris, »weil ich nicht vorhabe, den Rest meines Lebens allein zu verbringen. Was würdest du davon halten, hier einzuziehen?«

»Soll das ein Heiratsantrag sein?« fragte er überrascht.

»Eher so etwas wie ein unsittlicher Antrag«, erwiderte sie. »Aber mir ist es völlig ernst; ich habe mich daran gewöhnt, dich um mich zu haben, und es gefällt mir. Eines Tages kann es durchaus sein, daß ich dir einen Heiratsantrag mache, aber ich denke, daß es vielleicht ganz nett wäre, wenn wir zuerst eine Weile zusammenleben würden.«

»Das ist das beste Angebot, das ich heute bekommen habe«, sagte Larsen. »Und der Gedanke hat durchaus seinen Reiz. Ich werde darüber nachdenken.«

»Tu das«, sagte sie, »und dann triff deine Entscheidung. Komm, gehen wir nach draußen.«

Sie gingen in die Halle zurück und traten auf die Veranda hinaus, die den Pazifik überblickte. Sie standen am Geländer, die Ellbogen aufgestützt, und starrten aufs Meer hinaus.

»Jon«, sagte sie, »ich kann den Horizont sehen.«

Er drehte sich halb herum und sah sie an. »Du meinst, diese Augen tun noch etwas anderes als schön aussehen?«

»Ich meine, daß ich tatsächlich dieses Schiff dort draußen sehen kann, klar und deutlich.« Sie deutete auf einen Tanker, der an der Küste entlangkroch.

»Das ist ja wunderbar, Chris.«

»Das einzige Problem ist, daß ich den Strand und dich immer noch nicht richtig sehen kann. Aber darauf freue ich mich.« Sie legte die Hand auf sein Gesicht und küßte ihn.

Plötzlich war hinter ihnen ein lautes Krachen zu hören, und beide fuhren herum.

Lenny Moscowitz schrie Bud Carson an: »Was ist denn los, verdammt?«

»Ach, mach dir doch nicht in die Hose!« brüllte Carson zurück.

»Was ist denn passiert?« fragte Chris.

»Sieht so aus, als ob denen etwas mit deinem Wohnzimmerfenster passiert ist. Die Brechstange hat sich durch das Glas gebohrt.«

»Herrgott noch mal!« schrie Lenny. »Wie man nur so blöd sein kann!«

»Halt's Maul, Kleiner!« schrie ihn Carson an.

Chris lachte. »Du lieber Gott, laß uns hier verschwinden, ich hab' keine Lust, die Explosion zu hören, wenn Mike das erfährt.«

Auf der Rückfahrt, am Steuer des Mercedes, wurde es für ihn plötzlich Realität, daß er bald mit einer Filmschauspielerin am Strand von Malibu zusammenleben würde und daß er sich daran gewöhnen konnte, diesen Wagen zu fahren. Der Gedanke machte ihm angst.

Am Nachmittag erschien Danny bei Chris, um bei ihr zu bleiben, und Larsen fuhr zu seinem Büro.

Er fand Martinez im Morddezernat und zog sich einen Stuhl an seinen Schreibtisch. »Ich habe gehört, daß Parker ein paar Tage in den Norden gefahren ist, um seine Mutter zu besuchen«, sagte er. »Das stimmt natürlich nicht, wenigstens für die Zeiten, von denen wir wissen, daß er hier war, aber es lohnt sich vielleicht zu überprüfen, ob er noch eine Mutter hat.«

Martinez drehte sich zu seinem Computer herum und rief die Kriminalakte von James Melvin Potter auf. »Da steht es; die Mutter wohnt in Oakland. Ich könnte dort jemand zur Überwachung anfordern.«

»Das lohnt sich wahrscheinlich nicht. Parker hat jemand gesagt, er werde morgen wieder hier sein, und ich denke, er wird auch erscheinen.«

»Gerade rechtzeitig zu Ihrer Veranstaltung?«

»Gerade rechtzeitig.«

»Was haben Sie denn vor?«

»Er kommt zu einer Party für die Leute, die ein Haus gebaut haben; er hat die Alarmanlage installiert.«

»Ist das Chris Callaways Haus?«

»Sie sind ja gut informiert, Al!«

»Ja, ich denke, ich sollte morgen abend ein paar Leute dorthin schicken.«

»Nein, nein, nein. Er würde die auf eine Meile gegen den Wind riechen, und ich möchte nicht, daß er nervös ist, wenn er zu dieser Party kommt.«

»Jon, wenn das schiefläuft, nimmt Ihnen Herrera Ihre Plakette weg.«

»Wenn das schiefläuft, gebe ich sie ihm freiwillig«, erwiderte Larsen.

Als er nach Hause kam, hatte Chris sich etwas hingelegt, und Danny lag auf dem Sofa im Wohnzimmer und las ein Magazin.

Larsen zog sich einen Stuhl vor die Couch. »Wir sollten besser miteinander reden, während Chris schläft«, sagte er.

»Okay«, nickte Danny.

»Ich will dir sagen, was ich morgen abend vorhabe: Wir fahren mit zwei Autos zu der Party, mit dem von Chris und meinem MG. Die Party beginnt um sechs. Ich werde so lange bleiben, bis es ein wenig ruhiger geworden ist; und dann sage ich, ich hätte noch zu tun, und werde die Party verlassen und wegfahren. Ich werde aber nur so weit fahren, daß man mich vom Haus aus nicht mehr sieht, dann stelle ich den Wagen ab und komme am Strand entlang zurück. Ich möchte, daß du folgendes tust: Wenn ich weggefahren bin, gehst du auf die Terrasse und läßt die Klapptreppe zum Strand hinunter; dann schaltest du die Terrassenbeleuchtung aus und ziehst die Schiebetüren zu, damit niemand auf die Idee kommt hinauszugehen. Und dann möchte ich, daß du gehst.«

»Du meinst, ich soll sie allein lassen?«

»Warte, bis nur noch ein oder zwei Paare da sind, und geh dann. Erfinde irgendeinen Vorwand, daß du Lebensmittel kaufen müßtest oder Getränke oder irgend etwas. Steig in Chris' Wagen und fahre in Richtung Malibu. Auf der linken Seite unter dem Armaturenbrett, in der Nähe der Motorhaubenentriegelung, ist ein kleiner schwarzer Schalter. Den legst du um.«

«Wozu dient der?«

»Parker hat in Chris' Wagen eine Wanze angebracht, in meinen Autos auch und wahrscheinlich auch in deinem.«

»Was?«

»Auf die Weise weiß er immer, wo wir sind. Der Schalter stört die Wanze, und auf die Weise erfährt er nicht, wo du hinfährst, falls er aufpaßt.«

»Was ist, wenn nach meinem Weggang einer der Leute, die zurückbleiben, Mel Parker ist?«

»Das ist das Knifflige daran; du mußt einfach wegfahren. Fahr nicht weit; tu dasselbe wie ich – geh am Strand entlang zum Haus zurück und halte dich draußen auf der Terrasse auf wie ich. Es gibt dort einen kleinen Schuppen für die Gartenmöbel; wir treffen uns hinter dem Schuppen. Man wird uns vom Haus aus nicht sehen können, selbst wenn jemand auf die Terrasse rauskommen sollte.«

»Und was dann?«

«Ich werde heute abend zum Haus fahren und ein paar kleine Sender dort anbringen. Ein Freund von mir hat mir einen kleinen Empfänger gegeben, mit dem wir hören können, was im Inneren des Hauses vor sich geht. Chris wird ein Codewort haben; wenn sie das benutzt, platzen wir hinein.«

Danny hatte aufmerksam zugehört, setzte sich jetzt auf und rieb sich die Augen. »Du meinst, du willst Chris als Köder benutzen? Ist es das?«

»Das ist es.«

»Das gefällt mir gar nicht, Jon.«

»Mir gefällt es auch nicht, aber mir fällt sonst nichts ein.«

»Gibt es keine andere Möglichkeit?«

»Doch, die gibt es; wir können warten, bis Parker wieder jemand tötet, und hoffen, ihn dabei zu erwischen, aber...«

»Was soll das heißen: ›wieder‹?«

Larsen stand auf, ging zur Schlafzimmertür und sah zu Chris hinein; sie schlief tief. Er kam zurück und setzte sich wieder. »Vor zwei Tagen hat Parker eine junge Frau namens Helen Mendelssohn getötet. Sie war vor ein paar Monaten einer meiner Fälle, aber die Nachstellungen hatten aufgehört. Ich glaube, Parker ist wütend geworden, daß ich ihn dabei gestört habe, Chris zu belästigen, und wollte mir eins auswischen.«

»Das verstehe ich nicht; wie kann er dir mit diesem Mord eins auswischen?«

»Man hat vorgestern in Beverly Hills den Kopf der Frau gefunden. Als du uns gestern abend nach dem Dinner zu Hause abgesetzt hast, fand ich den Rest der Leiche in dem Stuhl dort drüben.«

»Ohne Kopf?«

»Ohne Kopf.«

»Du großer Gott! Das muß Chris furchtbare Angst eingejagt haben.«

»Chris weiß nichts davon; das ist das einzige Mal, seit ich sie kenne, daß ich über ihre Blindheit froh war. Aber *mir* hat es ganz schön angst gemacht.«

»Ich bin froh, daß ich nicht mit ins Haus gekommen bin, um noch eine Tasse Kaffee zu trinken«, sagte Danny. »Ich hätte Zeter und Mordio geschrien.«

»Das wäre durchaus angemessen gewesen«, sagte Larsen.

»Ich kann einfach nicht glauben, daß er unsere Autos verwanzt hat«, meinte Danny und schüttelte den Kopf.

»Auf die Weise hat er rausgefunden, daß wir im Pritikin waren.«

»Er hat gewußt, daß wir dort waren?«

»Nachdem du neulich abends von dort weggefahren bist, kam er in die Suite und hat mit Chris' Lippenstift auf den Wohnzimmerspiegel eine Nachricht geschmiert: Sie werde ihm nie entkommen.«

»Was hast du gemacht?«

»Ich hab' das erst gesehen, als er schon weg war.«

»Warum hat er euch nichts getan, als er in der Suite war?«

»Ich weiß nicht; wahrscheinlich hat er nicht gewußt, daß meine Pistole im Wohnzimmer war, wo wir unsere Kleider gelassen hatten.«

»Es hat eben etwas für sich, wenn man seine Kleider überallhin mitnimmt.«

»Dagegen kann ich nichts sagen.«

»Jon, was ist, wenn dein Plan morgen abend nicht funktioniert?«

»Das weiß ich nicht, Danny; ehrlich, ich weiß es nicht. Vielleicht lass' ich dann zu, daß du Parker tötest.«

»Das wäre mir ein Vergnügen«, sagte Danny.

Am Abend dieses Tages traf sich Larsen mit seinem Freund Jim, dem Elektronikspezialisten, in dem Haus in Malibu.

Jim ging durch das Haus und blickte immer wieder zur Decke. »Wie viele Räume willst du verwanzen?« fragte er.

»Wohnzimmer, Eßzimmer, Küche, Schlafzimmer, Arbeitszimmer«, sagte Larsen.

»Wie viele Stimmen willst du denn hören? Ein ganzes Zimmer voll?«

»Nicht unbedingt; eine oder zwei.«

»Das macht es einfacher und billiger; dann brauch' ich keine so komplizierten Geräte.« Jim klappte seinen Werkzeugkasten auf und machte sich an die Arbeit.

Zwei Stunden später stand Larsen hundert Meter weit vom Haus entfernt am Strand und hielt sich ein kleines Funkgerät ans Ohr.

»Eins, zwei, drei, vier«, sagte Jim gerade. »Das ist die Küche; jetzt geh' ich ins Wohnzimmer.«

Der Test wurde in jedem Raum des Hauses mit Erfolg wiederholt. Dann stieg Larsen wieder die Treppe zur Terrasse hinauf, wo Jim auf ihn wartete.

»Hat prima geklappt«, sagte er.

»Warum tust du so überrascht?« fragte Jim.

Sie versammelten sich in Larsens Wohnzimmer und bereiteten sich darauf vor, nach Malibu zu fahren.

Larsen ließ Chris und Danny auf dem Sofa Platz nehmen und zog sich einen Stuhl heran; jetzt war die Zeit gekommen, um Chris zu erklären, was er mit ihr vorhatte. Er nahm ihre Hand. »Chris, Danny und ich werden beide die Party gegen Ende verlassen.«

»Was?«

»Wir werden warten, bis die meisten Leute gegangen sind, und dann fahren wir in entgegengesetzter Richtung am Strand entlang davon, kommen zu Fuß zum Haus zurück und steigen die Treppe zur Terrasse hinauf.«

»Heißt das, daß ich mit Parker allein sein werde?«

»Nicht ganz; ich möchte, daß du wenigstens ein Paar festhältst, bis wir genügend Zeit gehabt haben, unsere Position einzunehmen.«

»Wie soll ich das anstellen?«

»Biete ihnen noch einen Drink an, führe sie durchs Haus, tu etwas, um sie ein wenig länger festzuhalten. Keine Sorge, ich werde über das hier alles hören können, was im Haus vor sich geht.« Er zeigte ihr das kleine Funkgerät. »Parker muß glauben, daß du ein paar Minuten allein sein wirst.«

»Ich muß mit ihm allein sein?«

»Das mußt du nicht; er soll es nur glauben. Danny und ich werden draußen auf der Terrasse sein und lauschen; wenn du sagst: ›Sie müssen verrückt sein‹, kommen wir gerannt. Aber wir werden auf das Signal warten.«

»Sie müssen verrückt sein«, sagte Chris.

»Richtig.«

»Das kann man wohl sagen.«

»Hast du deine Pistole?«

Sie klopfte auf die Tasche ihrer Seidenhose. »Ja, hier ist sie, sie trägt etwas auf.«

»Sieh zu, daß deine Jacke darüberfällt.«

»Und was mache ich, wenn ich mit ihm allein bin?«

»Bring ihn zum Reden und sorge dafür, daß er nicht aufhört. Wenn du ihn dazu bringen kannst, über das zu reden, was er tut, werden Danny und ich es hören, und er belastet sich damit. So bekommen wir einen Durchsuchungsbefehl für sein Haus und seine Firma, und dort werden wir wahrscheinlich die Beweisstücke finden, mit denen wir eine Verbindung zwischen ihm und den Verbrechen herstellen können. Und dann bist du ihn los, das verspreche ich dir.«

»Dann ist es das Risiko wert«, sagte Chris entschlossen.

Larsen fuhr den MG und folgte dem Mercedes über den Pacific Coast Highway nach Malibu. Der Wind wehte ihm ins Gesicht und trocknete den Schweiß, der ihm vor Nervosität ausgebrochen war, und er atmete immer wieder tief durch, um seinen Pulsschlag zu normalisieren. Als er eine Hand vom Steuer nahm, sah er, daß sie zitterte.

Sie trafen am Haus ein, als der Partyservice gerade die Platten mit den Speisen und den Champagner ins Haus trug.

Larsen nahm die Leiterin der Gruppe beiseite. »Sobald Sie alles aufgebaut haben, können Sie gehen«, sagte er.

»Wollen Sie nicht, daß wir servieren?« fragte die Frau.

»Nein, das wird nicht nötig sein. Stellen Sie einfach alles auf die Tische, dann können die Gäste sich selbst bedienen.«

»Ganz wie Sie wünschen«, erwiderte die Frau und machte sich wieder an die Arbeit.

Larsen ging durch das Haus und vergewisserte sich, daß die Wanzen noch an Ort und Stelle waren. Man konnte sie sehen, aber nur wenn man wußte, wo man hinschauen mußte. Es gab keine Drähte; jeder Sender arbeitete mit Batterie. Er ging auf die Terrasse und überprüfte mit seinem Funkgerät den Empfang; die Qualität war perfekt. Die Sonne sank bereits langsam dem Horizont entgegen, aber sie hatten noch zwei Stunden Tageslicht. Er ging wieder ins Haus zurück; die Zeit war gekommen, sich unter die Gäste zu mischen.

Der erste Handwerker, der eintraf, war Jimmy, der Installateur, mit seiner Frau und seiner Tochter, einem Teenager; gleich nach ihm kamen Mike Moscowitz mit Frau und Bud Carson, der Gerüstbauer, und dann der Elektriker und eine ganze Schar Arbeiter, die meisten mit ihren Frauen oder Freundinnen. Dann traf Lenny Moscowitz ein und besorgte sich ein Bier. Die Party lief schon eine gute Stunde, als schließlich Mel Parker in der Tür auftauchte.

Larsen stand in der Nähe, ignorierte Parker aber und überließ es Mike Moscowitz, ihn zu begrüßen.

»Ich freue mich, daß Sie noch gekommen sind«, sagte der Bauunternehmer.

»Ich auch«, meinte Parker. »Ich bin die ganze Strecke von Oakland gefahren, aber der Verkehr war nicht schlimm. Sie sind also fertig geworden, was?«

»Nun, so fertig wie ein Haus eben ist, ehe die Besitzerin einzieht. Da ist sie ja; kommen Sie und begrüßen Sie sie.«

»Gerne.«

Chris unterhielt sich gerade mit einem jungen Paar über die Feinheiten ihres Beleuchtungssystems, als sie zwei Gestalten auf sich zukommen sah und Mikes Stimme hörte.

»Chris, Sie erinnern sich doch an Mel Parker; er hat Ihre Alarmanlage gebaut.«

»Aber natürlich«, sagte Chris strahlend und streckte die Hand in Parkers Richtung. Als er sie drückte, gab sie sich große Mühe, nicht zusammenzuzucken.

»Wunderschön sieht alles aus«, sagte Parker. »Mike hat großartige Arbeit geleistet.«

»Er sagt, Sie haben auch gute Arbeit geleistet«, sagte Chris. »Ich fühle mich viel sicherer, seit ich weiß, daß die Anlage funktioniert und Ihre Leute mich überwachen«, log sie.

»Das ist unsere Aufgabe. Filmen Sie zur Zeit?«

Mistkerl, dachte sie; du weißt ganz genau, daß ich nichts sehen kann, und erinnerst mich daran. »Ich bin gerade dabei, ein neues Projekt zu entwickeln.«

»Was denn?«

»Nun, ich kann nicht darüber sprechen, bis wir die Verträge unterzeichnet haben. Aber wenn alles gut geht, werden wir Anfang nächsten Jahres mit den Aufnahmen beginnen.«

»Da bin ich aber gespannt«, sagte Parker. »Entschuldigen Sie mich bitte, ich will mir ein Glas Champagner holen.« Er ging zu dem Tisch mit den Getränken hinüber.

Danny ging auf Larsen zu und reichte ihm ein Glas Champagner. »Ich habe draußen die Treppe runtergelassen. Wann gehen wir?« fragte er.

»Jetzt noch nicht; es sind noch zu viele Leute da.« Die Party war seit eineinhalb Stunden in Gang, und er sah, wie ein paar Leute auf Chris zugingen, um sich bei ihr zu bedanken und zu verabschieden. »Aber so wie es aussieht, bald.«

»Ja, wenn einmal ein paar Leute gehen, dann schließen sich meistens die anderen an.«

Danny hatte recht; allgemeine Aufbruchstimmung kam auf. Bald waren nur noch ein Dutzend Leute da, darunter auch Moscowitz und Mel Parker.

Larsen reichte Danny ein Glas. »Ich werde zuerst gehen«, sagte er. »Du kommst nach, wenn noch ein halbes Dutzend Leute da sind.«

Parker redete nicht mit Chris, stand aber nur ein paar Schritte von ihr entfernt und schenkte sich nach.

Larsen ging auf Chris zu. »Ich muß jetzt gehen«, sagte er, überzeugt, daß Parker ihn hören konnte.

»Oh, kannst du nicht noch eine Weile bleiben?« fragte Chris betrübt. »Der Sonnenuntergang hier ist herrlich.«

»Es tut mir schrecklich leid, aber ich muß zu einer Besprechung ins Büro; mein Boß besteht darauf. Das dürfte etwa bis zehn dauern; vielleicht hast du noch Lust auf ein spätes Dinner.«

»Okay; dann warte ich hier auf dich.«

Larsen schüttelte Mike Moscowitz die Hand und verließ das Haus.

Danny schlenderte auf die Terrasse, vergewisserte sich, daß er allein war, und ließ dann die Treppe zum Strand hinunter. Als er wieder hereinkam, blieb er stehen und plauderte eine Weile mit dem Gerüstbauer Bud Carson.

Larsen stieg in seinen Wagen, holte das kleine Funkgerät heraus, legte es neben sich auf den Beifahrersitz und schaltete es ein. Ein Stimmengewirr schlug ihm entgegen, und er drehte die Lautstärke herunter. Jim hatte recht gehabt; das Gerät war nicht gut genug, um aus mehreren Stimmen eine oder zwei herauszuhören.

Er ließ den Wagen an und manövrierte mit einiger Schwierigkeit um einen dunkelblauen Kombi herum, der hinter ihm parkte. Er hatte ihn schon einmal irgendwo gesehen und merkte sich die Zulassungsnummer. Dann reihte er sich in den Verkehr ein und fuhr in Richtung Los Angeles zurück.

Plötzlich war Dannys Stimme laut und deutlich zu hören.

»Chris, ich muß zum Drugstore in Malibu fahren; kommst du eine halbe Stunde allein zurecht?« Danny hatte darauf geachtet, neben der Wanze im Wohnzimmer zu stehen.

Chris' Stimme ging in dem allgemeinen Lärm unter, aber Larsen brauchte sie nicht zu hören. Etwa zweihundert Meter weiter am Strand begann er nach einer Lücke zwischen den Häusern zu suchen, um zum Strand hinunterzufahren. Aber es gab keine. Grund und Boden in Malibu war zu wertvoll, um Lücken zwischen Häusern zuzulassen. Larsen wußte, daß er sich zu weit von dem Haus entfernte; er begann unruhig zu werden. Er hielt an und griff in den Handschuhkasten, wo er sein Handy verwahrt hatte. »Danny, ich bin's, Jon. Hörst du mich?«

Ein Knistern war zu hören, dann schwach Dannys Stimme. »Ja, ich bin hier, Jon.«

»Wo bist du?«

»Ein paar hundert Meter vom Haus entfernt. Aber ich finde keinen Zugang zum Strand.«

»Mir geht es genauso. Wenn du ein Stück weiterfährst, kommst du an ein Restaurant; vielleicht kommst du dort durch. Wenn nötig, kannst du ja durch ein Fenster klettern.«

»Verstanden, Ende«, sagte Danny.

Larsen fuhr zum nächsten Haus, stieg aus und klingelte. Ein Mann im Bademantel kam an die Tür, und Larsen zeigte ihm seine Dienstplakette.

»Ich bin Polizeibeamter; ich muß an den Strand. Darf ich durch Ihr Haus gehen?«

»Da will ich einen Ausweis mit einem Foto sehen«, sagte der Mann.

Larsen zog seinen Ausweis heraus. Er begann sich Sorgen zu machen, daß er schon zu lange unterwegs war.

Der Mann betrachtete den Ausweis gründlich und verglich das Foto mit Larsens Gesicht. »Haben Sie einen Durchsuchungsbefehl, um mein Haus zu betreten?«

Larsen schob den Mann beiseite. »Dafür habe ich keine Zeit; ich gehe jetzt durch.«

»He, ich ruf' die Polizei«, schrie der Mann hinter ihm her.

»Ich bin Bulle«, sagte Larsen, der inzwischen die Küche gefunden hatte. Dort mußte es einen Weg nach draußen geben. Er fand eine Terrasse mit einer ähnlichen Klapptreppe, wie Chris sie hatte, ließ die Treppe hinunter und rannte zum Strand.

»Scheißbullen«, schrie ihm der Mann von der Terrasse her nach. »Das verstößt gegen die Verfassung!«

Larsen ignorierte ihn.

58

Chris unterhielt sich mit Jimmy, dem Installateur, und seiner Frau, die beide eine Menge Champagner getrunken hatten und sehr vergnügt waren.

»Hören Sie, ich könnte Ihnen Bände über meine Kunden erzählen«, sagte Jimmy. »Die Leute tun und sagen alles mögliche, wenn ein Installateur im Haus ist. Wir sind wie Taxifahrer – die Leute tun so, als ob wir überhaupt nicht da wären, verstehen Sie?«

»Das kann ich mir vorstellen«, sagte Chris. Sie hatte die ganze Zeit Mel Parkers Silhouette im Auge behalten; er hatte die Bar kein einziges Mal verlassen und schien sich dort mit einem anderen Umriß zu unterhalten.

Mike Moscowitz tauchte neben ihr auf. »Also, Leute, jetzt wird's Zeit zum Heimgehen«, sagte er.

Chris tastete nach seinem Arm und flüsterte ihm ins Ohr: »Mike, lassen Sie Parker nicht weggehen; wenn er gehen will, sagen Sie ihm, daß ich wegen irgendeiner zusätzlichen Sicherungseinrichtung mit ihm reden möchte. Und dann gehen Sie auch.«

«Wirklich?« fragte Moscowitz.

»Ja, wirklich.« Sie wandte sich wieder Jimmy und seiner Frau zu. »Bitte entschuldigen Sie, daß ich flüstere; das war geschäftlich, eine letzte Kleinigkeit.«

»Kein Problem«, sagte Jimmy. »Also, jetzt gehen wir wohl besser.«

»Ich fahre«, erklärte seine Frau.

»Wie du meinst, Liebling.«

Moscowitz brachte sie zur Tür und kam dann zu Chris zurück. »Mel«, rief er, »Chris wollte mit Ihnen reden.« Er beugte sich zu Chris hinüber. »Wollen Sie das wirklich?«

»Ganz sicher, machen Sie sich keine Sorgen.«

Sie sah eine Silhouette auf sich zukommen.

»Also, ich gehe dann jetzt«, sagte Mike. »Ich denke, jetzt ist alles für den Umzug morgen bereit, Chris. Sollen wir kommen und die Flaschen und die Essensreste wegschaffen?«

»Machen Sie sich darüber keine Gedanken, Mike; der Partyservice kommt morgen zum Saubermachen.«

»Dann gute Nacht«, sagte Moscowitz.

Chris hörte, wie sich die Haustür hinter ihm schloß. Sie war mit Mel Parker allein.

Unten am Strand diskutierte Danny mit dem Geschäftsführer des Restaurants. »Ich will doch bloß runter an den Strand«, sagte er.

»Tut mir leid, Sir, aber wir haben eine Vereinbarung mit unseren Nachbarn, daß wir niemand durch unser Restaurant zum Strand lassen. Ein gutes Einvernehmen mit unseren Nachbarn ist für uns sehr wichtig; das werden Sie doch sicher verstehen.«

»Das verstehe ich«, sagte Danny. »Aber *Sie* verstehen mich nicht. Ich *muß* an den Strand; davon hängt möglicherweise ein Menschenleben ab.«

»Sir«, sagte der Geschäftsführer, »Ich habe schon alle möglichen Vorwände von Leuten gehört, die an den Strand wollen, um die Stars in ihren Häusern zu beobachten, aber ich kann es einfach nicht erlauben. Wenn Sie noch ungefähr eine Meile weiterfahren, kommen Sie an einen Pier, und von dort können Sie an den Strand.«

»Dafür habe ich keine Zeit«, sagte Danny.

»Nun, es tut mir leid, aber wenn Sie zum Strand von Malibu wollen, müssen Sie sich die Zeit nehmen, durch eine öffentliche Zone zu gehen, und das hier ist *keine* öffentliche Zone.«

Danny baute sich zu seiner ganzen imponierenden Größe von einem Meter fünfundsechzig auf. »Mister«, sagte er, »ich werde jetzt durch Ihre Hintertür zum Strand gehen, und wenn ich nicht um Sie rumgehen kann, werde ich durch Sie durchgehen.«

»Versuchen Sie's ruhig, Kumpel«, sagte der Geschäftsführer.

Larsen versuchte sein Tempo zu halten. Mindestens eine Meile vom Haus entfernt hatte er zu laufen begonnen, und es war lange her, daß er das letztemal eine Meile gelaufen war. Es war Ebbe, und er hielt sich im feuchten Sand, wo er schneller vorankam. Im Laufen griff er in die Tasche und schaltete den Empfänger ein. Er hörte deutlich Mike Moscowitz' Stimme, wie der sich verabschiedete. Chris war mit Parker allein. Larsen legte etwas Tempo zu. Aber nicht zu schnell, warnte er sich; sonst schaffst du es nie. Er bildete sich ein, er könne das Haus vor sich sehen.

»Kann ich irgend etwas für Sie tun?« fragte Parker.

Chris gab sich Mühe, gleichmäßig zu atmen. »Ich habe ein ziemlich ungewöhnliches Sicherheitsproblem«, sagte sie. »Vielleicht haben Sie eine Idee, wie sich das lösen läßt.«

»Wahrscheinlich«, erwiderte Parker. »Hat Sie jemand belästigt?«

»Ja, irgendwie schon«, sagte sie. »Tatsächlich scheint es sich um einen Menschen zu handeln, den ich unter etwas anderen Umständen möglicherweise gern kennenlernen würde.«

»Wenn Sie ihn kennenlernen wollen, warum brauchen Sie dann zusätzliche Sicherheitsvorkehrungen?«

»Ich denke, daß ich ihm vielleicht den falschen Eindruck

vermittelt habe. Sehen Sie, ich habe ziemlich früh die Polizei eingeschaltet, und das war anscheinend nicht so gut.«

»Sie meinen Ihren Kumpel Larsen?«

»Ja; und jetzt schaffe ich es irgendwie nicht mehr, ihn loszuwerden.«

»Möchten Sie, daß ich das für Sie erledige?« fragte Parker.

»Wie würden Sie das denn anstellen?« fragte sie. Sie stand da, wo Larsen es gewünscht hatte; hoffentlich konnte er sie hören, hoffentlich war er auf der Terrasse.

»Das könnte ich für Sie erledigen«, sagte Parker.

Plötzlich gingen im ganzen Haus die Lichter aus.

Larsen war noch hundert Meter vom Haus entfernt, als er sah, wie die Lichter ausgingen. Was zum Teufel hatte das zu bedeuten? Jede Lampe im ganzen Haus war eingeschaltet gewesen, damit die Frauen auch das ganze Haus sehen konnten, und jetzt war mit einem Schlag alles dunkel. Entweder war die Hauptsicherung durchgebrannt, oder jemand hatte den Hauptschalter umgelegt. Er fing jetzt zu keuchen an, trotzdem versuchte er noch schneller zu laufen.

»Was ist denn jetzt passiert?« fragte Chris.

»Anscheinend die Hauptsicherung«, sagte Parker. »Aber das Licht der untergehenden Sonne reicht ja noch.«

Chris reichte das Licht nicht. Ihre Augen paßten sich nicht so schnell an veränderte Beleuchtung an wie früher, und sie befand sich jetzt buchstäblich im Dunkeln. Sie sah zu den Fenstern hinüber; der Sonnenuntergang war nur ein schwaches Leuchten, umgeben von tiefem Grau.

»Können Sie das nicht in Ordnung bringen?« fragte sie. »Ich kann bei dem Licht nicht sehr gut sehen.«

»Das könnte ich«, sagte Parker, »aber irgendwie gefällt es mir so.«

»Bitte«, sagte sie, »bitte bringen Sie es in Ordnung.«

»Oh, schon gut«, sagte Parker. »Ich bin gleich wieder da.« Er ging davon.

Chris stand zitternd in der Dunkelheit. Sie schob die Hände in die Taschen und tastete nach der kleinen Pistole. Da war sie, von ihrem Körper gewärmt.

Plötzlich zuckte sie zusammen, als sich eine Hand auf ihre Schulter legte.

Larsen erreichte um Atem ringend das Haus. Er blieb einen Augenblick stehen, legte die Hände auf die Knie und sah sich dann nach der Treppe um. Sie war nicht da. Larsen blickte erschreckt nach oben. Dann hörte er Chris' Stimme, sie kam laut und deutlich über den Empfänger in seiner Tasche. »Sie müssen verrückt sein«, sagte sie.

59

Larsen erinnerte sich daran, daß er sich schon einmal in dieser Lage befunden hatte und nicht imstande gewesen war, die Klapptreppe von unten zu erreichen. Er tastete in der Dunkelheit unter dem Terrassenüberbau herum und suchte nach der Lücke, durch die er das letztemal die Vorderseite des Hauses erreicht hatte; aber die war jetzt mit Brettern vernagelt und mit Schindeln abgedeckt. Er rannte zum Strand zurück und blickte nach beiden Seiten; so weit er sehen konnte, standen Häuser. Es gab keine Lücken dazwischen und keinen Zugang vom Strand.

Die Hand auf Chris' Schulter riß sie herum.

»Was machen Sie?« fragte sie. Das Licht brannte immer noch nicht, und sie konnte den vagen Umriß vor sich kaum ausmachen.

Eine Stimme flüsterte: »Ich denke, es ist an der Zeit, daß wir beide allein miteinander reden.«

Die feinen Härchen in ihrem Nacken sträubten sich. »Vielleicht ist es wirklich Zeit. Wo waren Sie denn?«

»Ich war die ganze Zeit hier«, flüsterte die Stimme.

»Warum flüstern Sie jetzt?« fragte sie. »Warum können Sie nicht sprechen wie ein Mann?«

»Ich mag Flüstern«, sagte die Stimme. »Das ist intimer.«

»Komisch«, sagte sie. »Sie haben sich gar nicht wie ein Mann verhalten, der sich Intimität wünscht; Sie haben sich wie ein Mann verhalten, der vor Frauen Angst hat.«

Plötzlich packte er ihr Haar und sprach zum erstenmal mit einer Stimme, die normal klang. »Du glaubst wohl, ich habe Angst vor dir, he? Ich werd' dir zeigen, wie wenig Angst ich vor dir habe.«

Chris sprach ganz laut und deutlich: »Sie müssen verrückt sein!«

Er schlug ihr mit dem Handrücken ins Gesicht, schlug hart zu.

Chris bemühte sich, näher an ihn heranzukommen, aber er hielt sie am Haar von sich weggestreckt. Er schlug ihr noch einmal ins Gesicht.

»Sie haben's wohl nicht gern, wenn Sie einer Frau zu nahe kommen, hm?« sagte sie und packte sein Hemd. Sie versuchte sich näher zu ihm vorzuschieben, aber er war zu kräftig für sie. »Nur zu«, sagte sie, »nehmen Sie mich in die Arme.«

Er legte den Arm um ihre Hüfte, ließ dann ihr Haar los und legte auch den anderen Arm um sie, zog sie fest an sich, drückte sie so fest, daß ihr der Atem aus der Lunge gepreßt wurde.

Sie fand mit einer Hand sein Gesicht. »Endlich, du Schweinehund!« schrie sie. Sie holte mit der anderen Hand aus, ballte die Faust und trieb ihm, so fest sie konnte, den Daumen in sein rechtes Auge. Er stieß einen Schrei aus und ließ sie los. Chris griff nach der Pistole in ihrer Tasche.

Larsen hörte einen Mann schreien. Dann knallte es oben viermal laut und schnell hintereinander; Larsen brauchte das Funkgerät nicht, um die Schüsse zu hören. Er warf den Empfänger weg, sprang an einem der Balken hoch, die die Terrasse stützten, und begann sich daran nach oben zu arbeiten. Er riß sich dabei Holzsplitter in Hände und Beine, aber er achtete nicht darauf. Ein Stück über ihm war ein waagrechter Balken zu erkennen; wenn er den zu fassen bekam, würde er sich ganz hoch ziehen und die Terrasse erreichen können. Er kletterte weiter.

Etwas traf Chris' Handgelenk, und die Pistole entfiel ihr. Hatte sie ihn mit einem ihrer Schüsse getroffen? Er packte sie erneut, aber sie faßte mit der rechten Hand in sein Haar, ballte die linke zur Faust und trieb ihm den Daumen ins linke Auge. Er schrie wieder auf und ließ sie los, trat etwas zur Seite, um einem weiteren Schlag auszuweichen, und brachte sich damit zwischen die untergehende Sonne und Chris.

Jetzt konnte sie seinen Umriß deutlicher sehen, er zeichnete sich vor der Sonne ab; sie konnte sehen, daß er sich mit beiden Händen ins Gesicht gegriffen hatte und breitbeinig dastand. »Jetzt bist du blinder als ich, was, du Schweinehund!« Sie tat einen Schritt nach vorn, trat mit aller Kraft nach oben und stieß dabei einen Schrei aus. Ihr Fuß traf ihn in den Schritt, und seine Hände ließen sein Gesicht los und griffen nach dem neuen Schmerz. Chris streckte beide Hände nach ihm aus und fand seinen Kopf. Sie packte mit beiden Händen sein Haar und zog sein Gesicht herunter, ihrem Knie entgegen, das sie gleichzeitig in die Höhe riß, und spürte, wie sein Blut durch ihre seidene Hose drang.

Ein Heulen, in dem sich Schmerz und Wut mischten, entrang sich dem Mann, und er taumelte durch die offene Schiebetür auf die Terrasse, richtete sich draußen auf. Plötzlich hatte er etwas Blitzendes in der Hand und bewegte sich auf sie zu.

Larsen griff mit schmerzverzerrtem Gesicht nach dem waagrechten Balken und bekam ihn mit beiden Händen zu packen. Er zog sich in die Höhe, schaffte es, ein Knie auf dem Balken zu haben, und stand dann auf. Sein Kopf war jetzt auf gleicher Höhe mit der Terrasse, im schwächer werdenden Licht sah er die Silhouette eines Mannes, der das größte Messer in der Hand hielt, das Larsen je zu Gesicht bekommen hatte. Er griff nach seiner Pistole, und in dem Augenblick kam eine andere Gestalt aus dem Haus geschossen, auf die Terrasse heraus, stieß mit dem Mann, der das Messer hielt, zusammen und trieb ihn mit aller Gewalt auf das Geländer zu.

Das Geländer gab unter dem Gewicht der beiden Männer nach, und die beiden Gestalten stürzten aneinandergeklammert auf die Felsen in sechs Meter Tiefe. Larsen legte die Pistole auf den Bretterboden und zog sich in die Höhe. Er packte die Waffe wieder und rannte auf das zerbrochene Geländer zu.

Chris sank auf die Knie und tastete nach ihrer Pistole; irgend etwas ging hier vor, aber sie konnte nicht sagen, was es war. Dann fand sie die Waffe.

Als Larsen die Lücke im Geländer erreichte, blitzte es im Haus auf, und er spürte, wie etwas an seinem Ohr vorbeipfiff. Er fuhr herum. »Nicht, Chris!« schrie er. »Ich bin's, Jon!«

Sie stand in Schießhaltung da, wie er es ihr beigebracht hatte, die Pistole in beiden Händen. Sie ließ die Waffe sinken.

»Ganz ruhig«, sagte er, »es ist alles gut.« Er ging auf sie zu, und dann brachte ihn das Krachen eines Schusses zum Stehen. Er drehte sich um und rannte wieder auf das zerbrochene Geländer zu. Ein weiterer Schuß krachte, dann ein dritter.

Larsen blickte über den Rand hinunter und sah im schwachen Licht einen Mann mit einer Schußwaffe in der Hand über einen anderen Mann gebeugt stehen, der auf den Felsen lag. »Keine Bewegung! Polizei!« schrie er, drehte sich um und blickte zu der Terrasse hinauf.

»Die Waffe fallen lassen, sonst schieße ich!« schrie Larsen.

»Herrgott, Jon, ich bin's!« sagte eine Stimme.

»Danny?«

»Hast du die Kavallerie erwartet?«

»Nicht mehr schießen!« sagte Larsen.

»Ich glaube, das brauche ich auch nicht mehr«, sagte Danny.

»Bleib, wo du bist; ich bin gleich bei dir. Chris?« Er ging ins Haus zurück und nahm sie in die Arme.

»Was ist denn da draußen los?« fragte Chris.

»Das war Danny«, erwiderte Larsen. »Er hat sich um Parker gekümmert; es ist alles vorbei.« Er hielt sie auf Armeslänge von sich gestreckt und sah sie an. »Alles in Ordnung?«

»Ich will etwas Licht haben«, sagte sie.

»Bleib, wo du bist.« Larsen rannte in den hinteren Korridor, fand den Hauptschalter und legte ihn um. Die Lichter flammten wieder auf, und er ging ins Wohnzimmer zurück. »Ich gehe jetzt zum Strand hinunter und sehe nach Danny«, sagte er. »Geh nicht auf die Terrasse; das Geländer ist zerbrochen.«

»Ich warte hier«, sagte sie.

Larsen ging hinaus, lief die Treppe hinunter und rannte über die Stufen zum Strand. »Alles in Ordnung, Danny?« fragte er, als er diesen erreicht hatte.

»Alles prima«, sagte Danny und deutete mit seiner Pistole auf den anderen. »Er hat meinen Sturz gebremst.«

»Mußtest du ihn erschießen?« fragte Larsen leise.

Danny drehte sich um und sah ihn an. »Da hast du verdammt recht, das mußte ich.«

»Also gut, dann hör mir zu! Du bist auf die Terrasse hinausgerannt und hast ihn dort erschossen, verstanden?«

»Was macht das für einen Unterschied?«

»Den Unterschied zwischen Tötung in Notwehr und Mord zweiten Grades, den Unterschied zwischen keiner Anklage und zwanzig Jahren in St. Quentin. Haben wir uns verstanden?«

»Völlig klar«, sagte Danny. Er blickte auf die reglose Gestalt zu seinen Füßen. »Ich wünschte, ich könnte ihn besser sehen.«

»Ich kann ihn gut genug sehen, um zu wissen, daß selbst seine Mutter ihn nicht erkennen würde«, sagte Larsen. »Du hast ihm drei ins Gesicht gejagt; da ist nichts mehr zu erkennen.«

»Schön«, sagte Danny. »Ich hoffe nur, daß er noch gelebt hat, als ich ihn getroffen habe.«

»Warum hast du so lange gebraucht, um herzukommen?« fragte Larsen.

»Ich habe versucht, ein Stück weiter unten an der Straße durch ein Restaurant zum Strand zu kommen, aber der Geschäftsführer dort war ein ziemlich harter Brocken. Also stieg ich in den Wagen und fuhr, so schnell ich konnte, hierher zurück. Ich kam durch die Haustür und sah Parker mit einem Messer auf der Veranda.«

»Den Rest habe ich selbst gesehen«, sagte Larsen. »Du warst große Klasse, aber vergiß nicht, was ich dir gesagt habe. Du hast ihn dort oben erschossen.«

»Ich werde daran denken.«

»Ich muß das jetzt melden«, sagte Larsen. »Könntest du hier warten und, falls irgendwelche Nachbarn auftauchen, sie nicht an Parker ranlassen?«

»Aber sicher«, sagte Danny und setzte sich auf einen Felsbrocken. »Geh nur zu; ›Bewunderer‹ und ich kommen gut miteinander klar.«

Larsen nahm Dannys Pistole mit und stieg die Treppe hinauf. Er ging zu Chris und nahm ihr ebenfalls die Pistole weg und steckte sie ein. »Parker ist tot«, sagte er. »Endlich ist alles vorbei.« Dann erschreckte sie beide eine Männerstimme.

»Würde mir bitte jemand sagen, was hier eigentlich los ist?«

Larsen drehte sich um und blickte zur Wohnzimmertür. Da stand Mel Parker an den Türstock gelehnt und rieb sich den Nacken.

60

Das Haus war wieder voller Leute. Die örtliche Polizei war mit großem Aufgebot erschienen, überall zuckten Blitzlichter, die Lichter von Ambulanzen kreisten und natürlich das Blaulicht der Streifenwagen vor dem Haus. Das einzige Mobiliar im Haus bestand aus ein paar Stühlen, die sie für die Party gemietet hatten, und Danny saß gefaßt auf einem der Stühle einem Detective vom Morddezernat gegenüber.

»So, jetzt lassen Sie mich mal ein wenig Ordnung da reinbringen«, sagte der Detective gerade.

»Soll ich das Ganze wiederholen?«

»Bitte.«

»Ich kam gerade rechtzeitig durch die vordere Tür ins Haus zurück, um diesen Kerl auf die Terrasse hinaustaumeln zu sehen – die Schiebetüren standen offen. Als er sich aufrichtete, hatte er ein Messer in der Hand und ging damit auf Chris los. Ich rannte auf ihn zu und gab drei Schüsse auf den Kerl ab.«

»Wie nahe kamen Sie ihm dabei?«

»Das weiß ich nicht genau; ziemlich nahe.« Danny zuckte die Achseln. »Es ging alles sehr schnell.«

»Und worauf haben Sie gezielt?«

»Genau genommen habe ich gar nicht gezielt; ich habe bloß die Pistole auf ihn gerichtet und dreimal abgedrückt. Er flog nach hinten durch das Geländer und landete auf dem Strand.«

Larsen unterbrach sein Gespräch mit einem anderen Beamten und trat hinzu. »Ich kann das alles bestätigen«, sagte er. »Ich war gerade an einem Balken hochgeklettert und hatte den Kopf über den Terrassenboden gestreckt, als er schoß.« Er reichte dem Detective Dannys Waffe. »Haben Sie schon festgestellt, wer er ist?«

»Die werden ihn nach irgendwelchen Ausweispapieren durchsuchen, sobald der Gerichtsmediziner mit ihm fertig ist.«

Wie auf ein Stichwort trat in dem Augenblick ein Mann mit einer schwarzen Tasche von der Terrasse ins Zimmer. »Okay, jetzt können Sie ihn haben«, sagte er.

»Todesursache?« fragte der Detective.

»Sie können sich's aussuchen: entweder drei Kugeln im Kopf oder der an den Felsen eingeschlagene Schädel. Ein Auge ist zerschossen, das andere ist durch irgendeine Verletzung aufgerissen.«

»Was geschah zuerst?«

»Unmöglich festzustellen. Die Kopfverletzung und die Schüsse liegen wahrscheinlich nur wenige Sekunden auseinander. Die Augenverletzung könnte vorher oder nachher eingetreten sein.«

»Danke, Doc.« Der Detective wandte sich an Larsen. «Okay, wir haben das Messer; und die nehmen jetzt Fingerabdrücke ab, aber soweit ich es sehen kann, ist alles klar. Ich werde in meinem Bericht erklären, daß seitens der Behörde kein weiteres Interesse an dem Fall besteht.«

»Danke«, sagte Larsen.

»Übrigens«, sagte der Detective und deutete auf die Wand, »dort drüben sind vier Kleinkaliberkugeln in der Wand.«

Larsen sah hin. Er hatte die Schüsse, die er zuerst gehört hatte, völlig vergessen. »Miss Callaway hat eine Kleinkaliberpistole«, sagte er.

»Hübsch dicht beieinander«, erwiderte der Detective.

Ein weiterer Detective kam von der Terrasse ins Haus; er trug einen Plastikbeutel mit einer Geldbörse, etwas Kleingeld und einem großen Schlüsselbund.

Der die Untersuchung leitende Detective holte die Geldbörse aus dem Beutel, hielt sie nur am Rand, klappte sie auf und entnahm ihr einen Führerschein. »James E. Carson«, sagte er und drehte den Führerschein herum, so daß Larsen das Foto sehen konnte.

Larsen sah es an. »Bud Carson«, sagte er. »Er hat die Innenwände in diesem Haus gesetzt.«

Der Detective zog eine Geschäftskarte heraus. »Frameworks Unlimited«, sagte er.

Larsen nickte. »Ich habe ihn unter Bud Carson aufgeschrieben, dachte er, und der graue Kombi ist sicher auf seine Firma zugelassen.

»Sie sehen ein wenig blaß aus«, sagte der Detective zu ihm.

»Ich fühle mich auch ein wenig blaß«, sagte Larsen und sank neben Chris auf einen Stuhl. »Er war nicht der, den ich erwartet habe.«

»Wen haben Sie denn erwartet?« fragte der Detective.

»Den Mann dort drüben«, sagte Larsen und deutete auf Mel Parker, der gerade von einem anderen Detective verhört wurde. »Ich bin ihm gefolgt, weil ich ihn für den Verfolger hielt. Anscheinend habe ich mich gründlich geirrt.«

»Nehmen Sie es nicht so schwer«, sagte der Detective. »Das passiert jedem mal.«

»Ja, wahrscheinlich«, erwiderte Larsen.

Al Martinez vom Morddezernat Beverly Hills kam ins Haus. »Hallo, Jon«, sagte er. »Haben Sie angerufen?«

»Ja«, erwiderte Larsen. »Wir haben einen neuen Verdächtigen im Fall Helen Mendelssohn. Er liegt unten am Strand. Tot.« Er nahm dem Detective aus Malibu den Führerschein weg und hielt ihn am Rand. »Eine Adresse im Benedict

Canyon.« Er hielt den Führerschein so, daß Martinez ihn lesen konnte.

Der nickte. »Sehen wir uns mal an der Adresse um«, sagte er. »Sie können mir ja unterwegs sagen, was hier vorgefallen ist.«

»Einen Augenblick noch«, sagte Larsen. Er wandte sich dem Detective aus Malibu zu. »Sind Sie mit Mr. Devere und Miss Callaway fertig?«

»Ja«, erwiderte der Detective, »sie können gehen. Sobald die Leiche vom Strand entfernt ist, verschwinden wir hier.«

Während er das sagte, kamen zwei Sanitäter ins Haus. Sie trugen eine Bahre, auf der ein großer Plastiksack lag.

Larsen wandte sich an Danny. »Danny, würdest du bitte Chris zu mir nach Hause fahren und bei ihr bleiben, bis ich zurückkomme?«

»Aber sicher, Jon.«

Larsen drückte Chris kurz an sich. »Fahr mit Danny nach Hause. Ich muß noch ein paar Kleinigkeiten erledigen und komme dann nach.«

»Jon«, sagte Chris, »war Bud Carson der ›Bewunderer‹?«

»Ja«, antwortete Larsen. »Ich nehme an, ich werde das noch vor morgen früh beweisen können.« Er blickte sich im Zimmer um und sah, daß Mel Parker, der sich einen Eisbeutel an den Hals hielt, sein Gespräch mit dem Detective beendet hatte. Larsen ging auf ihn zu. »Wie fühlen Sie sich?« fragte er.

»Ich bin okay«, sagte Parker. »Es tut nur noch etwas weh.«

Larsen zog Parker beiseite. »Hören Sie, ich muß mich bei Ihnen entschuldigen; ich dachte, Sie wären in etwas verwickelt, womit Sie nichts zu tun haben.«

»Sind Sie mir deshalb gefolgt?« fragte Parker.

»Ja.«

»Na ja, besonders geschickt haben Sie sich nicht angestellt. Haben Sie auch versucht, bei mir einzubrechen?«

Larsen wurde rot. »Ich habe jetzt keine Zeit, darüber zu reden, aber während dieser Ermittlungen kam heraus, daß Sie unter falschem Namen eine Firma im Sicherheitsbereich gegründet haben. Ich werde Sie nicht einmal fragen, wie Sie es geschafft haben, um die Fingerabdrücke herumzukommen; aber worauf ich hinaus will, ist, daß die Polizei weiß, wer Sie sind.«

»Werden Sie mich verhaften?«

Larsen schüttelte den Kopf. »Das ist nur ein geringfügiges Vergehen, und ich werde da nichts unternehmen – wenn Sie das Geschäft aufgeben.«

»Sie meinen, es schließen?«

»Ich meine, daß das, was Sie aufgebaut haben, genügend Wert hat, um es gut zu verkaufen. Tun Sie das im Lauf der nächsten drei Monate, dann werden Sie, glaube ich, nichts von der Polizei hören.«

Parker zuckte die Achseln. »Okay, das ist fair.«

»Tut mir wirklich leid, daß Sie den Schlag abbekommen haben; glauben Sie mir, es hätte schlimmer kommen können.« Er ging zu dem Detective aus Malibu zurück. »Ich würde mir gern Carsons Schlüssel ausborgen«, sagte er. »Wir müssen uns in seinem Haus umsehen; er hat wahrscheinlich in Beverly Hills einen Mord begangen.«

»Okay«, sagte der Detective und reichte Larsen den großen Schlüsselbund.

»Die kriegen Sie morgen wieder.« Larsen wandte sich zu Martinez. »Gehen wir«, sagte er.

Larsen folgte Martinez' Wagen den Benedict Canyon hinauf. Martinez fuhr langsamer, um die Hausnummern lesen zu können, und bog dann in eine Einfahrt. Larsen hielt neben ihm an und schaltete den Motor ab, dann stiegen beide Männer aus ihren Fahrzeugen. Im Haus brannte eine einzige Lampe.

»Das ist ein altes Haus«, sagte Martinez. »Ich wette, das ist noch aus den zwanziger Jahren, als es hier oben nicht viele Häuser gab.«

»Mich würde nur interessieren, wie ein Bauhandwerker, und noch dazu einer in Carsons Alter, sich ein solches Haus leisten kann.«

»Ich wette, er hat es geerbt«, meinte Martinez.

Sie klingelten, aber niemand machte auf. Martinez hielt seine Taschenlampe so, daß ihr Lichtkegel auf das Türschloß fiel, und Larsen probierte ein paar Schlüssel aus, bis er den richtigen fand. Dann gingen sie hinein.

»Nicht übel«, sagte Martinez.

Die beiden Detectives gingen durch das Haus.

»Für mich sieht das so aus, als ob hier in letzter Zeit renoviert worden wäre«, sagte Larsen und deutete auf ein paar Farbkleckse auf dem frischgelegten Teppichboden. »Das würde erklären, weshalb Carson sich auf eine Weile im Gästehaus der Millmans eingemietet hat.«

»Könnte sein«, pflichtete Martinez ihm bei.

Sie setzten die Durchsuchung fort, fanden aber nichts, bis sie in die große, rustikal eingerichtete Küche kamen. Auf dem Boden lag ein Indianerteppich.

»Davon habe ich ein Foto im Büro«, sagte Larsen und betastete den Läufer. Er ging an einen Bücherschrank und fand dort einen Band mit medizinischen Aufnahmen. Als er eine Weile in dem Buch geblättert hatte, entdeckte er das Foto, das er suchte. »Das ist mein Mann«, sagte er.

»Ich hoffe, daß es meiner auch ist«, erwiderte Martinez. »Suchen wir weiter.«

Sie durchkämmten die Gästezimmer, den Keller und den Dachboden, fanden aber sonst nichts.

»Ich möchte wissen, was hinter dem Haus ist«, meinte Larsen. »Sehen wir nach.« Er knipste ein paar Schalter neben dem Hinterausgang an, und hinter dem Haus flammten Scheinwerfer auf.

»Ein Stall«, sagte Martinez und deutete auf einen Bau. »Ich nehme an, früher konnte man hier heraufreiten, ohne sich um den Verkehr den Kopf zu zerbrechen.«

Sie sperrten die Tür auf, betraten den Stall und schalteten die Deckenbeleuchtung ein. Die Boxen waren immer noch da, aber ansonsten war das ganze Gebäude in eine Werkstatt umgewandelt worden, mit einer Werkbank mit vielen Elektrowerkzeugen. Larsen erblickte den Werkzeugkasten, der wie ein Aktenkoffer gestaltet war und den er im Gästehaus der Millmans gesehen hatte. Sein Polizeiradio lag auf der Werkbank. Seine Pistole würde ebenfalls hier auftauchen, da war er ganz sicher. Während er sich die Schalter und Transistoren ansah, die herumlagen, blickte sich Martinez anderweitig um.

»Sehen Sie sich das an«, rief Martinez. Er stand vor einer der Boxen.

Larsen ging zu ihm. Hinten in der Boxe stand ein großer Gefrierschrank aus rostfreiem Stahl, wie er gewöhnlich von Fleischern benutzt wird. Ein Vorhängeschloß hing davor.

Larsen verglich das Schloß mit den Schlüsseln, wählte einen aus und drehte ihn im Schloß um, worauf dieses aufsprang. Er trat zurück. »Ich glaube, ich werde Sie öffnen lassen.«

Martinez nickte und kam näher. Er zog die Türen weit auf.

Larsen zwang sich hineinzusehen. Die gefrorenen Gesichter von zwei Frauen starrten die Detectives an. Ihre toten Augen standen offen, die Köpfe lagen ordentlich nebeneinander auf einem Stahlregal. Die dazugehörigen Körper waren auf dem Boden der Kühltruhe neben den kopflosen Kadavern von zwei Hunden angeordnet.

»Um Himmels willen, machen Sie zu«, sagte Larsen.

61

Am Nachmittag gingen Larsen und Chris Hand in Hand am Strand von Malibu spazieren. Danny war im Haus und packte Schachteln aus, die am Morgen von verschiedenen Geschäften geliefert worden waren.

»Du siehst also«, sagte Larsen, »du hast es mit einem der dümmeren Detectives der westlichen Halbkugel zu tun.« Er hatte ihr alles erzählt, weil er wußte, daß sie es ohnehin herausfinden würde.

»Ich bin froh, daß du mir das erzählt hast, aber das ändert meine Meinung über dich nicht im geringsten. Ich denke, es war ganz logisch, daß du Mel Parker in Verdacht hattest; schließlich paßte alles auf ihn. Soweit es mich angeht, hast du mir das Leben gerettet.«

»Nein«, sagte er mit fester Stimme, »ich habe dein Leben aufs Spiel gesetzt; ein Zwerg von einem schwulen Friseur hat es gerettet.«

»Ihr habt es gemeinsam getan; Carson wäre vielleicht nie erwischt worden, wenn ihr ihm diese Falle nicht gestellt hättet. Es hat funktioniert, wenn auch nicht genauso, wie ihr das geplant habt. Warum machst du dir eigentlich solche Vorwürfe? Du hast nicht nur deinen Verfolgerfall gelöst, sondern auch drei Mordfälle – du hast einen Massenmörder gestellt. Ich bin stolz auf dich.«

Sie blieben am Fuße der Treppe, die zur Veranda hinaufführte, stehen, und er nahm sie in die Arme.

»Ich habe über deinen sehr freundlichen Antrag nachgedacht«, sagte er, »und ich muß leider ablehnen.«

»Und ich fand das Angebot eigentlich gar nicht so übel«, entgegnete sie.

Er schüttelte den Kopf. »Wenn du mich haben willst, wirst du schon einen Ehemann aus mir machen müssen.«

»Und was ist, wenn ich ein richtiger Filmstar werde? Wirst du damit leben können?«

»Ich werde mich dazu zwingen.«

»Werden wir über Geld streiten?«

»Wahrscheinlich schon, aber zum Teufel, das sind schließlich die neunziger Jahre, oder? Ich denke, ich werde lernen, ein Mann aus den Neunzigern zu sein.«

Sie legte beide Hände an seine Wangen. »Ich kann dich jetzt fast sehen«, sagte sie, »aber ich will dich mir ganz gründlich ansehen, ehe ich mich festlege; schließlich kann man ja nicht von mir erwarten, daß ich einen Mann heirate, den ich noch nie gesehen habe.«

Er küßte sie. »Sieh zu, daß du bald gesund wirst«, bat er.

Danny beugte sich über das ausgebesserte Terrassengeländer. »Würdet ihr beiden jetzt aufhören herumzuschmusen und heraufkommen? Soll ich alles allein machen?«

Chris lachte. »Sei nett zu mir, sonst wirst du nicht meine Brautjungfer.«

Danny lächelte breit. »Wirklich?«

»Wirklich«, erwiderte sie.

»Und Brautführer kannst du auch werden«, setzte Larsen hinzu.

»Du meine Güte«, lispelte Danny affektiert, »das war schon immer mein Traum.«

GOLDMANN

Lara Stern

»Ein neuer Stern scheint am deutschen Krimi-Himmel aufzugehen. Lara Stern ist nicht nur ein gut geschriebener Krimi mit dichter Atmosphäre gelungen, sondern sie bereichert die Krimilandschaft auch um eine Ermittlerin mit Witz, Verve und provozierender Weiblichkeit.« Krimi Journal

»...gut gegliedert, spannend und unterhaltend.« Brigitte

Nix Dolci   5188

Sabas Himmelfahrt   5818

Bali kaputt   42417

Ruck zuck   42407

Goldmann · Der Taschenbuch-Verlag

GOLDMANN

Clive Cussler

Clive Cussler kennt das Rezept, mit seinen raffinierten und spannenden Geheimaufträgen für Dirk Pitt zu unterhalten, besser als die meisten Thrillerautoren. Er hält seine Leser so sehr in Atem, daß man wünscht, die Geschichte ginge ewig weiter.

Eisberg,
Roman   3513

Hebt die Titanic,
Roman   3976

Im Todesnebel,
Roman   8497

Der Todesflug der Cargo 03,
Roman   6432

Goldmann · Der Taschenbuch-Verlag

GOLDMANN

Sidney Sheldon

Rasche Schnitte, fesselnde Charaktere, überraschende Wendungen und bis zuletzt explosiv gesteigerte Action bestätigen den internationalen Ruf Sidney Sheldons als das Markenzeichen für spannende Unterhaltung.

Die letzte Verschwörung, Roman 42372

Diamanten-Dynastie, Roman 41405

Blutspur, Roman 41402

Schatten der Macht, Roman 42002

Goldmann · Der Taschenbuch-Verlag

GOLDMANN

Bestseller

Tom Clancy und Sidney Sheldon, Utta Danella
und Danielle Steel, Heinz G. Konsalik und
Marie Louise Fischer, Colleen McCullough und Gillian Bradshaw,
Charlotte Link und Irina Korschunow –
internationale Weltbestseller garantieren Spannung und
Unterhaltung auf höchstem Niveau.

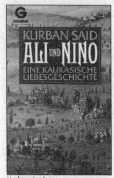

Kurban Said,
Ali und Nino   41081

Lynne McFall, Die einzig
wahre Geschichte der Welt 41286

Lawrence Ferlinghetti, Die Liebe in
den Stürmen der Revolution 9587

Akif Pirinçci, Tränen sind
immer das Ende   6380

Goldmann · Der Bestseller-Verlag

GOLDMANN

Bestseller

Tom Clancy und Sidney Sheldon, Utta Danella
und Danielle Steel, Heinz G. Konsalik und
Marie Louise Fischer, Colleen McCullough und Gillian Bradshaw,
Charlotte Link und Irina Korschunow –
internationale Weltbestseller garantieren Spannung und
Unterhaltung auf höchstem Niveau.

Jeffrey Archer,
Der perfekte Dreh   9743

Tom Clancy,
Der Schattenkrieg   9880

Nelson DeMille,
In der Kälte der Nacht   41348

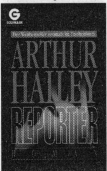

Arthur Halley,
Reporter   41331

Goldmann · Der Bestseller-Verlag

GOLDMANN TASCHENBÜCHER

Das Goldmann Gesamtverzeichnis erhalten Sie im Buchhandel oder direkt beim Verlag.

Literatur · Unterhaltung · Thriller · Frauen heute
Lesetip · FrauenLeben · Filmbücher · Horror
Pop-Biographien · Lesebücher · Krimi · True Life
Piccolo Young Collection · Schicksale · Fantasy
Science-Fiction · Abenteuer · Spielebücher
Bestseller in Großschrift · Cartoon · Werkausgaben
Klassiker mit Erläuterungen

∗∗∗∗∗∗∗∗∗∗

Sachbücher und Ratgeber:
Gesellschaft / Politik / Zeitgeschichte
Natur, Wissenschaft und Umwelt
Kirche und Gesellschaft · Psychologie und Lebenshilfe
Recht / Beruf / Geld · Hobby / Freizeit
Gesundheit / Schönheit / Ernährung
Brigitte bei Goldmann · Sexualität und Partnerschaft
Ganzheitlich Heilen · Spiritualität · Esoterik

∗∗∗∗∗∗∗∗∗

Ein SIEDLER-BUCH bei Goldmann
Magisch Reisen
ErlebnisReisen
Handbücher und Nachschlagewerke

Goldmann Verlag · Neumarkter Str. 18 · 81664 München

Bitte senden Sie mir das neue kostenlose Gesamtverzeichnis

Name: _____

Straße: _____

PLZ / Ort: _____